Schwerer Seegang

Stefanie Mohr, geboren 1972, liebt ihre Heimatstadt Nürnberg, in der sie (fast) jeden Winkel kennt. Sie wohnt und arbeitet als freiberufliche Autorin und Fotodesignerin im Nürnberger Norden. Nähere Informationen: www.stefanie-mohr.com.

In dieser Reihe bereits erschienen:

Die vergessenen Schwestern
Das letzte Lächeln
Die dunkle Seite des Sommers
Frauentormauer
Glasscherbenviertel
Reichskleinodien
Tödliche Kristalle
Bombenstimmung
Tief im Brunnen
Südstadtblüten
Schmerzhafte Wahrheit
Feuchtes Grab
Schwerer Seegang

Stefanie Mohr

Schwerer Seegang

- Hackenholt macht Urlaub -

Kreuzfahrt Krimi

Edition Gelbes Sofa

Besuchen Sie uns im Internet:
www.edition-gelbes-sofa.de

Umschlaggestaltung: Stefanie Mohr
Verlag: Edition Gelbes Sofa,
Inh. Stefanie Mohr, Nordring 125, 90409 Nürnberg
www.edition-gelbes-sofa.de
Druck & Bindung: CPI books GmbH, 25917 Leck
Printed in Germany 2020
ISBN: 978-3-946035-22-0
Originalausgabe

Für
Monika Mika

If all else perished, and he remained,
I should still continue to be

Emily Brontë, »Wuthering Heights«

Prolog

»Wir haben es geschafft!« Christine Mur grinste wie ein Honigkuchenpferd. »Wir durften einreisen. Wir sind in New York!«

»Hat auch nur knapp zwei Stunden gedauert«, murmelte Hackenholt. Seine Stimme sagte alles: In den nächsten Jahren würden ihn keine zehn Pferde mehr über den großen Teich bekommen. Seine kleine Tochter Ronja thronte auf einem Berg von Koffern. Fröhlich winkte sie den anderen Menschen hinterher, die den Bereich der Gepäckausgabe des John F. Kennedy International Airports verließen.

»Lasst uns jetzt den Shuttlebus suchen, der uns zu unserem Schiff bringen soll.« Händereibend wandte sich Maurice Puellen in Richtung Ausgang. Sophie und Christine Mur folgten. Hackenholt blieb nichts anderes übrig, als sich den Gepäckwagen samt Ronja zu schnappen und ihnen hinterherzulaufen.

Als Puellen die Zollabfertigung passierte, trat ein uniformierter Beamter vor und bat ihn, ihm zu folgen, da er für eine Handgepäckkontrolle ausgewählt worden war. Mit einem kollektiven Seufzen hielt die Gruppe wieder an.

Puellen legte seinen Rucksack auf den Tisch, und die behandschuhten Hände des amerikanischen Beamten räumten alles heraus. Sogar die Brösel eines früheren Ausflugs brachte er zum Vorschein. Anschließend fragte er nach der Fototasche. Widerwillig öffnete Puellen den Klettverschluss. Als der Zollbeamte die hochpreisige Kamera herausnehmen wollte, patschte der Rechtsmediziner ihm jedoch auf die Finger.

»Pfoten weg!«, rief er empört. Sophie riss die Augen auf und sog hörbar die Luft ein. Im nächsten Moment eilte sie zum Tresen und entschuldigte sich wortreich bei dem dunkelhäutigen Zöllner, während sie Puellen den Ellenbogen in die Rippen rammte.

»Maurice, du kannst dem Mann doch keinen Klaps geben«, herrschte sie ihn an.

»Das ist ein sehr teurer Apparat«, entgegnete er aufgebracht. »Den tatscht mir niemand an.«

»Dann hättest du ihn in den Koffer packen müssen und nicht ins Handgepäck.«

»Ausgeschlossen!« Puellen klang, als sei er einer Ohnmacht nahe.

»Zeigen Sie mir Ihre Kamera!«, knurrte der Beamte.

Bevor Puellen reagieren konnte, nahm Sophie den Fotoapparat aus der Tasche und drückte ihn dem Amerikaner in die Hand.

»Bitte entfernen Sie die Linse.«

Puellen schüttelte entschieden den Kopf. »In dieser Umgebung würde sofort Staub hineingelangen und den Sensor verschmutzen.«

»Wenn du dich weigerst, wird er denken, dass du Drogen schmuggelst«, mischte sich Christine Mur ein.

»Aber –«

»Ich wünsch dir viel Spaß im Nebenzimmer! Bei den Amis soll das alles ja ein bisschen anders ablaufen als bei uns.« Sie wandte sich demonstrativ ab und marschierte in Richtung Sicherheitsschleuse. »Aufs Schiff wirst du es dann wohl kaum rechtzeitig schaffen.«

»*Schnurzelchen*, du kannst mich hier doch nicht ...« Panisch blickte Puellen ihr hinterher. Ohne Aufheben darum zu machen, schraubte Sophie unterdessen das Objektiv vom Kameragehäuse und zeigte beides dem Zollbeamten, damit er sich davon überzeugen konnte, dass sich im Inneren weder Rauschgift noch eine Bombe befanden.

Christine Mur schaute zurück. Die Schiebetür zum Sicherheitsbereich hatte sich längst hinter ihr geschlossen. Keine Spur von Hackenholt, Sophie und Ronja. Sie waren bei Puellen geblieben, um das Schlimmste zu verhindern. Sophie hatte genau richtig reagiert. Mur biss sich auf die Lippen. Eigentlich wäre es ihre Aufgabe gewesen, auf den manchmal hyperaktiv wirkenden Rechtsmediziner aufzupassen. Schließlich war er ihr Lebensgefährte. Und sie hatte etwas in der Art kommen sehen, als er seinen Koffer gepackt und den Fotoapparat mit dem Hinweis auf dessen Wert absichtlich nicht hineingelegt hatte. Ein wenig bereute sie ihren impulsiven Ausbruch. Aber manchmal trieb Puellen sie mit seinen Primadonna-Allüren zur Weißglut.

»Passagiere von SunnyBoatCruises bitte hier herüber!«, rief eine Männerstimme.

Mur hob suchend den Kopf. In dem Getümmel, das in der Ankunftshalle herrschte, war es nicht leicht, den Mitarbeiter ausfindig zu machen. Um sie herum pulsierte das Leben. Automatisch nahm sie ihren Rucksack von der Schulter und umschloss ihn mit beiden Armen vor dem Körper. Sicher war sicher. Nichts wäre peinlicher, als sich beklauen zu lassen, während die anderen mit dem amerikanischen Zollbeamten rangen.

Zwei deutsch sprechende Damen fortgeschrittenen Alters, die im selben Flieger gesessen hatten, drängten sich an Mur vorbei. Auf ihren Koffern pappten unübersehbar Aufkleber von SunnyBoat-Cruises. Sie folgte ihnen mit etwas Abstand. Die Rentnerinnen steuerten einen Stand am Rand der Halle an. Auf einem Banner daneben prangte das Logo des Kreuzfahrtanbieters. Im Nu bildete sich davor eine Menschenschlange, und Mur reihte sich ein. Wenn sie ihre Freunde schon im Stich gelassen hatte, konnte sie als Wiedergutmachung zumindest die Fahrkarten für den Zubringerbus abholen und herausfinden, wo die Haltestelle war.

Die zwei Damen vor ihr waren offensichtlich Kreuzfahrtprofis. Mur konnte gar nicht anders, als ihr Gespräch zu belauschen. Die Ältere bläute der Jüngeren ein, dass sie den ersten Shuttlebus erreichen und sich dort nah an der Tür postieren mussten, wenn sie am Check-in des Fährterminals nicht erneut eine gefühlte Ewigkeit lang Schlange stehen wollten.

»Ich hoffe, du hast dein Schlüsselband griffbereit im Handgepäck. Nicht, dass wir deinen Koffer öffnen müssen, um es zu suchen.«

»Nein, nein. Das habe ich hier.« Die jüngere Frau mit den kurz geschnittenen, schlohweißen Haaren nestelte ein knallgelbes Lanyard aus ihrer Manteltasche.

»Wofür braucht man denn das?«, entfuhr es Christine Mur. Die beiden drehten sich abrupt um.

»Für die Bordkarte natürlich.« Die Kurzhaarige musterte sie unverhohlen neugierig. »Die muss man auf dem Schiff stets bei sich haben. Es ist quasi Ihr Ausweis, Zahlungsmittel und Kabinenschlüssel in einem.«

»Ist Ihre erste Kreuzfahrt, nicht wahr?«, erkundigte sich die Ältere.

Mur nickte.

»Bleiben Sie am besten in unserer Nähe. Wir erklären Ihnen alles. Ich bin Margarethe von Berg, und das ist Erika Müller.« Sie deutete auf ihre Begleiterin. »Reisen Sie allein? Wenn Sie wollen, können Sie sich uns anschließen.«

»Ich ... ähm ...« Bevor Mur sich vorstellen und erläutern konnte, dass sie mit Freunden Urlaub mache, begrüßte eine Reedereimitarbeiterin die Damen mit einem strahlenden Lächeln.

»Dürfte ich bitte Ihre Reiseunterlagen sehen?« Auffordernd streckte sie ihnen ihre Hand entgegen. Frau von Berg und Erika Müller waren vorbereitet und überreichten prompt ihre Dokumente. Die Angestellte überprüfte sie und gab sie ihnen samt Busfahrkarten zurück. Dann blickte sie Mur fragend an.

»Ich hätte auch gerne Tickets für den Zubringerbus. Wir sind vier Erwachsene und ein Kleinkind.«

»Dafür bräuchte ich Ihre Buchungsunterlagen«, entgegnete die Mitarbeiterin freundlich.

»Wir machen die Kreuzfahrt nach Hamburg. Das Schiff heißt SunnySky.«

»Vorher müsste ich einen kurzen Blick auf Ihre Reisedokumente werfen«, beharrte die Frau.

»Die hat leider mein Reisebegleiter bei sich. Und der muss beim Zoll –«

»Wir gehen schon mal vor«, unterbrach Frau von Berg Murs Erklärungsversuche. »Sie können ja nachkommen.«

»Den Shuttlebus finden Sie gleich rechts neben dem Ausgang. Er ist nicht zu verfehlen. Und vergessen Sie bitte nicht, die Banderolen mit den Kabinennummern, die wir Ihnen zugeschickt haben, an den Koffern anzubringen«, rief die Angestellte den Rentnerinnen hinterher. Dann wandte sie sich wieder an Mur. »Ohne Unterlagen kann ich Ihnen keinen Fahrschein für den Bus aushändigen. Kommen Sie am besten später noch einmal vorbei, wenn Ihr Bekannter die Sicherheitsschleuse verlassen hat.« Damit schenkte sie den nächsten Passagieren ein strahlendes Lächeln und fragte, wie sie helfen könne. Mur trat notgedrungen ein kleines Stück zur Seite.

Die Minuten vergingen.

Ungeduldig starrte sie abwechselnd auf die Uhr und in die Richtung, in der der Sicherheitsbereich lag. Doch die Sicht wurde durch immer mehr Wartende versperrt. Auch die Mitarbeiterin warf ihr zunehmend genervte Blicke zu. Schließlich gab Mur ihren Platz am Tresen auf. Sollte sich Puellen eben hinten anstellen. Hätte er nicht so einen Terz um seine Kamera gemacht, wäre das nicht passiert. Gerade als sie sich neben einer Säule am Rand der Halle postierte, öffnete sich jedoch die Schiebetür, und Sophie, Hackenholt, Ronja und Puellen kamen heraus.

»Typisch!«, murmelte Mur. »Eine Minute früher und uns wäre eine halbe Stunde Schlange stehen erspart geblieben.« Sie hob den Arm und winkte. Sophie entdeckte sie und lotste die anderen zu ihr.

»Ich dachte, du wärst vorneweggestürmt, weil du uns einen Sitzplatz im Bus freihalten wolltest«, scherzte Hackenholt.

»So stellt sich Klein-Frank die Welt vor«, entgegnete Mur altklug. »Wir müssen an dem Stand dort drüben unsere Buchungsunterlagen vorzeigen, um eine Fahrkarte für den Shuttlebus zu erhalten.«

»Schon wieder anstehen?« Sophie seufzte.

»Warum hast du dich denn nicht gleich eingereiht?«, rüffelte Puellen. »Dann müssten wir jetzt nicht –«

Der Blick, den Mur ihm daraufhin zuwarf, ließ ihn abrupt verstummen.

Knappe zwei Stunden später erreichten sie das Cruise Terminal in Manhattan. Die Fahrt hatte nur dreißig Minuten gedauert. Den Rest der Zeit hatten sie mit Warten verbracht – erst im Flughafengebäude, dann im Bus. Sophie war mittlerweile ziemlich erledigt. Ronja quengelte; sie war müde und hatte Hunger. Die anderen wünschten sich ebenfalls nichts sehnlicher, als endlich ihre Kabine beziehen zu können. Als sie das Hafenterminal betraten, wurde ihre Hoffnung augenblicklich zerschlagen. Das Gebäude war eine einzige, riesige Halle, an deren Ende es zwei Dutzend Check-in-Schalter gab. Zehn waren besetzt, einer davon war für VIPs reserviert. Dort warteten fünf Personen, an den anderen fünfhundert.

»Habe ich schon mal erwähnt, dass ich Schlange stehen hasse?«, frotzelte Sophie.

»Wir könnten so tun, als hätten wir das Schild übersehen, und den VIP-Schalter nehmen«, schlug Puellen vor.

Keiner der anderen hielt es für nötig, auch nur mit einem Kopfschütteln auf den Vorschlag zu reagieren. Hackenholt musterte die Mitreisenden, Mur starrte durch die Glasfront auf den dahinterliegenden Hafen, und Sophie kramte in ihrer Handtasche nach einem Traubenzucker-Drops für Ronja. So schnell wie sie ihn auspackte, verschlang ihn die Kleine.

»Noch einen«, bettelte Ronja.

»Das war der letzte, Schatz.«

»Gummibärchen?«

»Tut mir leid.« Sophie zeigte ihrer Tochter die leere Tüte.

»Guck mal, Engelchen, dort drüben ist ein riesengroßes Schiff«, versuchte Christine Mur, Ronja abzulenken. Sie hob sie hoch und deutete auf die Fensterfront, durch die man den Kai sehen konnte. »Wollen wir uns das anschauen?«

Ronja nickte.

»Warte einen Moment«, bat Sophie mit gesenkter Stimme. »Da kommt schon wieder eine Ticket-Kontrolleurin.« Sie wies kaum merklich auf eine junge Frau, die die Uniform der Reederei trug und sich von Grüppchen zu Grüppchen in ihre Richtung vorarbeitete. Sie sprach mit den Wartenden, warf einen Blick auf die vorgezeigten Buchungsbelege und drückte den Passagieren einen bunten Flyer in die Hand.

»Man kann es auch übertreiben«, meckerte Mur. Kopfschüttelnd stieß sie Puellen mit dem Ellenbogen an. »Sicherheitskontrolle! Bitte halten Sie Ihre Reiseunterlagen bereit.«

»Was?« Erschrocken fuhr er herum. Offenbar fürchtete er, noch einmal dem Zöllner zu begegnen. Hackenholt konnte sich ein Schmunzeln nicht verkneifen.

»Hallo, ich bin Cindy Fischer von SunnyBoatCruises. Alles gut bei Ihnen? Ich habe hier unser Bordmagazin, die *Sunny Daily*, für Sie. Darin erfahren Sie, was heute los ist, welche Bars und Restaurants wann geöffnet haben und so weiter.« Die Mitarbeiterin strahlte in die Runde. »Und wenn Sie mir kurz Ihr Ticket zeigen …?«

Puellen hielt ihr die Dokumente hin.

»Eine Meerblickkabine. Wunderbar, vielen Dank!« Dann sah sie fragend zu Hackenholt.

»Mein Mann, meine Tochter und ich.« Sophie deutete auf die Personen und reichte der jungen Frau die Buchungsunterlagen. Kaum hatte sie einen Blick darauf geworfen, begann sie zu jubeln.

»Sie haben das Preisausschreiben gewonnen!«, rief sie überschwänglich. Diverse Umstehende drehten sich um und starrten die Gruppe an. »Herzlichen Glückwunsch! Sie haben Kabine 6248. Das ist auf Deck 6, backbord, eine Balkonkabine.«

Sophie sah sie unsicher an.

»Das ist Ihre erste Kreuzfahrt, nicht wahr? Passen Sie auf: Deck bedeutet Stockwerk. Links heißt backbord und rechts ist steuerbord.« Sie lächelte wieder breit. »Sie wohnen in einer schönen Balkonkabine mit siebzehn Quadratmetern Kabinenplatz und sieben Quadratmetern Balkon. Ich freue mich total für Sie. Diese Reise wird sicher ein unvergessliches Erlebnis für Sie werden. Und als Gewinnerin gehören Sie zu unseren VIPs. Sie dürfen die Expressabfertigung nutzen.«

»Oh!« Sophie war verblüfft.

»Fantastisch!«, freute sich Christine Mur. »Wir hätten schon am Flughafen sagen sollen, dass wir VIPs sind.« Mit Ronja auf dem Arm nahm sie Kurs auf den Check-in, an dem inzwischen niemand mehr wartete. Ohne lange zu fackeln, eilte Hackenholt ihr hinterher. Auch die anderen setzten sich in Bewegung.

»Momentchen!« Cindy Fischer zupfte Puellen am Ärmel. »Der VIP-Schalter ist für Vielfahrer und Gäste reserviert, die eine Suite gebucht haben.«

»Äh, *Schnurzelchen* …« Puellen gestikulierte in der Luft herum, aber Christine Mur war zu weit weg und konnte ihn nicht mehr hören. Fröhlich winkte sie zwei älteren Damen zu, die im vorderen Drittel der Schlange ausharrten. »Können Sie nicht eine Ausnahme machen?«, wandte sich Puellen an die Reedereimitarbeiterin, erhielt jedoch ein bedauerndes Kopfschütteln. »Aber wenn ich mich für eine Suite entscheiden würde, könnten wir …?«

Cindy Fischer nickte.

Entschlossen gab sich Puellen einen Ruck. »Das trifft sich gut. Ich wollte sowieso umbuchen. Die Kabine, die Sie uns zugeteilt haben, sagt mir leider so gar nicht zu.«

»Eine Suite kostet aber deutlich mehr.«

»Geld spielt keine Rolle.«

»Dann folgen Sie mir bitte.« Sie lächelte ihn an. »Wir können sofort prüfen, ob ein Upgrade möglich ist.«

Während eine Mitarbeiterin am Schalter Fotos von Hackenholt, Sophie und Ronja machte und die Bordkarten erstellte, rief Cindy Fischer an einem anderen Computer den Belegungsplan auf. »Ich kann Ihnen die Poseidon-Suite anbieten. Das ist eine Panorama-Deluxe-Suite mit privatem Sonnendeck. Sie befindet sich auf Deck 12 im Bug genau über der Brücke. Von dort haben Sie den besten Ausblick. Der Wohnraum umfasst zweiundvierzig Quadratmeter, und durch die Panoramafenster können Sie die Aussicht sogar vom Bett aus genießen. In der Nasszelle gibt es eine Dusche und eine Badewanne mit Whirlpool-Funktion, die Toilette ist separat. Der Balkon hat großzügige fünfundzwanzig Quadratmeter und ist mit zwei Liegen, Hängematten und einer komfortablen Sitzecke ausgestattet.«

»Großartig, die Suite nehme ich.«

»Sind Sie sicher? Der Preis würde sich im Vergleich zu Ihrer bisherigen Meerblickkabine –«

»Wo muss ich unterschreiben?«

Mittwoch

Sophie rekelte sich in einem der bequemen Ledersessel der Poseidon-Suite. Mur und Puellens temporäres Zuhause war schon etwas Feines. Durch Ronjas Zustellbett war ihre eigene Balkonkabine so vollgestopft, dass Hackenholt angemerkt hatte, er könne nun nachvollziehen, wie sich eine Sardine in der Dose fühle. Hier oben konnte Ronja jedoch sogar mit Christine Mur fangen spielen, ohne etwas umzuwerfen. Und dann war da der fantastische Ausblick. Allein deshalb hatten sie in den letzten acht Tagen viel Zeit bei den Freunden verbracht. Zumindest, wenn sie keinen Ausflug unternahmen oder sich an Bordaktivitäten beteiligten.

Heute hatte der Prinz Christian Sund auf dem Programm gestanden. Noch vor sieben Uhr morgens machte ein kleines Boot längsseits fest, und ein Lotse kam an Bord. Hackenholt, der das Schauspiel vom Balkon seiner Kabine aus beobachtete, entdeckte in einiger Entfernung ein paar Mink- und Finnwale – und Eisberge. Es war ein regelrechter Eisgürtel, den sie passieren mussten. Er bewunderte den Mut des Kapitäns, der offenbar fest entschlossen war, nicht vor der Natur zu kapitulieren und umzudrehen. Irritiert von dem lauten Rumpeln, das die auf das Heck treffende Dünung verursachte, gesellte sich Sophie im Bademantel zu ihm. Das Schiff tastete sich mit immer langsamer werdender Geschwindigkeit voran. Draußen war es so still, dass man das Rascheln des Eises hören konnte. Dann schob sich die SunnySky in den Sund.

Da Familie Hackenholt so früh wach war, schafften sie es vor dem großen Ansturm zum Frühstück. Anschließend vertraten sie sich in der zehn Grad kalten Luft auf dem obersten Außendeck die Beine. Und danach machten sie es sich in der Suite bei den Freunden gemütlich. Sechs Stunden lang genossen sie die atemberaubende Aussicht durch die Panoramafenster auf die von schroffen Felsen geprägte Landschaft. Die See war komplett ruhig, die Berge spiegelten sich auf der Wasseroberfläche. Gelegentlich entdeckten sie die eine oder andere Robbe auf einer Eisscholle.

Höhepunkt der Passage war, dass ein Tenderboot zu Wasser gelassen wurde und zwei Crew-Mitglieder Brocken von einem Eisberg schlugen, die am Abend zerkleinert zu den Drinks gereicht werden sollten.

In den vergangenen zwei Stunden war das Wetter allmählich schlechter geworden. Erst zogen Wolken auf, kurze Zeit später begann es zu regnen. Hackenholt bemerkte, dass es auch wieder mehr Eisberge gab.

Ein Dreifachgong ertönte. Unmittelbar darauf schallte die angenehme Stimme von Kapitän Barrington Viviani durch den Lautsprecher. Er erklärte den Gästen, dass die Fahrt in den kommenden Stunden, nachdem sie das offene Meer erreicht hatten, ein wenig ungemütlicher werden könnte, da von Neufundland her ein Sturmtief aufzog.

Er schloss mit den Worten: »Bei schwerer See gilt an Bord eine wichtige Regel: Mit einer Hand hat man alles im Griff! Damit meinen wir: Nutzen Sie unbedingt die in den Gängen angebrachten Handläufe.«

Sophie warf Hackenholt einen alarmierten Blick zu.

»Hunger!« Ronja sah ihre Mutter auffordernd an. Es war halb vier. Die großen Restaurants hatten geschlossen. Hilfsbereit holte Christine Mur ihre *Sunny Daily*.

»Wir haben die Wahl zwischen der Crêperie Chez Anne und zwei Bars, an denen die üblichen Snacks gereicht werden«, erklärte sie gleich darauf.

»Magst du einen Pfannkuchen?«, fragte Sophie ihre Tochter. Die Kleine nickte.

»Ihr müsst auf Deck 11.« Mur schürzte die Lippen. »Wisst ihr was? Ich komme mit. So ein winziger Crêpe mit Nutella würde mir jetzt auch schmecken.«

»Denk daran, dass ich uns alle für das Dinner heute Abend angemeldet habe«, warnte Puellen. »Es gibt ein Fünf-Gänge-Menü.«

»Ach, das geht schon. Zur Not ziehe ich morgen eine deiner Hosen an«, scherzte Mur.

Kaum hatten die Damen die Suite verlassen, wandte sich Puellen an Hackenholt: »Ich würde dir gerne etwas zeigen, wenn du einen Moment Zeit hast. Ich brauche nämlich deinen Rat.«

»Um was geht es denn?«, erkundigte sich Hackenholt überrascht.

»Tja ... also ...« Puellen räusperte sich. »Wie du weißt, habe ich Christine diese fabelhafte Reise zu Weihnachten geschenkt. Sie hat sie sich so gewünscht. Und wir sind ja auch schon eine ganze Weile liiert.« Er hielt inne und blickte Hackenholt erwartungsvoll an.

Der nickte zustimmend.

»Vieles hat sich im Lauf der letzten Jahre hervorragend zwischen uns eingespielt. Wir können einander blind vertrauen.«

Ob Mur das genauso formulieren würde? Hackenholt musste an den Vorfall am New Yorker Flughafen zurückdenken und an die täglichen Kabbeleien der beiden.

»Und dann das Upgrade. Genaugenommen ist das ein eindeutiger Wink des Schicksals, findest du nicht?« Puellens Stimme klang feierlich.

»Worauf willst du hinaus, Maurice?« Unbeabsichtigt kniff Hackenholt die Augen zusammen und musterte ihn durchdringend. Augenblicklich errötete der Rechtsmediziner und drehte sich hastig weg.

»Am besten zeige ich es dir«, murmelte er und griff zu seiner Bordkarte. Neugierig geworden erhob sich Hackenholt, und gemeinsam verließen sie die Suite.

Anstatt an den Kabinen vorbei in Richtung Sonnendeck und Pool-Bar zu gehen, wo sich das mittlere Treppenhaus und die Aufzüge befanden, öffnete Puellen eine unscheinbare Metalltür schräg gegenüber seiner Suite mit der Aufschrift *Crew only*. Dahinter verbarg sich ein schlichtes, weiß gestrichenes Treppenhaus.

»Eigentlich hat hier nur die Crew Zutritt«, erklärte er überflüssigerweise und missdeutete Hackenholts fragenden Blick. »Aber es ist eine prima Abkürzung.«

Während sie die Stufen der steilen Metalltreppe hinunterstiegen, drangen von unten aggressive Stimmen zu ihnen herauf. Als sie einen Moment später in einem Zwischengeschoss um einen Treppenabsatz bogen, stießen sie auf zwei sich prügelnde Männer. Es war ein ungleicher Kampf. Der Jüngere der beiden war schmächtig, der andere bullig.

»Hey!«, rief Hackenholt, so autoritär er konnte, und sprang vor. »Sofort aufhören!«

Der Ältere sah auf. Hackenholt genügte der Augenblick, um ihn am Arm zu packen und von seinem Kontrahenten wegzubugsieren. Puellen kümmerte sich unterdessen um den Unterlegenen. Er hatte ordentlich Prügel eingesteckt. Seine Wange war geschwollen, und die Nase blutete.

»Das sieht nicht gut aus«, beschied Puellen. »Ich fürchte, die ist gebrochen. Sie sollten den Schiffsarzt aufsuchen.«

Anstelle einer Antwort drückte sich der Kerl flink an ihm vorbei und eilte die Stufen hinunter. Hackenholt lockerte seinen Griff und ließ den anderen los. Ohne sich zu erklären, wandte auch der sich wortlos um und rannte die Treppe hinauf.

»Denkst du, wir sollten den Vorfall melden?«, fragte Puellen.

»Wie willst du denn erklären, was wir hier im Mannschaftstreppenhaus zu suchen haben?« Hackenholt schüttelte den Kopf. »Mich wundert sowieso, dass du noch nicht erwischt wurdest.«

Schweigend gingen sie die restlichen Stufen zum nächsten Treppenabsatz hinab und verließen das Treppenhaus. Auf Deck 10 gab es eine Lounge samt angeschlossener Bibliothek, den oberen Zuschauerraum des Theatriums, das Casino und den Ausflugsschalter. Doch all das interessierte Puellen nicht. Er marschierte schnurstracks zur Fotogalerie.

»Vor ein paar Tagen bin ich mit Christine hier vorbeigekommen«, erklärte er. »Sie wollte sich die Bilder ansehen, die der Schiffsfotograf von uns gemacht hat, als wir an Bord gegangen sind. Sie fand, dass das eine nette Erinnerung wäre.«

Hackenholt runzelte die Stirn. Die beiden mussten Stunden gebraucht haben, denn an der Wand vor ihnen erstreckten sich Tausende von Aufnahmen. Hackenholt entwich ein Seufzen. War das Puellens Problem? Mur wollte das Foto, aber sie hatten es nicht gefunden?

»Wäre es nicht am einfachsten, wenn wir den Fotografen fragen?«, schlug er daher vor.

»Was meinst du?« Puellen verstand nicht.

»Digitale Fotos sind mit einem Timecode versehen. Wir haben gegen halb fünf eingecheckt. Wenn wir euer Bild finden wollen, kann uns der Fotograf sicher helfen.«

»Davon haben wir längst einen Abzug bestellt. Das geht am Fotokiosk in null Komma nix. Mich hat das hier inspiriert.« Zielsicher deutete er auf ein Foto, auf dem ein Mann vor einer hübschen Frau kniete und ihr schüchtern ein Etui mit einem Ring entgegenhielt. »Es gibt auf der SunnySky einen Antragsservice«, flüsterte Puellen, obwohl niemand in ihrer Nähe war, der ihn hätte hören können. »Ich habe nachgefragt. Die Crew kümmert sich um alles: die Gelegenheit, die Location, Luftballons, Blumen und den Fotografen.«

»Und jetzt willst du von mir wissen, ob du Christine einen Antrag machen sollst?«

»Nein. Das habe ich gestern alles gebucht.«

Hackenholt verschlug es die Sprache.

»Ich bin mir allerdings mit dem Ring unsicher.« Puellen wies auf das neben dem Fotoladen gelegene Geschäft. Es war der Juwelier. »Ich habe mir alle Ringe angesehen, die sie vorrätig haben. Drei kommen in die engere Auswahl.« Energisch stieß er die Tür auf und trat ein. Die Mitarbeiterin blickte auf und grüßte freundlich.

»Wären Sie so nett, uns die drei Verlobungsringe zu zeigen, die Sie für mich zurückgelegt haben?«, bat Puellen und ignorierte geflissentlich, dass sie bereits ein junges Paar bediente.

»Machen Sie nur«, nickte der andere Kunde. »Wir sind noch eine Weile beschäftigt.«

Die Angestellte verschwand im hinteren Teil des Ladens. Hackenholt sah sich um. Es gab alles, was das Herz begehrte. Uhren, Ringe, Anhänger, Halsketten. Beim Blick auf die Preisschilder zog es ihm jedoch fast die Schuhe aus. Bevor er Puellen darauf aufmerksam machen konnte, dass die Schmuckstücke in seinen Augen maßlos überteuert waren, kehrte die Mitarbeiterin mit einem lederüberzogenen Tablett zurück.

Der erste Ring war ein Klassiker: Eine einfache Fassung geziert von einem großen Klunker. Der zweite war eine Weißgoldschiene, in die rundherum zehn kleine Diamanten eingearbeitet waren. Und der dritte war ein ungewöhnlich breiter Goldring mit Ausschnitt, in dem drei mittelgroße Edelsteine steckten.

»Welcher passt am besten zu Christine?«, wollte Puellen wissen.

»Puh!« Hackenholt blies die Wangen auf.

»Du kennst sie länger als ich und hast sie jeden Tag stundenlang um dich. Wenn alles wie geplant klappen soll, muss ich mich heute entscheiden, denn der Ring muss noch auf ihre Größe geändert werden.«

»In meinen Augen ist sie eine moderne Frau. Daher würde ich diesen nehmen.« Er zeigte auf den breiten. »Andererseits hätte ich nie und nimmer gedacht, dass sie Kreuzfahrten toll findet. Sie ist auch recht bodenständig. Da wäre möglicherweise die klassische Variante besser.«

»Wenn ich mich kurz einmischen darf?« Der andere Kunde gesellte sich zu ihnen. Seiner Aussprache nach war er Amerikaner. »Nehmen Sie den mit dem großen Stein. Dann ist Ihnen das Jawort sicher.«

Wie zur Bestätigung hob die Frau die Hand und wedelte damit graziös in der Luft herum. Der Diamant an ihrem Finger war nicht zu übersehen. »Manchmal kommt es eben doch auf die Größe an«, grinste sie schelmisch.

»Tja, dann wird es dieser«, sagte Puellen mehr zu sich selbst als zu den Umstehenden.

»Willst du dich wirklich jetzt entscheiden?«, fragte Hackenholt mit gedämpfter Stimme. »Mir kommt das alles sehr spontan vor. Hast du mit Christine mal darüber gesprochen?«

»Natürlich nicht!« Puellen riss entsetzt die Augen auf. »Und du darfst dich auch nicht verplappern. Es soll doch *die* Überraschung ihres Lebens werden.«

»Schon klar«, beruhigte Hackenholt. »Aber normalerweise unterhält man sich irgendwann mal mit seinem Partner darüber, wie man sich die gemeinsame Zukunft vorstellt. Dabei wird deutlich, was der andere von einem Trauschein hält. Bei Christine wäre ich mir nicht sicher, wie sie übers Heiraten denkt.« Hackenholt warf einen diskreten Blick auf das Preisschild des Schmuckstücks. Zwei Monatsgehälter. »Und außerdem bekommst du in Nürnberg solch einen Ring zum halben Preis.«

»Das ist mir egal. Der Antragsservice ist gebucht. In drei Tagen brauche ich einen Verlobungsring.« Er wandte sich an die Verkäuferin. »Ich nehme diesen hier.« Er zeigte auf den Klassiker. »Wenn Sie ihn wie besprochen ändern würden?«

Kurz vor zwanzig Uhr ertönte ein sanftes Klopfen an der Kabinentür. Es war Cindy Fischer, die freundliche Mitarbeiterin, die sie im Kreuzfahrtterminal kennengelernt hatten.

»Sie haben einen Babysitter bestellt?«, begrüßte sie Hackenholt mit ihrem strahlenden Lächeln.

»Richtig«, flüsterte Sophie. »Ronja schläft schon. Ich hoffe, das bleibt so. Allerdings bin ich mir nicht sicher, wie gut sie das Schwanken des Schiffs verträgt.«

»Ja, der Seegang hat ganz schön zugenommen. Und ich fürchte, es wird noch schlimmer.«

»Wirklich?« Sophie verzog das Gesicht. »Mir genügt das schon voll und ganz! Falls etwas sein sollte, finden Sie uns auf Deck 11.«

»Ah, Sie nehmen am Krimidinner teil. Hoffentlich bekommen Sie heraus, wer der Mörder ist. Nicht, dass er hier tagelang frei herumläuft«, scherzte Cindy Fischer.

»Ich dachte, es wäre ein Galadinner«, sagte Sophie perplex. »Maurice hat etwas von fünf Gängen erwähnt.«

»Unser Galadinner findet in Form des Kapitänsdinners erst in drei Tagen statt. Wenn Sie möchten, passe ich dann gerne wieder auf Ihre Tochter auf. Sie sollten jedoch so früh wie möglich den Babysitterservice bestellen. An dem Abend ist die Nachfrage immer besonders groß.«

»Da brauchen wir Sie unbedingt«, erklärte Hackenholt sofort. »Können wir bei Ihnen buchen oder müssen wir an die Rezeption gehen?«

»Ich werde es später für Sie eintragen. Jetzt wünsche ich Ihnen einen vergnüglichen Abend.«

»Du willst freiwillig am Kapitänsdinner teilnehmen?«, hakte Sophie verwundert nach, während sie den Handlauf fest gepackt hielt und in Richtung Treppenaufgang marschierte. Nichts wäre ihr peinlicher gewesen, als vor anderen Gästen das Gleichgewicht zu verlieren und wie betrunken gegen die Wand zu taumeln.

»Ich fürchte, wir müssen Maurice beistehen.«

Sophies Gesicht war ein einziges Fragezeichen.

»Er hat mir, während ihr Crêpes gegessen habt, beim hiesigen Juwelier einen Verlobungsring gezeigt, den er Christine schenken möchte. Wenn ich ihn richtig verstanden habe, will er seinen Antrag an dem Abend machen – womöglich vor versammelter Mannschaft.«

»Wirklich?« Sophie klang überrascht.

»Christine hat dir gegenüber also keinerlei Andeutungen gemacht?«

»Wenn du mich fragst, ist sie absolut ahnungslos.« Sophie stieg die Treppe zu Deck 11 hinauf. Bei dem Seegang war ihr der Fahrstuhl nicht recht geheuer, da sich die Türen immer wieder wie von Geisterhand öffneten und schlossen.

»Das hatte ich befürchtet«, entgegnete Hackenholt. »Lass dir bloß nichts anmerken.«

»Natürlich nicht!«, empörte sich Sophie.

Ein Dreifachgong kündigte eine Durchsage des Kapitäns an. Sophie blieb stehen und horchte angestrengt. Seit sie den offenen Atlantik erreicht hatten, war es wesentlich lauter geworden. Das Schiff schien unter dem scharfen Wind zu ächzen, Metall stöhnte, als werde es bis zum Anschlag beansprucht. Außerdem gab es nun auf jeder Etage im Treppenaufgang einen Behälter mit Spuckbeuteln.

»Meine verehrten Damen und Herren«, begann Barrington Viviani, »was zunächst als Sturmtief angekündigt war, hat sich zu einem Unwetter gemausert, für das der isländische Wetterdienst die höchste Warnstufe ausgerufen hat. Um diese Jahreszeit sind derartige Stürme hier keine Seltenheit. Es besteht kein Grund zur Beunruhigung. Die SunnySky ist bestens gerüstet. Allerdings ist es aufgrund der Wetterlage unmöglich, im Hafen von Reykjavík anzulegen. Daher haben wir uns entschieden, den dortigen Stopp ausfallen zu lassen, und werden direkt Kurs auf Schottland nehmen. Damit können wir den Orkan hoffentlich weitestgehend umfahren.«

Wie um die Worte des Kapitäns zu unterstreichen, knallte irgendwo eine Tür zum Außenbereich, die der Wind aufgedrückt hatte, weil sie noch nicht gesichert worden war.

»Sollen wir zu Ronja zurückgehen?«, fragte Sophie unschlüssig.

»Warten wir erst mal ab. Sie ist in guten Händen. Wenn es mit dem Wetter schlimmer werden sollte, können wir den Abend jederzeit abbrechen«, beruhigte Hackenholt und nahm die letzte Treppe zu Deck 11 in Angriff.

Vor dem Restaurant verteilten Servicekräfte Sektgläser. Außerdem erhielt jeder Gast einen dicken Umschlag.

»Ach herrje! Hoffentlich ist das nicht auch noch ein Mitmachprogramm«, seufzte Hackenholt.

»Überraschung!«, flötete Christine Mur auf einmal hinter ihm. »Wir dachten, ein Rätselabend wäre in deinem Sinn.«

»Wie kommst du denn darauf?«, fragte er verdutzt.

»Du hast doch Manfred Stellfeldt bislang bei allen Landgängen heimlich im Kommissariat angerufen und gefragt, was los ist. Dabei weißt du ganz genau, dass er dich hervorragend vertritt und du der Erste wärst, den er informieren würde, wenn es ein Problem gäbe«, erklärte Mur.

»Und damit du nicht aus der Übung kommst und Sophie auch mal sieht, was du draufhast, haben wir beschlossen, dir diesen Abend als vorgezogenes Geburtstagsgeschenk zu spendieren.« Maurice Puellen wirkte sehr mit sich zufrieden.

»Großartig!«, murmelte Hackenholt, wofür er von Sophie einen missbilligenden Blick erntete.

»Wir sitzen dort drüben.« Christine Mur wies auf einen runden Tisch mitten im gut gefüllten Saal.

Hackenholt schätzte, dass knapp einhundert Personen an dem Event teilnahmen. Es herrschte eine erwartungsvolle Stimmung. Die Unterhaltungen drehten sich entweder um den bevorstehenden Mord oder den Sturm und das erheblich schwankende Schiff.

Als sie zu ihrem Tisch hinübergingen, gewahrte Hackenholt einen bulligen Mann in der Menge. Es war der Kerl, der sich am Nachmittag im Treppenhaus mit dem Jüngeren geprügelt hatte. Nun zog er erneut alle Augen auf sich. Er redete laut, lachte ordinär und fuchtelte mit ausladenden Gesten durch die Luft. Scheinbar hatte er sich in der Zwischenzeit betrunken. Hackenholt wandte ihm demonstrativ den Rücken zu und nahm neben Sophie Platz.

»Die haben wirklich an alles gedacht«, staunte sie. Ihr Kuvert enthielt einen Kugelschreiber und diverse verschiedenfarbige Formulare. »Hast du in der Arbeit auch so was?« Sie hielt einen Fragebogen hoch.

»Name des Opfers, Zeitpunkt des Todes, Todesursache, Zeuge 1, Alibi, Mordmotiv«, las Hackenholt vor. »Nein. Aber vielleicht werde ich das nach meiner Rückkehr einführen.«

»Guten Abend!«, grüßte eine Frau vernehmlich.

Christine Mur zuckte zusammen. Die Stimme gehörte Margarethe von Berg. Sie und ihre Freundin Erika Müller waren Mur in den vergangenen Tagen regelmäßig auf dem Schiff begegnet und hatten sie stets ungefragt mit vermeintlich heißen Tipps versorgt.

»Haben Sie sich schön vorbereitet?«, fragte Erika Müller.

Mur sah sie verdutzt an.

»Natürlich nicht. Woher sollten Sie auch wissen, was man benötigt, um einen Mörder zu überführen?«, antwortete Frau von Berg und zeigte stolz auf ihre Handtasche. »Wir sind sozusagen Profis. Passen Sie gut auf, dann wissen Sie nächstes Mal, worauf Sie achten müssen. Beim letzten Mord habe ich innerhalb einer halben Stunde gewusst, wer der Täter ist.«

»Was haben Sie denn alles mitgebracht?«, erkundigte sich Puellen interessiert. »Ein Fläschchen Luminol und eine Schwarzlichtlampe, um die Blutspuren sichtbar zu machen?«

Die beiden Damen warfen sich einen raschen Blick zu, dann beugte sich Frau von Berg vor und sagte mit verschwörerisch gesenkter Stimme: »Das werden Sie nachher sehen. Einstweilen nur so viel: Dieser ganze technische Schnickschnack ist völlig überflüssig.«

»Klingt, als könnten wir uns entspannt zurücklehnen«, meinte Hackenholt belustigt. »Wenn Sie so erfahrene Spürnasen sind, kann uns ja nichts passieren.«

Frau von Bergs Antwort ging in den Worten von Chefkoch Luigi unter, der die Gäste lautstark willkommen hieß. Er dankte ihnen für ihr zahlreiches Erscheinen und versprach einen Abend der kulinarischen Superlative. Sobald jeder Platz genommen und seinen Aperitif ausgetrunken habe, werde es losgehen. Er lächelte in die Runde und verbeugte sich. Applaus brandete auf. Sofort eilten Servicekräfte durch den Raum und sammelten die leeren Sektgläser ein.

Auf einmal erlosch das Licht, und es wurde stockdunkel. Einen Sekundenbruchteil später fiel ein Tablett scheppernd zu Boden. Eine Frau stieß einen spitzen Schrei aus. Eine andere kicherte nervös. Es folgten gedämpfte Geräusche: erst ein Stöhnen, dann ein Röcheln. Hackenholt fühlte einen Luftzug im Nacken. Ein Hauch von Aftershave stieg ihm in die Nase. Die Bedienung, die neben ihm stand, rief »He!« und taumelte gegen seine Schulter. Glas klirrte.

»Gehört das zum Dinner oder ist das ein echter Stromausfall wegen dem Unwetter?«, fragte Sophie besorgt. Im Dunkeln machte sich das Schwanken des Schiffs besonders stark bemerkbar.

»Hast du sie, Margarethe?«, flüsterte Erika Müller. Anstatt einer Antwort wurde Hackenholt plötzlich von einem grellen Lichtstrahl geblendet. Er riss die Hand hoch und schützte seine Augen.

»Würden Sie das bitte unterlassen?«, schimpfte er.

Eine Entschuldigung murmelnd senkte Frau von Berg ihre Taschenlampe und leuchtete auf den Tisch. Zwei Gläser waren umgefallen. Während sich die Kellnerin wortreich bei Hackenholt entschuldigte, begann auf einmal eine Frau am Nebentisch zu schreien. Immer mehr Feuerzeuge wurden gezückt und Handylichter eingeschaltet. Auch Puellen holte sein Smartphone hervor und leuchtete damit durch die Gegend.

»Hilfe!« Die Stimme der Frau war ein hysterisches Kreischen. »Hilfe!«

Für einen kurzen Augenblick war Hackenholt unklar, was passiert war. Doch dann rief die Bedienung neben ihm: »Schnell! Wir brauchen einen Arzt.«

Und nun gewahrte auch er den über dem Nachbartisch zusammengesunkenen Körper, in dessen Rücken ein Messer steckte. Es war der bullige Kerl, der ihm so unangenehm aufgefallen war. Puellen sprang auf und wollte zu ihm laufen, aber da erklärte eine Männerstimme: »Mein Name ist Dr. Brinkhaus. Was ist los?«

»Tun Sie was! Mein Mann stirbt«, kreischte die Frau.

Gebannt verfolgten alle, wie der Mediziner zu der leblosen Gestalt eilte.

»Ich brauche mehr Licht!«, herrschte er eine der Servicekräfte an.

Wie aus dem Nichts erschienen zwei Helfer mit batteriebetriebenen Pannenleuchten. Ihr schwacher Schein verbreitete eine gespenstische Atmosphäre. Hackenholt bezweifelte, dass Dr. Brinkhaus nun mehr sah.

Trotzdem verkündete der Arzt kurz darauf: »Der Mann ist tot. Er wurde ermordet. Niemand darf den Raum verlassen, bis die Polizei eingetroffen ist.«

Gemurmel brandete auf. Manche Gäste erhoben sich von ihren Stühlen, um einen besseren Blick auf das Opfer zu erhaschen, andere traten ungeniert näher heran.

»Und alles noch vor der Vorspeise«, seufzte Hackenholt, der Hunger hatte.

»Ich bin Chefinspektor Bernhard Alt vom Bundeskriminalamt«, rief auf einmal ein schmächtiger Herr im Trenchcoat. Hackenholt hatte ihn bereits vor ein paar Minuten im Saal entdeckt. Es war der junge Mann, der im Treppenhaus Prügel bezogen hatte. »Ich werde diese Untersuchung leiten.«

»Chefinspektor vom BKA«, gluckste Christine Mur. »Herrlich!«

Der Ermittler drehte sich abrupt zu ihr um und sah sie durchdringend an. »Ein bisschen mehr Respekt, wenn ich bitten darf! Was haben Sie getan, als der Strom ausgefallen ist?«

»Ich habe an meinem Platz gesessen und mich nicht gerührt«, erklärte Mur ernst.

»Soso. Können Sie das bestätigen?«, fragte er Puellen.

»Ich ... äh ... ja, natürlich.«

»Ich kann das ebenfalls beschwören«, meldete sich Frau von Berg ungefragt zu Wort.

»Aha. Und wer ist das Opfer?« Er wandte sich der Gestalt zu, die mit dem Messer im Rücken über dem Tisch lag.

»Das ist mein Mann, Helmut Leykauf«, brachte die hysterische Frau zwischen zwei Schluchzern heraus. Sie stand für alle gut sichtbar neben der vermeintlichen Leiche. »Ich bin Frauke Leykauf. Wir haben uns heute hier versammelt, um das fünfzigjährige Bestehen unserer Firma zu feiern.«

»Dazu kommen wir später«, wehrte der Ermittler ab. »Im Moment interessiert mich erst einmal, was passiert ist.«

»Das Licht ging aus, und kurz darauf war Helmut tot.« Die Frau konnte sich kaum noch auf den Beinen halten. Dr. Brinkhaus musste sie stützen.

»Herr Alt, wäre es nicht besser, den Toten abtransportieren zu lassen? Die Leute stehen unter Schock. Es gibt keinen Grund, sie noch länger zu ängstigen.«

»Außerdem verkocht die Vorspeise.« Chefkoch Luigi wirkte alles andere als amüsiert.

Der Chefinspektor schien zu überlegen, dann gab er zwei Sanitätern, die bei der Tür warteten, ein Zeichen. Sie stellten eine Trage neben das Opfer, hievten es unzeremoniell darauf und transportierten es ab.

»Bringen Sie die Leiche direkt in die Pathologie«, wies er die Männer an und verließ mit einem knappen Gruß den Saal.

»So viel zum Thema Tatortarbeit«, murmelte Mur.

»In die *Pathologie*«, schnaubte Puellen und legte kopfschüttelnd sein Handy weg. »Der hat wirklich keine Ahnung.«

»Wir hätten auch filmen sollen«, meinte Sophie, die sich mit den Feinheiten nicht so auskannte und den Abend wesentlich pragmatischer anging. »Dann hätten wir vielleicht einen Hinweis auf den Täter erhalten.«

»Habe ich doch, meine Liebe«, beruhigte Puellen.

»Sein Kameralicht geht nämlich angeblich nur, wenn er ein Video aufnimmt«, spottete Mur. »Die Taschenlampenfunktion kennt er nicht.«

Sophie konnte sich ein Grinsen nicht verkneifen.

»Wenn Sie jetzt noch keine Spur haben, ist es sowieso zu spät«, platzte es aus Frau von Berg heraus. »Ich habe bereits einen Verdacht.«

»Du bist die Beste!« Erika Müller sah sie bewundernd an.

Auf einmal ging das Deckenlicht wieder an. Mit Tellern beladene Servicekräfte erschienen. Das Wildkaninchen mit Lauchteigtaschen ließ den Kriminalfall zur Nebensache werden.

Sobald die Gedecke abgetragen waren, wurde die Tür schwungvoll aufgestoßen, und der Ermittler kehrte zurück.

»Ich habe Neuigkeiten«, verkündete er. »Meine Kollegen und ich haben in der Zwischenzeit umfassende Recherchen angestellt. »Helmut Leykauf war Chef eines mittelständischen Unternehmens mit knapp einhundertzwanzig Mitarbeitern. Der geschätzte Jahresumsatz liegt bei dreißig Millionen Euro.«

»Fünfunddreißig«, korrigierte ein junger Mann. Er erhob sich, sodass er gut zu sehen war. »Mein Name ist Kilian Leykauf. Seit drei Monaten bin ich die rechte Hand meines Vaters. Ich sollte die Firma zu Beginn des neuen Geschäftsjahres Anfang Juli übernehmen, da er sich zur Ruhe setzen wollte.«

»Wir hatten eine Weltreise geplant. Jahrelang hat Helmut mir das versprochen. Aber immer war der Betrieb wichtiger. Und jetzt ...«, wieder brach Frauke Leykauf in lautes Schluchzen aus.

Auf einmal wurde das Schiff von einer besonders heftigen Welle erwischt und schwankte noch mehr hin und her. Der Ermittler im Trenchcoat musste sich an einem Stuhl festhalten. Als er sich stabilisiert hatte, blätterte er in seinem Notizblock. »Sie haben vorhin angedeutet, dass Sie sich hier anlässlich der Feier zum fünfzigsten Firmenjubiläum eingefunden haben.«

Die Frau nickte.

»Überdies wollte der Chef heute Abend bezüglich seiner Nachfolgeregelung eine wichtige Änderung bekannt geben«, warf einer der Angestellten ein. Er stand ebenfalls auf und stellte sich als Jonathan Turbanisch vor. »Helmut waren Zweifel gekommen, ob er die Firma wirklich an seinen Filius übergeben sollte. Kilian hat sich einige böse Schnitzer erlaubt. Deshalb hat Helmut entschieden, mich als gleichberechtigten Geschäftsführer an die Seite seines Sohns zu stellen. Entscheidungen sollten nur einvernehmlich getroffen werden können.«

»Blödsinn!«, empörte sich Kilian Leykauf. »Derlei hat Vater mit keinem Wort erwähnt. Ich sollte das Unternehmen leiten. Hätte er mir das nicht zugesichert, wäre ich nach meinem Studium überhaupt nicht nach Deutschland zurückgekehrt. Ich habe einen exzellenten Abschluss in Wirtschaftswissenschaften an der Universität von Cambridge gemacht. Mir standen alle Türen offen.«

»Im Alltagsgeschäft hat sich leider herausgestellt, dass du keinerlei Verhandlungsgeschick besitzt«, konterte Herr Turbanisch.

»Das ist sehr interessant«, mischte sich der Chefinspektor wieder in das Gespräch. »Wie ist eigentlich das Erbe geregelt?«

»Der Privatbesitz geht an mich, die Firma an Kilian«, erklärte Frauke Leykauf.

»Sie hätten also ein Motiv, Ihren Vater heute Abend zu töten«, wandte sich der Ermittler an den Sohn.

»Sie aber genauso!« Eine junge, blonde Frau war aufgesprungen und deutete mit ausgestrecktem Zeigefinger auf die Ehefrau. »All dieses Gerede über eine Weltreise. Dass ich nicht lache! Verlassen wollte er sie. Er hat es ihr nur noch nicht gesagt.«

»Und Sie sind ...?«, fragte Bernhard Alt.

»Alexandra Rahner, die Chefsekretärin.«

»Wohl eher Chefflittchen«, zischte Frau Leykauf. »Helmut hätte mich nie wegen einer wie ihr sitzen lassen. Er hatte im Lauf der Jahre diverse Mätressen. Damit habe ich mich abgefunden. An unserer Ehe hätte er nicht zu rütteln gewagt.« Sie reckte den Kopf energisch in die Luft und blickte den Polizeibeamten fest an. »Ich hatte keinen Grund, ihm etwas anzutun. Möglicherweise hat Fräulein Rahner es jedoch nicht ertragen, dass er ihr den Laufpass gegeben hat? Oder Herr Schweitzer war es. Ein Motiv hätte er ebenfalls. Mein Mann hat ihn dabei ertappt, als er eine fünfstellige Summe von einem der Geschäftskonten auf sein privates Konto abgezweigt hat.«

»Wie kommt es, dass Vater mir davon nichts erzählt hat?«, wollte Kilian Leykauf wissen.

»Helmut war sich am Anfang nicht sicher, ob nicht du dahintersteckst«, antwortete die Mutter lapidar.

»Warum hat Ihr Mann Herrn Schweitzer nicht angezeigt?«, hakte der Ermittler nach.

»Meine Tochter hat eine seltene Krankheit. Mit dem Geld wollte ich ihre Behandlung in den USA finanzieren«, räumte Herr Turbanisch ein. »Herr Leykauf hatte dafür Verständnis.«

»Er hat nur unter der Bedingung, dass Sie den Fehlbetrag bis heute zurückzahlen, auf eine Anzeige verzichtet«, rief Frau Leykauf und wandte sich an den Kriminalbeamten. »Aber das konnte er nicht. Deshalb hat er Helmut getötet. Er dachte, außer ihm wüsste niemand von den Unterschlagungen.«

Die Tür ging auf, und eine Küchenhilfe steckte den Kopf herein. »Herr Chefinspektor, Sie werden am Telefon verlangt. Es ist das Labor.«

Kaum war Bernhard Alt hinausgegangen, strömten wieder die Servicekräfte in den Raum. Diesmal brachten sie den Gästen Makrele auf Stachelbeerpüree. Sophie bemerkte, dass die Weingläser nur zu einem Drittel gefüllt wurden. Und auch dann schwankte ihr Inhalt bis zum Rand.

Schließlich kehrte der Ermittler zurück.

»Was sind denn das für Neuigkeiten, die Sie so lange aufgehalten haben?«, fragte Frau Leykauf missbilligend.

»Das ist doch egal!«, zischte der Sohn. »Herr Chefinspektor, es gibt noch einen Tatverdächtigen: meinen Halbbruder. Er arbeitet hier.«

»Warum haben Sie das nicht früher erwähnt? Wo steckt er?«

Ein Kellner mit roter Krawatte, der an einem anderen Tisch Wein nachschenkte, stellte die Flasche ab und trat in die Mitte des Saals. »Mein Name ist Bertrand Dumas, ich bin Sommelier.«

»Der Tote war Ihr Vater?«

»Erzeuger. Ein Vater ist landläufig jemand, der sich um seine Kinder kümmert. Das traf auf Herrn Leykauf nicht zu. Wir hatten keinerlei Kontakt.«

»Das ist nicht richtig«, mischte sich Frau Leykauf ein. »Vor einem halben Jahr haben Sie ihn um die Auszahlung Ihres Pflichtteils gebeten. Aber Helmut hat abgelehnt.«

»Stecken Sie in finanziellen Schwierigkeiten?«, hakte der Ermittler nach.

»Man hatte mir angeboten, mich in ein renommiertes Haus einzukaufen. Solch eine Chance bekommt man nur einmal im Leben. Bedauerlicherweise zog es Herr Leykauf vor, mich nicht zu unterstützen.« Der Weinkellner zuckte mit den Schultern, als wäre das kein großes Ding gewesen.

»Es werden immer mehr Verdächtige«, seufzte der Chefinspektor theatralisch. »Wir sollten daher schleunigst herausfinden, ob sich allen, die ein Motiv hatten, eine Möglichkeit bot, Herrn Leykauf zu töten.« Wieder rollte das Schiff von besonders hohen Wellen getroffen stark hin und her. Einer Frau wurde schlecht. Sie presste sich ihre Serviette vor den Mund und eilte hinaus.

»Was hatte denn das Labor zu sagen?«, fragte Alexandra Rahner ungeduldig. »Es muss doch irgendwelche Hinweise geben, wer der Täter ist.«

»Das Labor ... ja. Leider gibt es von dieser Seite keine Hilfe. Es wurden nämlich keine verwertbaren Spuren an dem Messer gefunden.«

»Das kann nicht sein. Es war voller Blut«, entfuhr es Christine Mur, gerade so laut, dass es der Kriminalbeamte hörte. Erbost fuhr er herum und stierte sie an.

»Sie haben offensichtlich keine Ahnung, wie kompliziert solche Untersuchungen sind.«

»Nein, woher denn auch?« Mur schaffte es, todernst zu klingen.

»Dann geben Sie gefälligst nicht zu allem Ihren Senf dazu!« Wütend wandte sich der Beamte ab und sagte: »Zurück zu den wichtigen Fragen der Ermittlungen: Wo hat sich jeder der Verdächtigen aufgehalten, als das Licht ausging?«

»Ich saß an meinem Platz«, sagte Frau Leykauf.

»Kann das jemand bezeugen?«

»Ja«, meldete sich ihr Sohn zu Wort. »Ich saß neben ihr.«

»Ich nehme an, das werden wiederum Sie bestätigen, Frau Leykauf?«

Sie zögerte einen kurzen Augenblick, nickte jedoch schließlich. »Aber wo waren Sie, Frau Rahner?«

»Auf der Toilette. Ich wollte mich frisch machen.«

»Ich habe Sie unmittelbar nach dem Mord hier gesehen«, protestierte Frau Leykauf.

»Ich kam mit den Servicekräften herein, die die Leuchten gebracht haben. Die müssen mich gesehen haben.«

»Und Sie, Herr Schweitzer?«, fragte Bernhard Alt.

»Ich saß auf meinem Stuhl und habe auf das Essen gewartet.«

»Wer kann das bezeugen?«

Niemand sagte etwas.

»Soso. Und dann haben wir noch Herrn Dumas«, stellte der Ermittler fest.

»Ich war zum Zeitpunkt des Stromausfalls draußen, um eine Karaffe Wein zu holen.«

»Entschuldigen Sie, wenn ich mich einmische«, sagte eine der Kellnerinnen auf einmal. »Als das Licht ausgegangen ist, wollte ich gerade die Sektgläser an diesem Tisch abräumen.« Sie deutete in Hackenholts Richtung. »Ich habe einen Luftzug gespürt und im nächsten Augenblick wurde ich so heftig angerempelt, dass ich auf den Gast gefallen bin.«

»Ich habe ebenfalls einen Lufthauch gefühlt«, bestätigte Hackenholt. »Jemand ist hinter mir zur Tür gerannt.«

»Es könnte der Chefkoch gewesen sein«, erklärte die Bedienung. »Als ich kurz vor Beginn des Empfangs die Gläser zu dem Tisch im Foyer trug, habe ich einen Streit zwischen ihm und Herrn Leykauf mitbekommen. Es ging um das Menü. Die beiden haben sich angebrüllt. Ich hatte Angst, dass es zu Handgreiflichkeiten kommen könnte. Und Herr Luigi war nicht mehr im Saal, als die batteriebetriebenen Pannenleuchten gebracht wurden, damit Dr. Brinkhaus besser sehen konnte.«

»Dann sollten wir sofort –«, weiter kam der Chefinspektor nicht, denn die Tür flog auf und krachte gegen die Wand.

»Jetzt ist Schluss! Ihre Ermittlungen können Sie auch später anstellen. Der Tote läuft Ihnen nicht davon«, empörte sich der Chefkoch mit hochrotem Kopf. »Aber mein guter Ruf geht den Bach hinunter, wenn wir den Hauptgang nicht umgehend servieren.«

Er hatte noch nicht ausgesprochen, da drängten sich die Servicekräfte an ihm vorbei in den Raum. Bernhard Alt blieb nichts anderes übrig, als sich mit säuerlichem Gesichtsausdruck zurückzuziehen.

Es gab bei Niedrigtemperatur zubereitete Aylesburyente. Jede Gruppe erhielt ein ganzes Tier, das sodann vor ihren Augen zerteilt wurde. Dazu wurden separate Teller mit Karottenpüree und handgerollten Kartoffel-Käse-Kroketten gereicht. Während Hackenholt Herrn Luigi fasziniert beim Zerlegen zusah, erhob sich schräg hinter ihm ein Tumult.

»Herr Kommissar!«, rief der Koch, der an einem anderen Tisch die Ente hätte zerteilen sollen. Doch der Chefinspektor hatte den Saal bereits verlassen.

»Was gibt es denn?«, erkundigte sich der Chefkoch irritiert.

»Das Tranchierbesteck ist verschwunden.«

»Und deshalb machst du so ein Trara?« Kopfschüttelnd stieß er ihn zur Seite und zerlegte auch dieses Tier mit routinierten Schnitten.

»Herrn Luigi möchte man nicht in die Quere kommen, wenn er mit dem Tranchiermesser hantiert«, stellte Hackenholt fest.

»Ja, der Mann versteht, mit seinem Handwerkszeug umzugehen«, bestätigte Puellen. »Ich hätte die Ente nicht besser sezieren können.«

»Ich bin schon auf die Auflösung gespannt«, sagte Sophie.

»Wer aufgepasst hat, weiß längst, wer der Täter ist. Es kommt nur eine einzige Person infrage«, ließ sich Frau von Berg vernehmen.

»Das sehe ich genauso«, stimmte Puellen zu und sah Hackenholt kurz an. »Ich fürchte allerdings, dass sich der Herr Chefinspektor meiner Meinung nicht anschließt.«

Als die Teller abgetragen waren, kehrte Bernhard Alt zurück. Bevor er etwas sagen konnte, fragte Frau Leykauf schroff: »Hat man Sie über das Tranchierbesteck informiert?«

»Nein, was war denn los?«

»Einer der Mitarbeiter hat festgestellt, dass es am Tisch der Herrschaften dort drüben verschwunden ist.«

Der Ermittler ging hinüber. Es gab jedoch nur die Gläser und das Besteck für das Dessert zu bestaunen. Abrupt wandte er sich ab und stürmte aus dem Raum. Einen Augenblick später kam er mit einem durchsichtigen Plastikbeutel zurück, in dem sich ein blutverschmiertes Messer befand.

»Wer hat den Tisch gedeckt?«

Eine Serviererin trat vor.

»Haben Sie dieses Messer dorthin gelegt?« Er hielt ihr die Tüte vor die Nase. Die Frau zuckte merklich zusammen.

»Ich ... ich weiß nicht«, stammelte sie. »Ich habe alle Tische mit identischem Tranchierbesteck gedeckt.«

»Haben Sie jemanden gesehen, der das Messer genommen hat?«, fragte er die Gäste.

»Hier lag überhaupt kein Tranchierbesteck«, entgegnete eine Frau. »Ich bin mir absolut sicher.«

Der Mann neben ihr nickte zustimmend.

Bernhard Alt fuhr herum. »Haben Sie aus Versehen das Besteck an dem Tisch vergessen?«, schnauzte er die Bedienung an.

»Nein, ganz bestimmt nicht. Sie sind abgezählt. Es wäre aufgefallen, wenn welche übrig geblieben wären.«

»Ich kann beweisen, dass da eins lag«, sprang Frau von Berg der Kellnerin bei. »Ich habe vor dem Dinner nämlich sämtliche Tische fotografiert.« Sie schwenkte ihre Digitalkamera durch die Luft. »Aber ich habe noch etwas anderes bemerkt.«

»Und zwar?« Der Ermittler klang genervt. Offenbar verlief der Abend nicht, wie er eigentlich geplant gewesen war.

»Sehen Sie sich dieses Bild an.« Stolz reichte sie ihm den kleinen Fotoapparat. Als er nicht sofort erkannte, was sie meinte, rief sie laut: »Chefkoch Luigi hat sich das Tranchierbesteck zwischen Schürze und Hose gesteckt. Dort, wo die Ganoven ihre Waffe tragen.«

»Tatsächlich!«, rief der Chefinspektor erstaunt. »Sie haben recht.«

»Und als ich als Erste meine Taschenlampe eingeschaltet habe, war er nicht mehr im Saal«, triumphierte Frau von Berg.

»Herr Luigi!«, brüllte Bernhard Alt.

Der Chefkoch steckte den Kopf zur Tür herein. »Ich kann jetzt nicht. Wir müssen das Dessert vorbereiten«, schimpfte er und wollte sich wieder zurückziehen.

»Nichts da!« Der Kriminalbeamte packte ihn am Schlafittchen und zog ihn in die Mitte des Raums. »Sie haben Herrn Leykauf ermordet. Und zwar mit dem Tranchierbesteck, das Sie kurz vorher von diesem Tisch genommen haben.«

»Aber was reden Sie denn da?« Der Verdächtige sah ihn irritiert an. »Warum sollte ich Helmut Leykauf umbringen? Er ist ein sehr guter Kunde.«

»Ein so guter, dass er sogar anschreiben durfte«, stimmte der Chefinspektor zu. »Wie tief steht er bei Ihnen in der Kreide?«

»Wie kommen Sie –«

»Es geht um einen fünfstelligen Betrag!«, brüllte der Ermittler.

Der Koch erbleichte.

»Ups!«, murmelte Sophie.

»Und genau darum ging es bei Ihrem Streit. Ich habe mich bei Ihren Mitarbeitern umgehört. Sie haben den Fleischlieferanten seit zwei Wochen nicht mehr bezahlt. Und die Gehälter sind Sie Ihren Leuten auch schuldig geblieben.« Er machte eine bedeutungsschwere Pause. »Als Sie Herrn Leykauf heute Abend zum wiederholten Mal auf seine Ausstände angesprochen und auf die allerletzte Frist hingewiesen haben, die Sie ihm eingeräumt hatten, teilte er Ihnen mit, dass er Sie nicht bezahlen wird. Da ist bei Ihnen eine Sicherung durchgebrannt. Im wahrsten Sinne des Wortes. Sie haben einen Kurzschluss provoziert und die allgemeine Verwirrung genutzt, um Herrn Leykauf zu erstechen.«

»Nein …«, stammelte der Chefkoch. »Ich war es nicht.«

»Doch!«, rief Bernhard Alt. »Sie hatten die Möglichkeit, Sie hatten die Mittel und Sie hatten ein Motiv. Deshalb sind Sie hiermit verhaftet.«

»Er war es nicht«, sagte auf einmal eine wohlbekannte Stimme laut und deutlich. Sophie sah, wie Maurice Puellen seine Serviette weglegte und sich erhob. »Genauer gesagt: Er kann es nicht gewesen sein.«

»Warum?«, fragte der Ermittler verblüfft. Auch der Chefkoch schien überrascht.

»Ich habe Herrn Luigi beim Filettieren der Ente beobachtet. Er ist Rechtshänder.«

»Ja, und?«

»Das Opfer wurde von einem Linkshänder getötet.«

»Was?«

Puellen zückte sein Handy und spielte dem Chefinspektor eine Sequenz seiner Aufnahme vor, die er fachmännisch und für alle im Raum gut hörbar kommentierte. Der Kriminalbeamte wirkte nicht überzeugt. Puellen, ganz in seinem Element, ging augenblicklich zur anschaulichen Demonstration über: Er schnappte sich das Tranchiermesser und tat, als steche er auf Murs Rücken ein. Dabei dozierte er publikumswirksam mit erhobener Stimme über wissenschaftliche Erkenntnisse und wo sie in der Fachliteratur ausführlich abgehandelt worden waren. Genau wie er es auch vor Gericht tat – und vor kleinerem Publikum während seiner Obduktionen.

Bernhard Alt schüttelte immer wieder den Kopf, spornte Puellen dadurch jedoch nur noch mehr an, von seinen langjährigen Erfahrungen zu berichten. Er griff auf alte Fälle zurück, an die sich auch Hackenholt erinnerte. Die anfängliche Skepsis auf den Gesichtern der Gäste verschwand, einer nach dem anderen beugte sich vor, um jedes Wort zu verstehen. Viele machten sich Notizen. Offenbar hielten sie Puellens Vortrag für einen Bestandteil des aufgeführten Krimis. Der Schiffsfotograf stand sogar auf und filmte die Szene. Der Chefinspektor schien den Stimmungsumschwung wahrzunehmen und gab seinen Widerstand auf.

»Und wer soll nun der Täter gewesen sein?«, erkundigte er sich resigniert.

»Das habe ich Ihnen doch jetzt eine Viertelstunde lang dargelegt: Es war ein Linkshänder.«

»Wenn Sie meinen.« Der Ermittlungsbeamte straffte die Schultern und wandte sich an die Zuhörer. »Wer von Ihnen ist Linkshänder?«

Ein gutes Dutzend Personen meldete sich zögerlich.

»Die können wir getrost ausschließen«, erklärte Puellen.

»Aha. Und warum? Wer war es dann?«

»Sehen Sie selbst.« Mit einer gekonnten Bewegung warf er dem Chefinspektor sein Handy zu. Reflexartig schoss dessen Hand vor und fing es auf.

»Der Bildschirm ist nicht entsperrt«, stellte er fest, nachdem er kurz darauf herumgetippt hatte.

»Darum geht es gar nicht.« Hackenholt konnte sich ein Lächeln nicht verkneifen. »Sie sind gerade in Maurice' Falle getappt. *Sie* sind ebenfalls Linkshänder.«

»Ja, und?«, rief Bernhard Alt mit aggressiv vorgerecktem Kinn. »Ich werde es wohl kaum gewesen sein.«

»Doch«, entgegnete Puellen gelassen. »*Sie* sind der Täter. Und *ich* werde es beweisen.« Er wandte sich an die anderen Gäste. »Dieser Kerl hier ist ein Hochstapler. Vergessen Sie das Wenige, was er über sich erzählt hat.« Er musterte den Mann herausfordernd. »Wenn Sie sich eine Legende zulegen, sollten Sie sich die Mühe machen und überprüfen, ob das, was sie von sich geben, plausibel ist, Herr Alt. Falls das überhaupt Ihr richtiger Name ist. Eine winzig kleine Recherche hätte Ihnen gezeigt, dass der Dienstgrad eines Chefinspektors zwar in Österreich existiert, aber nicht in Deutschland. Und damit auch nicht beim Bundeskriminalamt in Wiesbaden.«

Der Ermittler starrte ihn aus zusammengekniffenen Augen an.

»Normalerweise wird erhebliche Kraft aufgewendet, wenn man mit einem Gegenstand in ein Objekt sticht«, erklärte Puellen dessen ungeachtet dem Publikum. »Vor allem, wenn es mit besonderer Emotionalität geschieht. Da finden sich immer Spuren. So kurz nach der Tat könnten durchaus noch Abdrücke an den Händen des Mörders vorhanden sein.« Ohne viel Federlesens packte er Bernhard Alts linken Arm. »Hier, sehen Sie!«, rief er nach einem Augenblick. »An der Manschette gibt es rötliche Flecken. Im Labor wird man feststellen, dass es sich um Herrn Leykaufs Blut handelt.«

»Blödsinn!«, widersprach der angebliche Chefinspektor. »Es ist von mir. Ich habe mich verletzt.« Er wies auf das kleine Pflaster auf seinem Nasenrücken.

»Als Ihnen die Wunde zugefügt wurde, hatten Sie ein schwarzes T-Shirt an und kein weißes Hemd.« Puellen schüttelte den Kopf. »Wie gesagt, im Labor wird man eine Probe nehmen und die DNA analysieren. Dasselbe gilt natürlich auch für das Messer. Denn anders als uns Herr Alt glauben machen wollte, besteht eine hohe Wahrscheinlichkeit, unter dem Blut des Opfers DNA-Anhaftungen des Täters zu sichern.«

»Es sei denn, der hätte Handschuhe getragen«, warf Christine Mur ein.

»Richtig. In dem Fall würden wir keine Rückstände daran finden. Aber dann müsste er den blutigen Handschuh irgendwo entsorgt haben. Den werden wir selbstverständlich suchen.« Puellen beäugte Bernhard Alt. »Leeren Sie bitte Ihre Taschen!«

Der Mann wollte wieder protestieren, doch Herr Luigi baute sich drohend vor ihm auf. Kleinlaut fügte sich der Ermittler in sein Schicksal und legte alles, was er bei sich trug, auf den Tisch. Zum Vorschein kam eine fleckige Serviette. Triumphierend hielt Puellen sie in die Luft.

»Noch mehr Blut. Stammt das auch von Ihrer Nase?«, erkundigte er sich argwöhnisch. »Oder haben Sie sich nach der Tat die Finger daran abgewischt?«

»Sie könnte ihm als Handschuhersatz gedient haben«, meldete sich erneut Christine Mur zu Wort. »Das lässt sich anhand des Blutspurenmusters zweifelsfrei klären.«

»Hören Sie das?«, frohlockte Puellen. »Die Dame ist vom Fach. Sie ist die Leiterin des Nürnberger Erkennungsdiensts. Sie hat also durchaus eine Ahnung von der Materie.«

»Es heißt doch immer, der Täter muss Motiv, Mittel und Gelegenheit gehabt haben«, entgegnete der Beschuldigte listig. »Nichts davon trifft auf mich zu. Ich bin erst nach der Tat hereingekommen. Ich kann es also gar nicht gewesen sein.«

»Das ist gelogen«, widersprach Hackenholt. »Ich habe Sie im Saal gesehen, als wir uns an unseren Platz begeben haben.«

»Ich erinnere mich ebenfalls an ihn«, sagte auf einmal Frau Leykauf. »Er stand ein wenig verloren neben der Anrichte herum. Ich habe daher nicht weiter auf ihn geachtet.«

»Sie hatten durchaus die Gelegenheit, das Opfer zu töten«, stellte Puellen fest. »Und auch die Mittel. Denn auf jedem Tisch lag ein Tranchierbesteck für die Ente bereit.«

»Und welchen Grund sollte ich haben, Herrn Leykauf zu töten?« Bernhard Alt reckte sein Kinn vor.

»Rache? Verletzte Eitelkeit?« Puellen zeigte auf das Pflaster am Nasenrücken. »Er hat Ihnen heute Nachmittag die Nase gebrochen. Wir haben Sie bei der Prügelei erwischt.«

Hackenholt nickte. »Es gibt übrigens ein weiteres Indiz, das Sie der Tat überführt: Ihr Aftershave.« Alle Augen richteten sich auf ihn. »Erinnern Sie sich an den Augenblick, als das Licht ausging?«, fragte er die Servicekraft, die gegen ihn getaumelt war.

»Natürlich.«

»Lassen Sie uns die Szene kurz nachstellen.« Die Mitarbeiterin stellte sich schräg hinter ihn und tat, als würde sie Gläser vom Tisch räumen. »Herr Alt, laufen Sie bitte in schnellem Tempo an uns vorbei und geben Sie der Dame einen Schubs.«

Widerwillig tat der Verdächtige, wie ihm geheißen. Die Kellnerin schwankte, prallte gegen Hackenholt und stieß ein Glas um.

»Sie haben recht!«, rief sie überrascht. »Ich habe gar nicht mehr daran gedacht. Nachdem ich auf Sie gefallen bin, habe ich den Duft des Rasierwassers gerochen. Ich dachte in dem Moment, es wäre Ihres. Aber dann wäre es ja vorher schon da gewesen.«

»Und der Stromausfall? Wie habe ich den herbeigeführt, wenn ich mich angeblich ständig in der Nähe des Opfers herumgetrieben haben soll?«, knurrte Bernhard Alt.

»Da fallen mir spontan zwei Möglichkeiten ein«, sagte Puellen. »Entweder hatten Sie einen Komplizen, der die Sicherung herausgedreht hat. Oder Sie haben eine der Tischlampen auf dem Sideboard manipuliert. Sie mussten sie nur ausschalten und an einer schlecht einsehbaren Stelle eine Stecknadel durch das Kabel stechen. Als sie dann wieder eingeschaltet wurde, gab es einen Kurzschluss.«

»Ich denke, das genügt!« Der Chefkoch gab den Mitarbeitern einen Wink. Sofort führten zwei kräftig gebaute Männer den vermeintlichen Chefermittler ab. Als sie den Raum verlassen hatten, trat Herr Luigi auf Puellen zu und schüttelte ihm herzlich die Hand.

»Ich kann Ihnen gar nicht sagen, wie froh ich bin, dass Sie meine Unschuld bewiesen und den Täter überführt haben. Dank Ihnen können wir endlich den Nachtisch servieren. Es gibt pochierten Rhabarber auf Erdbeergelee mit Bienenwaben und Lavendeleiscreme.«

Applaus brandete auf. Puellen verbeugte sich in alle Richtungen und erklärte mit Pathos, es sei die Pflicht eines jeden Rechtsmediziners, für die Toten zu sprechen. Kurz darauf trugen die Servicekräfte hübsch dekorierte Teller auf. Herr Luigi ließ es sich nicht nehmen, Puellen persönlich zu bedienen und noch einmal für seine herausragenden Ermittlungen zu loben.

Frau von Berg und Erika Müller löffelten mit verkniffener Miene ihr Dessert. Kaum waren sie fertig, erhoben sie sich und verließen grußlos den Saal. Eine Dame von einem anderen Tisch kam herüber und fragte, ob sie sich setzen dürfe, sie sei passionierte Krimileserin und habe ein paar Fragen, die sie schon immer einem Fachmann stellen wollte. Es entwickelte sich eine angeregte Unterhaltung. Innerhalb kürzester Zeit scharten sich weitere Gäste um den Tisch und lauschten. Angespornt von dem großen Interesse berichtete Puellen enthusiastisch von den Fällen, die er in seiner jahrzehntelangen Tätigkeit gelöst hatte.

Hackenholt und Sophie zogen sich unauffällig zurück.

»Ich fürchte, nach dem Abend werden die kommenden Tage ganz

schön anstrengend«, sagte sie. »Sicher bestürmen die Leute Maurice jetzt ständig mit ihren Fragen.«

»Ich hoffe nur, er plaudert nicht auch noch aus, was ich beruflich mache«, murmelte Hackenholt.

Wieder rollte die SunnySky von einer Serie hoher Wellen getroffen heftig von einer Seite auf die andere. Sophie taumelte gegen die Wand und packte geistesgegenwärtig den Handlauf. Im Deck unter ihnen hatte eine Frau nicht so viel Glück. Sie stürzte und stieß sich den Kopf an, sodass sie eine Platzwunde davontrug und im Schiffshospital genäht werden musste.

In den vergangenen drei Stunden hatte der Sturm beständig zugenommen. Durch die Ablenkung hatten Sophie und Hackenholt es bislang jedoch nur am Rande bemerkt.

Donnerstag

Sophie wälzte sich im Bett hin und her. Der schwere Seegang ließ sie nur auf Etappen schlafen. Das Schaukeln des Schiffs war beängstigend und gleichzeitig Übelkeit erregend. Plötzlich erklang zweimal ein langes Tuten, das auf allen Decks widerhallte. Erschrocken fuhr sie hoch. Ihr Herz raste, und ihr brach der Schweiß aus. Das war das Alarmsignal für ...? Sie versuchte, sich zu erinnern. Der Generalalarm bestand aus einem langen Ton und sieben kurzen Tönen und bedeutete, dass die Passagiere umgehend ihre Schwimmwesten anlegen und sich zum Sammelpunkt an Deck begeben sollten.

Ronja begann zu weinen.

»Alles gut, Mäuschen«, rief Sophie und suchte den Lichtschalter. »Mami ist hier.«

»Das Licht geht nicht«, stellte Hackenholt im selben Moment fest.

Jetzt bemerkte auch Sophie, dass Ronjas kleines Nachtlicht in der Steckdose erloschen war. Im Dunkeln tappte sie die drei Schritte zum Beistellbett Ihrer Tochter und nahm sie auf den Arm. Hackenholt schlurfte unterdessen in die Nasszelle.

»Hier funktioniert es genauso wenig.« Er öffnete die Tür zum Gang. Dort schimmerte die Notbeleuchtung. Mehrere andere Urlauber hatten denselben Einfall gehabt und rätselten nun gemeinsam, was das Signal zu bedeuten hatte.

»Zweimal Tuten heißt: Stromausfall«, tönte Frau von Berg über das allgemeine Gemurmel.

Eilig schloss Hackenholt die Kabinentür und tastete sich zurück zum Bett.

»Und was machen wir jetzt?«, fragte Sophie.

»Weiterschlafen«, antwortete er pragmatisch. Zum Glück sah er nicht den Gesichtsausdruck, mit dem sie diesen Vorschlag quittierte. Er hörte nur ihren gepressten Atem. »Was sollen wir denn sonst tun? Wachbleiben und warten, bis der Strom wieder geht? Das wäre doch blödsinnig. Irgendwo werden sicher schon ein paar Techniker –«

Der wohlbekannte Dreifachgong ertönte und unterbrach Hackenholt mitten im Satz.

»Sehr geehrte Damen und Herren«, schallte die Stimme von Kapitän Viviani aus dem Lautsprecher. »Ich möchte Sie darüber informieren, dass wir wegen einer technischen Überprüfung vorübergehend den Strom auf dem gesamten Schiff abstellen mussten. Es handelt sich um eine geplante Wartungsarbeit. Somit besteht kein Grund zur Beunruhigung. Bitte beachten Sie, dass aufgrund des Stromausfalls leider nicht nur die Frischwasserzufuhr unterbrochen ist, sondern auch die Toiletten nicht benutzt werden können. Bei Fragen wenden Sie sich gerne an unser Personal. Die Rezeption ist wie immer die ganze Nacht hindurch besetzt. Sobald die Arbeiten abgeschlossen sind, werden wir Sie unterrichten.«

»Siehst du?«, murmelte Hackenholt und zog sich die Bettdecke über die Schultern.

Sophie lauschte den unheimlichen Geräuschen um sie herum. Der Wind peitschte über das Meer, brach sich am Schiffsrumpf, zerrte an der Befestigung der Rettungsboote und erzeugte dabei ein Jaulen, Knarzen, Ächzen und Quietschen. Vor dem Kabinenfenster herrschte Dunkelheit. Dass sie nichts sehen konnte, machte die Sache nur noch schlimmer. Die spürbare Schieflage des Schiffs und das Wissen, dass der Strom abgeschaltet war, flößten ihr Angst ein.

Ronja drehte sich um und versetzte ihr unbeabsichtigt einen Nasenstüber. Sophie warf einen Blick auf ihr Handy. Es war kurz nach drei Uhr. Seit der Durchsage war erst eine Stunde vergangen. Wie sollte sie diese Nacht durchstehen? Hackenholt hatte leicht zu schnarchen begonnen. Ihn schien die Situation kaltzulassen. Sophie malte sich dagegen alle möglichen Schreckensszenarien aus. Wenn sie wenigstens ein Buch zur Ablenkung lesen könnte. Hoffentlich wurde der Strom bald wieder eingeschaltet, dann ginge es ihr sicher ein bisschen besser.

Auf einmal drang ein hektisches Klopfen an ihr Ohr. Sie hob den Kopf und lauschte. Es kam von der Kabinentür. Ihr Magen zog sich zusammen. Eilig stand sie auf und öffnete.

»Guten Morgen, ich bin der Hotelmanager. Ich muss bitte sofort Ihren Ehemann sprechen«, platzte es förmlich aus dem Fremden heraus. »Er leitet doch eine Mordkommission, oder?«

Sophie nickte und verwünschte Puellen. Offenbar hatte er gestern Abend doch noch alles ausgeplaudert.

»Was ist denn jetzt wieder?«, grunzte Hackenholt schlaftrunken.

»Etwas Furchtbares ist –«, der Mann brach jäh ab. »Es gibt einen Notfall an Bord. Dr. Puellen und Frau Mur sind schon vor Ort.«

»Ist das Ihre Retourkutsche, weil wir Ihr Krimidinner ruiniert haben?« Hackenholt schälte sich missmutig aus dem Bett. Als er das Gesicht des Mitarbeiters sah, wurde ihm jedoch augenblicklich klar, dass er nicht schauspielerte. Hastig schlüpfte Hackenholt in seine Jeans und zog sich einen Pullover über. »Wohin müssen wir?«

»In die Galley. Das ist die Schiffsküche.«

Der Hotelmanager führte ihn tief hinab in den Schiffsbauch. Sie betraten eine Welt jenseits der Glitzerfassade, die die Passagiere sonst allenfalls im Rahmen einer bezahlten Führung zu sehen bekamen, die sie einen Blick hinter die Kulissen werfen ließ. Kaum waren sie durch eine Tür mit der Aufschrift *Crew only* getreten, schon gab es keine Teppiche mehr auf den Böden, die Decken waren nicht abgehängt und die blanken Stahlwände mausgrau gestrichen. Die Nutzungsoptimierung des vorhandenen Platzes stand spürbar im Vordergrund.

Nach kurzer Zeit verlor Hackenholt die Orientierung. Weit und breit gab es kein Bullauge, nur die schwache Notbeleuchtung verbreitete ein diffuses Licht, und das Schiff wurde so stark von den Wellen hin und her geworfen, dass er sich fragte, ob die Stabilisatoren beschädigt worden waren. Instinktiv streckte er die Arme aus und hielt sich beim Gehen am Handlauf fest.

Schließlich erreichten sie den Küchentrakt. Hier war alles deutlich größer als in den Restaurantküchen, die er bisher im Rahmen von Ermittlungen aufgesucht hatte. Kein Wunder, denn auf der SunnySky musste täglich für mehrere tausend Menschen gekocht werden. Es gab viele verschiedene Arbeitsbereiche. Um diese Uhrzeit oder angesichts des Stromausfalls waren jedoch alle verwaist. Nur aus einer Station ganz am Ende des hallenähnlichen Raums drangen Stimmen und etwas Licht zu ihnen herüber.

Im Schein einer Taschenlampe sah Hackenholt den leblosen Körper einer Frau auf dem Boden liegen. In ihrem Rücken steckte ein Messer. Zu seiner Bestürzung stellte er fest, dass es sich um Cindy Fischer handelte, die junge Mitarbeiterin, die am Abend zuvor auf

Ronja aufgepasst hatte. Ihre Uniform hatte sie gegen Jeans und Pulli getauscht.

»Wie lange ist sie schon tot?«, fragte er. Er musste laut sprechen, um die Geräuschkulisse zu übertönen.

»Weniger als zwei Stunden. Die Totenstarre setzt gerade erst ein«, erklärte Puellen, der zu Hackenholts Verwunderung grüne OP-Kleidung sowie Haube, Mundschutz und Handschuhe trug. Sogar über die Füße hatte er sich Hygienehauben gestülpt.

Wie immer, wenn Hackenholt einen Tatort in Augenschein nahm, arbeiteten seine Sinne auf Hochtouren. In dem spärlichen Licht konnte er keine Anzeichen dafür erkennen, dass ein Kampf stattgefunden hatte. Um die Leiche herum lag nichts auf dem Boden. Er nahm die von Puellen angebotene Taschenlampe und leuchtete die Hände des Opfers aus einiger Entfernung an. Keine Abwehrverletzungen. Was ihn jedoch stutzig machte, war das verzerrte, aufgequollene Gesicht der Toten. Das passte nicht zu dem Messer im Rücken.

»Sie wurde stranguliert«, bestätigte der Rechtsmediziner seine Vermutung. »Rund um das Messer finden sich keinerlei Blutanhaftungen. Die Verletzung wurde ihr höchstwahrscheinlich erst nach dem Tod zugefügt. Sie hat außerdem eine Platzwunde am Kopf.«

»Ein Mord auf einem Kreuzfahrtschiff, das kann wirklich nur uns passieren.« Christine Mur sah Hackenholt resigniert an. Auch sie hatte in Ermangelung eines Schutzanzugs auf OP-Kleidung zurückgegriffen, um die Spuren nicht zu kontaminieren.

»Ich denke nicht, dass uns das betrifft«, antwortete Hackenholt mit erhobener Stimme, um ein lautes Knarren zu übertönen. »Du weißt doch, was wir immer als Allererstes prüfen.«

»Die Zuständigkeit.«

»Richtig! Und die ist hier eindeutig nicht gegeben. Ich kenne mich im Seerecht zwar nicht aus, aber die Ermittlungen werden entweder von den Sicherheitsbehörden des Lands geführt, in dessen Hoheitsgewässern wir uns aufhalten oder in dem sich der nächstgelegene Hafen befindet. Wir können allenfalls den Tatort sichern, damit die Kollegen bei ihrem Eintreffen die Originalsituation vorfinden. Aber das müsste der Kapitän anordnen. Schließlich steht das Schiff unter seinem Kommando, und deshalb obliegt ihm auch die Polizeigewalt. Wurde er informiert?«

»Er wird jeden Moment hier sein«, sagte Dr. Brinkhaus, den sie vom Krimidinner kannten. Er war tatsächlich der Schiffsarzt und stand mit zwei weiteren Männern ein wenig abseits. »Das ist unser Küchenchef, Anton Piazolo. Er hat Cindy gefunden und mich alarmiert. Und das ist Henning Mey, der Chief Security Officer.«

»Was haben Sie um diese Zeit hier gemacht, Herr Piazolo?«, fragte Hackenholt verwundert.

»Die Durchsage hat mich geweckt. Zunächst wollte ich liegen bleiben, aber dann hat es mir keine Ruhe gelassen. Ich musste nachsehen, ob in den Kühl- und Gefrierräumen alles in Ordnung ist«, entgegnete der Mann.

Hackenholt blickte auf seine Armbanduhr. »Der Strom ist vor fast anderthalb Stunden ausgefallen. Warum haben Sie erst jetzt Alarm geschlagen?«

»Auf der SunnySky gibt es mehr als eine Kühlmöglichkeit, wie Sie sich vorstellen können. Ich habe jeden einzelnen Raum kontrolliert und bin nur zufällig auf dem Rückweg an der Vorbereitung vorbeigekommen. Nach dem Fund habe ich umgehend Meldung gemacht. Auf der Brücke hat man gerade jedoch ganz andere Sorgen. Darum musste ich durchs halbe Schiff laufen und Dr. Brinkhaus wecken.«

»Das stimmt«, bestätigte der Arzt. »Ich bin Anton natürlich auf der Stelle gefolgt. Aber es war schon zu spät, ich konnte nichts mehr für Cindy tun. Deshalb habe ich eine Nachricht für den Kapitän hinterlassen.«

»Der Erste Offizier bat mich, nach dem Rechten zu sehen, bis Kapitän Viviani wieder abkömmlich ist«, fuhr der Chef des Sicherheitsdiensts fort. »Ich habe mich kurz mit Dr. Brinkhaus beratschlagt, dann habe ich den Hotelmanager informiert und ihn beauftragt, Sie hierher zu bitten, während ich selbst Frau Mur und Herrn Dr. Puellen geholt habe. Dr. Brinkhaus hat unterdessen die Schutzkleidung organisiert, und Anton Piazolo ist der Leiche nicht von der Seite gewichen.«

Wieder einmal griffen alle hektisch nach etwas, woran sie sich festhalten konnten, weil das Schiff hin und her schlingerte.

»Was ist los?«, fragte eine autoritäre Männerstimme auf einmal. »Es gab einen Unfall? Jemand ist ums Leben gekommen?«

Hackenholt wandte sich um und erblickte einen Mann in einem weißen Hemd und dunklem Jackett. Letzteres zierte vier goldene

Streifen an jedem Ärmel. Es musste der Kapitän sein, auch wenn seine Stimme über den Lautsprecher anders klang.

»Barrington, etwas Schreckliches ist geschehen.« Dr. Brinkhaus ging ihm entgegen. »Cindy Fischer wurde ermordet.«

»Was?« Der Kapitän starrte ihn an, dann eilte er zur Küchenstation.

»Nichts anfassen!«, rief Christine Mur scharf.

Der Kapitän blieb wie vom Donner gerührt stehen. »Wer sind Sie, und was tun Sie hier?«

»Wir sind Kriminalbeamte.« Hackenholt stellte seine Kollegin und sich selbst vor.

»Und ich bin Rechtsmediziner«, ergänzte Maurice Puellen.

»Das sind die Passagiere, die den Täter beim Krimidinner überführt haben«, warf der Sicherheitsoffizier ein. »Sie haben doch bestimmt das Video gesehen, das der Fotograf von dem Abend ins schiffseigene Intranet gestellt hat. Die ganze Besatzung spricht darüber. Ich dachte, es wäre am besten, die Fachleute einzuschalten, wenn wir schon welche an Bord haben.«

»Es gibt ein Video von uns?«, fragte Puellen erfreut. »Das muss ich mir nachher gleich ansehen.«

Christine Mur knuffte ihn in die Seite, und Kapitän Viviani verzog das Gesicht.

»Sie waren im Maschinenraum nicht zu erreichen. Ich habe es mehrfach versucht.« Der Chef des Sicherheitsdiensts schien sich für seine Entscheidung, Urlauber in die Sache einzubinden, rechtfertigen zu wollen. »Mit Mordermittlungen kenne ich mich nicht aus.«

»Wenn Sie möchten, sichern wir den Tatort, bis die Kollegen eintreffen«, bot Hackenholt an. Wieder musste er sich an einem Wandschrank festhalten, weil das Schiff stark hin und her rollte. »Wie ist das übliche Vorgehen in einem solchen Fall?«

»Das klingt, als würde jede Woche jemand auf meinem Schiff umgebracht werden«, protestierte der Kapitän ungehalten.

Hackenholt musterte ihn überrascht. Es wunderte ihn, dass Viviani so leicht aus der Fassung zu bringen war. Von einem Mann, der für mehrere tausend Menschen verantwortlich war, hätte er eine besonnenere Reaktion und etwas mehr Souveränität erwartet.

»Kann man die Ermittler trotz des Wetters einfliegen?«, versuchte Hackenholt es mit einer anderen Formulierung.

»Natürlich nicht. Außerdem gilt auf Schiffen die Polizeihoheit der jeweiligen Reederei. Sie entscheidet, ob und wo ein Delikt gemeldet wird.«

»Was bedeutet das konkret?«

»Ich werde die Zentrale von SunnyBoatCruises in Hamburg informieren. Bei einem Mord müssen wir höchstwahrscheinlich den nächstgelegenen Hafen anlaufen und die örtliche Polizeibehörde einschalten.«

»Das klingt, als würden Sie das lieber nicht tun«, stellte Hackenholt erstaunt fest.

»Es bringt große Unannehmlichkeiten mit sich«, entgegnete Viviani knapp.

»Und wo ist der nächste Hafen?«

»In Island. Von dort kommt uns jedoch das Unwetter entgegen. Zurück nach Grönland ist auch keine Option, denn da zieht der Sturm hin. Bleibt also nur Großbritannien.«

»Dessen ungeachtet können wir im Moment nirgendwohin, solange das Problem mit der Maschine nicht behoben ist«, brummte der Sicherheitsoffizier.

Der Kapitän sah ihn scharf an.

»Lassen Sie uns mit offenen Karten spielen«, sagte Hackenholt genervt. »Wie lange dauert es, bis wir irgendwo anlegen?«

»Das hängt von vielen Faktoren ab.« Viviani zierte sich weiterhin.

»Ich verspreche Ihnen, dass ich unser Gespräch vertraulich behandeln werde. Aber ich muss wissen, wie gravierend die Probleme sind, um einschätzen zu können, ob wir nur den Tatort sichern sollten, bis die Kollegen an Bord kommen, oder ob wir weitergehende Maßnahmen ergreifen müssen.«

»Wenn wir mit voller Kraft mitten durch das Unwetter fahren könnten, bräuchten wir knappe zwei Tage«, erklärte der Kapitän schließlich. »Nach momentanem Stand wird es eher vier dauern.«

»So lange kann die Tote nicht hier liegen bleiben«, entfuhr es Hackenholt.

»Natürlich nicht.« Der Küchenchef warf ihm einen entgeisterten Blick zu. »Sobald der Strom wieder angeschaltet ist, brauchen wir jeden Millimeter. In der Vorbereitung wird das Obst gewaschen und das Gemüse geputzt.«

»Sie können hier bis auf Weiteres nicht arbeiten.« Hackenholt glaubte, sich verhört zu haben.

»Das Frühstück muss zubereitet werden. Oder denken Sie, wir fliegen das jeden Morgen vom Festland ein?« Anton Piazolo schüttelte gereizt den Kopf.

»Dr. Brinkhaus, holen Sie einen Leichensack aus dem Hospital und bringen Sie eine Trage mit«, bat Kapitän Viviani.

»Sie können die Leiche nicht einfach fortschaffen lassen«, protestierte Christine Mur. »Das ist ein Tatort. Zunächst müssen sämtliche Spuren dokumentiert und gesichert werden. Ansonsten gefährden Sie die Ermittlungen, und wir laufen Gefahr, dass der Täter nicht zur Rechenschaft gezogen werden kann.«

»Was glauben Sie, was die Passagiere sagen, wenn sie nach dieser Nacht nichts zu essen bekommen?« Der Küchenchef stemmte aufgebracht die Hände in die Seiten.

Wahrscheinlich nicht viel, dachte Hackenholt, dessen Magen das Schwanken allmählich nicht mehr lustig fand.

»Es muss eine andere Lösung geben«, beharrte Mur. »Was passiert, wenn die Elektrik ausfällt?«

»Dann grillen wir im Außenbereich. Und manches lagern wir in die Personalküche aus. Aber wir können nur im äußersten Notfall ein paar Stunden in einer einzigen Küche überbrücken.«

»Das genügt mir. Vorausgesetzt Sie haben alles an Bord, was ich zur Sicherung der Spuren benötige.« Sie sah den Sicherheitsoffizier fragend an.

»Wir haben einen Spurensicherungskoffer mit allerlei Kleinkram im Büro. Den kann ich Ihnen gerne holen. Ich kenne mich damit allerdings nicht aus.«

»Sehr gut!«, lobte Mur. »Außerdem brauche ich Licht. Dr. Brinkhaus, Sie können mir sicher mit sterilen Tupfern und einem Fieberthermometer aushelfen. Und du, Maurice, holst deine Kamera. Ich will den Tatort dokumentieren. Bring außerdem bitte mein Handy mit. Da es hier bestimmt kein Diktiergerät gibt, werde ich die Tatortbeschreibung als Sprachmemo aufnehmen und später abtippen.«

»Ich werde alles Nötige besorgen«, versprach der Schiffsarzt und wandte sich zum Gehen. Auch Puellen eilte davon.

»Wenn es bis zu vier Tage dauern kann, bis wir den nächsten Hafen anlaufen, ist es unabdingbar, sofort mit den Ermittlungen zu beginnen. Wer übernimmt das?«, fragte Hackenholt. »Da völlig unklar ist, warum Frau Fischer getötet wurde, könnten noch andere Personen in Gefahr schweben. Ferner dürfte es den zuständigen Kriminalbeamten die Arbeit erleichtern, wenn die Kabine des Opfers durchsucht wird und Zeugenaussagen protokolliert werden.«

»Davon habe ich keine Ahnung«, gestand der Sicherheitsoffizier. »Es gab zwar Schulungen über die Zusammenarbeit mit den deutschen Behörden, und in Kiel hatte ich einmal ein Training mit der GSG 9. Aber ich habe einen militärischen Hintergrund und keinen polizeilichen. Mit Diebstählen oder einer Körperverletzung kenne ich mich aus, ein Mord ist jedoch Neuland.«

Barrington Viviani schien zu überlegen. Schließlich rang er sich dazu durch, die Aufgaben Hackenholt zu übertragen. »Aber Sie assistieren ihm«, wies er seinen Kollegen an. »Ich werde unterdessen der Reederei den Vorfall melden.« Damit wandte auch er sich zum Gehen.

»Moment!«, hielt Hackenholt ihn zurück. »Sind die Videokameras an den Notstrom angeschlossen?«

»Natürlich nicht.«

»Dann muss ich wissen, was los ist.« Er senkte seine Stimme so weit, dass sie gerade noch über den Umgebungsgeräuschen zu vernehmen war. »Stimmt die Sache mit den geplanten Wartungsarbeiten oder ist das nur die offizielle Version, um die Passagiere nicht in Panik zu versetzen?«

Wieder begann sich der Kapitän zu winden.

»Es ist wichtig«, erklärte Hackenholt. »Bei langfristig geplanten Wartungsarbeiten wussten viele Menschen, dass die Überwachungskameras zu einem bestimmten Zeitpunkt nicht funktionieren werden. Bei einem akuten Stromausfall nicht.«

»Also gut«, lenkte Viviani ein. »Aber zu niemandem ein Wort!«

Hackenholt nickte.

»Im Maschinenraum hat um Mitternacht eine Alarmlampe aufgeleuchtet. Ich bin umgehend hinuntergeeilt und habe nach dem Rechten gesehen. Um ein Uhr fünfunddreißig haben wir entschieden, dass die Mechaniker den Strom für das gesamte Schiff abschalten sollten, um die Systeme zu schützen und einen größeren Schaden zu vermeiden. Wir haben die nötigen Vorbereitungen getroffen und die Passagiere informiert.«

»Und warum hat die Alarmlampe geleuchtet?«

»Der Öldruck ist zu niedrig.« Der Kapitän funkelte ihn an. »Er liegt zwar innerhalb der vorgeschriebenen Grenzen, aber das genügt bei dem Sturm nicht. Die aufgewühlte See muss die Tanks so stark bewegt haben, dass die Schmierölpumpen nicht mehr ausreichend gearbeitet haben. Das hat den Alarm ausgelöst, was kurz darauf zur automatischen Abschaltung der Motoren geführt hätte, wenn wir dem nicht zuvorgekommen wären. Sie sehen, Ihre Ermittlungen stehen auf meiner Prioritätenliste im Moment definitiv nicht an erster Stelle. Und jetzt entschuldigen Sie mich.«

Während der Sicherheitsoffizier sein Team zusammentrommelte und Mur den Spurensicherungskoffer bringen ließ, folgte Hackenholt dem Hotelmanager an die Rezeption. Auch diese wurde nur von dem Notlicht erhellt. Überrascht stellte Hackenholt fest, dass trotz der nächtlichen Stunde reger Andrang herrschte. Viele Passagiere waren verunsichert, obwohl es bei der Seenotrettungsübung vor dem Auslaufen in New York klare Instruktionen gegeben hatte, was im Fall eines Unwetters zu tun und zu lassen war.

Die Mitarbeiterinnen taten ihr Möglichstes, um alle zu beruhigen, was angesichts des Seegangs und der beängstigenden Geräusche nicht leicht war. Wieder und wieder betonten sie, dass der Strom schnellstmöglich angestellt werde, der Sturm bald überstanden und die Kabine bis dahin der sicherste Ort für die Gäste sei. Denjenigen, die über Übelkeit klagten, wurde empfohlen, am besten immer etwas im Magen zu haben – eine Schüssel mit abgepackten Keksen stand bereit – und sich hinzulegen. Wenn es gar nicht anders ging, wurden sie mit Tabletten versorgt.

Der Hotelmanager hatte sich auf die Suche nach Taschenlampen gemacht. Hackenholt bat unterdessen eine Mitarbeiterin um einen Stift und Schreibpapier. Die junge Frau wirkte erleichtert, da sie den Wunsch vergleichsweise einfach erfüllen konnte. Die Neuigkeit, dass eine ihrer Kolleginnen ermordet worden war, hatte offensichtlich noch nicht die Runde gemacht.

»Eine Frage habe ich noch«, sagte Hackenholt rasch, als sich die Frau dem nächsten Passagier zuwenden wollte. »Was passiert mit den Kabinentüren während eines Stromausfalls? Kann man sie weiterhin mit der Bordkarte öffnen?«

»Nein, sie sind leider nicht an den Notstromkreislauf angeschlossen. Ich kann aber gerne den zuständigen Steward rufen, der Ihnen mit einem Schlüssel aufsperrt.«

»Nicht nötig, es war nur eine theoretische Frage. Haben Sie vielen Dank.«

Es dauerte eine gefühlte Ewigkeit, bis der Hotelmanager mit den Taschenlampen zurückkehrte.

»Wissen Sie, in welcher Kabine Cindy Fischer untergebracht war?« Hackenholt befürchtete, es könnte zu Manipulationen kommen, falls es sich um eine Mehrpersonenkabine handelte.

»Nein, das muss ich nachsehen«, antwortete der Mann und holte einen Aktenordner aus einem Fach. »Normalerweise wären das zwei Klicks im Computer. Aber zum Glück haben wir für den Fall der Fälle immer einen Papierausdruck hier.« Er fuhr mit dem Finger die Tabelle entlang, blätterte zweimal um und fand den gesuchten Namen. »Frau Fischer wurde eine Doppelkabine auf Deck 2 zugeteilt, die sie allein bewohnt hat.«

Auf dem Weg dorthin machten der Hotelmanager und Hackenholt einen kurzen Umweg über das Schiffshospital auf Deck 3, um sich mit Einweghandschuhen einzudecken. Als sie endlich an der Kabine ankamen, erwartete sie Maurice Puellen.

»Woher weißt du, wo Frau Fischer gewohnt hat?« Hackenholt war verblüfft.

»Christine hat die Crew-Karte in der Hosentasche des Opfers gefunden. Sie dachte, in Ermangelung echter Asservatenbeutel würdest du die hier brauchen.« Er reichte ihm einige große, durchsichtige Plastikbeutel, die in der Schiffsküche üblicherweise zum Vakuumgaren verwendet wurden, und verabschiedete sich. Der Hotelmanager sperrte unterdessen mit einem Generalschlüssel auf und trollte sich danach ebenfalls.

Die Kabine war winzig. Platzangst durfte man als Crew-Mitglied nicht haben. An der Stirnseite befand sich ein Stockbett. Ein Minimum an Privatsphäre bot den Schlafenden lediglich eine dünne Gardine, die davor zugezogen werden konnte. Rechts gab es einen Schrank mit zwei Türen. Daneben waren ein Schreibtisch und ein einfacher Holzstuhl gequetscht worden. An der Wand hing ein Fernseher, und an der Decke war eine Neonröhre angebracht. Ein Bullauge suchte man vergeblich. Für die Nasszelle fand Hackenholt keine Worte. Toilette, Dusche und Waschbecken waren auf kaum mehr als einem Quadratmeter untergebracht. Wie es zwei wildfremden Personen gelingen sollte, unter diesen Bedingungen monatelang zusammenzuleben, ohne sich gegenseitig an die Gurgel zu gehen, war Hackenholt ein Rätsel.

Er setzte sich an den Schreibtisch. Auch hier unten im Bauch des Schiffs war der Sturm deutlich zu spüren. Schließlich holte er seinen Notizzettel hervor und schrieb im Schein der Taschenlampe alles auf, was er bislang über den Mord und das Opfer wusste und was ihm seither durch den Kopf gegangen war.

Cindy Fischer hatte bis kurz vor halb zwölf Ronja gehütet. Sie war gut gelaunt gewesen und erkundigte sich nach dem Verlauf des Krimidinners. Was sie an dem Abend noch vorhatte, erwähnte sie nicht. Gegen zwei Uhr nachts wurde der Generator abgeschaltet. Eine Stunde später fand der Küchenchef die Leiche. Zu dem Zeitpunkt war die junge Frau laut Puellens Auskunft weniger als zwei Stunden lang tot.

Hackenholt musste herausfinden, was sie nach dem Babysitten gemacht hatte. Zu der Zeit funktionierten die Überwachungskameras noch. Es bestand die Chance, ihren Weg damit rückverfolgen zu können. Außerdem musste er mit ihren Kolleginnen und Kollegen sprechen. Wer hatte sie zuletzt gesehen? Wusste jemand von ihren Plänen? Er ärgerte sich, Puellen nicht gefragt zu haben, ob Christine Mur ein Handy bei der Leiche gefunden hatte. Er musste herausbekommen, mit wem Cindy Fischer gesprochen oder sich geschrieben hatte. Denn die Handys hatten ebenfalls erst seit dem Abschalten des Stroms keinen Empfang mehr. Wäre die SunnySky in Küstennähe gewesen, hätten sie sich in einen dortigen Funkmast einloggen können, aber mitten auf dem Atlantik fand man nur ein Netz, solange die Antenne am Schiff arbeitete.

Hackenholt zog die Schublade des Schreibtischs auf und leuchtete sie mit der Taschenlampe aus. Er fand allerlei Tablettenblister: Vitamine, Magnesium, Ohrstöpsel, Hustenbonbons, dienstliche Mitteilungen, Postkarten, ein zerlesenes Taschenbuch, mehrere Kugelschreiber, diverse Kleinigkeiten aus Andenkenshops und zwei Karabinerhaken.

Cindy Fischer schien im unteren Bett geschlafen zu haben. Zumindest lag dort ihr Nachthemd, und an die dahinterliegende Stahlwand waren mit Magneten Fotos gepinnt. Das obere Bett diente offenbar als Sofa. Hackenholt fand eine Kuscheldecke, zwei Kissen und ein Plüschtier. Außerdem gab es eine geöffnete Tüte Chips, ein Ladekabel und einen Tablet-Computer. Letzteren packte er in einen Asservatenbeutel.

Der Einbauschrank war vollgestopft mit dienstlicher und privater Bekleidung, Schuhen und einer Reisetasche. Wie in Hackenholts eigener Kabine gab es auch einen kleinen, nicht übermäßig robust wirkenden Safe. Er war verschlossen. Ohne Zahlenkombination ließ er sich nicht öffnen; ohne Strom genauso wenig. Wahrscheinlich verwahrte sie darin ihre persönlichen Dokumente und ihren Geldbeutel, den sie nur bei Landgängen benötigte. An Bord bezahlten die Mitarbeiter ausschließlich mit ihrer Crew-Karte. Hackenholt entschied zu warten, bis der Strom wieder angestellt wurde, und dann den Hotelmanager zu bitten, ihm den Generalcode zu nennen, mit dessen Hilfe sich jeder Safe an Bord öffnen ließ. Ein Klopfen an der Tür riss ihn aus seinen Gedanken. Er sah nach: Es war der Sicherheitsoffizier.

»Wie kann ich Ihnen helfen?«, erkundigte sich Henning Mey diensteifrig.

»Geben Sie mir fünf Minuten, ich möchte mir noch die Nasszelle ansehen.«

Aber auch dort fand Hackenholt nichts, das ihn aufhorchen ließ. Erleichtert, die enge, fensterlose Behausung verlassen zu können, trat er in den Flur. Gemeinsam mit dem Sicherheitsoffizier versiegelte er die Tür provisorisch mit mehreren breiten Streifen Klebeband. Anschließend klopfte er an der nächstgelegenen Kabine. Nichts rührte sich, also schlug er etwas fester gegen die Tür. Endlich hörte er ein Geräusch. Eine dunkelhäutige Frau öffnete. Henning Mey erklärte auf Englisch, dass es einen Vorfall gegeben habe und sie deshalb Fragen stellen müssten.

»Wann hatten Sie zuletzt Kontakt mit Frau Fischer?«, fragte Hackenholt.

»Ist sie über Bord gegangen?« Die Afrikanerin klang aufgeregt. Eine andere Frauenstimme murmelte etwas, das Hackenholt nicht verstand.

»Haben Sie oder Ihre Kollegin Cindy Fischer nach dreiundzwanzig Uhr dreißig gesehen oder gehört?«, versuchte Hackenholt es anders.

»Nein.«

»Ich habe etwas bemerkt.« Eine zweite Afrikanerin trat an die Tür. »Ich bin gegen ein Uhr dreißig von meiner Arbeit in der Wäscherei gekommen, weil die Maschinen abgeschaltet worden waren. Die Deutsche war in der Nachbarkabine. Ich habe ein Klappern gehört, als ich in der Nasszelle war. Es könnte die Schranktür gewesen sein, die mehrfach zugeschlagen wurde.«

»Haben Sie Frau Fischer die Kabine später verlassen hören?«

»Nein. Ich schlafe immer mit Ohrstöpseln.«

Hackenholt bedankte sich für die Auskünfte und ließ sich von Henning Mey in die Schiffsküche führen.

Jemand von der Crew hatte Christine Mur akkubetriebene LED-Strahler organisiert. Damit leuchtete sie den jeweiligen Teil der Küchenzeile aus, in dem sie arbeitete. Die Leiche war weggebracht worden.

»Ich habe die Zugänge dokumentiert und Fingerabdrücke an den Türen genommen.« Die Beamtin deutete auf einen geöffneten Aktenordner, in dem unzählige Blätter Papier abgeheftet worden waren; alle gewissenhaft durchnummeriert. Mittig auf jeder Seite gab es einen Klebestreifen mit einem Abdruck. Darunter stand penibel aufgelistet, an welcher Tür und wo dort genau er sich befunden hatte. »Natürlich nutzt das nichts, solange wir keine Vergleichsabdrücke haben. Aber irgendwann können wir dem Täter so hoffentlich nachweisen, dass er am Tatort war. Maurice ist im Schiffshospital und nimmt die Fingerabdrücke der Toten.«

»Sehr gut«, lobte Hackenholt. Dann fragte er sie nach dem Handy.

»Außer der Mannschaftskarte hatte Frau Fischer nichts bei sich. Ich habe alle Hosentaschen überprüft.«

»Steht fest, dass sie hier getötet wurde?«

Mur nickte. »Das Blutspurenmuster auf dem Boden ist eindeutig.«

»Wir müssen schnellstmöglich ihr Mobiltelefon finden. Wenn der Täter es mitgenommen hat, ist es äußerst wahrscheinlich, dass sich darauf ein Hinweis befindet.«

»Wenn der Kerl kein Vollpfosten ist, liegt es längst auf dem Grund des Atlantiks«, beschied Mur nonchalant. »Aber die letzten Kontakte lassen sich doch auch über den Provider herausfinden.«

»Das kann vielleicht der ermittelnde Beamte veranlassen, sobald wir in Schottland in einen Hafen eingelaufen sind. Ich kann das nicht. Wo soll ich denn einen richterlichen Beschluss hernehmen?« Hackenholt schnitt eine Grimasse. »Mir wird nichts anderes übrig bleiben, als die Mannschaft zu vernehmen. Irgendjemand muss etwas mitbekommen haben. Auf so engem Raum geht das gar nicht anders.«

Im vorderen Teil der Küche schepperte es auf einmal. Einer der Transportwagen hatte sich durch die starken Schwankungen selbstständig gemacht und war gegen einen Herd gekracht.

»Wäre es nicht ein bisschen voreilig, den Täter innerhalb der Crew zu suchen und die Passagiere von vornherein auszuschließen?«, fragte der Sicherheitsoffizier.

»Ich werde mich natürlich nicht darauf versteifen, aber ich halte es für unwahrscheinlich, dass sich ein Urlauber mit dem Opfer in der Galley verabredet hat. Wie soll er hierher finden? Der Schiffsbauch ähnelt einem Fuchsbau. Wenn mir der Hotelmanager nicht den Weg gezeigt hätte, hätte ich die Schiffsküche nicht gefunden.«

»Aber es gibt spezielle Führungen für Gäste, die hinter die Kulissen schauen wollen«, erinnerte Mur ihn. »Auch Sophie hat eine mitgemacht, weil sie neugierig war, wie auf einem so großen Schiff alles abläuft.«

»Stimmt.« Daran hatte Hackenholt nicht gedacht.

»Außerdem gibt es keine physischen Barrieren, die man überwinden muss, um in die Crew-only-Bereiche zu gelangen. Nur die Videoüberwachung – und die hat ab zwei Uhr nicht mehr funktioniert.«

»Damit hat sich die Zahl der Verdächtigen also vervielfacht.« Hackenholt seufzte und wandte sich an Henning Mey. »Können Sie mir bitte die Teilnehmerliste für die Schiffsführungen beschaffen?«

Er wollte alle Unterlagen für die polizeilichen Ermittlungen zusammenstellen, auch wenn die Daten nicht viel besagten, denn für viele Passagiere war es nicht die erste Kreuzfahrt. Sie konnten schon früher an Besichtigungen teilgenommen haben, ohne dass er davon erfuhr.

»Selbstverständlich«, bestätigte der Offizier.

»Dann mach ich mal weiter. Christine, ich lass dir den Tablet-Computer des Opfers da. Wäre gut, wenn du bei Gelegenheit ein Auge auf den Inhalt werfen könntest.«

Im Weggehen hörte er die Kollegin murmeln: »Was soll ich denn noch alles erledigen? Ist ja wie zu Hause.«

»Wann hatten Sie gestern Feierabend?«, fragte Hackenholt Henning Mey auf dem Rückweg zur Rezeption.

»So richtig frei habe ich ehrlich gesagt nie, solange ich auf dem Schiff bin; genau wie alle anderen Führungskräfte.«

»Was haben Sie gemacht?«

»Mein Dienst war offiziell um zwanzig Uhr zu Ende. Ich habe zu Abend gegessen, und danach bin ich an die Bar gegangen.«

»Waren Sie in Begleitung?«

»Cindy war nicht bei mir, falls Sie das meinen.«

»Zu der Zeit hat sie auf unsere Tochter aufgepasst. Ich hätte trotz alledem gerne gewusst, mit wem Sie zusammen waren.«

»Ich ging wie immer mit meinen Leuten zum Essen. An der Bar habe ich mich dann mit Kapitän Viviani getroffen. Gegen dreiundzwanzig Uhr verabschiedete er sich in seine Kabine. Ich habe eine letzte Runde auf dem Schiff gedreht. Und bevor Sie fragen: Mich hat niemand begleitet. Ich habe zwar beim diensthabenden Security Officer vorbeigeschaut, aber ich blieb nur wenige Minuten. Und die Türen, die ich überprüft habe, können nichts bezeugen. Kurz vor Mitternacht habe ich mich zurückgezogen. Die Durchsage hat mich geweckt. Ich stand auf und ging in die Sicherheitszentrale, wo ich geblieben bin, bis der Erste Offizier mich bat, in der Galley nach dem Rechten zu sehen.«

»Was können Sie mir über Frau Fischer berichten?«, wechselte Hackenholt das Thema.

»Ich kannte sie nicht sonderlich gut. Wir hatten hauptsächlich bei den Sicherheitsübungen Kontakt. Sie war hilfsbereit, zuverlässig und freundlich.«

»Läuft man sich auf so begrenztem Raum nicht ständig über den Weg?«

»Das ist meine erste Saison bei SunnyBoatCruises, vorher war ich für die Konkurrenz tätig. Natürlich begegnet man sich immer wieder in der Mannschaftsmesse oder im Außenbereich auf Deck 5. Aber es gibt auf diesem Schiff fast zwölfhundert Mitarbeiter, die rund um die Uhr dreitausendachthundert Passagiere betreuen. Ein Großteil bleibt auch in seiner Freizeit mit Kollegen aus dem jeweiligen Arbeitsbereich unter sich.«

»Erzählen Sie mir von Ihrem.«

»Meine Abteilung ist unterteilt in *Safety* und *Security*. Safety hat neun Mitarbeiter und macht alles, was mit Sicherheitsdrills, Evakuierungen und Seenotrettung zu tun hat. Bei Security sind es fünfzehn Angestellte. Ihre Aufgaben beginnen mit dem Einschiffen der Koffer. Das Gepäck wird in den Terminals durchleuchtet. Wie am Flughafen überwachen wir, dass keine gefährlichen Gegenstände an Bord geschmuggelt werden. Auf See sorgen wir vor allem für einen reibungslosen Ablauf. Meistens haben wir mit Gästen zu tun, die zu tief ins Glas geschaut haben. Straftaten kommen zum Glück selten vor. Für spezielle Lagen gibt es ein Büro gleich neben dem Kommandostand. Und für den absoluten Notfall verwahren wir in einem Safe auf der Brücke Schusswaffen auf. Ihnen kann auf der SunnySky also eigentlich nichts passieren.«

»Das sagen Sie mal Frau Fischer«, brummte Hackenholt. »Es wäre hilfreich, wenn meine Kollegen und ich für die Dauer der Ermittlungen Ihren Raum für besondere Lagen nutzen könnten. Lässt sich das arrangieren?«

»Kein Problem.«

Die Menschenmenge an der Rezeption war nicht kleiner geworden. Hackenholt verstand beim besten Willen nicht, was Passagiere dazu trieb, sich morgens um fünf hier aufzuhalten und dem Personal Fragen zu stellen, deren Antworten niemand wusste.

»Was kann ich für Sie tun? Funktioniert der Kugelschreiber nicht?«, fragte die Mitarbeiterin, die ihn zuvor schon bedient hatte.

»Ich möchte den Hotelmanager sprechen.«

»Das ist leider nicht möglich. Aber bestimmt kann ich Ihnen genauso weiterhelfen.«

»Es ist wichtig, Therese«, mischte sich Henning Mey ein.

»Er ist beim Kapitän auf der Brücke.« Die Angestellte musterte die beiden Männer mit neu erwachtem Interesse. Auf einmal beugte sie sich vor und flüsterte: »Geht es um Cindy?«

Hackenholt war überrascht. Hatte der Hotelmanager die Kollegen in seinem Bereich doch schon informiert? Die Rezeptionistin interpretierte Hackenholts Zögern als Bestätigung.

»Es ist also wahr? Sie ist ins Meer gesprungen? Wurden deshalb die Maschinen gestoppt?«

»Wie kommen Sie darauf?« Hackenholt schüttelte den Kopf.

»In der letzten halben Stunde hat ein entsprechendes Gerücht die Runde gemacht.«

»Glauben Sie nicht alles, was Ihnen zu Ohren kommt.«

»Ihre Kabine wurde versiegelt. Das geschieht nur, wenn etwas passiert ist.«

Der Dreifachgong ertönte. Es wurde still im Foyer. Einen Augenblick später schallte Barrington Vivianis sonore Stimme aus dem Lautsprecher. Er teilte den Passagieren mit, dass der Strom voraussichtlich gegen sieben Uhr wieder angestellt werde und bat die Herrschaften, sich bis dahin ausschließlich in ihren Kabinen aufzuhalten. Weitere Durchsagen werden folgen. Die Crew bat er, sich um sechs Uhr in der Mannschaftsmesse zu versammeln.

»Irgendwas stimmt nicht«, beharrte die Rezeptionistin und sah Hackenholt argwöhnisch an. Die Rückkehr des Hotelmanagers bewahrte ihn jedoch vor einer Antwort.

»Wo können wir uns ungestört unterhalten?«, wandte sich Hackenholt stattdessen an ihn.

»Kommen Sie.«

Henning Mey verabschiedete sich. Der Hotelmanager bat Hackenholt hinter den Tresen und führte ihn durch eine unauffällige Tür in sein Büro.

»Was kann ich für Sie tun?«

»Als Erstes bräuchte ich Einblick in Frau Fischers Personalakte.«

»Dafür müssen Sie sich an Frau Krüger wenden. Sie ist unsere Human Resources Managerin.«

»Es gibt an Bord eine Personalabteilung?«

»Wie in jeder anderen Firma müssen auch die Mitarbeiter auf einem Kreuzfahrtschiff betreut werden.«

Hackenholt notierte sich den Namen der Dame, dann wechselte er das Thema. »Was genau waren Frau Fischers Aufgaben? Gestern Abend hat sie auf meine Tochter aufgepasst, während wir beim Kridinner waren. Aber ich habe sie auch mehrfach an der Rezeption gesehen.«

»Sie war Hotelfachangestellte, ihr Schwerpunkt lag auf der Tätigkeit am Empfang. Daneben hat sie Arbeiten im Rahmen der Kinderbetreuung übernommen, wenn Bedarf bestand.«

»Hat sie schon lange auf der SunnySky gearbeitet?«

»Es könnte ihr zweiter oder dritter Vertrag gewesen sein. Meistens gehen sie über vier bis acht Monate. Das müssen Sie aber wirklich mit Frau Krüger besprechen.«

»Frau Fischers Babysittertätigkeit bei uns war gegen halb zwölf beendet. Wissen Sie, was sie danach gemacht hat?«

Der Hotelmanager schaltete einen Laptop ein, dessen Akku glücklicherweise geladen war, und rief ein Programm auf. »Laut Arbeitszeiterfassung hat sie um dreiundzwanzig Uhr zweiunddreißig Feierabend gemacht. Unter normalen Umständen hätte sie bis zehn Uhr frei gehabt. Aufgrund des Sturms und des Stromausfalls haben wir heute Nacht allerdings deutlich mehr Personal als üblich an der Rezeption benötigt. Ich hätte sie daher bereits ab sieben Uhr wieder eingesetzt.«

»Frau Fischer hatte also keine regelmäßigen Arbeitszeiten?«

»Die hat hier niemand«, antwortete der Hotelmanager mit dem Anflug eines Lächelns. »Wir haben eine Siebentagewoche und manchmal nur zehn Stunden Pause zwischen den einzelnen Schichten. Dafür haben die Mitarbeiter nach ihrem Einsatz auf See stets mehrere Wochen Urlaub.«

»Wie sah Frau Fischers Routine aus?«

»Jeder Tag verlief anders. Mal hat sie morgens im Foyer gearbeitet und am Nachmittag im Kinderbereich ausgeholfen, dann wieder nur Anmeldung oder nur Babysitting.«

»Mit wem war sie befreundet?«

»Im Allgemeinen hat man an Bord nicht viel Zeit, um Freundschaften zu pflegen. Wenn man frei hat, ist man meistens in seiner Kabine oder mit engen Kollegen zusammen.«

»War Frau Fischer verheiratet? Oder hatte sie eine Beziehung mit jemandem auf dem Schiff?«

»Nicht, dass ich wüsste.« Der Hotelmanager warf einen Blick auf die Uhr und erhob sich. »Wenn wir Kapitän Viviani nicht warten lassen wollen, müssen wir uns auf den Weg machen. Er wird die Crew über die Geschehnisse der letzten Nacht informieren.«

Die Mitarbeiter standen dicht gedrängt in der Mannschaftsmesse und dennoch passten nicht alle in das großzügig angelegte Restaurant. Nur in der Mitte des Raums, rund um ein Podium, gab es noch etwas Platz. Dem Kapitän wurde ein Mikrofon gereicht. Er erklärte, dass aufgrund des Sturms die Ölversorgung der Motoren nicht mehr gewährleistet gewesen war und man vorsorglich alles abgeschaltet habe. Die Techniker hätten versucht, die Leitungen zu reinigen, da Schwebstoffe, die sich normalerweise am Boden des Tanks absetzten, aufgewirbelt und in großer Menge in die Zuleitungen gesaugt worden waren und diese verstopften. Man sei zwischenzeitlich so weit, dass man den Betrieb der Maschinen wieder aufnehmen könne. Allerdings werde man, um den Verbrauch zu drosseln und ein neuerliches Zusetzen der Ölleitungen zu verhindern, nur mit halber Kraft fahren. Dadurch werde sich die Ankunft im nächsten Hafen etwas verzögern. Für Details verwies er an die jeweiligen Offiziere.

Einen Moment lang glaubte Hackenholt, Viviani wolle die Versammlung beenden, aber dann fuhr er fort: »Ich hoffe, damit sind die Gerüchte aus der Welt geschafft, dass heute Nacht jemand über Bord gegangen ist. Ich kann Ihnen versichern: Das ist *nicht* der Fall.« Er machte eine Pause. »Gleichwohl hat es bedauerlicherweise einen ungeklärten Todesfall gegeben. Cindy Fischer wurde getötet. Deswegen werden wir in Schottland die zuständigen Behörden informieren.«

Ein Raunen ging durch die Crew. Der Kapitän schien dem trotz alledem nichts weiter hinzufügen zu wollen. Deshalb ergriff Hackenholt das Wort.

»Da bis dahin mehrere Tage vergehen, werden meine Kollegen und ich vorab Ermittlungen einleiten.« Er stellte sich kurz vor und erläuterte, dass er als Erster Kriminalhauptkommissar in Nürnberg das Fachkommissariat 11 leitete, das für Todesermittlungsverfahren zuständig war. »Selbstverständlich können wir nicht mit jedem von Ihnen Einzelgespräche führen, daher möchte ich diejenigen bitten, hierzubleiben, die Frau Fischer gestern Abend nach dreiundzwanzig Uhr gesehen haben. Dasselbe gilt für alle, die mit ihr zusammengearbeitet haben oder mit ihr befreundet waren.«

»Na, da wird er sich schwertun, jemanden zu finden«, murmelte eine Frau mit gesenkter Stimme. Als sich Hackenholt umdrehte, standen jedoch so viele Menschen hinter ihm, dass er nicht erkennen konnte, wer das gesagt hatte.

»Das war alles«, erklärte Viviani. »Bitte suchen Sie nun Ihre Abteilungsleiter an Ihrem Arbeitsplatz auf. Ich bedanke mich.«

Die Mannschaftsmesse begann sich umgehend zu leeren. Henning Mey bahnte sich einen Weg zu Hackenholt. Im Schlepptau hatte er eine Frau in den Fünfzigern.

»Darf ich vorstellen: Das ist Anna Krüger, die Human Resources Managerin.«

Hackenholt schüttelte ihr die Hand. »Ich brauche Zugriff auf die Personalakte des Opfers.«

»Gerne. Mein Büro ist auf Deck 3, gleich neben dem Schiffshospital. Kommen Sie vorbei, wann immer es bei Ihnen passt.«

Hackenholt dankte ihr und ging zu dem guten Dutzend Personen, das geblieben war. »Ist jemand von Ihnen Cindy Fischer nach dreiundzwanzig Uhr begegnet?«

Zwei Frauen meldeten sich.

»Und was ist mit Ihnen?«, wandte er sich an die anderen Angestellten.

»Wir sind Kollegen«, sagte eine hübsche Rothaarige. Hackenholt war sich augenblicklich sicher, dass sie die Zwischenruferin war, die er gehört hatte. Ihre Stimme hatte einen äußerst melodischen Klang.

»Sie und die beiden Damen, die Frau Fischer gesehen haben, möchte ich gern sofort sprechen. Die restlichen hinterlassen bitte Namen und Kontaktdaten bei Herrn Mey.«

Hackenholt folgte Christine Murs Vorbild und nutzte die Sprachaufzeichnungsapp seines Handys als Diktiergerät. Bevor er die erste Zeugin vernahm, belehrte er sie gemäß den Vorschriften der deutschen Strafprozessordnung. Ob das sinnvoll war, wenn später schottische Beamte übernahmen, wusste er nicht. Er wollte sich jedoch nicht nachsagen lassen, dass er die Zeugen übertölpelt hatte und sämtliche Aussagen daher nicht gerichtsverwertbar waren.

»Sie haben angegeben, dass Sie Frau Fischer gestern Abend getroffen haben«, eröffnete er schließlich die Vernehmung.

»Ich habe frischen Kaffee auf die Brücke gebracht und war auf dem Weg zurück zur Crew-Bar, als ich Cindy im Treppenhaus gesehen habe.«

»Von wo kam sie?«

»Das weiß ich nicht. Wir sind uns auf Höhe von Deck 9 begegnet.«

»Wann war das?«

»Kurz nach halb zwölf.«

»Wissen Sie, wohin sie wollte?«

»Nein. Wir haben uns nur im Vorbeigehen gegrüßt.«

Hackenholt ging in Gedanken verschiedene Möglichkeiten durch. Die Rezeption befand sich auf Deck 6, sämtliche Mannschaftsräume lagen auf einem tieferen Deck. »Könnte sie zum Beispiel die Wellness Oase aufgesucht haben? Ich glaube, sie steht den Mitarbeitern in den Randzeiten zur Verfügung.«

»Aber nicht um diese Uhrzeit. Und erst recht nicht bei dem Seegang.« Die Frau lächelte. »Außerdem trug sie ihre Dienstkleidung. Ich dachte, sie wäre im Rahmen des Babysitterservice unterwegs.«

»Wo zieht man sich vor und nach der Arbeit üblicherweise um?«

»Immer in der Kabine. Mit Verlassen des Crew-Bereichs sind wir offizielle Repräsentanten von SunnyBoatCruises und müssen als solche erkennbar sein.«

Hackenholt machte sich eine Notiz. Die Leiche war mit Jeans und Pullover bekleidet gewesen und nicht mit einer Uniform. Cindy Fischer musste also irgendwann nach Dienstende in ihrer Kabine gewesen sein. Das passte zu der Aussage der Bewohnerin der Nachbarkabine, die in der Nacht Geräusche gehört hatte.

Die zweite Zeugin war eine Kollegin von der Rezeption. Sie hatte Nachtschicht gehabt und Cindy Fischer getroffen, als diese sich aus dem Arbeitszeiterfassungssystem ausgeloggt hatte.

»Hat sie erwähnt, was sie als Nächstes machen wollte?«

»Nein, wir haben nur ein paar belanglose Worte über den Sturm gewechselt. Sie schien in Eile zu sein.«

»Hatte sie eine Verabredung?«

»Ich weiß es nicht.«

»Was macht man normalerweise nach Dienstschluss auf einem Schiff? Trifft man sich an der Bar?«

»Ich für meinen Teil bin froh, wenn ich die Uniform ausziehen und meine Füße hochlegen kann. Vor allem bei dem Seegang. Zwölf-Stunden-Schichten sind bei uns an der Tagesordnung.«

»Erzählen Sie mir etwas über Frau Fischer. Wie war sie? Was hat sie ausgemacht?«

Die Frau öffnete den Mund, holte Luft, schloss ihn wieder, dann zuckte sie mit den Schultern. »Es ist besser, wenn Sie eine Kollegin fragen. Ich bin nicht sonderlich gut mit ihr klargekommen.«

»Warum nicht?«

»Sie war unzuverlässig und ist in letzter Zeit oft ausgefallen, weil sie angeblich leicht seekrank wurde. Bezeichnenderweise immer nur für ein paar Stunden. In meinen Augen war sie nicht teamfähig. Aber das geht auf See nicht, da müssen alle zusammenhalten.« Die Frau spielte mit den Fingern nervös am Anhänger ihrer Halskette herum.

»Das ist kein Grund, sich zu schämen«, beruhigte Hackenholt. »Diese Aspekte haben genauso zu Frau Fischers Persönlichkeit gehört wie ihre Schokoladenseiten. Gab es jemanden, mit dem sie ernsthafte Probleme hatte?«

»Sie ist bei allen angeeckt, wenn Sie mich fragen. Zumindest nach dem Vorfall mit Agbeko. Aber den Tod hat ihr deshalb natürlich niemand gewünscht.«

»Was ist passiert?«

»Er war ein total süßer afrikanischer Kellner. Am Anfang hat er in der Mannschaftsmesse gearbeitet, später in der Hopfenschänke. Alle haben ihn gemocht und waren ein bisschen in ihn verliebt. Er war wahnsinnig charmant und hat mit allen geflirtet.« Auf einmal verschwand das Lächeln, das sich bei der Erinnerung auf ihr Gesicht gelegt hatte. »Cindy hat ihn bei der Reederei angeschwärzt. Er musste im nächsten Hafen das Schiff verlassen und auf eigene Kosten nach Hause fliegen. Der arme Kerl hat sich so sehr dafür geschämt, seine Familie nicht mehr unterstützen zu können, dass er sich kurz darauf umgebracht hat.«

»Aus welchem Grund hat Frau Fischer ihn gemeldet?«

»Er hat nicht nur mit Kolleginnen geschlafen, sondern auch mit Passagierinnen.«

»Ich nehme an, Letztere haben ihn für seine Dienste entlohnt?« Hackenholt seufzte. »Da sind wir ganz schnell im Bereich der Prostitution.«

»Wissen Sie, wie viel ein Staff Waiter in unserer Branche verdient? Inklusive sämtlicher Zuschläge sind es siebenhundertsiebzig Dollar im Monat – für bis zu dreihundert Arbeitsstunden.«

»Das wäre ein Stundensatz von unter drei Dollar«, protestierte Hackenholt. »Das ist unmöglich.«

»Hier gibt es keinen deutschen Mindestlohn und keine EU-Arbeitszeitverordnung.« Sie sah ihn mitleidig an. »Die Reedereien halten die Bezahlung für fair, weil Gehälter auf hoher See angeblich nicht mit denen an Land vergleichbar sind. Was glauben Sie, wieso sich auf der SunnySky sechzig Nationalitäten tummeln? Und die wenigsten davon kommen aus der EU.«

Hackenholt bedankte sich und entließ die Zeugin.

»Wenn ich mich nicht verhört habe, haben Sie vorhin eingeworfen, ich würde mich schwertun, Freunde von Frau Fischer zu finden«, eröffnete er die Befragung der dritten Mitarbeiterin. »Ich erachte es als unwahrscheinlich, dass es auf dem ganzen Schiff niemanden gegeben haben soll, mit dem sie befreundet war.«

Manuela Geismann sah ihn mit zusammengepressten Lippen an. Immerhin bestritt sie nicht, die Zwischenruferin gewesen zu sein.

»Warum haben Sie das gesagt?«

»Was glauben Sie, wieso Cindy allein in einer Doppelkabine untergebracht war? Weil kein Mensch mehr mit ihr zusammenwohnen wollte«, schob sie die Antwort gleich selbst hinterher.

»Wo lag das Problem?«

»Sie war ein Biest. Ständig hat sie Sachen erfunden und alle gegeneinander ausgespielt, um für sich Vorteile herauszuholen. Nach und nach hat sie jeden vor den Kopf gestoßen. Den Chef hat das nicht interessiert. Bei dem hat sie sich eingeschleimt, indem sie ihm immer schön gepetzt hat, wenn was nicht geklappt hat und jemandem ein Fehler unterlaufen ist.

Vor drei Tagen hat sich endlich eine Passagierin direkt bei ihm über sie beschwert. Das konnte er dann ausnahmsweise nicht unter den Teppich kehren. Da hat sie auch mal ihr Fett abgekriegt. Danach hatte sie Migräne für den Rest des Tages und war nicht mehr einsatzfähig.«

Hackenholt war erstaunt über die Vehemenz, mit der die Worte vorgetragen wurden. Woher kamen diese starken Emotionen? »Ich nehme an, Frau Fischer hat Sie ebenfalls angeschwärzt?«

»Das hat sie mit jedem gemacht. Man musste höllisch aufpassen, was man in ihrer Gegenwart gesagt und getan hat.«

»Aber Sie wurden nicht wie Agbeko gefeuert.«

»Seit dem Vorfall waren wir ja gewarnt.«

»Warum sind Sie so ungeheuer sauer auf sie?«

»Tausend Kleinigkeiten.« Manuela Geismann stand abrupt auf. »Ich muss wieder an die Arbeit, ich habe meine Kolleginnen schon viel zu lange im Stich gelassen.«

Hackenholt stieg gerade zu Deck 6 hinauf, als die reguläre Beleuchtung ansprang. Einen Moment später begann sein Handy zu piepen. Er hatte drei Textnachrichten von Sophie erhalten. In der ersten fragte sie, ob er sich verlaufen habe und nicht mehr zurückfinde. In der zweiten rief sie um Hilfe, da sie belagert werde. Und in der dritten erkundigte sie sich, ob wirklich eine Frau über Bord gegangen sei. Er hielt es kaum für möglich, aber die Buschtrommeln auf der SunnySky schienen sogar noch besser zu arbeiten als die im heimischen Polizeipräsidium.

Da sich die Rezeption und seine Kabine auf demselben Deck befanden, entschied er, einen Abstecher zu machen. Irgendwann musste er Sophie beichten, dass er ab sofort quasi im Dienst war. Angesichts des Hinweises auf die Belagerung öffnete er die Feuertür, die das Crew-Treppenhaus vom Gang trennte, mit größter Vorsicht. Doch der Flur zu seiner Kabine lag verlassen vor ihm. Er lief hinüber und klopfte leise. In Sekundenschnelle riss Sophie die Tür auf und funkelte ihn böse an.

»Ach, du bist's.« Sie entspannte sich. »Ich dachte, es wäre wieder diese schreckliche Frau von Berg. Ist es wahr, dass jemand ins Meer gestürzt ist?«

»Hat sie das behauptet?«

Sophie nickte.

»Nein, es stimmt nicht.«

»Das hätte ich mir denken können. Zu meiner Verteidigung muss ich sagen, dass sie absolut überzeugend gewirkt hat. Auch weil sie meinte, dass man dich sonst nicht geholt hätte.«

»Es hat einen Mord gegeben.«

»Das ist nicht dein Ernst!« Sophies Gesichtsausdruck lag zwischen Lachen und Weinen.

»Der Sicherheitsoffizier hat einen militärischen Hintergrund und von Ermittlungsarbeit leider keine Ahnung. Und da wir erst in zwei, drei Tagen einen Hafen erreichen werden, muss ich in der Zwischenzeit die Ermittlungen führen.«

»Aber du hast Urlaub!«

»Was soll ich denn tun? Innerhalb weniger Stunden sind sämtliche Spuren vernichtet. Dann würden die ermittelnden Kollegen vor eine schier unlösbare Aufgabe gestellt.« Nun spielte er seinen Trumpf aus. »Und wir würden alle so lange an Bord festgehalten werden, bis sie etwas herausfinden.«

»Das können die doch gar nicht«, widersprach Sophie.

»Natürlich dürfen sie das.«

»Das heißt: Ronja und ich sind ab sofort allein auf Kreuzfahrt«, stellte Sophie fest. »Na, bravo!«

»Falls du Ronja für eine Weile im Kinderklub parken könntest, hätte ich eine Beschäftigung für dich.«

Sie musterte ihn skeptisch.

»Ich brauche eine Schreibkraft.«

Sophies Blick sprach Bände. Dessen ungeachtet zog er eine Kopie der Sprachmemos auf den Laptop. »Streng vertraulich! Aber das muss ich ja nicht extra erwähnen.«

Der Hotelmanager war nicht sonderlich begeistert, als Hackenholt ihn erneut sprechen wollte.

»Ich würde jetzt auch lieber mit meiner Familie frühstücken gehen und meinen Urlaub genießen, das können Sie mir glauben. Doch solange Sie nur vage Angaben machen, werde ich immer wieder zu Ihnen zurückkommen. Deshalb werde ich Sie nun offiziell vernehmen.« Er legte sein Handy auf den Tisch, schaltete die Sprachaufzeichnungsapp ein und leierte mit stoischer Ruhe die Zeugenbelehrung herunter. Danach ging er noch einmal die Fragen durch, die er schon vor einer Stunde gestellt hatte. Dann wechselte er unversehens das Thema: »Wurde Frau Fischer von ihren Kolleginnen gemobbt?«

»Wie kommen Sie darauf?«

»Das ist keine Antwort.«

»Ich habe keinerlei Anhaltspunkte dafür. SunnyBoatCruises ist bekannt –«

»Sparen Sie sich Ihre Plattitüden«, unterbrach Hackenholt ihn barsch. »Wie kam es zu Frau Fischers Einzelunterbringung? In ihrer Gehaltsklasse sind Mehrfachkabinen üblich.«

»Das hat sich so ergeben. Irgendjemand hat meistens Glück und bleibt allein in der Kabine.« Der Hotelmanager tat, als sehe er darin keine Besonderheit.

»Was können Sie mir über einen ehemaligen Mitarbeiter namens Agbeko sagen?«

»Er war ein ghanaischer Kellner, wenn ich mich richtig erinnere.«

»Frau Fischer hat ihn gemeldet, weil er mit Passagieren sexuell verkehrte. In Anbetracht der Tatsache, dass Sie für Essen, Trinken und Schlafen zuständig sind, muss er Ihnen unterstellt gewesen sein.«

»Stimmt! Jetzt fällt es mir wieder ein. Wir mussten ihn entlassen. Er hatte gegen den Verhaltenskodex verstoßen. Da kennen wir kein Pardon.«

»Mir wurde gesagt, er hat danach Suizid begangen.«

»Das entzieht sich meiner Kenntnis.«

»Dieser Vorfall hat also nichts damit zu tun, dass Frau Fischer von den anderen angefeindet wurde?«

»Das wurde sie doch gar nicht.«

»Wie sieht es mit Fehlzeiten aus?«

»Da gab es leider welche. Sie war in den letzten Wochen öfter seekrank.«

»Ist das nicht problematisch? Insbesondere, wenn die Angestellten zwölf bis vierzehn Stunden am Tag arbeiten sollten.«

»Schön ist das für das Team natürlich nicht«, musste der Hotelmanager zugeben. »Aber sie hat sich stets bemüht, höchstens einen halben Tag auszufallen.«

»Das heißt, Sie waren mit Frau Fischers Arbeit zufrieden?«

»Ich hatte keinen Grund zur Klage.«

»Gilt das auch für die Gäste?«

»Vor Kurzem hat sich eine Passagierin bei mir beschwert. Angeblich soll Cindy eine Reservierung für das Kapitänsdinner nicht in das Buchungssystem eingetragen haben, was erst aufgefallen ist, als alles ausverkauft war. Normalerweise kein großes Ding, aber die Dame hat sich furchtbar aufgeregt und behauptet, Cindy hätte das vorsätzlich gemacht. Daher habe ich sie mit den Vorwürfen konfrontiert. Sie hat abgestritten, dass die Kundin jemals eine Buchung bei ihr aufgegeben hat. Stattdessen hat sie mir glaubhaft erklärt, dass es eine Vorgeschichte zwischen ihnen gab und die Frau deshalb versucht hat, ihr das Leben schwer zu machen.«

»Was war vorgefallen?«

»Es gab einen Rechtsstreit, den die Urlauberin verloren hat. Seitdem herrschte offenbar böses Blut. Cindy ist aus allen Wolken gefallen, als sie sie an Bord gesehen hat. Sie wollte mit ihr reden und sie bitten, keinen Streit anzufangen. Ich habe ihr geraten, ihr einfach aus dem Weg zu gehen.«

»Wie heißt die Passagierin?«

»Erika Müller.«

Hackenholt war hin- und hergerissen. Sollte er Frau Müller befragen? Welchen Grund konnte er nennen? Wenn er die Wahrheit sagte, wüsste innerhalb kürzester Zeit jeder auf dem Schiff, dass es einen Mord gegeben hatte. Im schlimmsten Fall konnte eine Panik unter den Passagieren ausbrechen, und das wollte er nicht. Er war sich nicht einmal sicher, ob er ohne Rücksprache mit dem Kapitän überhaupt einen Gast in die Vorgänge einweihen durfte. Also verwarf er die Idee. Stattdessen nahm er die Treppe hinunter zu Deck 3 und begab sich in das Büro der Personalmanagerin.

Nach einer kurzen Begrüßung schaltete er die Sprachaufzeichnungsapp ein. »Lassen Sie uns mit Frau Fischers Personalien beginnen.«

»Sie wurde am 02.02.1986 in Fürth in Bayern geboren«, las Anna Krüger aus ihren Unterlagen vor. »Zuletzt wohnte sie in Schwaig.« Sie nannte die genaue Anschrift. Hackenholt bemühte sich, sein Erstaunen zu verbergen. Die junge Rezeptionistin hatte astreines Hochdeutsch gesprochen. Bei einer gebürtigen Fränkin eine Seltenheit.

»Für den Notfall hat sie die Kontaktdaten ihrer Eltern hinterlegt«, fuhr die Personalleiterin fort und gab ihm auch deren Adresse in Nürnberg. »Frau Fischer hat seit viereinhalb Jahren die Welt mit uns bereist, es war ihr sechster Vertrag. Angefangen hat sie an der Rezeption, später war sie zusätzlich im Kinderbereich tätig. Ihre Aufgaben hat sie hierbei stets zu unserer vollsten Zufriedenheit erfüllt.« Sie blickte ihn an. »Das ist nicht nur eine Floskel. Wir waren wirklich sehr zufrieden mit ihr. Deshalb habe ich es bedauert, als sie mich vor einer Woche davon unterrichtet hat, dass sie nicht wieder bei uns anheuern wollte.«

»Hat sie dafür einen Grund genannt?«

»Nein, dazu war sie nicht verpflichtet. Ich vermute, es hatte damit zu tun, dass sie zunehmend unter der rauen See litt. Es ist zwar ungewöhnlich, denn normalerweise gewöhnt man sich mit der Zeit daran und wird quasi immun gegen Seekrankheit. Aber bei ihr wurde es immer schlimmer.«

»Könnte es nicht eher das Arbeitsklima gewesen sein?«

»Wie meinen Sie das?« Frau Krüger sah ihn über die Gläser ihrer Lesebrille hinweg durchdringend an.

»Sie scheint unter den Kollegen nicht gerade beliebt gewesen zu sein. Insbesondere nachdem sie Agbeko gemeldet hatte.«

Die Personalmanagerin schien einen Augenblick zu überlegen. »Lassen Sie es mich so formulieren: Agbeko Nti war bei den Mitarbeiterinnen sehr gefragt, und einige sahen es nicht gerne, dass er das Schiff verlassen musste. Das ändert jedoch nichts daran, dass wir keine andere Wahl hatten, als die Konsequenzen aus seinem Fehlverhalten zu ziehen. Andererseits habe ich mich dafür eingesetzt, dass seine Cousine Souad Atadika eine Anstellung in unserer Wäscherei erhalten hat, um die finanziellen Folgen für die Familie abzumildern.«

»Sie arbeitet jetzt hier auf der SunnySky?« Hackenholt konnte seine Überraschung nicht verbergen.

»Hat man Ihnen das verschwiegen?« Sie lächelte vielsagend. »Es ist dennoch bemerkenswert, wie viel Tratsch Sie in der kurzen Zeit erfahren haben.«

Hackenholts Handy piepte, während er zurück Richtung Rezeption ging, wo sich auch die Büros des Sicherheitsdiensts befanden. Es war eine Nachricht von Maurice Puellen: Er hatte für dreizehn Uhr eine erweiterte Leichenschau angesetzt, da er auf dem Schiff keine Obduktion vornehmen konnte, und bat ihn, sich zu gegebener Zeit im Schiffshospital einzufinden. Hackenholt schrieb eine kurze Bestätigung, dann klopfte er an der Tür von Henning Meys Büro. Der Sicherheitsoffizier schien auf ihn gewartet zu haben.

»Ich habe alles arrangiert. Mit dieser Schlüsselkarte erhalten Sie Zutritt zu unserem Büro auf Deck 11. Frau Mur und Dr. Puellen haben je eine weitere. Den Schrank habe ich ausgeräumt, der steht zu Ihrer alleinigen Verfügung. Ich dachte, Sie werden sicher einen Platz brauchen, wo Sie Ihre Asservate und Akten aufbewahren können.« Er händigte ihm den Schlüssel aus.

»Danke.«

»In diesem Aktenordner finden Sie eine Liste aller Personen, die sich an Bord befinden.« Er öffnete ihn. Die erste Seite zeigte eine Tabelle im Querformat. Sie enthielt neben Vor- und Nachnamen die Kabinennummer, das Geburtsdatum und die Meldeadresse. »Und in diesem habe ich Ausdrucke der Teilnehmerlisten von den Schiffsführungen abgeheftet.«

»Großartig. Können Sie mir als Nächstes bitte eine Kopie der Aufzeichnungen sämtlicher Überwachungskameras besorgen? Und zwar vom kompletten gestrigen Tag bis zum Stromausfall.«

»Das ist eine riesige Datenmenge«, warnte der Sicherheitsoffizier. »Wir sprechen von über einhundert Kameras.«

Damit hatte Hackenholt nicht gerechnet.

»Und dabei überwachen wir nicht einmal jeden Winkel, sondern beschränken uns auf die wichtigsten Bereiche.«

»Wir müssen trotzdem alle Aufnahmen im genannten Zeitraum für die Ermittlungsbehörden sichern.«

Henning Mey griff zum Bordtelefon und sprach kurz mit einem Kollegen von einer anderen Abteilung. Danach blickte er wieder auf. »Unser IT-Manager kümmert sich darum. Es wird aber etwas dauern, bis das erledigt ist. Machen wir jetzt mit den Befragungen weiter?«

Hackenholt schüttelte den Kopf. »Ich würde mir vorher gerne die relevantesten Aufzeichnungen ansehen. Ist das möglich, obwohl parallel jemand eine Kopie anfertigt?«

»Natürlich.« Henning Mey erhob sich. »Lassen Sie uns dazu in Ihr neues Büro auf Deck 11 hinaufgehen«. Er packte sich die Aktenordner mit den Ausdrucken unter den Arm und zeigte Hackenholt den Weg.

Der Raum gleich neben der Brücke war zwar nicht sonderlich groß, dafür jedoch funktional eingerichtet. An einer Wand war ein Schrank verschraubt. Daneben stand ein Schreibtisch mit einem Computer. Den meisten Platz nahmen ein Besprechungstisch und mehrere Stühle ein.

»Gibt es eigentlich für jedes Deck einen Grundriss, wie man ihn von Häusern kennt?«, erkundigte sich Hackenholt.

»Bei uns nennt man das Decksplan.« Mey öffnete eine Schublade und entnahm ihm einen zusammengerollten Bogen Papier.

Nachdem er ihn ausgebreitet hatte, sah Hackenholt, dass darauf alle Decks samt Raumeinteilung eingezeichnet waren.

»Wo befinden sich auf Deck 3 Überwachungskameras?«

Henning Mey griff zu einem schwarzen Filzstift und malte vier Punkte auf den Plan.

»Beginnen wir mit der hier. Dreiundzwanzig Uhr dreißig.« Hackenholt deutete auf eine Stelle, die sich in der Nähe des Hauptzugangs zum Küchentrakt befand. Überrascht stellte er fest, dass es einen weiteren Zugang zur Schiffsküche gab, der von keiner Kamera erfasst wurde. Und die Aufzüge. An die hatte er bisher gar nicht gedacht. Sämtliche Gerichte wurden in der Zentralküche zubereitet und von dort in die jeweiligen Schiffsrestaurants auf den unterschiedlichen Decks geschickt. Auf diesem Weg konnte man nicht nur fertige Speisen ungesehen aus der Küche herausbringen, sondern auch hineingelangen.

»Wer weiß, wo es Überwachungskameras gibt?«

»Der Kapitän, die Offiziere und natürlich der Sicherheitsdienst. Aber da die Kameras nicht versteckt angebracht sind, kann sie im Grunde genommen jeder finden, der mit offenen Augen durch das Schiff läuft.«

Henning Mey hatte recht. Hackenholt waren sie an verschiedenen Stellen aufgefallen. Er hatte jedoch beruflich viel damit zu tun und bemerkte solche Dinge. Hätte er Sophie gefragt, würde die Antwort mit Sicherheit anders lauten. Es gab also diverse Möglichkeiten: Der Täter konnte den Stromausfall genutzt haben, um heimlich in die Schiffsküche zu gelangen. Oder er hatte vorher bewusst oder unbewusst einen Weg gewählt, der nicht überwacht wurde. Oder es gab doch einen Hinweis auf ihn in den Videoaufzeichnungen.

Mey rief unterdessen das Programm auf und suchte die gewünschte Uhrzeit in dem Video. Erneut wurde Hackenholt überrascht: Es herrschte ein reges Kommen und Gehen, wo er angesichts der späten Stunde allenfalls ab und zu jemanden erwartet hatte.

»Was machen die Leute nachts noch in der Küche?«, fragte er irritiert.

»In den Restaurants wird bis dreiundzwanzig Uhr warmes Essen vorgehalten. Das heißt, die Reste kommen erst danach in die Galley zurück. Anschließend wird geputzt, und die ersten Vorbereitungen für den nächsten Tag werden getroffen. Normalerweise ist gegen ein Uhr Schluss. Und um halb vier geht es in der Backstube wieder los.«

»Wenn das so ist, müssen wir das anders machen: Spulen Sie bitte bis zum Stromausfall vor. Wir sehen uns die Aufnahmen im Rückwärtssuchlauf an.«

Henning Mey folgte den Anweisungen. Der Bildschirm wurde dunkel. Es entstand eine kleine Pause. Als der Flur wieder angezeigt wurde, passierte erst einmal nichts. Hackenholt sah auf die Zeiteinblendung. Viertel vor zwei. Halb zwei. Ein Uhr. Null Uhr achtundfünfzig: Das Licht in der Schiffsküche wurde ausgeschaltet, die Tür aufgestoßen, und zwei Männer kamen heraus.

»Kennen Sie die?«

»Das sind thailändische Küchenhilfen.«

Hackenholt knipste mit dem Handy ein Foto, und Mey drückte erneut den Suchlauf. Weitere Personen verließen die Küche. Es wurde halb eins. Ein Asiate ging hinein. Dann kam jemand heraus. Noch zwei weitere Mitarbeiter folgten. Vor halb zwölf wurde das Kommen und Gehen unübersichtlich. Cindy Fischer hatte Hackenholt nicht entdeckt.

Henning Mey blickte auf seine Armbanduhr. »Ich müsste mal wieder runter zu meiner Arbeit.«

Hackenholt nickte. Da ihm nun klar war, dass er den Täter nicht auf dem Silbertablett in Form einer Videoaufnahme serviert bekam, musste er ebenfalls ein paar Dinge erledigen, bevor er sich den nächsten Aufnahmen widmen konnte.

»Am besten gebe ich Ihnen meine Handynummer.« Mey hielt kurz inne. »Hat man Sie und Ihre Kollegen eigentlich schon auf die Mitarbeiterliste gesetzt?«

Hackenholt verstand nicht.

»Im Mitarbeitertarif kostet das Datenvolumen wesentlich weniger. Dann können Sie mir einfach eine Textnachricht schreiben, wenn Sie eine Frage haben.«

Nachdem der Sicherheitsoffizier gegangen war, verließ auch Hackenholt sein neues Büro und klopfte nebenan an der Tür zur Kommandobrücke. Anstandslos wurde er eingelassen. Der Bereich sah genauso aus, wie man ihn aus Filmen kannte. Barrington Viviani stand mit gerunzelter Stirn neben einem anderen Mann über einen

Tisch voller Seekarten gebeugt. Sie schienen den Kurs zu besprechen. Als er Hackenholt erblickte, war ihm die mangelnde Begeisterung deutlich anzusehen.

»Haben Sie die Reederei unterrichtet?«, kam Hackenholt sofort zur Sache.

Ein knappes Nicken.

»Wer verständigt die Angehörigen?«

»Das übernimmt unsere Zentrale in Hamburg.«

»Sehr gut.« Aus einem Impuls heraus entschied Hackenholt, ihn nicht darüber zu informieren, dass er als Nächstes plante, seine Nürnberger Kollegen zu kontaktieren und mit Hintergrundrecherchen zu beauftragen.

»War das alles?«, brummte der Kapitän. »Ich habe nämlich zu tun.«

Hackenholt ging hinunter in seine Kabine. Auf dem Bett lag eine Nachricht von Sophie: Sie war mit Ronja zum Frühstücken in das SunnyCuisine gegangen und würde sich freuen, wenn er nachkäme.

Als er den Laptop anschaltete, fand er zwei Textdokumente. Es waren die Protokolle der beiden Vernehmungen. Er zog eine Kopie der neuen Sprachaufzeichnungen auf den Computer und verfasste eine E-Mail an Manfred Stellfeldt, die er ihm nach dem Anruf schicken wollte. Dann wählte er dessen Nummer. Der altgediente Kriminalbeamte meldete sich gut gelaunt und fragte, in welchem Land er sich gerade befand.

»Wir sind im Nordatlantik mitten in einem Sturm. Man kann sich kaum auf den Beinen halten. In der Nacht mussten die Maschinen gestoppt und der Strom abgeschaltet werden.«

»Was kann ich für euch tun?« Stellfeldt war sofort klar, dass Hackenholt diesmal nicht zum Spaß anrief.

»Eine Mitarbeiterin wurde ermordet. Da wir meilenweit von einem Hafen entfernt sind, haben Christine und ich die Ermittlungen übernommen.«

»Das ist nicht dein Ernst!«, rief Stellfeldt.

»Das Opfer ist eine junge Frau aus Mittelfranken. Sie war Rezeptionistin, hatte zum Tatzeitpunkt allerdings frei. Ihre Leiche wurde in der Küche aufgefunden. Wahrscheinlich wurde sie erdrosselt, es wurde aber auch auf sie eingestochen. Ich sende dir gleich eine

E-Mail, mit allen relevanten Fakten. Angeblich werden die Hinterbliebenen von der Reederei verständigt. Der Kapitän verhält sich jedoch merkwürdig. Ich habe den Eindruck, er würde am liebsten alles unter den Teppich kehren.«

»Soweit ich weiß, ist die Staatsanwaltschaft Hamburg für Straftaten mit deutscher Beteiligung auf hoher See zuständig. Soll ich dort anrufen und den Vorfall aktenkundig machen?«

»Das ist eine gute Idee!« Wieder einmal war Hackenholt froh, dass es Stellfeldt gab. Er wusste einfach in jeder Situation, was zu tun war. »Sieh zu, dass du ein Okay für Ermittlungen in Nürnberg bekommst. Ich brauche Hintergrundinformationen. Wann hatte Frau Fischer zuletzt Kontakt mit ihren Angehörigen? Hat sie von Problemen an Bord berichtet? Aber geh behutsam vor. Es kann sein, dass die Eltern noch gar nicht von SunnyBoatCruises informiert wurden.«

»Ich kümmere mich um alles und rufe dich dann an.«

»Wir haben doch den Laptop im Büro, mit dem wir ins Internet gehen können und auf dem auch Skype installiert ist. Lass uns später darüber eine Videokonferenz abhalten. Telefonieren ist ungemein teuer, aber im Datentarif erhalte ich Mitarbeiterpreise.«

»Ich schicke dir eine Textnachricht, sobald ich etwas in Erfahrung gebracht habe«, versprach Stellfeldt. »Schreib mir, wenn wir euch sonst irgendwie helfen können.«

Nachdem er das Gespräch beendet hatte, machte Hackenholt einen Abstecher in das von Sophie genannte Restaurant. Es war ungewöhnlich leer. Offenbar blieben die meisten Passagiere lieber in ihren Kabinen. Auch Sophie und Ronja waren nicht mehr da. Er hatte sie wohl verpasst.

An der Rezeption beobachtete Hackenholt Manuela Geismann sehr genau, als er sie fragte, wo er Souad Atadika fand.

»Am besten versuchen Sie es in der Wäscherei.« Die Rezeptionistin errötete leicht. Hackenholt fühlte sich in seiner Vermutung bestätigt: Sie hatte die Information bewusst zurückgehalten, dass sich Agbeko Ntis Cousine an Bord befand.

»In welcher Kabine wohnt sie?«, erkundigte er sich, da er nicht in sein Büro hinauflaufen wollte, wo der Ordner mit den Crew- und Passagierlisten lag.

Manuela Geismann suchte ihm die Nummer heraus. Es war die

Kabine, die unmittelbar an die von Cindy Fischer angrenzte. Er musste also in der Nacht bereits mit Frau Atadika gesprochen haben. Gespannt auf das neuerliche Zusammentreffen eilte er einmal mehr hinab in den Bauch der SunnySky. Je tiefer er gelangte, desto verstörender wurden die Geräusche, die der Sturm dem Schiff abrang. Es war ein Knarren und Knarzen von Metall, als werde es gleich reißen.

In der Wäscherei war es heiß und laut. Hackenholt erschrak über die bis zur Decke reichenden Wäscheberge. Eine Frau belud eine riesige Waschmaschine, eine andere stand an einer Bügelmaschine, die sie mit einem Kopfkissenbezug nach dem anderen fütterte. Ein Mann legte Spannbetttücher zusammen. Hackenholt verdrängte den Gedanken, wie man das täglich zwölf bis vierzehn Stunden lang durchhielt. Sieben Tage die Woche. Wochenlang ohne einen einzigen freien Tag. Eine Mitarbeiterin war auf ihn aufmerksam geworden und gab ihm mit Gesten zu verstehen, dass er hier nichts zu suchen habe. Er ging zu ihr hinüber und fragte auf Englisch, wer Souad Atadika sei.

Die Ghanaerin arbeitete mit drei Kolleginnen an einer großen Heißmangel. Sie hievten die feuchte Bettwäsche hoch, sodass die Maschine sie plätten konnte. Hackenholt erkannte in keiner von ihnen die Frau, mit der er am frühen Morgen gesprochen hatte. Das fahle Licht der Notstrombeleuchtung war zu schwach gewesen, um ihre Gesichtszüge ausreichend zu erhellen. Doch Souad Atadika erinnerte sich an ihn.

»Haben Sie noch Fragen?«, rief sie über den Lärm.

»Ja. Wo können wir uns in Ruhe unterhalten?«

Nachdem eine andere Frau ihre Arbeit übernommen hatte, führte sie ihn in einen Nebenraum mit einem Tisch und mehreren Stühlen. Hier war es etwas leiser. Er zückte sein Handy und begann die Befragung. Einen Moment überlegte er, ob er Sophie als Dolmetscherin hinzuziehen sollte. Aber auch er war der Sprache mächtig, und wenn die Beamten in Schottland übernahmen, waren Protokolle auf Englisch sowieso gefragter.

»Erzählen Sie mir von Ihrem Cousin Agbeko Nti.«

»Er war der Erste in meiner Familie, der auf einem Kreuzfahrtschiff gearbeitet hat. Wir waren alle sehr stolz auf ihn. Dann haben seine Eltern einen Anruf von der Polizei erhalten, weil er sich umgebracht hat.« Ihre Augen wirkten traurig.

»Wissen Sie, warum er das getan hat?«

»Als ich auf der SunnySky angefangen habe, hat man es mir erzählt.« Ihr Gesicht war ausdruckslos geworden.

»Wie haben Sie sich gefühlt, als Sie erfahren haben, dass Frau Fischer ihn angeschwärzt hat und er daraufhin entlassen wurde?«

»Ich war erleichtert. Endlich wusste ich, was wirklich passiert ist.«

»Und Ihre Gefühle Frau Fischer gegenüber?«

Sie zuckte mit den Schultern.

»Sie müssen ihr regelmäßig begegnet sein, da sie in der Nachbarkabine gewohnt hat. War das nicht sehr belastend? Jedes Mal wurden Sie an Ihren toten Cousin erinnert.«

»Meine Familie war bei einem Juju-Schrein. Der Priester hat Eshu angerufen, der sie quälen und töten sollte.«

Hackenholt verschlug es die Sprache. Damit hatte er nicht gerechnet. Juju war eine traditionelle westafrikanische Glaubensrichtung, deren Rituale als schwarze Magie eingesetzt wurden. Auch von dem bösartigen Halbgott Eshu hatte er schon gehört. Er spielte eine zentrale Rolle bei den Juju-Ritualen, mit denen Westafrikanerinnen verhext wurden, bevor sie auf die Reise nach Europa geschickt und zur Prostitution gezwungen wurden.

»Ich habe heimlich eine Bluse von ihr eingesteckt und sie in einem Paket an meine Tante gesandt. Der Priester hat die Sachen in eine Schale gelegt, ein Huhn darüber geschlachtet und mit dessen Blut bespritzt. Anschließend wurde alles verbrannt. Mein Neffe hat mir ein Video davon geschickt. Ich konnte leider nicht dabei sein.«

»Hat Ihnen der Priester – oder jemand aus Ihrer Familie – aufgetragen, Frau Fischer etwas anzutun?«

»Der Fluch hat sie getötet. Ich musste mich von ihr fernhalten, damit ich nichts abbekomme.«

Hackenholt musterte die Ghanaerin. Mit Ende zwanzig stand sie in der Blüte ihres Lebens. Sie war ungefähr genauso groß wie Cindy Fischer, aber wesentlich muskulöser; die Arbeit in der Wäscherei war ein Knochenjob. Sie war ihr physisch überlegen gewesen. Konnte sie sie in die Küche gelockt und angegriffen haben?

»Was haben Sie gestern nach dreiundzwanzig Uhr dreißig gemacht?«

»Nachdem die Maschinen abgeschaltet worden waren, hat uns

der Chef in unsere Kabine geschickt. Das war gegen halb zwei Uhr morgens. Ich habe geduscht und bin ins Bett gegangen.«

»Wie heißt die Dame, mit der Sie zusammen untergebracht sind?«

»Selassie Okae.«

»Ist sie hier?«

Souad Atadika nickte.

Hackenholt ergriff die Gelegenheit beim Schopf und bat die Kabinengenossin zu sich. Selassie Okae stammte ebenfalls aus Ghana. Er belehrte die junge Frau eindringlich, dass sie die Wahrheit sagen musste und ihre Angaben sehr wichtig waren. Er hoffte inständig, sie werde sich nicht ihrer Mitbewohnerin verpflichtet fühlen, mit der sie nicht nur jeden Tag zusammenarbeitete, sondern auch die Kultur teilte.

»Wie lange sind Sie schon auf dem Schiff?«

»Das ist mein erster Vertrag«, antwortete sie stolz.

»Kannten Sie Frau Atadika, bevor Sie an Bord gegangen sind?«

»Nein. Wir sind beide neu.«

»Haben Sie Cindy Fischer kennengelernt? Die Frau, die heute Nacht in der Küche getötet wurde?«

»Ich habe mich nie mit ihr unterhalten.«

»Wieso nicht?«

»Souad hat mir geraten, mich von ihr fernzuhalten. Sie war eine schlechte Frau.« Sie beugte sich zu Hackenholt vor und flüsterte: »Sie war mit einem Fluch belegt. Wir mussten sie meiden.«

»Hat Frau Atadika gesagt, warum?«

»Über so etwas redet man nicht.«

»Hat es mal Streit zwischen den beiden gegeben?«

»Souad hat auch nicht mit ihr gesprochen.«

»Was taten Sie gestern Abend nach dreiundzwanzig Uhr dreißig?«

»Ich war in der Wäscherei. Dann hat uns der Chef in unsere Unterkunft geschickt, weil der Strom abgeschaltet werden musste. Ich hatte große Angst. Souad hat mich beruhigt. Aber ich bin trotzdem gleich ins Bett gegangen und habe gebetet. Ich bin erst wieder aufgestanden, als Sie bei uns geklopft haben.«

»Und was hat Frau Atadika gemacht?«

»Sie hat sich ebenfalls schlafen gelegt.«

»Ist sie nachts noch einmal aufgestanden? Hat sie die Kabine verlassen?«

Die Frau schüttelte den Kopf.

»Ziehen Sie immer die Vorhänge an Ihrem Bett zu?«

»Natürlich. Sonst wacht man ständig auf, wenn der andere auf die Toilette geht.«

Hackenholts Handy piepte. Er beendete die Vernehmung und sah nach, wer ihm geschrieben hatte. Sophie bat ihn, bei Gelegenheit zu ihr zu kommen. Er vermutete, dass Stellfeldt ihm eine E-Mail geschickt hatte.

Hackenholt gähnte, als er aus dem Bauch des Schiffs hinauf in die Welt über der Wasserlinie stieg. Die Nacht war kurz und unruhig gewesen. Außerdem hatte er seit gestern Abend nichts mehr gegessen. Vor dem Termin im Schiffshospital musste er unbedingt etwas zu sich nehmen.

Ronja lag neben Sophie auf dem Bett und lauschte einer Geschichte. Hackenholt setzte sich zu ihnen. Als Sophie vorschlug, eine Pause zu machen, wollte die Kleine nichts davon wissen. Stattdessen drückte sie ihrem Vater das Buch in die Hand und forderte ihn auf, weiterzulesen.

»Engelchen, ich muss gleich wieder weg. Ich möchte nur schnell was am Computer anschauen.«

»Das Video vom Krimidinner?«, fragte Sophie grinsend. »Der Bordfotograf hat wirklich alles gegeben. Die Aufnahmen und der Schnitt sind perfekt. Es würde mich nicht wundern, wenn Maurice demnächst ein Jobangebot von SunnyBoatCruises erhält.«

»Hast du mich deswegen hergebeten?«

»Natürlich nicht.« Sie sah ihn stirnrunzelnd an. »Ich habe dir wegen Klara geschrieben. Als ich Ronja vorhin im Kinderklub abgeholt habe, hat sie mich zur Seite genommen und um ein vertrauliches Gespräch mit dir gebeten – ohne dass es die anderen mitbekommen. Sie will nicht als Petze dastehen. Auf dem Schiff hält die Mannschaft zusammen, egal, was passiert. Andernfalls ist man offenbar sofort untendurch.« Sophie war anzumerken, wie wenig sie von solchen Gepflogenheiten hielt. »Wenn ich sie hole, könntest du hier mit ihr sprechen. Dann bekommt es niemand mit.«

»Einverstanden.«

Sophie lockte Ronja mit der Aussicht auf ein Eis in ein Café, und Hackenholt setzte sich an den Laptop, um die Kopien der

Mitschnitte der letzten Vernehmungen zu speichern. Parallel dazu rief er die E-Mails ab, aber Manfred Stellfeldt hatte nichts geschickt. Hackenholt war gerade fertig, als es an der Tür klopfte. Die junge Mitarbeiterin mit den blonden Haaren und dem Igelschnitt kannte er bislang nur vom Sehen. Er begrüßte sie und belehrte sie kurz über die Rechte und Pflichten einer Zeugin.

»Mein Name ist Klara Otto.« Sie beäugte skeptisch das Handy, mit dem er die Vernehmung aufzeichnen wollte. »Alles, was ich Ihnen sage, muss vertraulich behandelt werden. Die anderen dürfen nichts davon erfahren. Mir würde es sonst wie Cindy ergehen.«

»Was meinen Sie damit?«, fragte Hackenholt, sofort hellhörig geworden.

»Cindys Kolleginnen an der Rezeption haben ihr das Leben zur Hölle gemacht. An Bord gilt der Grundsatz, dass man niemanden anschwärzt.«

»Das tun Sie nicht. Sie helfen, einen Mord aufzuklären. Dazu besteht sogar eine Rechtspflicht.«

»Ich fürchte, Sie sind der Einzige, der das hier so sieht.«

»Ermittlungsprotokolle sind Verschlusssachen. Die bekommt erst einmal nur die Staatsanwaltschaft zu Gesicht.«

Das schien der jungen Frau zu genügen. Sie holte tief Luft und begann: »Cindy wurde von den anderen Rezeptionistinnen massiv gemobbt. Das ging so weit, dass sie ihr Termine für Rettungsübungen verschwiegen und Reservierungen gelöscht haben, die sie in den Computer eintrug. Sie war manchmal fix und fertig, wenn sie zu uns in die Kinderbetreuung kam. Ich habe sie einige Male weinen sehen.«

»Warum waren ihre Kolleginnen so sauer auf sie?«

»Manuela hatte etwas mit Agbeko Nti. Sie waren zwar nicht miteinander liiert, aber sie war bis über beide Ohren in ihn verliebt und hat jede freie Minute mit ihm verbracht.«

»Frau Geismann?« Die rothaarige Rezeptionistin, die kundgetan hatte, dass er sich schwertun werde, eine Freundin von Cindy Fischer zu finden. Zumindest in dem Punkt hatte sie sich offenbar getäuscht.

Klara Otto nickte. »Sie hat sogar Cindys Handy in die Toilette geworfen. Es war furchtbar.« Sie schauderte bei der Erinnerung. »Alle haben Manuela gedeckt. Sie ist die Anführerin, reißt die anderen mit und manipuliert sie. Es wurde erst ein bisschen besser, als Kapitän Viviani dafür gesorgt hat, dass Cindy in eine andere Kabine ziehen und bei uns aushelfen konnte. In der Kinderbetreuung ist zwar auch nicht alles eitel Sonnenschein, aber wenigstens wurde sie da nicht gemobbt.«

»Der Kapitän wusste von ihren Problemen?« Hackenholt versuchte, seine Ungläubigkeit zu überspielen.

»Ja, er hat sich sehr für sie eingesetzt.«

»Können Sie mir etwas über das Verhältnis zwischen Agbeko Ntis Cousine und Frau Fischer sagen?«, wechselte er das Thema.

»Sie gingen sich aus dem Weg.«

»Es gab weder einen verbalen Schlagabtausch noch physische Übergriffe?«

Sie schüttelte den Kopf.

»Kennen sich Manuela Geismann und Souad Atadika näher? Sind sie befreundet?«

»Ich habe sie einmal beim Abendessen an einem Tisch sitzen sehen. Da wirkten sie aber nicht sonderlich vertraut.«

»Eine letzte Frage: Hatte Frau Fischer seit dem Vorfall mit der Toilette kein Mobiltelefon mehr oder konnte sie es retten?«

»Sie hat es weggeworfen und sich ein neues besorgt. Ein sündhaft teures mit allem Schnickschnack und einem total witzigen Klingelton. Das hat sie gehütet wie ihren Augapfel.«

Hackenholt notierte sich eine detaillierte Beschreibung. Dann dankte er Frau Otto für ihre Offenheit.

Im Anschluss an das Gespräch eilte er hinauf zur Kommandobrücke und bat um Einlass. Der Kapitän drehte sich kommentarlos weg, als er ihn sah. Hackenholt beschloss, ihm das nicht länger durchgehen zu lassen, und bat ihn zu einer offiziellen Vernehmung.

»Muss das sein?« Barrington Viviani klang genervt.

»Ich hätte das eigentlich gleich als Erstes tun müssen. Aufgrund des Wetters und der angespannten Lage habe ich bislang darauf verzichtet«, erklärte Hackenholt. »Jetzt lässt es sich jedoch nicht mehr länger hinausschieben.« Er deutete auf das Büro gegenüber, das er in Beschlag genommen hatte.

»Wie ich sehe, haben Sie sich bei uns schon häuslich eingerichtet«, witzelte Viviani.

»Es wäre mir deutlich lieber, meinen Urlaub mit meiner Familie genießen zu können und die Mordermittlung den zuständigen Behörden zu überlassen«, antwortete Hackenholt schroff. Demonstrativ schaltete er die Sprachaufzeichnungsapp ein und begann mit der Zeugenbelehrung.

»Wie gut kannten Sie Cindy Fischer?«, fragte er danach.

»Genauso gut wie alle anderen Mitarbeiter an Bord.«

»Kennen Sie jeden?«

»Natürlich.«

»Warum haben Sie mir nicht gesagt, dass Frau Fischer von ihren Kolleginnen gemobbt wurde?«

»Weil das nicht stimmt.« Der Kapitän sprach ruhig und entschlossen.

»Sie sollen ihr aufgrund des Mobbings ermöglicht haben, in eine Kabine umzuziehen, in der sie allein wohnen konnte.«

»Ich bin ihr einmal im Treppenhaus begegnet. Es ging ihr nicht gut. Als ich sie nach dem Grund gefragt habe, hat sie erklärt, dass sie eine schwierige Zeit durchmacht und gerne manchmal allein wäre. Die Rückzugsmöglichkeiten sind auf einem Schiff allerdings begrenzt. Ein paar Tage später habe ich sie beim Mittagessen noch mal gesehen. Da wirkte sie wieder sehr abwesend. Deshalb habe ich mit dem Hotelmanager gesprochen, und gemeinsam haben wir eine Möglichkeit gesucht, sie irgendwo allein unterzubringen. Und das war alles.«

Hackenholt machte sich eine mentale Notiz, dass der Hotelmanager ihm also auch nicht die Wahrheit erzählt hatte. Wem konnte er hier überhaupt glauben?

Mit einem Anflug von schlechtem Gewissen machte er einen Abstecher in eines der weniger frequentierten Restaurants. Er bedauerte, dass Sophie und Ronja ihm keine Gesellschaft leisten konnten, aber ihm blieb nur eine Viertelstunde, bevor er im Schiffshospital erwartet wurde. Es rentierte sich nicht, ihnen Bescheid zu sagen. Bis sie hier waren, musste er schon wieder gehen.

Er entschied sich für eine Suppe. Etwas Warmes konnte nicht schaden. Angesichts des Wetters füllte er die Suppenschale jedoch nur zur Hälfte und balancierte sie zu einem Tisch am Fenster. Während er zu essen begann, loggte er sich mit dem Handy ins Bordnetz der SunnySky ein und rief das Video vom Krimidinner auf. Sophie hatte recht: Puellen war von seiner besten Seite getroffen und wirkte absolut in seinem Element. Hoffentlich bekam er die Aufnahme nicht zu sehen, sonst konnten sie sich auf viele lange Vorträge gefasst machen.

Danach las Hackenholt die Notizen auf seinem Schmierzettel durch. Fragen, denen er nachgehen musste, markierte er mit einem Ausrufezeichen am Rand. Wichtige Informationen unterstrich er zweimal. Plötzlich bewegte sich ein Stuhl an seinem Tisch. Erschrocken blickte er auf. Aber nicht der Seegang hatte ihn gekippt, sondern Margarethe von Berg.

»Sie gestatten?« Ohne auf eine Antwort zu warten, stellte sie ihren voll beladenen Teller ab und nahm ihm gegenüber Platz.

Sofort faltete Hackenholt die Aufzeichnungen zusammen und steckte sie ein. Am liebsten hätte er sich erhoben und wäre gegangen. Doch er hatte die Suppe noch nicht einmal zur Hälfte gegessen.

»Dann stimmt es also.« Die Rentnerin schien sehr zufrieden zu sein.

Hackenholt reagierte nicht.

»Auf dem Schiff kursiert das Gerücht, dass jemand getötet wurde«, versuchte es Frau von Berg anders.

»Ihre wievielte Kreuzfahrt ist das?

»Lenken Sie nicht ab! Es gab eine Tote – und Sie ermitteln. Was ist passiert?«

»Wo ist denn Frau Müller? Verträgt sie den Seegang nicht?«

»Ich kann Ihnen helfen. Ich habe bisher immer den Mörder gefunden.«

Wütend legte Hackenholt den Löffel weg. »Polizeiliche Ermittlungen sind kein Gesellschaftsspiel, bei dem man wohlig schaudernd den Täter errät, Frau von Berg. In meinem Beruf geht es um echte Menschen und echte Schicksale. Und jetzt entschuldigen Sie mich.« Abrupt stand er auf und verließ ohne ein weiteres Wort das Restaurant.

Christine Mur wartete in einem Untersuchungszimmer im Schiffshospital. Als Hackenholt eintrat, blickte sie betont auf ihre Armbanduhr.

»Immerhin du bist auf die Minute pünktlich, wenn es der Herr

Rechtsmediziner schon nicht für nötig erachtet, sich an die von ihm selbst ausgegebenen Termine zu halten.«

Jemand hatte in dem Behandlungsraum ein Stativ mit Puellens Kamera aufgebaut. Hackenholt schwante Schlimmes. Offenbar hatte Puellen das gestrige Video doch gesehen und war wie erwartet auf den Geschmack gekommen.

»Wir werden alles filmen, damit hinterher die Verteidigung nicht behaupten kann, wir hätten Spuren vernichtet oder manipuliert«, erklärte Mur.

Hackenholt atmete erleichtert aus. »Sehr gut mitgedacht«, lobte er eilig.

»Wenn du jetzt hier bist, können wir anfangen. Bevor der unpünktliche Herr Rechtsmediziner loslegen kann, müssen wir den Körper auf Anhaftungen von Fremd-DNA untersuchen.«

Just in dem Moment ging die Tür auf, und Maurice Puellen trat ein.

»Ist deine sagenhafte Omega-Uhr stehen geblieben oder kannst du sie nicht lesen?«, begrüßte Christine Mur ihn.

»Die Suppe ist schuld, *Schnurzelchen*. Ich kann dir ja gar nicht sagen, wie –«

»Danke!«, unterbrach sie ihn barsch. »Andere Leute sind vor lauter Arbeit seit gestern Abend nicht dazugekommen, etwas zu essen.« Sie warf Hackenholt einen Beifall heischenden Blick zu. Doch der senkte den Kopf und starrte verlegen auf den Boden. Natürlich interpretierte sie die schuldbewusste Reaktion richtig und empörte sich gebührend.

»Lasst uns beginnen«, rief Puellen, als habe er nichts bemerkt. Gemeinsam mit Hackenholt holte er die Leiche. Mur schaltete die Kamera ein. Mit behandschuhten Händen hoben sie den Körper aus dem versiegelten Leichensack und legten ihn auf eine mit sterilen Tüchern abgedeckte Untersuchungsliege.

Die Kleidung der Toten hatte Christine Mur schon im Verlauf der ersten Leichenschau in der Schiffsküche feinsäuberlich eingetütet. Sie konnte später im Labor auf Fasern und Fremd-DNA untersucht werden. Nun schnitt Mur dem Opfer die Fingernägel ab, und Puellen fing sie in einem kleinen Behälter mit Schraubverschluss auf. Anschließend sicherten sie akribisch Zentimeter für Zentimeter etwaige DNA-Anhaftungen auf der Haut. Da es an Bord keine sterilen Wattestäbchen gab, verwendeten sie Baumwolltupfer. Jeder wurde sorgfältig verpackt und nummeriert. Hackenholt führte Buch, welcher Stelle sie zuzuordnen waren. Nachdem auch die Haare ausgekämmt und Abstriche der Körperöffnungen genommen waren, übernahm Puellen.

Ihm war anzumerken, dass es ihn in den Fingern juckte, mehr als eine erweiterte Leichenschau durchzuführen. Aber eine Obduktion kam nicht infrage. Er machte jedoch wie sonst üblich zunächst Röntgenaufnahmen des gesamten Körpers. Danach arbeitete er sich von Kopf bis Fuß vor. Er kommentierte alle Details, ließ Mur mit der Handykamera Großaufnahmen von einer Schwellung und Platzwunde an der Schläfe, den Einblutungen in Augenlidern und Mundschleimhaut, den Einrissen in den Mundwinkeln, der überall gleich tief eingeschnittenen Drosselfurche am Hals und der Stichwunde am Rücken machen. Für diejenigen, die die Videoaufnahme später einmal ansehen würden, demonstrierte er, wie weit die Muskulatur erstarrt war und dass man die Leichenflecken leicht wegdrücken konnte. Mit jeder Minute lief er mehr und mehr zu seiner gestrigen Größe auf, bis er schließlich sein Fazit direkt in die Kameralinse sprach.

»Ohne die Leiche zu öffnen, kann nur sehr bedingt Auskunft zur Todesursache gegeben werden. Die auf Höhe der Schläfe dokumentierte Wunde deutet darauf hin, dass das Opfer unmittelbar vor seinem Tod niedergeschlagen wurde. Das würde auch zu Blutanhaftungen passen, die meine Kollegin an einem Topf entdeckt hat. Allerdings konnte bislang keine Analyse vorgenommen werden, ob es sich dabei tatsächlich um Frau Fischers Blut handelt. Ohne Untersuchung des Gehirns lässt sich nicht sagen, ob das Opfer durch den Schlag bewusstlos wurde oder möglicherweise nur zu Boden gebracht werden sollte. Die Röntgenbilder zeigen jedenfalls keinen Bruch an der Stelle. Das Fehlen von Kampfspuren könnte ein Hinweis auf ein Koma sein. Bei einer Person, die bei vollem Bewusstsein stranguliert wird, erwartet man heftige Gegenwehr, was insbesondere in Verletzungen an den Fingern und abgebrochenen Nägeln resultiert. Diese waren jedoch alle intakt.

Anhand der Drosselfurche wird klar, dass das Opfer seitlich, fast bäuchlings auf dem Boden lag, als es stranguliert wurde. Tardieu-Flecken können nur bei einer inneren Untersuchung festgestellt werden. Ein Hämatom auf dem Rücken zwischen den Schulterblättern legt die Vermutung nahe, dass der Täter das Opfer mit einem Knie zu Boden gedrückt hat. Die Drosselfurche ist ungefähr fünf Millimeter breit. Faserrückstände wurden gesichert und können zur Identifikation des Mordwerkzeugs beitragen. Da die Fasern farbig sind, könnte es sich um ein Tuch oder ein anderes Kleidungsstück handeln. Hierzu möchte ich anmerken, dass sowohl Rezeptionistinnen als auch Stewardessen auf dem Schiff blaue Halstücher tragen.

Das Messer ist zwischen den Rippen auf Herzhöhe in den Rücken eingedrungen. Äußerlich waren keinerlei Blutspuren feststellbar. Eine hierzu gefertigte Röntgenaufnahme zeigt, dass das Messer den Herzbeutel durchstochen hat. Ob das Opfer aufgrund dieser innerlich stark blutenden Verletzung gestorben ist oder zu dem Zeitpunkt bereits tot war, kann erst nach der Eröffnung der Körperhöhle festgestellt werden. Damit ist die Todesursache zum jetzigen Zeitpunkt nicht abschließend geklärt. Deutliche Stauungsblutungen sprechen jedoch dafür, dass das Opfer vor seinem Tod zumindest unter starker Atemnot litt.«

Als sie endlich fertig waren, legten sie die Tote wieder in den Leichensack und versiegelten ihn. Hackenholt schaltete die Kamera aus.

»Du hast vorhin Blutanhaftungen an einem Kochtopf erwähnt, Maurice. Was hat es damit auf sich?«, hakte er nach.

»Erzähle ich dir später«, entgegnete Mur. »Ich gehe jetzt was essen.« Sie schlüpfte aus den Handschuhen und wusch sich die Hände. »Nachdem ihr ja schon geschlemmt habt, könnt ihr die Leiche in den Kühlraum zurückbringen.«

»Du könntest auch fünf Minuten warten, und dann essen wir gemeinsam was. Ich hatte nämlich nur einen halben Teller Suppe.« Hackenholt bedachte sie mit seinem ansteckendsten Lächeln.

Mur verzog das Gesicht, stieß einen theatralischen Seufzer aus – und nickte.

In der Crêperie herrschte an diesem Tag kaum Betrieb. Mur, Puellen und Hackenholt setzten sich an den Tisch, der vom Tresen am weitesten entfernt lag. Nicht, um dem Servicepersonal zusätzliche Laufarbeit zu bescheren, sondern um nicht belauscht zu werden.

»Auf dem einzigen Überwachungsvideo, das ich mir bislang angeschaut habe, ist zu sehen, dass die letzten beiden thailändischen Küchenhilfen gegen ein Uhr das Licht ausgeschaltet und die Schiffsküche verlassen haben. Maurice, du hast um drei Uhr zwanzig festgestellt, dass Frau Fischer zu dem Zeitpunkt weniger als zwei Stunden lang tot war«, begann Hackenholt. »Nachdem sie um drei Uhr vom Küchenchef aufgefunden wurde, wird dieses Zeitfenster auch von objektiven Fakten gestützt.«

Puellen warf ihm einen irritierten Blick zu. Ganz so, als frage er sich, ob Hackenholt seine Einschätzungen anzweifelte. »Da am Körper erste Leichenflecken zu sehen waren, muss die Frau vor halb drei gestorben sein. Und wenn man die Körperkerntemperatur bedenkt, dürfte es mehr zwei Uhr als ein Uhr gewesen sein.«

»Was ist mit dem Kochtopf, den ihr sichergestellt habt?«

»*Ihr?*« Mur holte tief Luft. »*Ich* habe ihn gefunden. *Monsieur* hat die ganze Zeit mit den Köchen gefachsimpelt.« Sie sah Puellen böse an. »Der Topf lag zwei Arbeitsstationen weiter in einem Spülbecken. Es befinden sich diverse Fingerspuren daran. Die Blutanhaftungen waren am Topfboden. Ob sie vom Opfer stammen, muss ein Labor klären. Herr Piazolo hat mir jedoch versichert, dass normalerweise keine blutverschmierten Gegenstände nach Schichtende herumliegen. Auch die beiden Herren, die die Galley als Letzte verlassen haben, haben mir geschworen, dass sich dort kein Topf befand. Das wäre bei dem Seegang viel zu gefährlich gewesen.«

»Wo werden sie gewöhnlich aufbewahrt?«

»In Schränken unter den Arbeitsflächen.«

»Man muss sich also auskennen?«

»Ich würde sagen, dass jeder sie finden kann, der auch nur das geringste intuitive Gespür hat.«

»Was ist mit dem Messer?«

»Das hilft uns auch nicht weiter«, winkte Mur ab. »Zunächst dachte ich, es wäre ein normales Küchenmesser. Aber es ist ein Schnitzmesser, mit dem diese kunstvollen Obstschnitzereien gemacht werden. Sie haben eine gebogene Klinge und sind etwas kürzer. Leider ließ sich nicht feststellen, von wo es genommen wurde oder wie viele es überhaupt an Bord gibt. Es müssen Dutzende sein.«

»Können wir anhand der Fasern genauer eingrenzen, womit sie stranguliert wurde?«, fragte Hackenholt.

»Ohne Laboruntersuchung können wir nur Vermutungen anstellen«, meinte Mur. »Immerhin können wir Dinge wie Wäscheleine, Kabelbinder, aber auch Taue oder Nylonstrümpfe ausschließen. Ich würde auf einen Baumwollstoff tippen.«

»Hast du diesbezüglich etwas gefunden?«

»Falls du meinst, ob irgendwo ein weggeworfenes Kleidungsstück auf dem Boden lag, das als Tatwerkzeug infrage kommt, dann lautet die Antwort: nein. Allerdings gibt es in der Küche unzählige Schürzen und Handtücher. Diese werden nach Gebrauch in eine Klappe geworfen, deren Röhre in der Wäscherei endet. Die Schmutzwäsche fällt direkt in einen Transportwagen. Es besteht keine Chance, herauszufinden, ob dort gestern nach Feierabend etwas hineingeworfen wurde oder nicht.«

»Ihr denkt schon an das, was ich im Video gesagt habe«, erinnerte Puellen die beiden. »Die Mitarbeiterinnen tragen Halstücher.«

»Aber Frau Fischer hatte sich nach dem Dienst umgezogen. Da wird sie wohl kaum ihr Tüchlein vergessen haben«, beschied Mur.

»Dennoch sind die Halstücher eine Möglichkeit«, beharrte Puellen. »Die Fasern waren blau.«

»Genau wie die Kochschürzen und die Geschirrtücher«, frotzelte sie. »Was ist bei den Zeugenbefragungen herausgekommen?«

Hackenholt berichtete von Cindy Fischers Situation an Bord und den Anfeindungen, denen sie ausgesetzt gewesen war.

»Intuitiv hätte ich auf einen Mann als Täter getippt. Aber im Grunde genommen kommt genauso gut eine Frau in Betracht«, sagte Mur. »Den Topf konnte man problemlos mit einer Hand heben. Und wenn das Opfer erst einmal wehrlos am Boden lag, dürfte es nicht schwer gewesen sein, es zum Beispiel mit den Bändeln einer Schürze zu erdrosseln.«

»Oder mit einem Halstuch«, warf Puellen ein. »Die Tiefe der Drosselfurche weist auf einen mittleren Kraftaufwand hin. Da es nur eine einzelne Marke gibt, hat der Täter nicht nachgefasst.«

»Warum dann noch das Messer?«, wollte Hackenholt wissen. »Wurde es ihr in den Rücken gestoßen, bevor sie stranguliert wurde?«

»Sehr unwahrscheinlich. Hätte er zuerst zugestochen, hätte er sich das Drosseln sparen können, weil sie schon tot gewesen wäre«, erklärte Puellen. »Das lässt also nur einen Schluss zu: Er hat das bloß zur Show gemacht.«

»Du meinst ein Übertöten?«, fragte Hackenholt.

»Nein. Er wollte mich herausfordern«, entgegnete Puellen im Brustton der Überzeugung. »Hast du das Video vom Krimidinner gesehen, in dem ich –«

»Es gibt sicher niemanden auf der SunnySky, der es nicht kennt«, unterbrach Mur ihn genervt. »Deshalb heißt das aber noch lange nicht, dass das Messer wegen dir im Rücken des Opfers steckt. Der Täter könnte uns auf eine falsche Fährte locken wollen, indem er uns glauben macht, dass er ein Besucher des Krimidinners sein muss.«

»Warum wurde Frau Fischer in der Küche getötet?«, stellte Hackenholt die nächste Frage zur Diskussion.

»Das lässt sich relativ einfach beantworten«, erklärte Mur. »Dort herrscht zwischen eins und halb vier kein Betrieb. Überall sonst auf dem Schiff kann dir jemand begegnen. Aber nicht in der Galley.«

»Im Kinderklub genauso wenig«, sagte Hackenholt.

»Der wird abgesperrt«, widersprach Mur. »Die Schiffsküche nicht, denn sie liegt im Mitarbeiterbereich. Und noch etwas spricht für diesen Tatort: Es gibt mehrere Zugangsmöglichkeiten, die nicht videoüberwacht werden.«

»Damit deutet alles darauf hin, dass wir den Täter in den Reihen der Besatzung suchen müssen«, schlussfolgerte Hackenholt.

Mur nickte. »Niemand würde sich wundern, wenn nachts ein Besatzungsmitglied durch die Gänge läuft. Man würde annehmen, dass derjenige zur Arbeit geht oder Feierabend hat. Und der Hinweis auf das Krimidinner, das überwiegend die Passagiere besucht haben, soll uns ablenken.«

»Der Täter hat also nicht gezielt den Stromausfall genutzt?«

»Ich denke nicht.«

»Andererseits«, gab Puellen zu bedenken, »hilft es schon ungemein, dass es dunkel ist, wenn man sich an sein Opfer heranschleichen will, um ihm einen Topf auf den Kopf zu hauen.«

Nichts als Spekulationen. Hackenholt seufzte. In die Stille hinein piepte sein Handy einmal. Manfred Stellfeldt fragte, ob er Zeit für eine Videokonferenz habe. Es gebe Neuigkeiten.

»Ich muss kurz in meine Kabine«, entschuldigte sich Hackenholt bei den beiden Freunden.

»Moment noch«, hielt Christine Mur ihn zurück. »Ich sollte doch Frau Fischers Tablet-Computer überprüfen.«

»Hast du etwas gefunden?«

»Ich habe sämtliche Daten auf eine externe Festplatte kopiert. Es gab keinerlei persönliche Nachrichten, nur Filme, Musik und Hörbücher.« Sie übergab ihm den handlichen Datenträger, auf dem das Logo von SunnyBoatCruises prangte. Offenbar hatte sie ihn sich von der IT-Abteilung geborgt.

»Aber Frau Fischer muss auch mal eine E-Mail geschrieben haben«, protestierte Hackenholt.

»Vielleicht mit ihrem Mobiltelefon.«

Hackenholt nickte und erhob sich.

»Und was machen wir zwei Hübschen jetzt?«, hörte er Puellen im Weggehen fragen.

»Was du tust, weiß ich nicht, ich gönne mir ein Verdauungsschläfchen«, sagte Mur.

Hackenholt hoffte, dass sie nur einen Scherz machte, um Puellen zu ärgern und sich stattdessen Cindy Fischers Kabine vornahm. Dennoch eilte er noch einmal zurück.

»Maurice, falls du Zeit hast, wärst du mir eine riesengroße Hilfe, wenn du versuchen könntest, anhand der Überwachungsvideos herauszubekommen, wohin Frau Fischer gestern Abend nach dem Babysitten gegangen ist. Bitte Henning Mey um Unterstützung. Er kennt sich mit dem System am besten aus.«

Puellen sah ihn einen Moment lang überrascht an. »Toll, dass ich auch mal richtige Ermittlungsarbeit machen darf«, rief er freudig.

Bei seiner Rückkehr wurde Hackenholt von Ronja stürmisch begrüßt. Während er den Laptop einschaltete und Stellfeldt auf dem Handy schrieb, dass er bereit sei, kletterte sie auf seinen Schoß und sah interessiert zu, als er die externe Festplatte anschloss, auf die Christine Mur den Inhalt von Cindy Fischers Tablet gezogen hatte. Der Browserverlauf war weitgefächert. Es würde Tage dauern, ihn auszuwerten. Das war nichts, was vordringlich erledigt werden musste, entschied Hackenholt. Er glaubte nicht, dass sich der Fall dadurch lösen ließ.

Endlich ging der Bürocomputer online. Hackenholt nahm die Verbindungsanfrage an. Ronja war völlig fasziniert davon, dass der Computer klingeln konnte und nun auf einmal jemand auf dem Bildschirm zu sehen war. Mit einem entzückten Quietschen beugte sie sich vor, um alles genau in Augenschein zu nehmen. Stellfeldt musste unwillkürlich lachen.

»Hast du Ronja in dein Ermittlungsteam aufgenommen?«, scherzte er und winkte der Kleinen fröhlich zu. Für einen Sekundenbruchteil blieb das Bild hängen.

»Jetzt muss der Papa arbeiten, Engelchen«, sagte Sophie und holte Ronja unter lautem Protest vom Laptop weg.

»Was machst du denn für Sachen, Frank?«, rief Martin Groß im Hintergrund. »Kann man dich wirklich nicht allein in den Urlaub fahren lassen, ohne dass du eine Leiche findest?« Einen Augenblick später gesellte er sich zusammen mit Saskia Baumann und Ralph Wünnenberg ebenfalls vor die Webcam.

»Ich habe mit der Staatsanwaltschaft in Hamburg telefoniert«, begann Manfred Stellfeldt. »Dort war man über meinen Anruf sehr erstaunt, denn die Reederei hatte nichts gemeldet. Erst hat man mich einmal reihum herumgereicht, dann wollte man mich als hyperaktiven Wichtigtuer abwimmeln.«

»Däi Gschichd, dass unser Kommissariådsleider irngdwou in Nordadlandigg innerern Schdurm affern Graizfårdschiff vo Sanny-BoudGruuses fesdhoggd unds in der Nachd ern Mord geem hodd, glingd ja aa erschdermål ned arch wårscheinli«, warf Saskia Baumann ein.[1]

»Also habe ich mich an Dr. Holm gewandt. Der hat mir nicht nur geglaubt, sondern sich sofort um einen Kontakt in der Hansestadt bemüht. Du kennst ja seine Verbindungen. Eine halbe Stunde später hat mein Telefon geklingelt, und ich hatte den zuständigen Hamburger Staatsanwalt dran. Er bat mich, dir seine Kontaktdaten zu übermitteln, damit du dich direkt an ihn wenden kannst. Ich habe –« Der Ton brach ab.

Hackenholt seufzte und gestikulierte, dass er nichts mehr hörte. Stellfeldt beugte sich vor, auf einmal wurde der Bildschirm schwarz. Dann wurde die Verbindung neu aufgebaut. Der Ton ging wieder.

»Ich habe mit ihm vereinbart, dass ich ihm alles weiterleite. So

---

1 »Die Geschichte, dass unser Kommissariatsleiter irgendwo im Nordatlantik in einem Sturm auf einem Kreuzfahrtschiff von SunnyBoatCruises festsitzt und es in der Nacht einen Mord gegeben hat, klingt ja auch erst mal nicht übermäßig wahrscheinlich«, (...).

sparst du es dir, mit ihm und mit uns zu reden. Außerdem werden sämtliche Kommunikationskosten übernommen.«

»Das ist großartig.«

»Während Manfred mit Dr. Holm telefoniert hat, habe ich über dein Opfer recherchiert«, übernahm Ralph Wünnenberg. »Cindys Eltern wohnen in Nürnberg, ihre drei Jahre jüngere Schwester lebt mit ihrem Mann in Herzogenaurach. So weit, so unauffällig.« Wünnenberg blickte von seinen Notizen auf. »Wusstest du, dass Cindy Fischer vorbestraft war?«

»Nein.« Hackenholt war verblüfft. Davon hatte nichts in ihrer Personalakte gestanden.

»Sie wurde vor viereinhalb Jahren wegen fahrlässiger Tötung zu neun Monaten auf Bewährung verurteilt. Ein Verkehrsdelikt.«

»Dann ist es eher irrelevant.«

»Iech bin erweil middn Ralph zu di Eldern vo der Sindy gfårn. Däi wohner innerern schäiner Bungalo in der Wilhelmshåfner Schdrass.« Baumann zog bei der Erinnerung die Nase kraus. »Es wår fei kaa eimfacher Bsuch.«[2]

Für einen Moment blieb das Bild stehen. Hackenholt stöhnte genervt.

»Die Eltern sind aus allen Wolken gefallen. Sie haben mehrfach betont, dass sie erst vor zwei Tagen mit ihrer Tochter über Skype gesprochen hatten«, erzählte Wünnenberg. »Die Reederei hatte sich noch nicht bei ihnen gemeldet. Aber damit haben wir gerechnet, da sie ja die Staatsanwaltschaft auch nicht informiert haben. Deshalb hatten wir vorsorglich einen Notfallseelsorger zu dem Gespräch hinzugebeten. Aber das hat nicht viel gebracht. Die Mutter hat immer wieder versucht, Cindy auf dem Handy zu erreichen. Es war ziemlich surreal.«

»Mir blaudern morng nuermål midernern. Heid wår der Schogg zgrous.«[3]

»Habt ihr zumindest nachgefragt, ob es auf dem Schiff jemanden gab, mit dem Frau Fischer Probleme hatte?«

»Tut mir leid, Frank. Das ging nicht. Wir werden morgen alles

---

2 »Ich bin unterdessen mit Ralph zu Cindys Eltern gefahren. Sie leben in einem hübschen Bungalow in der Wilhelmshavener Straße.« (...) »Es war kein einfacher Besuch.

3 »Wir sprechen morgen noch einmal mit ihnen. Heute war der Schock zu groß.«

nachholen. Die Eltern kommen um neun Uhr dreißig ins Präsidium. Wollen wir danach wieder eine Videokonferenz machen?«

»Schreibt mir eine Textnachricht, wenn ihr so weit seid«, bat Hackenholt. »Und danke für eure Hilfe.« Erleichtert schloss er das Programm. Hoffentlich war die Verbindung nicht immer so schlecht.

Während er seine Kabine verließ, dachte er über das Gespräch mit seinen Kollegen nach. So richtig weitergebracht hatte es ihn nicht. Daher blieb er seinem ursprünglichen Plan treu und suchte die Rezeption auf. Manuela Geismann hatte nach wie vor Dienst. Routiniert widmete sie sich ihren Aufgaben und schaffte es dabei, ihn weitestgehend zu ignorieren. Irgendwann ging es nicht mehr anders, und sie musste ihn ansprechen.

»Ich möchte noch einmal unter vier Augen mit Ihnen reden«, entgegnete er. »Können wir uns hier unterhalten oder wollen Sie mich in mein Büro auf Deck 11 begleiten?«

Sie wies ihm den Weg zu einem Nebenraum.

»Heute Morgen haben Sie meine Fragen hinsichtlich Ihres Verhältnisses zu Frau Fischer nur sehr vage beantwortet. Gibt es etwas, das Sie hinzufügen möchten?« Er gab ihr die Chance, ihre Aussage von sich aus richtigzustellen. Doch sie schüttelte den Kopf. »Schade.« Hackenholt verschränkte die Finger. »In welcher Beziehung standen Sie und Herr Nti?«

»Er war ein Kollege«, antwortete sie sehr bestimmt.

»Ich habe gehört, dass er für Sie mehr war.«

»Wir hatten eine Affäre, und das war's.« Sie zuckte mit den Schultern. »Wenn man monatelang auf einem Schiff lebt, landet man früher oder später mit einem Kollegen im Bett. Auf anderen Kreuzfahrtschiffen geht es wesentlich schlimmer zu als auf der SunnySky.«

»Es war also nichts Ernstes zwischen Ihnen und Herrn Nti?«

»Nein.«

»Dann verstehe ich Ihr Verhalten noch weniger. Warum haben Sie Frau Fischer so massiv gemobbt?«

Manuela Geismann presste die Lippen aufeinander. Hackenholt merkte, dass sie um ihre Beherrschung rang und legte nach.

»Sie mussten einen ziemlichen Hass auf sie gehabt haben, sonst hätten Sie wohl kaum das Mobiltelefon der armen Frau in die Toilette geworfen.«

»Wer auch immer Ihnen das erzählt hat: Es stimmt nicht!«, giftete sie ihn an. »Cindys Handy lag an der Rezeption, obwohl private Kommunikation während der Arbeitszeit verboten ist. Ich musste die schwere Tasche eines Passagiers über den Tresen hieven und habe es dabei versehentlich hinuntergestoßen. Es fiel in einen Putzeimer. Hätte sie es in ihrer Kabine gelassen, wäre nichts passiert.«

Hackenholt staunte darüber, dass aus einem absichtlichen Wurf ins Klo ein harmloses Malheur mit einem Wassereimer geworden war. Welche Version sollte er glauben?

»Haben Sie ihr das Gerät ersetzt?«

»Warum sollte ich?« Manuela Geismann schien sich keiner Schuld bewusst zu sein. »Es war ihr eigener Fehler.«

»Was haben Sie gestern Abend ab dreiundzwanzig Uhr dreißig gemacht?«, wechselte er das Thema.

»Ich war im Bett und habe geschlafen.«

»Kann das jemand bezeugen?«

»Nein.«

»Sie haben eine Einzelkabine?«

»Meine Mitbewohnerin hatte Nachtdienst.«

»Wie ist Ihre Beziehung zu Souad Atadika?«

»Als sie neu an Bord gekommen ist, habe ich mich ein bisschen um sie gekümmert und ihr alles gezeigt. Sie hat jedoch schnell Anschluss in ihrem Arbeitsbereich gefunden. Wir haben inzwischen nichts mehr miteinander zu tun.«

Hackenholt verließ den Nebenraum und steuerte geradewegs auf den Außenbereich zu. Er wollte in Ruhe nachdenken. Die Tür war verschlossen, also öffnete er einen Riegel und drückte sie auf. Kaum war er hinausgetreten, schlug ihm feuchtkalte Luft entgegen. Der Wind war wesentlich stärker, als er gedacht hatte. Ein Seil, das sich gelöst hatte, schlug knallend gegen den Schiffsrumpf. Mit wenigen Schritten erreichte er die Reling und klammerte sich daran fest. Eine Bö zerrte an seinen Kleidern. Auf einmal spritzte Gischt zu ihm herauf. Das Schiff schwankte. Ein Blick hinunter in die Wellen, und seine Finger krampften sich um den hölzernen Holm. Er schloss die Augen und atmete tief ein. Wäre es nach ihm gegangen, hätte er den Urlaub mit Sophie und Ronja an der Nordsee verbracht, wie er es selbst in seiner eigenen Kindheit getan hatte.

Während er so dastand, ging er den neuen Fall in Gedanken durch. Kam von den bisherigen Personen jemand ernsthaft als Täter infrage? Agbeko Ntis Cousine Souad Atadika war eine Option. Wenn sie ihm nahegestanden hatte und tagtäglich der Frau begegnet war, die sie für seinen Suizid verantwortlich machte, konnten sich gewaltige Emotionen aufgestaut haben – trotz ihres unerschütterlichen Glaubens an böse, rächende Mächte, die die Sache für sie erledigten. Auch Manuela Geismann bot sich an. Sie hatte Charakterzüge an den Tag gelegt, die nüchtern betrachtet mehr als grenzwertig waren. Ihrer Erzfeindin im Dunkeln einen Topf an den Kopf zu knallen, um sie bewusstlos zu schlagen, traute er ihr zu. Aber niederschlagen, dann erdrosseln und anschließend erstechen? Das war heftig. Er fragte sich, ob kurz vor Cindy Fischers Tod womöglich noch etwas anderes zwischen den beiden Frauen vorgefallen war, von dem er nichts wusste. Er wurde das Gefühl nicht los, dass er auf Schritt und Tritt angelogen wurde. Deshalb durfte er sich nicht auf die Angaben der Crew verlassen, er benötigte objektive Beweise. Christine Mur hatte ihren Beitrag in der Küche geleistet. Für den Moment blieb ihm also nur, die Videoaufnahmen der Überwachungskameras auszuwerten und zu hoffen, dass sich darauf etwas Relevantes befand.

Ein einfacher Gong drang an sein Ohr. Normalerweise war das das Signal für eine Durchsage der Rezeption. Rasch ging er wieder hinein ins Warme und Trockene und schloss den Riegel, der die Tür sicherte. Erst jetzt bemerkte er den Hinweis, der das Betreten des Außenbereichs untersagte.

»Interne Mitteilung«, schallte Manuela Geismanns Stimme aus einem der Lautsprecher. »Passagier Hackenholt wird gebeten, sich umgehend auf Deck 11 einzufinden. Passagier Hackenholt, bitte kommen Sie zu Deck 11.«

Hackenholt fuhr der Schreck in die Glieder. Wenn Viviani ihn zu sprechen wünschte, musste etwas passiert sein. Im nächsten Augenblick fiel ihm jedoch ein, dass sein derzeitiges Büro ebenfalls auf Deck 11 lag. Ob Henning Mey oder Puellen ihn dringend brauchten? Aber die hätten ihm sicher eine Nachricht geschrieben. Mit gemischten Gefühlen erklomm er einmal mehr die Stufen zur Brücke.

»Sie müssen sich besser organisieren!«, herrschte der Kapitän ihn an. »Eine Passagierdurchsage muss für den Notfall vorbehalten bleiben.«

»Das sehe ich genauso«, erwiderte Hackenholt freundlich. »Ich möchte auch nicht öfter als absolut notwendig ausgerufen werden. Was gibt es denn?«

»Der Leiter der Abteilung Housekeeping sucht Sie. Sagen Sie zukünftig bitte immer an der Rezeption Bescheid, wo Sie sind.«

»Das dürfte nicht praktikabel sein«, widersprach Hackenholt. »Ich *war* nämlich gerade dort, als Sie mich gesucht haben.«

»Aber Frau Geismann sagte –« Viviani brach mitten im Satz ab. Ihm war anzusehen, dass der Groschen gefallen war.

»Ich gebe Ihnen meine Handynummer. Wenn Sie mich brauchen, schicken Sie mir eine Textnachricht. Ihr Sicherheitsoffizier weiß übrigens ebenfalls, wie er mich erreichen kann.« Hackenholt riss eine Ecke von einem seiner Notizzettel und schrieb die Nummer auf. »Es wäre nett, wenn Sie sie vertraulich behandeln würden. Und jetzt: Wo muss ich hin?«

»Das Büro der Hausdame befindet sich auf Deck 3.« Der Kapitän nannte ihm eine Kombination aus Buchstaben und Ziffern, mit deren Hilfe er den Raum finden sollte.

»Ich bin die Hausdame«, stellte sich ein Mann Anfang dreißig Hackenholt wenige Minuten später lächelnd vor. »Zumindest ist das die deutsche Bezeichnung. An Bord heißt es Executive Housekeeper. Mir untersteht der Bereich Housekeeping.«

»Sie wollten mich wegen dem Mord an Cindy Fischer sprechen?« Hackenholt beobachtete interessiert, wie der Abteilungsleiter bei seinen Worten das Gesicht verzog.

»Es geht nicht direkt um ihren Tod. Ich möchte lediglich mitteilen, dass ich vergangenen Montagnachmittag einen Streit zwischen ihr und einem Mitarbeiter mitbekommen habe. Sie hat den Vietnamesen, der bei ihr putzt, beschuldigt, etwas aus ihrer Kabine gestohlen zu haben. Er hat beteuert, dass er das nicht getan hat. Der Gute war völlig aufgelöst. Ich halte es ebenfalls für extrem unwahrscheinlich, dass er etwas eingesteckt hat. Han Nguyen ist einer meiner besten Mitarbeiter. Ich vertraue ihm vollkommen. Und Cindy tat das bis dahin auch. Denn natürlich sind alle Crew-Mitglieder selbst für ihre Unterkunft verantwortlich. Viele bezahlen jedoch den Kollegen ihres Vertrauens vom Housekeeping dafür, ihre Unterkunft zu reinigen.«

»Was soll Herr Nguyen mitgenommen haben?«

»Das ist es ja gerade, warum ich überzeugt bin, dass es nicht stimmt: Cindy wollte mir nicht sagen, was fehlte.« Der Abteilungsleiter schien zurückzudenken. »Es war eine absolut surreale Szene. Sie hat ihn angeschrien, er hat geweint, und als ich mich eingemischt habe, wollte keiner von beiden mit mir reden.« Wieder hielt er inne. »Aber da man bei Cindy nie wusste, woran man war, erachte ich es nach wie vor als richtig, dass ich nicht weggesehen habe.«

Hackenholts Handy piepte. Christine Mur bat ihn, zu Frau Fischers Kabine zu kommen.

»Wie meinen Sie das?«, fragte er, nachdem er das Telefon weggesteckt hatte.

»Sie werden sicher gehört haben, dass wegen ihr ein Kellner entlassen wurde. So weit wollte ich es in meiner Abteilung nicht kommen lassen. Sie sollte wissen, dass Han mein vollstes Vertrauen genießt.«

»Haben Sie Herrn Nguyen im Nachgang noch einmal gefragt, was los war?«

»Ich habe es versucht, aber er war nicht sonderlich mitteilsam.«

Hackenholts Mobiltelefon piepte erneut.

»Sie sind ja total angesagt«, scherzte der Abteilungsleiter. »So oft werde nicht einmal ich innerhalb von fünf Minuten gestört.«

Hackenholt entschuldigte sich und sah nach, wer nun wieder etwas von ihm wollte. Es war ein weiteres Mal Christine Mur. Ihre Nachricht bestand aus einem einzigen Wort: *Sofort!*

»Hoffentlich ist es wirklich wichtig«, murmelte Hackenholt.

Das Klebeband, das als Siegel gedient hatte, war entfernt worden, die Tür zu Cindys Kabine war jedoch geschlossen. Hackenholt klopfte. Einen Wimpernschlag später öffnete Christine Mur.

»Was gibt es denn Dringendes?«, fragte er mit hochgezogenen Augenbrauen.

»Pst! Nicht so laut!«, fuhr sie ihn an und bedeutete ihm, hereinzukommen. Er sah sich um. Überall waren Spuren von ihrer Suche nach Fingerabdrücken zu sehen.

»War außer Cindy jemand hier?«

Die Kollegin schüttelte den Kopf. »Darum geht es nicht.«

Typisch Christine, dachte Hackenholt. Er holte tief Luft und übte sich in Geduld.

»Ich habe den Safe geknackt.« Sie sah ihn triumphierend an. »Und jetzt rate mal, was sich darin befunden hat.«

»Das Handy.«

»Nein, leider nur eine leere Verpackung. Aber die habe ich nicht gemeint.«

»Was war es dann?« Hackenholt bemühte sich, nicht allzu ungeduldig zu klingen.

»Das hier.« Sie streckte ihm einen durchsichtigen Beutel entgegen, in dem sich ein paar Dutzend kleine Tütchen und eine angebrochene Packung Milchpulver befanden.

»Was ist das?« Er kniff die Augen zusammen und runzelte die Stirn.

»Nach was sieht es denn aus?« Nun war es Christine Mur, die unbeherrscht klang.

»Drogen?«, fragte Hackenholt ungläubig.

»Würde ich sagen.«

»Hast du sie schon untersucht?«

»Klar, ich habe den Drogenschnelltest, den ich für den Fall der Fälle immer mit in den Urlaub nehme, aus der Kabine geholt und die Substanz analysiert.«

Hackenholt starrte sie einen Moment lang konsterniert an, bis ihm bewusst wurde, dass das ein Witz gewesen sein sollte. »Ich nehme nicht an, dass man im Labor des Schiffshospitals bestimmen kann, was das ist?«

»Natürlich nicht. Da wird jetzt einer von uns beiden mutig sein und den Finger reinstecken müssen.«

»Bist du verrückt? Man nimmt keine unbekannten Substanzen in den Mund.«

»Kennst du eine andere, praktikable Möglichkeit, um herauszufinden, ob es sich hier um Kokain und nicht bloß um Milchpulver handelt?«

Hackenholt dachte nach, dann schüttelte er den Kopf. Mur breitete eine sterile Unterlage, die sie aus dem Hospital mitgenommen hatte, auf dem Schreibtisch aus und ließ die Portionspäckchen darauf gleiten. Anschließend öffnete sie eins vorsichtig, beugte sich vor und schnüffelte.

»Riecht nach Essig.«

»Ist das gut oder schlecht?«

»Kokain riecht nach Essig.«

Hackenholt fragte nicht, woher sie das wusste. Unterdessen schlüpfte sie aus einem Handschuh, befeuchtete ihren Zeigefinger, tauchte ihn in das Pulver und rieb ihn gegen das Zahnfleisch. Hackenholt sah sie gespannt an. Auf einmal verdrehte sie die Augen und sank in sich zusammen. Sofort war er bei ihr und packte sie an den Schultern. Sie öffnete jedoch die Augen und stieß ein Lachen aus.

»Alles gut. Ich wollte dich nur ärgern.« Sie grinste von einem Ohr zum anderen. »Ich glaube, wir haben es wirklich mit Koks zu tun. Die Stelle wird taub.«

Er bedachte sie mit einem bösen Blick und wechselte das Thema: »Was ist mit Fingerabdrücken auf den Tütchen?«

»Darum werde ich mich als Nächstes kümmern.«

Er drückte sich vorsichtig an ihr vorbei und ging zum Kleiderschrank. »Wie hast du es eigentlich geschafft, den Safe zu knacken?«

»Ich hatte Glück. Frau Fischer hat ihr Geburtsdatum als Zahlenkombination verwendet.« Mur war anzuhören, für wie dumm sie es hielt, eine solche Zahl zu nutzen.

»Wir sollten uns nicht darüber beschweren«, mahnte er. »Hast du noch Handschuhe einstecken?«

Sie reichte ihm ein Paar. Nachdem er hineingeschlüpft war, nahm er alles aus dem kleinen Fach heraus. Das Größte war die Verpackung des neuen Handys. Vom alten keine Spur. Ein DIN-A4-Kuvert enthielt Cindy Fischers Arbeitsvertrag sowie Reise- und Impfpass. Darunter lagen ein Geldbeutel mit Bargeld in verschiedenen Währungen, Führerschein und Personalausweis und ein Schlüsselbund samt Stofftieranhänger. Vielleicht ihr Wohnungsschlüssel.

»Nichts, das uns weiterhilft.« Enttäuscht packte er die Sachen in einen von Murs improvisierten Asservatenbeutel. Da es nur einen Stuhl gab, den die Kollegin in Beschlag hatte, setzte er sich auf das untere Bett. »Cindy Fischer hatte vor vier Tagen einen Streit mit dem vietnamesischen Kabinensteward, den sie gegen ein Taschengeld beauftragt hatte, ihre Kabine zu reinigen. Sie hat ihn beschuldigt, etwas gestohlen zu haben. Dem Executive Housekeeper wollte sie jedoch nicht sagen, was.«

»Vietnamesen waren früher ganz groß in der Herstellung von Crystal Meth. Inzwischen werden sie gerne als Gärtner von Indoor-Plantagen eingesetzt, um die Marihuana-Pflanzen zu pflegen. Mit Kokain haben sie meines Wissens nach nichts zu tun«, antwortete Mur.

»Stimmt. Aber auf Kreuzfahrtschiffen gelten möglicherweise andere Regeln.« Hackenholt hielt inne. Wie passten Drogen in das Bild, das er in den vergangenen Stunden von Cindy Fischer gewonnen hatte? Hatte sie gedealt oder war sie Konsumentin? Die angebrochene Tüte Milchpulver suggerierte Ersteres. Seiner Meinung nach passte beides nicht zu der jungen Frau. Durch ihre Arbeit an der Rezeption war sie zwar mit vielen Passagieren in Kontakt gekommen. Es wäre ein Leichtes gewesen, ihr unauffällig Zettel mit Bestellungen zu übergeben. Sie hätte die Ware anschließend in die jeweiligen Kabinen bringen und das Geld kassieren können. Dafür war jedoch zu wenig Bargeld vorhanden. Das bisschen, das sich in der Geldbörse befand, reichte beileibe nicht, wenn sie Rauschgift verkauft hatte. Konnte der Kabinensteward es gestohlen haben? Hackenholt teilte Mur seine Gedanken mit.

»Das wäre ein guter Grund für einen Streit«, kommentierte sie. »Es ist allerdings fraglich, ob wir es in dem Fall nicht eher mit einem toten Vietnamesen zu tun hätten.«

»Sie wurden unterbrochen.«

»Und haben die Auseinandersetzung vier Tage später nachts in der Schiffsküche fortgesetzt?« Mur schüttelte den Kopf.

»Er könnte ihr vorgegaukelt haben, dass er das Diebesgut dort versteckt hat.«

»Dann öffnet er den Schrank, in dem es sich angeblich befindet, obwohl alle Küchenmitarbeiter darauf Zugriff haben und es längst gefunden hätten, reißt einen Topf heraus und schlägt sie nieder?« Murs Tonfall sagte alles. »Außerdem bliebe die Frage, woher die Passagiere wissen sollten, dass es auf der SunnySky einen Drogenservice gab. Meines Erachtens hat die Crew angesichts ihrer Arbeitszeiten einen größeren Bedarf an Aufputschmitteln.«

»Das ist unwahrscheinlich. Zu viele der Mitarbeiter an Bord konnten Cindy Fischer nicht ausstehen. Hätte es da auch nur das leiseste Gerücht gegeben, wäre sie sofort ihren Job losgewesen, weil jemand sie verpetzt hätte.«

»Fertig!« Mur klebte den letzten Klebestreifen, mit dem sie die

Fingerabdrücke gesichert hatte, auf ein leeres Blatt Papier, beschriftete es und lehnte sich zurück.

»Und? Stimmen sie mit denen von Frau Fischer überein?«

»Bin ich Hellseher?« Sie sah ihn kopfschüttelnd an. »Sie hat zehn Finger, an den Tütchen habe ich siebenunddreißig Teilabdrücke gefunden und am Schrank und dem Safe noch einmal zwei Dutzend. Wenn ich die manuell miteinander vergleichen muss, sitze ich die gesamte Nacht dran.«

»Gibt es eine Alternative?«

»Ich habe mit dem Gedanken gespielt, sie abzufotografieren, und die Bilder nach Nürnberg ins Präsidium zu mailen. Der Computer schafft das auf alle Fälle schneller als ich.«

Hackenholt nickte versonnen, dann blickte er abrupt auf. »Lass uns noch die Abdrücke des Vietnamesen nehmen, bevor du deine Kollegen bemühst.«

»Mit welcher Begründung willst du das tun?«

»Um seine Spuren ausschließen zu können.«

»Du weißt, dass die Stewards immer Handschuhe tragen, oder?«

»Mir geht es auch nicht um die Spuren in der Kabine, sondern auf den Tütchen. Aber das verraten wir ihm nicht. Es ist für ihn eine Chance, zu beweisen, dass er nichts mit Frau Fischers Tod zu tun hat.«

Mit Christine Mur im Schlepptau suchte Hackenholt erneut das Büro des Executive Housekeeper auf. Der Mann saß über Dienstplänen.

»Haben Sie etwas vergessen?«, erkundigte er sich freundlich.

»Wir sind vorhin leider unterbrochen worden«, begann Hackenholt diplomatisch.

»Ja, aber ich habe Ihnen schon alles gesagt, was es zu sagen gab. Es sollte einfach kein falscher Eindruck entstehen, falls Ihnen jemand von dem Streit berichtet.«

»Da wir in einem Mordfall ermitteln, müssen wir Herrn Nguyen natürlich vernehmen. Wissen Sie, wo wir ihn finden?«

Der Abteilungsleiter rief ihn an und bat ihn, umgehend zu ihm zu kommen.

»Gibt es einen Raum, in dem wir uns ungestört mit ihm unterhalten können?«, fragte Mur.

»Bleiben Sie hier. Ich werde eine Runde drehen und ein paar Kabinen kontrollieren.« Er erhob sich und steckte sein mobiles Bordtelefon ein. »Wenn Sie mich brauchen, erreichen Sie mich unter der Durchwahl 251.«

Mur schenkte ihm ein strahlendes Lächeln und nickte. Sobald er das Büro verlassen hatte, legte sie das Stempelkissen auf den Tisch und beschriftete mehrere leere Blätter Papier in ihrem Ordner. Ein leises Klopfen ließ Hackenholt aufblicken. Ein zierlicher Asiate stand vor der Tür.

»Sie möchten mich sprechen?«, erkundigte er sich in gebrochenem Englisch.

»Bitte, setzen Sie sich.« Christine Mur wies auf einen freien Stuhl. »Bevor mein Kollege Sie befragt, würde ich gerne Ihre Fingerabdrücke nehmen. Das ist kein Grund zur Beunruhigung. Wir machen das bei allen Personen, die in Frau Fischers Unterkunft waren. Es geht nur darum, dass wir Ihre Spuren zuordnen können.« Rasch klappte sie das Stempelkissen auf und bat ihn, einen Finger nach dem anderen hineinzudrücken und anschließend über das Papier zu rollen.

»Wie bekommen wir die Farbe wieder von den Händen ab?« Hackenholt sah Christine Mur fragend an.

»Mit Parfum ist es kein Problem«, antwortete Han Nguyen.

»Ich hätte zu Handdesinfektionsmittel geraten«, meinte Mur.

»Das klappt nicht so gut«, entgegnete der Vietnamese und erklärte die chemischen Zusammenhänge.

»Da spricht der Fachmann! Gut zu wissen. Das werde ich mir merken.« Mur stand auf und verabschiedete sich mit einem Lächeln.

Hackenholt legte unterdessen sein Handy auf den Tisch und schaltete die App für die Sprachaufzeichnung ein.

»Herr Nguyen, wie standen Sie zu Frau Fischer?«, fragte er nach der obligatorischen Belehrung.

»Ich habe für sie geputzt. Sonst hatten wir nichts miteinander zu tun.«

»Wussten Sie, dass sie der Reederei vor einigen Monaten das Fehlverhalten eines Kellners gemeldet hat, der daraufhin entlassen wurde?«

»Ja.«

»Hatten Sie keine Angst, dass Sie mit ihr Probleme bekommen könnten?«

»Ich tue nichts, was ich nicht darf«, entgegnete Han Nguyen ruhig.

»Und trotzdem gab es am Montag einen Streit zwischen Ihnen und Frau Fischer.«

Der Mann nickte.

»Worum ging es dabei?«

»Sie hat behauptet, ich hätte etwas aus ihrer Kabine gestohlen.«

»Was?«

Der Asiate faltete die Hände im Schoß und sah auf den Boden. Hackenholt wartete, aber nichts passierte.

»Herr Nguyen, haben Sie getan, wessen Frau Fischer Sie beschuldigt hat?«

»Natürlich nicht!« Der Mann klang entrüstet.

»Dann sagen Sie mir bitte, was Sie genommen haben sollen. Es kann für unsere Ermittlungen sehr wichtig sein. Denn wenn Sie es nicht eingesteckt haben, hat es womöglich der Täter mitgenommen.«

»Sie hat gesagt, ich hätte ärztliche Untersuchungsergebnisse aus ihrer Schublade entwendet.«

»Was denn für Arztunterlagen?«, fragte Hackenholt perplex.

Herr Nguyen zuckte mit den Schultern.

»Und wieso sollten Sie so etwas an sich nehmen?«

»Ich habe es auch nicht verstanden«, antwortete Han Nguyen niedergeschlagen. »Ich war weniger als fünf Minuten in ihrer Kabine und habe die Nasszelle gereinigt, als sie hereinkam und mich sofort angeschrien hat.«

»Wie oft haben Sie für Frau Fischer geputzt?«

»Jeden Tag. Sie war nicht sehr ordentlich.«

Hackenholt betrachtete den Vietnamesen eindringlich. War er ein begnadeter Lügner? Was sollte das mit den ärztlichen Dokumenten? Konnte man sich das ausdenken? Hackenholt wog rasch ab, ob er ihn auf die Drogen ansprechen sollte, entschied sich jedoch dagegen. Wenn Nguyen etwas damit zu tun hatte, würde er es nicht zugeben. Doch dann wäre er gewarnt.

»Hat es früher schon mal Streit zwischen Ihnen und Frau Fischer gegeben?«

»Nein, noch nie.«

»Und was haben Sie gestern Abend ab dreiundzwanzig Uhr dreißig gemacht?«

»Ich war in meiner Kabine und habe geschlafen. Mein Dienst beginnt um fünf Uhr.«

Nach kurzem Überlegen stieg Hackenholt zu Deck 11 hinauf. Wie erhofft, saßen Maurice Puellen und der Sicherheitsoffizier im Büro und sahen sich Überwachungsvideos an.

»Gibt es etwas Neues?«, fragte Puellen begierig. »Können wir aufhören?« Offenbar war seine Freude über die Ermittlungsarbeit bereits verflogen.

»Im Gegenteil. Die Aufnahmen gewinnen immer mehr an Bedeutung«, stellte Hackenholt klar.

Das war ganz und gar nicht nach Puellens Geschmack. Er stöhnte gequält auf. »Wenn ich es nicht besser wüsste, würde ich behaupten, du hast uns diese Fleißaufgabe nur übertragen, damit wir uns nicht in deine Ermittlungen einmischen. Jetzt schauen wir schon seit *Stunden* Videos an und haben die Frau noch kein einziges Mal gesehen.«

Henning Mey konnte sich ein Grinsen nicht verkneifen. Hackenholt warf einen Blick auf seine Armbanduhr, unterließ es jedoch, Puellen auf die Bedeutung des Plurals hinzuweisen.

»Es ist wirklich wichtig«, betonte er stattdessen noch einmal. Dann wandte er sich an Mey. »Wie ist das eigentlich mit Drogen auf Kreuzfahrtschiffen? Stellen sie ein ernstes Problem dar?«

»Für uns ist das überhaupt kein Thema«, winkte der Sicherheitsoffizier ab.

»Warum nicht?«, fragte Hackenholt überrascht. »Gerade hier muss man doch keine Angst vor Drogenrazzien haben.«

»Aber man muss seine Seetüchtigkeit nachweisen, um einen Vertrag von der Reederei zu erhalten. Und die Untersuchung beinhaltet einen Drogentest. Meiner Meinung nach völlig zu Recht, denn wir müssen uns bei einem Notfall auf jeden Mitarbeiter verlassen können. Da darf niemand bekifft in seiner Koje liegen. Deshalb gilt übrigens auch in unserer Freizeit eine strenge Alkoholgrenze.«

»Und was ist mit den Passagieren? Die können doch sicher Rauschgift an Bord schmuggeln.«

»Es geistert immer wieder durch die Presse, dass das passiert. Ich kann das nicht bestätigen. Beim Einschiffen durchleuchten wir das gesamte Gepäck. Es ist allenfalls möglich, dass jemand eine kleine

Menge in der Hosentasche hat, wenn er von einem Landausflug zurückkommt.«

»Wie lange sind Sie und die anderen Besatzungsmitglieder schon auf der SunnySky unterwegs?«

»Seit hundertachtzehn Tagen. Es ist unsere siebzehnte Woche.«

»Und wo waren Sie in der Zeit überall?«

Henning Mey holte eine Seekarte aus einer Schublade des Schreibtischs und schlug sie auf. »Gestartet sind wir in Hamburg.« Er tippte mit dem Finger auf die Hansestadt. »Von dort ging es über Frankreich, Spanien, Portugal, Madeira, Gran Canaria nach Gambia, Namibia und Südafrika. Über Madagaskar und Mauritius sind wir nach Australien geschippert. Anschließend waren Neukaledonien, Fidschi, Tonga, Cookinseln, Französisch-Polynesien und die Osterinseln dran. Dann ging es nach Chile, Argentinien, Uruguay, Brasilien, Puerto Rico, Dominikanische Republik und in die USA.«

»In New York sind wir zugestiegen«, warf Puellen ein.

»Dann wissen Sie ja, wie es von dort aus weiterging.«

Hackenholt nickte. »Ist in Hamburg Schluss?«

»Es findet ein fliegender Wechsel statt – sowohl in Bezug auf die Crew als auch auf die Passagiere.«

»Gibt es Gäste, die die komplette Reise mitgemacht haben?«

»Ja. Allerdings sind das nicht viele. Sie müssen bedenken, dass man für eine Weltreise zu zweit in der einfachsten Klasse mindestens dreißigtausend Euro bezahlen muss.«

Hackenholt stieg ein Deck höher zur Poseidon-Suite. Christine Mur hatte am Schreibtisch gesessen und konzentriert mit einem Vergrößerungsglas gearbeitet, bevor sie ihm öffnete.

»Wenn ich das bei dem Seegang länger machen muss, wird mir übel«, stellte sie fest.

»Hat es nicht geklappt, Fotos von den Abdrücken nach Nürnberg zu mailen?«

»Doch, aber ich habe noch keine Rückmeldung. Deshalb verbringe ich meine Zeit mit manuellen Vergleichen. Aber das war wohl nicht die beste Idee. Jetzt ist mir schwindelig. Alternativ hätte ich mir nur Cindy Fischers Kabine ein weiteres Mal vornehmen können. Das wäre jedoch Quatsch, weil ich alles gründlich durchsucht habe. Und da sie die Portionspäckchen im Safe aufbewahrt hat, ist nicht davon auszugehen, dass sie einen ganzen Block Kokain unter der Matratze versteckt hat. Dort habe ich übrigens nachgesehen«, fügte sie schnell hinzu, als sie sah, dass Hackenholt etwas erwidern wollte. »Die Frage ist eher: Sollten wir nicht auch die Rezeption kontrollieren?«

»Du denkst, sie hat gedealt?«

»Für den Eigenverbrauch ist es deutlich zu viel, meinst du nicht?«

Hackenholt gefielen beide Möglichkeiten nicht. Sie passten in seinen Augen nicht zu dem Persönlichkeitsbild, das er durch seine Befragungen von Frau Fischer gewonnen hatte. »Jemand könnte ihr das Rauschgift zur Aufbewahrung gegeben haben. Oder – und das halte ich für am wahrscheinlichsten – sie ist dahintergekommen, dass jemand anderes an Bord Drogen konsumiert und hat sie heimlich als Beweismittel konfisziert. Und weil derjenige wusste, dass er das Koks und seinen Job verlieren wird, hat er Frau Fischer getötet.«

»Wir brauchen dringend die Ergebnisse der Analyse der Fingerspuren.« Kurzentschlossen griff Mur zum Handy und wählte die Nummer ihres Kommissariats.

Hackenholt lauschte dem Gespräch, konnte jedoch zu wenig verstehen, um sich einen Reim darauf zu machen, was die Kollegen herausgefunden hatten.

»Also, pass auf«, sagte Mur, nachdem sie das kurze Telefonat beendet hatte. »Frau Fischers Fingerabdrücke befinden sich *nur* an der Außenseite der großen Tüte, in der die Portionspäckchen aufbewahrt wurden.«

»Und nicht auf den Briefchen selbst?«, fragte Hackenholt zur Sicherheit noch einmal nach.

Mur schüttelte den Kopf. »Sie kann das Kokain nicht portioniert haben.« Sie hielt inne. »Ich würde sogar so weit gehen und behaupten, dass sie nie in den Beutel gefasst hat. Natürlich lässt sich das nur mittels DNA-Anhaftungen überprüfen. Aber wenn man in eine Tasche greift, um etwas herauszuholen, berührt man mit hoher Wahrscheinlichkeit die Innenseite oder eines der anderen Päckchen.«

»Und damit steht fest, dass sie weder konsumiert noch gedealt hat.« Hackenholt war erleichtert, weil er sich nicht in Frau Fischer getäuscht hatte.

»Richtig. Das Rauschgift kann ihr auch nicht ohne ihr Wissen untergeschoben worden sein, sonst würden sich ihre Fingerabdrücke nicht außen auf der Tüte befinden. Das wäre nämlich noch eine Alternative gewesen. Es deutet alles darauf hin, dass sie tatsächlich irgendwo auf die Drogen gestoßen ist und sie eingesteckt hat.«

»Wie passt Cindy Fischers Anschuldigung hinsichtlich des Diebstahls durch ihren Kabinensteward zu alledem? Dass es um ärztliche Untersuchungsergebnisse gegangen sein soll, halte ich für abwegig.« Während Hackenholt sprach, kam ihm jedoch selbst eine Idee. Sofort griff er nach Murs Kabinentelefon und wählte die Durchwahl des Executive Housekeepers. »Ich habe eine Frage an Sie: Hat Frau Fischer behauptet, dass Herr Nguyen ihr etwas gestohlen *hat* – oder dass er es nehmen *wollte* und sie ihn in dem Moment ertappt hat?«

»Ich habe es so verstanden, dass er die Sache bereits genommen hatte.« Der Mann dachte nach. »Andererseits ist es wesentlich naheliegender, dass sie ihn überrascht hat, als er den Gegenstand in der Hand hielt, um ihn zu reinigen, und dann hat sie einfach die falschen Schlüsse gezogen.« Wieder machte er eine Pause. »Ja, so muss es gewesen sein. Denn wie ich schon gesagt habe: Han ist mein bester Mitarbeiter. Ich kann nicht glauben, dass er klaut.«

Hackenholt beendete das Gespräch und informierte seine Kollegin.

»Was heißt das?«, überlegte Mur. »Hat er etwas mit den Drogen zu tun? Warum hat er sie dann nach ihrem Tod nicht aus ihrem Safe geholt?«

»Vielleicht konnte er ihn wegen dem Stromausfall nicht öffnen?«

»Das ist eine Möglichkeit.« Mur nickte. »Denn die Kabinenstewards haben Zugriff auf die Kabinenschlüssel. Ich weiß das, weil mir unsere Putzperle die Suite aufsperren musste. Bleibt die Frage: Wie machen wir weiter? Ging es nur um diese Portionsbeutelchen – oder steckt mehr dahinter? Wird auf dem Schiff im großen Stil geschmuggelt?«

»Dafür würde die angebrochene Tüte Milchpulver sprechen.« Hackenholt schürzte die Lippen. »Wir haben keine andere Wahl, als den Kapitän zu informieren.«

»Hoffentlich ist er nicht in die Sache verwickelt.«

»Mal den Teufel nicht an die Wand!«

Maurice Puellen und der Sicherheitsoffizier saßen immer noch im Büro und guckten Überwachungsvideos, als Mur hereinkam.

»Wenn du jetzt da bist, gehe ich mir ein bisschen die Beine vertreten«, sagte der Rechtsmediziner und stand auf.

»Nichts da, du bleibst schön hier. Wir haben etwas zu besprechen«, machte Mur sein Vorhaben zunichte.

»Hast du eine Spur?«, fragte er begierig. »Ich bekomme in diesem Kabuff überhaupt nichts mit.«

»Zu Hause bist du doch auch nicht an den Ermittlungen beteiligt«, entgegnete sie verwundert.

»Aber da habe ich was zu tun. Hier sitze ich nur rum«, jammerte Puellen.

Mur quittierte das mit einem irritierten Blick. »Ich hoffe, du tust mehr als das. Welche Videos hast du dir schon angeschaut?«

»Ich ... ähm ... keine Ahnung. Eins nach dem anderen eben. Aber diese Frau ist nirgendwo zu sehen. Und weißt du, wie viele Kameras es auf dem Schiff gibt?«

Mur blieb eine Antwort erspart, da in dem Moment Hackenholt eintrat, der unterdessen nebenan an der Tür zur Brücke geklopft und den Kapitän aufgefordert hatte, ihn zu begleiten.

»Bitte, setzen Sie sich.« Hackenholt zeigte auf einen Stuhl. Als alle Platz genommen hatten, ließ er die Katze aus dem Sack. »Wir haben in Frau Fischers Safe Kokainbriefchen gefunden.« Während er sprach, beobachtete er Viviani scharf, um nur ja keine Veränderung in dessen Gesicht zu übersehen.

»Das kann nicht sein!«, rief Henning Mey.

Der Kapitän sagte nichts.

»Wir gehen derzeit der Hypothese nach, dass Frau Fischer einem Kollegen auf die Schliche gekommen ist, der Drogen an Bord der SunnySky schmuggelt und an Passagiere oder Crew-Mitglieder verkauft. Er könnte Cindy aus Angst vor den daraus resultierenden Konsequenzen ermordet haben. Ein in meinen Augen sehr realistisches Szenario, denn sie hat ja auch Herrn Nti gemeldet, der daraufhin gefeuert wurde. Und bei Drogenschmuggel dürften die Folgen deutlich drastischer sein als bei einvernehmlichem Sex mit volljährigen Passagierinnen.«

»Das ist doch lächerlich.« Endlich hatte sich Viviani wieder gefasst.

»Alternativ könnte sie getötet worden sein, weil jemand eine große Menge Kokain schmuggelt und es um viel Geld geht«, warf Mur ein. »Dann ist der Verkauf des Rauschgifts auf dem Schiff nur ein kleiner Nebenverdienst.«

»Wir müssen jedenfalls eine Reihe von Durchsuchungen vornehmen. Die Unterkunft von Frau Fischers Kabinensteward, die Rezeption, die Küche«, erklärte Hackenholt. »Die offizielle Lesart ist, dass wir im Zusammenhang mit dem Mord etwas suchen. Was genau, darf nicht bekannt werden.«

Im Folgenden nahm sich Hackenholt Han Nguyens Kabine gründlich vor. Es war ihm unangenehm, alles darin auf den Kopf zu stellen, da der Vietnamese sie sich mit drei weiteren Männern teilen musste. Hackenholt versuchte zwar, die Maßnahme als reine Routine darzustellen, weil Nguyen engen Kontakt zu Cindy Fischer gehabt hatte. Aber er war sich nicht sicher, ob die Mitarbeiter ihm das abkauften. Puellen, den er ursprünglich mitgenommen hatte, um schneller voranzukommen, war ihm keine Hilfe. Wenn er nicht nervös von einem Bein aufs andere trat und auf die Uhr sah, stand er mit den Händen in den Hosentaschen da und blickte sich um, als werde das Gesuchte von allein aus seinem Versteck krabbeln. Nach einer Weile bat Hackenholt ihn, wieder ins Büro zu gehen und sich den Überwachungsvideos zu widmen.

»Ich hätte jetzt eigentlich einen Termin, Frank«, hob Puellen an. »Du weißt schon, wegen der Sache, von der ich dir gestern erzählt habe. Aber ich kann ja danach ...«

Hackenholt nickte geistesabwesend. Kaum war Puellen zur Tür hinaus, setzte er sich auf eines der unteren Stockbetten und sah sich noch einmal gründlich um. Viele Möglichkeiten, um etwas verborgen zu halten, gab es nicht. Und außer dem kleinen Safe war nichts vor dem Zugriff der anderen Mitbewohner sicher. Je länger er darüber nachdachte, desto klarer wurde ihm, dass die Kabine nicht als Versteck geeignet war. Allenfalls die Nasszelle, da man sich dort einschließen konnte. Die hatte er jedoch doppelt und dreifach überprüft. Es gab kein loses Bodenbrett oder eine lose Fliese, die Decke ließ sich nicht anheben und sogar den Zugang zum Spülsystem hatte er mit einem Dreikantschlüssel geöffnet.

An der Rezeption begann das Spiel von vorn. Begleitet von Manuela Geismanns spitzen Kommentaren durchsuchte er jedes Fach, jede Schublade, jeden Schrank und die Truhe mit den Fundsachen. Nirgends gab es auch nur die geringste Spur eines weißen Pulvers oder von Dingen, die zum Strecken, Verpacken oder Konsumieren der Drogen benötigt wurden. Von Cindy Fischers Handy ganz zu schweigen.

Mit jeder Viertelstunde, die verstrich, schwand Hackenholts Zuversicht, etwas zu finden. Es gab einfach zu viele Möglichkeiten. Vor allem die Vorratsräume, in denen Hilfsmittel für Passagiere gelagert wurden, brachten ihn schier zur Verzweiflung. Hier gab es Kartons über Kartons mit der Grundausstattung, die Gäste als sogenanntes »Notfallset« erhielten, falls ihr Gepäck auf der Anreise verloren gegangen war und erst bei einem späteren Stopp zum Schiff gebracht werden konnte. Andere Pakete enthielten Bürobedarf und blanko Bordkarten. Außerdem gab es unglaublich große Papier- und Tonervorräte.

Als Hackenholt endlich fertig war, rieb er sich müde über das Gesicht. Da er bislang keinerlei Rückmeldung von Christine Mur erhalten hatte, hieß das, dass sie ebenfalls nichts entdeckt hatte. So kamen sie nicht weiter. Sie brauchten einen neuen Plan. Andernfalls müssten sie sich tagelang durch Räume wühlen, zu denen Han Nguyen und Cindy Fischer Zutritt gehabt hatten. Und dann gab es noch all die öffentlich zugänglichen Orte.

Ließ sich der Täter anderweitig identifizieren? Bestand die Möglichkeit, über die an den Portionstütchen gesicherten Fingerspuren weiterzukommen? Dazu müssten sie die Fingerabdrücke sämtlicher Crew-Mitglieder nehmen und vergleichen. Das war allerdings aufwendig und vor allem nur auf freiwilliger Basis machbar. Es würde zweifelsfrei Personen geben, die sich der Maßnahme verweigerten. Und dann? Davon abgesehen war nicht einmal gesagt, dass die Spuren an den Drogenbriefchen tatsächlich von Cindy Fischers Mörder stammten. Sie konnten auch von dem Dealer sein, der sie vor dem Verkauf abgepackt hatte. Wenngleich das aufgrund der angebrochenen Milchpulvertüte unwahrscheinlich war.

Musste er die Sache ganz anders angehen? Er konnte den Hamburger Staatsanwalt bitten, einen Einzelverbindungsnachweis für Cindy Fischers Mobiltelefon zu besorgen. Aber das würde dauern. Und was, wenn sie sich gar nicht auf diese Art mit ihrem späteren Mörder verabredet hatte?

Verdrossen ging Hackenholt in die Küche, wo er eine noch wesentlich frustriertere Christine Mur antraf. Schnell merkte er, dass er das bessere Los gezogen hatte. Obwohl auch er von Manuela Geismann mit dummen Kommentaren bedacht worden war, waren ihm zumindest die feindseligen Blicke der vielen Köche erspart geblieben.

»Wo ist denn Herr Mey?«, erkundigte er sich.

»Der hat sich zu einer Besprechung mit seinen Leuten verdrückt.« Mur hielt inne. »Und das hat mich auf eine Idee gebracht.«

Eine Viertelstunde später drängte sich Hackenholt an der Rezeption an den wartenden Passagieren vorbei und fragte so laut, dass es alle hören konnten, an wen er sich wenden müsse, wenn er die Rettungsboote durchsuchen wolle. Manuela Geismann schüttelte den Kopf und wandte sich ab. Eine ihrer Kolleginnen riet ihm mit gesenkter Stimme, den Sicherheitsoffizier zu kontaktieren. Hackenholt dankte ihr.

Kurz darauf klopfte Christine Mur an dem Büro, das den Sicherheitsmitarbeitern als Besprechungszimmer diente, und öffnete die Tür, ohne auf eine Aufforderung zum Eintreten zu warten. Die Gespräche verstummten umgehend. Mur tat, als würde sie das nicht bemerken.

»Ich brauche jemanden, der uns sofort die Rettungsboote backbord herunterlassen kann«, sagte sie scheinbar aufgeregt.

»Das ist bei dem Wetter völlig unmöglich«, entgegnete Henning Mey perplex. Nach einem Augenblick verbesserte er sich. »In einem Notfall ist es selbstverständlich kein Problem, aber eben nur, wenn das Schiff evakuiert werden muss.«

»Wir müssen unbedingt die Boote durchsuchen.«

»Ach so.« Mey war die Erleichterung anzuhören. »Dafür ist es nicht nötig, sie herunterzulassen.«

»Umso besser. Ich habe mich schon an der Bordwand hinunterklettern sehen.«

Dieser Kommentar trug Mur einiges an Gelächter ein.

»Es wäre auch toll, wenn Sie uns zwei, drei Ihrer Mitarbeiter zur Verfügung stellen könnten. Nicht, dass wir etwas falsch machen.«

»Wissen Sie was? Wir machen daraus eine Übung.« Er sah seine Leute an und rief: »Alle Mann zu den Rettungsbooten.«

»Aber nur backbord!«, unterstrich Mur noch einmal. »Wir haben nämlich einen Hinweis erhalten.« Plötzlich schnitt sie eine Grimasse und tat, als habe sie sich verplappert. Dann wandte sie sich um und verließ eilig den Raum. Die anderen strömten ihr hinterher.

»Was sollen wir denn suchen?«, fragte ein junger Mitarbeiter.

»Alles, was nicht hineingehört«, entgegnete Mur vage. »Ein benutztes Taschentuch, einen Pulli, ein kleines Paket ... einfach alles.«

Vor den Außenkabinen auf Deck 5 gab es einen begehbaren Bereich. Aufgrund der nach wie vor stürmischen See war er für Passagiere gesperrt; der Boden war durch den starken Regen in den letzten Stunden zu rutschig geworden. Hob man den Kopf, sah man die Rettungsboote von unten. Über eine fest an der Bordwand montierte Leiter kletterte Hackenholt zu dem ersten Boot hinauf. Wie er zufrieden feststellte, war es nicht möglich, unbemerkt hinaufzugelangen, selbst wenn man sich sehr bemühte. Die Treppe gab unter Belastung ein ohrenbetäubendes Quietschen von sich, das die Windgeräusche bei Weitem übertönte.

Oben befand sich Hackenholt auf derselben Höhe wie seine Kabine. Alles war nass und rutschig, und der Wind zerrte an seiner Kleidung. Bisher hatte er immer den Ausblick vom Balkon auf die seitlich gelegenen Rettungsboote genossen. Nun bot sich ihm der entgegengesetzte Anblick.

Just als er hinübersah, traten Sophie und Ronja auf den Balkon. Wahrscheinlich hatten sie die Geräusche gehört und waren neugierig geworden. Er wusste, dass Sophie den Sturm nicht mochte und die unterschwellige Angst an ihr nagte, das Schiff müsse womöglich evakuiert werden. Rasch hob er eine Hand und winkte ihr zu. Mit der anderen klammerte er sich am Geländer fest. Ronja rief freudig nach ihrem Papa, Sophie wirkte schockiert. Auch einige andere Urlauber beobachteten beunruhigt, was die Crew tat.

Christine Mur stieg mit einem Mitarbeiter in das zweite Rettungsboot und durchsuchte dieses gründlich. Eine Viertelstunde später kletterten sie alle wieder hinunter und wiederholten das Prozedere mit den nächsten zwei Booten.

»Absolut nichts«, mimte Mur schließlich die Enttäuschte, nachdem sie alles kontrolliert hatten. »Wer hat dir den Tipp gegeben?«

Hackenholt setzte ein betretenes Gesicht auf, blieb ihr jedoch die Antwort schuldig.

»Und was machen wir jetzt? Wir sind keinen Schritt weitergekommen.«

»Immerhin steht fest, dass niemand hier etwas versteckt hat«, versuchte er, seine scheinbar aufgebrachte Kollegin zu beruhigen.

»Wir könnten noch die Boote auf der anderen Seite durchsuchen«, schlug Henning Mey vor.

»Ohne mich!«, schnaubte Mur. »Ich bin seit halb drei auf den Beinen. Wenn ich nicht bald etwas zu essen bekomme, gehe ich über Bord, weil ich einen Schwächeanfall erleide. Für heute ist Schluss.«

»Christine hat recht. Wir brauchen dringend eine Pause. Die Suche war aber nicht vergeblich. Denn obwohl wir nichts gefunden haben, können wir einen Punkt auf unserer Liste abhaken und an einem anderen Ort weitermachen. Ich danke Ihnen allen für Ihre Hilfe. Wahrscheinlich benötigen wir Sie morgen wieder, wenn der Rest vom Schiff dran ist.« Damit nickte er Henning Mey freundlich zu und folgte Mur ins Innere.

»Denkst du, mein Plan klappt?«, fragte sie leise.

»Ich hoffe es. Wir haben jedenfalls das größtmögliche Aufsehen erregt. Jeder halbwegs intelligente Mensch sollte kapieren, dass die bereits durchsuchten Rettungsboote der einzige sichere Ort sind, an dem man etwas verstecken kann, bevor wir uns alles andere vornehmen werden«, flüsterte er zurück.

»Christine hat uns zum Abendessen in die Suite eingeladen«, überraschte Hackenholt Sophie, als er zurückkehrte. »Und es kommt noch besser: Du darfst mit Ronja heute bei ihr übernachten.« Als er Sophies skeptischen Blick und die hochgezogene Augenbraue sah, fügte er notgedrungen hinzu: »Wir brauchen unsere Kabine für eine Observation.«

»Hat das etwas mit den Rettungsbooten zu tun?«

Er nickte.

»Versprich mir, dass du in der Nacht nicht dort herumkletterst.«

»Natürlich nicht! Wir beobachten nur von hier aus.«

»Wer's glaubt.« Sie seufzte. »Wir fahren jedenfalls nie wieder mit deinen Arbeitskollegen in den Urlaub. Allein ist uns so etwas noch nie passiert.«

Hackenholt konnte sich ein Schmunzeln nicht verkneifen. »Vielleicht haben wir den Fall gelöst, bis du morgen früh aufstehst.« Er klatschte in die Hände. »Und jetzt lass uns schnell alles zusammenpacken, was ihr braucht. Ich habe nämlich einen Riesenhunger. Christine hat bestimmt schon eine Bestellung bei ihrem Butler aufgeben.«

Als sie fertig waren, wollte er gewohnheitsmäßig die Treppe hinauflaufen, aber Sophie protestierte.

»Willst du wirklich den Aufzug nehmen?«, fragte er zweifelnd. Er erinnerte sich noch gut an das Bild, das ihnen der Fahrstuhl am Vorabend geboten hatte, als er aufgrund der Wellen völlig irritiert pausenlos die Türen geöffnet und geschlossen hatte. »Was ist, wenn wir stecken bleiben?«

»Wird schon schiefgehen!«, murmelte Sophie und drückte beherzt den Aufzugsknopf. »Der Sturm hat doch ein bisschen nachgelassen.«

Sie waren nicht die einzigen Mutigen. Auf dem Weg hinauf stiegen immer wieder Passagiere zu und aus. Kurz bevor sie ihr Ziel erreichten, stolzierte Frau von Berg herein. Hackenholt ärgerte sich, nicht doch gelaufen zu sein.

»Na? Haben Sie den Mörder geschnappt?«, plärrte sie durch den Lift. Alle Anwesenden zuckten zusammen und warfen ihr verstörte Blicke zu. »Wissen Sie es noch gar nicht? Heute Nacht wurde in der Küche jemand ermordet.«

»Ach herrje!«, stieß Sophie gerade so laut hervor, dass es die Leute um sie herum hören konnten. »Tante Margarethe, hast du wieder vergessen, deine Tabletten zu nehmen?« Sie sah die Umstehenden entschuldigend an. »Das kommt davon, wenn man da kein Auge drauf hat. Sie bringt dann immer durcheinander, was sie im Fernsehen gesehen hat und was wirklich passiert ist. Das Krimidinner gestern war wohl zu viel für sie.«

Die Fahrstuhltüren öffneten sich. Mit eisernem Griff umfasste Hackenholt den Oberarm der Rentnerin und bugsierte sie hinaus. Sophie folgte mit einem tiefen Seufzen.

»Die arme Familie!«, hörte sie eine andere Dame sagen, bevor sich die Türen hinter ihr schlossen. Hackenholt drängte Frau von Berg unterdessen hinter einen Vorsprung, wo niemand sie sah.

»Sollten Sie noch einmal in der Öffentlichkeit etwas von einem Mord herumerzählen und die Passagiere ängstigen, stelle ich Sie unter Arrest.«

»Das können Sie gar nicht. Das darf nur der Kapitän.«

»Ich würde es nicht darauf ankommen lassen«, entgegnete Hackenholt gefährlich leise. Schmollend wandte sie sich ab. Er beobachtete sie kurz, wie sie davonzog, dann eilte er Sophie und Ronja hinterher, die den Flur entlangspazierten.

»Pass in Zukunft bitte auf, dass deine Tante ihre Tabletten einnimmt«, bat er mit ernster Stimme, nachdem er sie eingeholt hatte. »Sie hat mich heute schon einmal belästigt.«

»*Meine* Tante?« Sophie sah ihn schief an. »*Deine* Tante.«

In dem Moment öffnete Mur die Tür der Poseidon-Suite. »Da seid ihr ja endlich. Kommt rein, das Essen wird kalt.« Sie führte sie zu einem prunkvoll gedeckten Tisch, auf dem allerlei Speisen standen. Natürlich fehlten auch nicht die obligatorischen Obst- und Gemüseschnitzereien.

»Ihr könnt euch gar nicht vorstellen, wie schwer es ist, so etwas zu machen«, meinte Sophie ehrfurchtsvoll. »Es gibt Mitarbeiter, die den ganzen Tag nichts anderes tun. Mir hat der Schnupperkurs am Montag gereicht. Außerdem sind die Messer superscharf. Ich kann von Glück sagen, dass ich noch alle Finger habe.«

»Wahrscheinlich hat der Täter deshalb eins verwendet«, mutmaßte Mur. Hackenholt versuchte, ihr mit einem warnenden Blick Einhalt zu gebieten, aber sie plapperte munter weiter. »Das würde wiederum darauf hindeuten, dass er Insiderküchenwissen hat.«

»Die Tote hatte ein solches Messer im Rücken?«, fragte Sophie atemlos.

»Darüber reden wir später«, sagte Hackenholt eilig, da er wusste, wie leicht ihr der Appetit verging. »Jetzt lassen wir es uns erst einmal schmecken.«

»Nein«, rief sie, »es könnte wichtig sein. Wurde Frau Fischer wirklich mit einem Schnitzmesser getötet?«

Christine Mur nickte.

Sophie holte tief Luft. »Ich habe beobachtet, wie ein anderer Kursteilnehmer sein Messer heimlich eingesteckt hat. Ich habe zwar so getan, als hätte ich es nicht bemerkt; ich wollte schließlich nicht als Petze dastehen. Aber ich dachte bei mir, dass jemand, der sich eine Kreuzfahrt leisten kann, das Geld für solch ein Messer haben sollte. Man kann es nämlich im SunnyBoatShop an Bord kaufen. Nun frage ich mich jedoch, ob er es geklaut hat, weil er nicht wollte, dass ihr herausfinden könnt, dass er eins besaß.«

»Weißt du, wie der Kerl heißt?«, hakte Mur nach.

»Nein. Ich habe ihn aber schon öfter gesehen. Ich kann ihn morgen fragen.«

»Das lässt du schön bleiben«, sagte Hackenholt sofort. »Den Namen bekomme ich auch anders heraus. Bestimmt kann mir der Kursleiter weiterhelfen, wenn du mir eine Personenbeschreibung gibst.«

Kurz nach zweiundzwanzig Uhr begaben sich Mur und Hackenholt in dessen Kabine auf Deck 6. Mur klappte Ronjas Beistellbett zusammen, schob den Tisch zur Balkontür, holte einen Stuhl und setzte sich. Schließlich nickte sie zufrieden.

»Man hat alle Rettungsboote im Blick. Und mit dem Nachtsichtfernglas sieht man jeden, der sich daran zu schaffen macht.« Sie kicherte. »Wenn ich durch das Ding schaue, komme ich mir vor wie James Bond.«

»Dann müssen wir nur hoffen, dass unsere Falle funktioniert. Kapitän Viviani hält uns sonst für komplette Dilettanten.«

»Wird schon klappen.« Mur legte das Spezialfernglas auf den Tisch und lehnte sich zurück. »Du solltest jetzt schlafen, solange ich hier bin.«

»Ich hatte eigentlich vor, mir Videoaufnahmen anzusehen. Irgendjemand muss das ja machen, wenn sich unser Assistent mit dem Doktortitel schon davor drückt. Und vor Mitternacht wird sicher niemand etwas in den Booten verstecken, weil die Gefahr viel zu hoch ist, beobachtet zu werden.«

»Wenn du klug bist, befolgst du meinen Rat. Später wirst du mit Sicherheit kein Auge zutun. Maurice schläft ein, sobald sein Kopf das Kissen berührt. Und er schnarcht, dass sich die Balken biegen. Du wirst also auf dich alleingestellt sein, da er nichts mitbekommt. Es steht eins zu einer Milliarde, dass er wach bleibt.«

»Warum hast du ihn dann für die zweite Schicht eingeteilt?«

»Ich wollte sicherstellen, dass *du* unter keinen Umständen einschläfst.« Sie grinste ihn an, wurde jedoch sofort wieder ernst. »Und mir verschafft es eine Verschnaufpause. Denn wenn ich ihn noch länger nachts in meiner Nähe habe, kann ich nicht dafür garantieren, dass es nicht noch einen Toten auf dem Schiff gibt.«

Hackenholt musste an Puellens Plan denken, Mur vor versammelter Mannschaft beim Kapitänsdinner einen Antrag zu machen. Bevor ihm etwas Passendes einfiel, redete Mur jedoch schon weiter.

»Deshalb könnte ich dauerhaft auch niemals mit ihm zusammenwohnen. Dieser Urlaub ist die Hölle. Bisher hatten wir immer getrennte Zimmer. Jetzt schlafe ich mit Ohrstöpseln und wandere ins Wohnzimmer aus. Und trotzdem wache ich ständig auf.« Sie sah ihn an. »Also, gib mir die Festplatte mit den Überwachungsvideos. Ich werde sie für dich durcharbeiten. Zur Wachablösung um eins wecke ich dich, denn dann beginnt die heiße Phase.«

»Hast du mit Maurice eigentlich mal übers Heiraten gesprochen?«, fragte Hackenholt. Er merkte, wie Mur bei seinen Worten zusammenzuckte.

»Warum?«, entgegnete sie argwöhnisch.

»Nur so«, sagte Hackenholt schnell. »Nicht, dass er eifersüchtig wird, wenn wir uns hier eine halbe Nacht lang eine Kabine teilen.«

»Da gab es schon ganze Nächte, die wir miteinander verbracht haben.«

»Ja, aber im Kreis der Kollegen in meinem Kommissariat.«

Mur warf ihm einen undefinierbaren Blick zu und schaltete das Licht aus.

»Heiraten kommt für mich jedenfalls nicht infrage«, erklärte sie nach einer Weile. »Es ist gut, wie es ist.«

Hackenholt war froh, dass es stockdunkel war und sie sein Gesicht nicht mehr sehen konnte. Irgendetwas musste er sich einfallen lassen, um Puellen das Unterfangen auszureden. Sonst würde die gemeinsame Reise in einer Katastrophe enden.

»Merkst du was?«, fragte Mur in die eingetretene Stille hinein.

»Nein, was?« Hackenholt fühlte sich ertappt.

»Der Sturm hat nachgelassen. Das Schiff schaukelt nicht mehr so schlimm wie letzte Nacht.«

Freitag

Hackenholt schreckte aus dem Schlaf. Um ihn herum war es dunkel. Nur Ronjas Nachtlicht in der Steckdose schimmerte fahl. Was hatte ihn geweckt? Der Tisch vor der Balkontür war verwaist. Keine Spur von Christine Mur. Sofort war er aus dem Bett. Die Kabinentür wurde von einem Stuhl offengehalten. Im Flur war es absolut still. Ohne nachzudenken, rannte er los. In wenigen Sekunden erreichte er das Mitarbeitertreppenhaus. Er stürmte die Metallstufen hinunter und übersprang die letzten, obwohl es einen Höllenlärm machte. Im darunterliegenden Deck riss er die Tür zum Außenbereich auf. Niemand war zu sehen.

Er hielt den Atem an und lauschte. Außer dem Rauschen der Wellen und dem Heulen des Winds war nichts zu hören. Er lief zur ersten Wandtreppe und stieg hoch. Das Quietschen war genauso durchdringend wie am Abend, als er während der Durchsuchung hinaufgeklettert war. Noch immer war von Mur nichts zu sehen. Er sprang wieder hinunter und eilte zur nächsten Leiter. Gerade als er oben war, rief jemand seinen Namen. Er beugte sich hinab und sah Puellen.

»Was ist passiert? Hast du was gesehen?«, fragte der Rechtsmediziner atemlos.

»Was tust du denn hier?« Verwirrt warf Hackenholt einen Blick auf seine Armbanduhr. Es war kurz vor fünf. Bald ging die Sonne auf. Die Wachablösung hatte schon vor Stunden stattgefunden. Warum hatte Mur ihn nicht wie angekündigt geweckt? Hackenholt kletterte die Treppe hinunter. »Wo warst du? Ich bin aufgewacht, und die Kabine war leer. Ich dachte, *du* hättest etwas gehört.«

»Oh.« Puellen machte einen betretenen Eindruck.

»Wieso hast du mich nicht geweckt?«

»Ich war doch bloß im Wäscheraum«, druckste Puellen herum. »Christine hat gesagt, dass ich dich nur wecken soll, wenn sich etwas tut.«

»Was hast du dort gemacht?«

»Ich habe Handtücher geholt«, entgegnete Puellen wie selbstverständlich. »Als ich zurückgekommen bin, warst du weg. Deshalb habe ich angenommen, dass du etwas bemerkt hast, und wollte dir zu Hilfe eilen«, verteidigte sich Puellen.

»Lass uns zurückgehen«, brummte Hackenholt. Er ärgerte sich maßlos. Aller Wahrscheinlichkeit nach hatte er mit seiner Kletteraktion den ganzen Plan vereitelt. Sicher hatte schon einer der Passagiere, die die Außenkabinen bewohnten, an der Rezeption angerufen und gemeldet, dass sich jemand an den Rettungsbooten zu schaffen machte.

Und tatsächlich kam ihnen im Treppenhaus ein Sicherheitsmann entgegen. Hackenholt sagte ihm, dass alles in Ordnung war. Der Mann nickte knapp und kehrte um. Hackenholt seufzte. Damit waren sie in puncto Kokainversteck keinen Schritt weitergekommen. Das machte die Suche nach dem Mörder nicht leichter. Er seufzte noch einmal vernehmlich.

»Geht es dir nicht gut?«, erkundigte sich Puellen. »Du schnaufst so. Dabei bist du doch sonst eigentlich recht fit.«

Hackenholt verzichtete auf eine Antwort. Stattdessen beschleunigte er seinen Schritt.

Als er die Kabine erreichte, blieb er jedoch wie angewurzelt stehen. Unmittelbar davor stand ein Rollwagen, wie ihn die Kabinenstewards benutzten. Er war über und über mit Handtüchern beladen. Puellen eilte an Hackenholt vorüber und machte Anstalten, den Wagen hinein zu schieben.

»Was soll ich denn mit so vielen Handtüchern?«, rief Hackenholt perplex. »Bring sie sofort zurück.«

»Die sind nicht für dich«, beschwichtigte Puellen. »Außerdem ist alles mit den Leuten vom Housekeeping abgesprochen.« Er legte einen Stapel auf den Tisch, nahm ein Handtuch und begann, es kunstvoll zu falten. Erst jetzt bemerkte Hackenholt, dass Sophies Betthälfte von oben bis unten mit Handtuchtieren belegt war.

»Willst du dich bei SunnyBoatCruises als Zimmersteward bewerben oder was soll das werden?«

»Vielleicht im nächsten Leben«, lachte Puellen, dann wurde er wieder ernst. »Christine liebt die Handtuchviecher. Sie sind für den Antrag. Ich will unser Schlafzimmer damit füllen. Inzwischen sehen sie durchaus passabel aus, findest du nicht? Ich habe die ganze Nacht geübt.« Er war sichtlich stolz auf sich. »Wenn es dich nicht stört, würde ich sie bis morgen Abend bei euch lassen.«

Hackenholt rutschte das Herz in die Hose. »Maurice, du solltest dir das mit dem Heiratsantrag wirklich noch mal überlegen. Ich meine ...« Er suchte nach den richtigen Worten, doch Puellen schüttelte bereits den Kopf.

»Ich habe alles bis ins kleinste Detail geplant. Jeder ist instruiert. Sogar der Kapitän hat zugesagt, seinen Teil zu übernehmen. Es wird ein denkwürdiger Augenblick, über den wir in zwanzig Jahren noch sprechen werden.«

»Das bezweifle ich ja gar nicht«, nahm Hackenholt einen neuen Anlauf. »Nichtsdestotrotz solltest du vorher mit Christine reden. Völlig unverfänglich. Denn was ist, wenn sie Nein sagt? Wärst du dann nicht wahnsinnig verletzt?«

»Das wird sie nicht tun. Ich kenne sie. Sie wird hin und weg sein.« Die Zuversicht, mit der Puellen das behauptete, tat Hackenholt physisch weh. Wie sollte er die Katastrophe verhindern? Ihm blieben weniger als achtundvierzig Stunden. Am besten fragte er Sophie um Rat. Schließlich hatte sie auch Margarethe von Berg spontan und ohne mit der Wimper zu zucken als geistig verwirrte Familienangehörige ausgegeben.

»Was ist eigentlich mit den Überwachungsvideos?«, wechselte Hackenholt notgedrungen das Thema. »Ist dabei etwas herausgekommen?«

»Ah, ja.« Puellen zog einen Zettel aus seiner Hosentasche. »Christine bat mich, dir das hier zu geben.«

Hackenholt faltete das Blatt Papier auseinander und las, welche Aufnahmen Mur in ihrer Schicht durchgearbeitet hatte. Cindy Fischer war auf keiner zu sehen gewesen.

»Hast du ebenfalls aufgeschrieben, welche Videos du dir angesehen hast?«

»Aber das habe ich dir doch gestern schon gesagt.«

»Ich meine nach deinem Termin. Und heute Nacht.«

»Da habe ich keine mehr geguckt.« Puellen wirkte erstaunt. »Das Treffen mit dem Kabinensteward hat sehr lange gedauert und anschließend musste ich üben.«

»Du hast die ganze Zeit damit verplempert, Handtücher zu falten?«, rutschte es Hackenholt heraus.

»Es ist gar nicht so leicht, aus zwei Duschtüchern einen Elefanten zu machen«, verteidigte sich Puellen.

»Schon gut«, beschwichtigte Hackenholt. »Ich werde das übernehmen, ich kann jetzt sowieso nicht mehr schlafen.«

Kurz nach sieben kehrten Sophie und Ronja zurück. Die Kleine warf sich mit einem freudigen Jauchzen auf Sophies Betthälfte und begann umgehend, die Handtuchtiere zu zerlegen. Puellen stand der Schreck ins Gesicht geschrieben. Hastig raffte er so viele seiner Kunstwerke zusammen, wie er konnte, und flüchtete aus der Kabine.

»Was war das jetzt?«, fragte Sophie belustigt.

»Erzähle ich dir später.« Hackenholt starrte auf den Bildschirm. »Warum seid ihr schon hier? Ich dachte, ich würde dich nie mehr sehen, wenn du erst mal Suitenluft geschnuppert hast.«

»Das habe ich auch befürchtet«, räumte Sophie ein. »Aber weißt du was? Dort oben schwankt es viel heftiger als bei uns. Da wird man richtig seekrank. Mir ist das gestern Abend beim Essen bereits aufgefallen. Zu dem Zeitpunkt habe ich jedoch geglaubt, dass ich es mir nur einbilde. Doch wenn man im Bett liegt, wird es unerträglich. Ich will mir gar nicht vorstellen, wie es in der Sturmnacht war, denn da hat das Schiff um einiges mehr geschaukelt. Ich jedenfalls habe heute Nacht kaum geschlafen.« Sophie gähnte. »Und Ronja auch nicht.«

»Soll das eine freundliche Aufforderung sein, zu gehen, damit ihr schlafen könnt?«

»Noch nicht«, beruhigte sie ihn. »Wir treffen Christine um halb acht zum Frühstück in der Schlemmerhalle. Aber danach machen wir uns einen gemütlichen Tag im Bett. Nicht wahr, mein Schatz?«

Ronja war die Müdigkeit an den Augen anzusehen. Für den Moment beschäftigte sie sich jedoch noch ganz friedlich mit den letzten Handtuchtieren.

»Wo sind die denn her?«, fragte Sophie noch einmal nach.

»Das sind Maurice' Kunstwerke. Er hat gestern Nachmittag Privatunterricht bei seinem Kabinensteward genommen. Weil Christine sie so niedlich findet, will er morgen Abend das Schlafzimmer damit füllen.«

»Wie romantisch! Da könntest du dir mal eine Scheibe abschneiden.«

»Ernsthaft?«

Sophie grinste. »Er legt sich ordentlich ins Zeug, findest du nicht?«

»Das Problem ist: Christine sagt, sie will nicht heiraten.«

»Hast du sie etwa gefragt?« Sophie klang entsetzt.

»Natürlich nicht so direkt. Sie hat ein paar fiese ... na ja, sagen wir: realistische Bemerkungen über Maurice gemacht. Da habe ich behutsam vorgefühlt.«

»Oh je! Armer Maurice.«

»Was sollen wir tun?«

»Wie meinst du das?«

»Wir können die beiden doch nicht sehenden Auges in ihr Verderben rennen lassen. Wenn ihre Beziehung platzt, ist Christine monatelang ungenießbar. Und Maurice wird am Boden zerstört sein. Du musst dir unbedingt etwas überlegen.«

»Wir könnten ihn in einer Kabine einsperren. Oder du teilst Christine zu einer Überwachung in einem der Rettungsboote ein, sodass er sie nicht findet. Ein neuer Mord käme auch wie gerufen«, zählte Sophie mehrere, nicht sonderlich ernst gemeinte Lösungen auf. Dann sah sie auf die Uhr. »Wir sollten uns auf den Weg zum Restaurant machen, sonst futtert Christine uns alle Hörnchen weg.«

Nach einem kurzen Frühstück, bei dem Christine Mur Ronja zeigte, wie man sein Croissant in den Kaffee beziehungsweise Kakao tunkte und dabei die Tischdecke verkleckerte, begab sich Hackenholt an die Rezeption. Diesmal wandte er sich gleich an die freundlichste der drei Mitarbeiterinnen, bat um die Teilnehmerliste des Obstschnitzkurses vom Montag und erkundigte sich, wer ihn geleitet hatte. Danach begab er sich einmal mehr in die Tiefen des Schiffsbauchs.

Dang Heung-Min verwandelte an seinem Arbeitsplatz in der Küche gerade eine Wassermelone in den Kopf eines asiatischen Tempeldrachens. Und das in einem unglaublichen Tempo. Hackenholt sah ihm eine Weile zu. Ob Sophie das nun auch konnte? Als der Mann fertig war, fragte er Hackenholt, ob er etwas für ihn schnitzen solle.

»Haben Sie am Montagnachmittag einen Kurs für Passagiere gegeben?«, überprüfte Hackenholt seine Informationen.

»Ja. Viele Gäste interessieren sich für unsere Skulpturen.«

»Erhalten die Teilnehmer dieselben Messer, die Sie selbst täglich verwenden?«

»Natürlich. Das richtige Handwerkszeug ist das A und O bei dieser Kunst.«

»Kommt es manchmal vor, dass jemand eines einsteckt?«

»Ja, leider. Und das, obwohl ich immer betone, dass man sie im SunnyBoatShop kaufen kann. Ich passe zwar auf, aber …« Der Koreaner zuckte mit den Schultern.

»Ist letztes Mal ein Messer verschwunden?«

»Sogar zwei. Ich habe sie beim Aufräumen gezählt.«

Hackenholt war wie elektrisiert. »Haben Sie einen Verdacht, wer sie mitgenommen haben könnte?«

»Nein, ich habe nichts gesehen.«

»Ich habe von einer Teilnehmerin einen Hinweis auf einen Mann bekommen, der eines eingesteckt haben soll.« Hackenholt nannte Herrn Heung-Min die Beschreibung, die Sophie ihm gegeben hatte, aber der Mitarbeiter wusste nicht, wie der Passagier hieß.

»Gehen Sie zum Schiffsfotografen«, riet er Hackenholt. »Er hat viele Schnappschüsse geknipst. Sie sind beliebte Erinnerungen für die Gäste.«

Der Laden befand sich auf Deck 10. Hackenholt eilte hinauf und überflog die öffentlich ausgehängten Fotos. Auf den ersten Blick entdeckte er keine Menschen, die Melonentiere schnitzten. Nach ein paar Sekunden gab er auf und betrat das Geschäft. Einer der beiden Fotografen erhob sich von seinem Arbeitsplatz an einem Computer und fragte ihn nach seinen Wünschen. Hackenholt stellte sich vor und bat darum, sämtliche Aufnahmen sehen zu dürfen, die vergangenen Montag bei dem Schnitzkurs gemacht worden waren.

»Sie müssen nur Ihre Bordkarte in eins der Terminals am Fotokiosk stecken und schon können Sie sich alles ansehen, was wir auf dieser Reise fotografiert haben. Die Aufnahmen sind nach Themen geordnet. Alternativ geben Sie einfach Ihren Namen ein, dann sucht die Gesichtserkennung alle Fotos heraus, auf denen Sie abgebildet sind. Sie basiert allerdings auf den Bildern von der Einschiffung und arbeitet leider nicht immer völlig fehlerfrei.«

Hackenholt folgte den Anweisungen und fand den gesuchten Ordner. Anhand eines Gruppenfotos stellte er fest, dass vier Männer und neun Frauen am Schnitzkurs teilgenommen hatten. Dann klickte er sich durch die Einzelbilder. Seine Mundwinkel wanderten unwillkürlich nach oben, als er eine Aufnahme von Sophie und ihrem Kunstwerk sah. Sie hatte die Melone bis zur Unkenntlichkeit zerstückelt. Spontan griff er zum Handy, knipste den Bildschirm ab und beglückwünschte anschließend seine Frau in einer Bildnachricht zu dem gelungenen Drachenkopf. Ihre Antwort war ebenfalls ein Foto: Es zeigte ein Anmeldeformular für einen weiteren Schnitzkurs, auf dem sie seinen Namen notiert hatte.

Danach schrieb sie ihm jedoch noch einmal: *Der Mann, der das Messer eingesteckt hat, hat eine Aubergine in einen Pinguin verwandelt.*

Hackenholt klickte sich durch die Bilder und fand eines, auf dem man mit viel gutem Willen einen Pinguin erkennen konnte. Er schickte ihr einen Schnappschuss.

Ja, das ist er. Er hatte eine Umhängetasche dabei, in die er das Messer gesteckt hat, als er sich unbeobachtet fühlte.

Hackenholt nahm die Teilnehmerliste aus der Tasche und gab den Namen des ersten Manns in die Funktion mit Gesichtserkennung ein. Die angezeigten Aufnahmen stammten nicht von dem Gesuchten. Hackenholt versuchte es mit dem nächsten Nachnamen. Wieder nichts. Beim dritten landete er jedoch einen Treffer. Der Dieb hieß Joachim Schwartz.

Hackenholt ging zurück zur Rezeption und ließ sich Herrn Schwatz' Kabinennummer geben. Danach machte er einen Abstecher zu Henning Meys Büro.

»Brauchen Sie noch mehr Leute?«, erkundigte sich der Sicherheitsoffizier.

Hackenholt verstand nicht.

»Für die Durchsuchung. Frau Mur hat vorhin alle verfügbaren Kollegen eingeteilt.«

»Ach so, das meinen Sie«, überspielte er seine Verwunderung, weil er von nichts wusste. »Nein, ich wollte fragen, was mit Passagieren geschieht, die Messer aus der Schiffsküche stehlen.«

»Nichts.« Mey begann zu lachen, als er Hackenholts Gesichtsausdruck sah. »Sie haben keine Vorstellung, wie oft unsere Gäste etwas in ihren Koffern *vergessen*. Handtücher, Bademäntel, Sektgläser. Eine Zeit lang waren Tischtücher sehr gefragt. Messer sind mir persönlich noch nicht untergekommen, aber vielleicht haben Sie einen neuen Trend aufgedeckt.«

Hackenholt fand das nicht witzig.

»Was sollen wir denn tun? Wir wollen doch, dass die Urlauber wiederkommen«, verdeutlichte Mey. »Wenn sie am Ende der Gangway von der Polizei in Empfang genommen werden, ist das nicht sonderlich hilfreich. Außerdem können wir es gar nicht feststellen, falls jemand sein Gepäck selbst von Bord trägt. Denn dann wird es nicht mehr durchleuchtet.«

Für Hackenholt war das eine ungemein wichtige Information. »Ich kann also mit meiner Reisetasche voller Handtücher problemlos das Schiff verlassen, ohne dass Sie ahnen, was ich mit mir herumtrage?«

Henning Mey nickte.

Das hieß: Man konnte auch einen Koffer samt dem darin versteckten Kokain von der SunnySky tragen, ohne dass es bemerkt wurde. Solange man anschließend nicht gerade an einem Flughafen eincheckte, blieben die Drogen unentdeckt. Ideal, wenn man in Hamburg vom Schiff ging, sich einen Mietwagen nahm und die Ware zu ihrem eigentlichen Abnehmer brachte. Die Gefahr, erwischt zu werden, tendierte gegen null.

»Wie kann ich Ihnen denn jetzt helfen?«, riss Henning Mey Hackenholt aus seinen Gedanken.

»Ich habe erfahren, dass ein Gast am Ende des Schnitzworkshops ein Messer eingesteckt hat, das mit dem Tatwerkzeug identisch ist. Ich möchte ihn vernehmen und seine Kabine durchsuchen. Es wäre sinnvoll, wenn mich jemand begleiten würde. Da meine Kollegin anderweitig beschäftigt ist, wollte ich einen Ihrer Mitarbeiter mitnehmen.«

»Am besten komme ich selbst mit.« Der Sicherheitsoffizier erhob sich und griff nach seiner Uniformjacke.

Herr Schwartz war nicht in seiner Kabine. Daher ließ Henning Mey ihn von der Rezeption ausrufen. Weniger als fünf Minuten später kam ein übergewichtiger Mann in den Vierzigern angetrabt. Ihn begleitete eine Frau in einem Jogginganzug.

»Was ist los? In der Durchsage hieß es, ich soll sofort meine Kabine aufsuchen.«

»Sind Sie Joachim Schwartz?«, antwortete Hackenholt mit einer Gegenfrage.

Der Mann nickte.

»Lassen Sie uns hineingehen. Wir haben ein paar Fragen an Sie«, sagte Henning Mey.

Herr Schwartz steckte die Bordkarte in den Schlitz und öffnete die Tür. Ohne zu zögern, trat Hackenholt ein. Joachim Schwartz und seine Ehefrau folgten, Henning Mey bildete den Schluss.

»Was ist denn los?« Der Gast klang irritiert.

»Sie haben am Montagnachmittag an einem Schnitzkurs teilgenommen«, warf Hackenholt eine Feststellung in den Raum. Er beobachtete den Mann genau und stellte tatsächlich eine nervöse Reaktion fest.

»Ja, und?« Auch Schwartz' Stimme hatte sich verändert.

»Aus zuverlässiger Quelle habe ich erfahren, dass Sie ein Schnitzmesser eingesteckt haben. Könnte ich das bitte sehen?«

»Keine Ahnung, wer Ihnen das gesagt hat, aber es stimmt nicht.«

»Die Angaben der Zeugin sind absolut glaubhaft«, entgegnete Hackenholt ruhig.

»Sie sind trotzdem falsch.«

»Herr Schwartz, ich bin Polizeibeamter und –«

»Ich weiß, ich habe Sie beim Krimidinner gesehen«, unterbrach der Mann ihn.

»In der Nacht auf Donnerstag kam es an Bord zu einem Todesfall mit unklarer Todesursache. Da wir uns auf hoher See fernab jeder Polizeibehörde befinden, wurde ich von Kapitän Viviani mit den Ermittlungen betraut. Im Umfeld der Leiche haben wir ein Schnitzmesser sichergestellt, wie sie während des Workshops verwendet wurden. Wir gehen daher allen Hinweisen nach, wer sich im Besitz eines solchen Messers befunden hat.«

»Jetzt zeig es ihm doch!«, fuhr Frau Schwartz ihren Göttergatten an. Sie hatte bislang wie bei einem Tennismatch nur den Kopf hin und her gedreht und interessiert den jeweiligen Sprecher angesehen.

»Du hältst den Mund!«, grollte er.

»Sie können uns entweder das Messer geben, und damit ist die Sache erledigt, oder wir durchsuchen Ihre Kabine«, verdeutlichte Henning Mey.

»Nun mach endlich!«, zischte die Frau.

Mit zusammengepressten Lippen drehte sich der Mann um, ging zum Bett und zog darunter einen Koffer hervor. Als er ihn aufklappte, traute Hackenholt seinen Augen nicht. Joachim Schwartz hatte nicht nur ein Messer mitgehen lassen, sondern auch zwei Tassen, drei Gläser, Handtücher und einen Bademantel.

»Na, da haben Sie ja ordentlich Beute gemacht«, entfuhr es dem Sicherheitsoffizier.

»Das sind nur ein paar Andenken. Die Reise ist schließlich teuer genug«, schimpfte Schwartz.

Hackenholt packte das Messer in einen mitgebrachten Asservatenbeutel. »Den Rest bringen Sie selbst zuverlässig zurück. Wir werden das nachprüfen.« Er wandte sich ab und verließ die Kabine.

»Wie sollen wir das denn tun?«, fragte Mey, sobald sie außer Hörweite waren.

»Filzen Sie sein Gepäck beim Auschecken.«

Hackenholt suchte sich ein ruhiges Plätzchen und diktierte eine Aktennotiz über den Vorfall in seine Sprachaufzeichnungsapp. Danach ging er in die Schiffsküche. Da die erste Herausforderung des Tages, das Frühstück, überstanden war, konnte der Küchenchef ein bisschen Zeit für ihn erübrigen. Hackenholt war bei der Durchsicht der von Sophie getippten Protokolle aufgefallen, dass er Anton Piazolo bislang noch nicht förmlich zum Leichenfund befragt hatte. Das holte er nun nach. Erneut gingen sie Schritt für Schritt durch, was nach dem Stromausfall geschehen war. Auch jetzt entdeckte Hackenholt keine Ungereimtheiten.

»Haben Sie eine Erklärung, was Frau Fischer mitten in der Nacht in der Küche getan haben könnte?«

Der Küchenchef schüttelte den Kopf.

»Es kommt nicht vor, dass jemand von der Crew heimlich an die Vorräte geht?« Hackenholt hatte noch das Bild von Joachim Schwartz' geöffnetem Koffer mit all den illegal gesammelten *Andenken* vor Augen.

»Das müssen Sie den Proviantmeister fragen. Aber Sie glauben doch wohl nicht, dass es auffällt, wenn eine Kleinigkeit wegkommt. Wir haben einen durchschnittlichen Verbrauch von acht Tonnen Lebensmitteln pro Tag.«

»So viel?« Hackenholt sah ihn überrascht an.

»Dazu kommt, dass wir, seit die Lebensmittelverschwendung in aller Munde ist, Speisen, die zwar zubereitet, aber von den Restaurants nicht abgerufen wurden, in separaten Kühlbereichen aufbewahren, um sie im nächsten Hafen zu spenden.«

Falls der kleine Hunger nachts einen Mitarbeiter übermannen

sollte, würde er sich eher daran schadlos halten, dachte Hackenholt.

»Nein, die Galley ist kein Ort, an dem man sich in der Nacht aufhält«, bekräftigte der Küchenchef noch einmal. »Und damit sind wir genau genommen etwas Besonderes, denn in fast allen anderen Bereichen wird rund um die Uhr gearbeitet.«

»Daher ist die Schiffsküche der ideale Ort, wenn man sich ungestört mit jemandem treffen will«, unterstrich Hackenholt. »Oder um etwas zu verstecken.«

»Sie sind wie Ihre Kollegin!« Piazolo klang mit einem Mal gereizt. »Die hat uns gestern den ganzen Betrieb durcheinandergebracht.«

»Immerhin wurde ein Menschenleben ausgelöscht«, konterte Hackenholt. »Da will man doch, dass der Täter gefunden wird, oder?« Kopfschüttelnd wechselte er das Thema. »Ist Frau Fischer gelegentlich in die Küche gekommen?«

»Nein. Warum sollte sie? Sie war hier mit niemandem befreundet, soviel ich weiß.«

»Gab es sonst einen Mitarbeiter, der sich scheinbar grundlos öfter in der Küche aufgehalten hat?«

»Natürlich nicht. Tut mir leid, ich kann Ihnen wirklich nicht weiterhelfen.« Der Küchenchef trat ungeduldig von einem Fuß auf den anderen. »Ich müsste dann mal weitermachen.«

Hackenholt schrieb Christine Mur eine Kurznachricht und fragte, wo sie sich befand. Er erhielt jedoch keine Antwort. Auch Maurice Puellen reagierte nicht.

»Wo seid ihr denn?«, wunderte sich Hackenholt laut. Er hätte gerne mit seiner Kollegin besprochen, ob sie es für wichtig erachtete, dass während des Workshops zwei Schnitzmesser gestohlen worden waren. Sollte er alle Teilnehmer befragen und versuchen herauszufinden, wer das andere genommen hatte? Die Recherche würde ihn den ganzen Tag kosten. War es das wert? Auf einmal piepte sein Handy. Henning Mey bat ihn, an die Rezeption zu kommen, ohne einen Grund dafür zu nennen.

Neugierig nahm Hackenholt den kürzesten Weg. In den vergangenen dreißig Stunden hatte er das Schiff besser kennengelernt als in den gesamten neun Tagen davor.

»Was gibt's?«, erkundigte er sich wenige Minuten später.

»Die Rezeption hat mich informiert, dass drei Passagiere Cindy sprechen wollten. Offenbar waren sie befreundet und hatten gestern eine Verabredung. Ich dachte, das könnte Sie interessieren. Vielleicht möchten Sie mit den Leuten reden. Sie warten dort drüben neben der Säule.«

Tatsächlich standen an der angegebenen Stelle zwei Frauen und ein Mann in Cindy Fischers Alter. Hackenholt ging hinüber und bat sie, ihn zu begleiten. Mit dem Aufzug fuhren sie zu Deck 11. Erst nachdem sie in dem kleinen Büro Platz genommen hatten, stellte sich Hackenholt vor und erklärte die Situation. Die drei wirkten überrascht.

»Dann sind jetzt also beide tot«, murmelte der junge Mann.

»Was meinen Sie damit?«

»Cindy, Luise, Emma, meine Schwester Sandra und ich waren eine eingefleischte Clique«, berichtete Christopher Osmann.

»Wir kannten uns aus der Schule und haben uns auch danach regelmäßig getroffen«, ergänzte Luise Hell.

»Sandra und Cindy waren beste Freundinnen«, warf Emma Kremer ein.

»Vor fünf Jahren haben wir den Geburtstag meiner Schwester in einer Diskothek gefeiert.« Christopher Osmann fiel es schwer, weiterzusprechen.

»Cindy war mit Fahren dran«, übernahm Luise Hell. »Sie war zu schnell. In einer Kurve hat sie die Kontrolle über den Wagen verloren. Wir sind ins Schleudern geraten und mit einem entgegenkommenden Fahrzeug zusammengestoßen. Unser Auto hat sich mehrfach überschlagen und blieb in einem Acker auf dem Dach liegen.«

»Meine Schwester verstarb noch an der Unfallstelle. Wir anderen wurden verletzt.«

»Unsere Freundschaft ist daran zerbrochen. Wir waren mit der Situation einfach überfordert. Unmittelbar nach dem Gerichtsprozess ist Cindy auf das Schiff geflüchtet«, sagte Emma Kremer.

Stille legte sich über den Raum. Hackenholt sah den drei jungen Menschen an, dass ihnen das Erlebte nach wie vor zu schaffen machte.

»Wie kommt es, dass Sie jetzt wieder Kontakt aufgenommen haben?«, erkundigte er sich.

»Ich wusste nicht, dass sie auf der SunnySky arbeitet«, murmelte der junge Mann gepresst. »Ich hätte mich sonst niemals auf diese Reise eingelassen.«

»Aber Sie wollten sich doch gestern mit ihr treffen«, wunderte sich Hackenholt.

»Ich habe sie zum ersten Mal im Check-in-Terminal in New York gesehen«, erklärte Christopher Osmann. »Daraufhin wäre ich am liebsten sofort zurückgeflogen.«

»Ich musste ihn überreden, zu bleiben«, bestätigte Luise Hell.

»Es war ein Schock, sie fröhlich grinsend in ihrer Uniform herumlaufen zu sehen. Ich weiß, dass das komisch klingen muss. Aber es hat alles wieder aufgewühlt. Für mich ist das kein Urlaub, sondern Folter. Ständig muss ich an meine Schwester denken.« Christopher Osmann schien wirklich unter der Situation zu leiden.

»Warum wollten Sie sich dann mit ihr treffen?« Hackenholt verstand es immer weniger.

»Ich habe das eingefädelt«, räumte Luise Hell ein. »Christopher hat jede Nacht Albträume. Das konnte so nicht weitergehen. Ich wollte, dass sich die beiden aussprechen, damit er endgültig mit dem Unglück abschließen kann.« Sie hielt inne. »Und dann erschien Cindy nicht. Ich dachte erst, sie wäre verhindert, weil sie wegen dem Stromausfall arbeiten musste.«

»Für mich war klar, dass sie kneift.« Christopher Osmanns Stimme klang bitter. »Sie hat sich seit dem Unfall vor mir versteckt. Kein einziges Mal hat sie mich angerufen oder mir einen Brief geschickt. Alles ging über ihren Anwalt. Selbst vor Gericht hat sie nicht mit mir gesprochen.«

»Wann und wo sollte die Begegnung stattfinden?«

»Sie wollte gestern Nachmittag in unsere Kabine kommen«, sagte Luise Hell. »Da wären wir ungestört gewesen.«

»Zu diesem Zeitpunkt war sie schon mehrere Stunden lang tot.« Hackenholt sah Christopher Osmann unverwandt an. »Sie konnte die Verabredung nicht mehr wahrnehmen.«

»Das hätte sie sowieso nicht.« Der junge Mann stand auf. »Entschuldigen Sie mich bitte. Ich möchte mich hinlegen. Ich bekomme Migräne.«

»Natürlich.« Hackenholt wandte sich an Luise Hell. »Wann haben Sie das Treffen mit Frau Fischer arrangiert?«

»Sie ist mir am Montagnachmittag im Flur begegnet, als ich von einem Workshop in unsere Kabine zurückgegangen bin. Es war ihr unangenehm, das konnte ich sehen. Aber sie konnte sich schlecht umdrehen und weglaufen. Für mich war es offensichtlich, dass auch sie noch nicht mit dem damaligen Geschehen abgeschlossen hatte. Das wollte ich ändern.«

»Wie hat sie auf Ihren Vorschlag für eine Aussprache reagiert?«

»Sie hat ihn akzeptiert.«

»Einfach so?« Hackenholt war überrascht. »Erst drückt sie sich jahrelang davor und plötzlich ist sie damit einverstanden?«

»Unsere Wege haben sich auf dem Schiff häufig gekreuzt. Sie hatte wohl Angst, dass ich ihr eine Szene machen würden. Und vielleicht hätte ich das auch getan.«

»Und Sie, Frau Kremer? Haben Sie im Vorfeld ebenfalls mit Frau Fischer gesprochen?«

»Nein, ich habe sie gemieden. Mir ging es wie Christopher. Hätte Luise nicht darauf bestanden, dass wir die Reise antreten, wäre ich in New York in das nächste Flugzeug gestiegen und zurück nach Hause geflogen.«

Nachdem die beiden jungen Frauen gegangen waren, zog Hackenholt die Teilnehmerliste des Schnitzkurses heraus und überflog die Namen. Luise Hell stand nicht darauf, aber Emma Kremer. Er sah auf seine Armbanduhr. Es war erst zehn Uhr, und somit zu früh, um im Kommissariat anzurufen. Cindy Fischers Eltern waren wahrscheinlich erst vor Kurzem eingetroffen. Seine Gedanken schweiften zu Christine Mur. Sie hatte sich immer noch nicht bei ihm gemeldet. Erneut wählte er ihre Handynummer, aber es kam keine Verbindung zustande. Über das Bordtelefon rief er Henning Mey in dessen Büro an und erfuhr, dass sich die Kollegin ganz unten im Bauch des Schiffs aufhielt.

»Wenn Sie zu ihr möchten, kann ich Sie gerne hinbringen. Dort unten können Sie leider nicht allein herumlaufen.«

Hackenholt nahm das Angebot an, beendete das Gespräch und machte sich auf den Weg zum Sicherheitsbüro. Als er auf Deck 6 angekommen war, piepte sein Handy. In der Erwartung, Christine Mur hätte ihm geschrieben, sah er nach. Doch es war Sophie. Sie bat ihn, in die Kabine zu kommen. Es sei dringend.

»Ich habe etwas gefunden«, erklärte sie ihm wenige Augenblicke später. »Ronja hat mit ihrem Stoffball gespielt, und du weißt ja, dass er immer in den unmöglichsten Ecken landet. Gerade musste ich ihn aus der Lücke zwischen Tür und Schrank hervorholen. Dabei kam das hier zum Vorschein.« Sie reichte ihm ein zusammengefaltetes Blatt Papier. »Jemand muss es unter der Tür hindurchgeschoben haben. Bei dem Seegang ist es dann wohl in die Lücke gerutscht. Wer weiß, wie lange es schon da gelegen hat.«

Hackenholt faltete die Nachricht auseinander und las:

CINDY HAT SICH AM MITTWOCHABEND
MIT BARRINGTON GESTRITTEN, WEIL
SIE VON IHM SCHWANGER WAR.

»Es dürfte nicht viele Männer mit diesem Vornamen auf der Sunny-Sky geben«, kommentierte Sophie.

»Das werde ich sofort überprüfen«, entschied Hackenholt.

Er starrte die zwei Zeilen an. Am Mittwochabend hatte Cindy Fischer von zwanzig bis dreiundzwanzig Uhr dreißig Ronja bei ihnen in der Kabine gehütet. Oder etwa nicht? Hatte sie seine Tochter alleingelassen und war zum Kapitän gegangen? Oder hatten sie sich im Flur gezankt? Wäre Ronja nicht davon aufgewacht? Und hatte nicht Henning Mey angeblich den Abend mit Viviani verbracht?

»Hattest du den Eindruck, dass sich Frau Fischer bei unserer Rückkehr wie jemand benommen hat, der gerade einen mordsmäßigen Krach hinter sich hatte?«, fragte er Sophie sicherheitshalber.

»Absolut nicht. Der Streit kann erst stattgefunden haben, nachdem sie bei uns war.«

»Das halte ich auch für am wahrscheinlichsten.« Und noch etwas ging Hackenholt durch den Kopf: Cindy Fischer hatte ihren Kabinensteward beschuldigt, Arztdokumente gestohlen zu haben. In Verbindung mit dem Hinweis auf eine Schwangerschaft erschien der Vorwurf in einem neuen Licht. Insbesondere, da Hackenholt wusste, dass es in den USA keinen Mutterpass gab. Wenn Cindy Fischer bei einem Landgang einen Arzt aufgesucht hatte, hatte sie wahrscheinlich einen Arztbrief erhalten – und vielleicht ein Ultraschallbild.

Noch einmal überflog Hackenholt die Nachricht. Die Worte waren auf Deutsch geschrieben, mit einem Kugelschreiber und in akkurat ausgerichteten Großbuchstaben. Er bat Sophie, den Satz genau so auf einem Block zu notieren. Als sie ihn ihm zeigte, hätte er nicht sagen können, dass sie ihn aufgeschrieben hatte. Versalien konnte man wesentlich schlechter analysieren als normalen Fließtext. Zumindest, wenn die Buchstaben keine Besonderheiten aufwiesen. Und der Verfasser hatte peinlich genau darauf geachtet, das zu vermeiden. Damit stand fest, dass Hackenholt es sich sparen konnte herumzufragen, ob jemand die Schrift erkannte.

Hackenholt wusste, dass in seinem temporären Büro der Ordner lag, in dem eine Liste aller Personen abgeheftet war, die sich auf der SunnySky befanden. Diese war allerdings nach Nachnamen sortiert. Er hatte jedoch keine Zeit, fünftausend Einträge zu durchforsten. Daher eilte er in die Sicherheitszentrale. Henning Mey erwartete ihn bereits und schien sich zu wundern, wo er so lange geblieben war.

»Es gibt eine Änderung im Plan. Ich bräuchte als Erstes eine Aufstellung von allen auf dem Schiff befindlichen Personen, die nach Vornamen sortiert ist.«

Wortlos setzte sich Mey an seinen Computer, und einen Moment später spuckte der Drucker Seite um Seite aus. Hackenholt blätterte zu Buchstabe B. Es gab nur einen Barrington an Bord. »Als Nächstes brauche ich den Dienstplan für den Zeitraum zwischen Mittwochabend und Donnerstagmorgen.«

Mey runzelte die Stirn, rief aber anstandslos das Programm auf. Und wieder ratterte der Drucker los. Barrington Viviani stand an letzter Stelle der Liste. Sein Dienst hatte um einundzwanzig Uhr geendet.

»Sie haben mir gestern erzählt, dass Sie sich am Mittwochabend mit dem Kapitän getroffen haben.«

Mey nickte.

»Wann war das?«

»Es dürfte dreiviertel zehn gewesen sein. Um dreiundzwanzig Uhr ging er in seine Kabine.«

Der Sicherheitsoffizier war nicht auf den Kopf gefallen und hatte bemerkt, wen er ins Visier genommen hatte. Daher entschied sich Hackenholt für einen frontalen Angriff.

»Hatte Kapitän Viviani ein Verhältnis mit Cindy Fischer?«

Henning Mey lief puterrot an, hielt Hackenholts Blick jedoch stand.

»Warum haben Sie mir das verschwiegen?«, stieß er aufgebracht hervor.

»Das geht mich nichts an«, stammelte Mey. »Wer hat Ihnen das gesagt?«

»Wissen Sie auch von seinem Streit mit Frau Fischer?«

Mey schüttelte vehement den Kopf.

Hackenholts Handy piepte. Manfred Stellfeldt fragte, ob er Zeit für eine Videokonferenz habe. Es gebe Neuigkeiten. Hackenholt erhob sich.

»Soll ich Sie jetzt zu Ihrer Kollegin bringen?« Mey klang kleinlaut.

»Das muss noch etwas warten.«

Anstatt zurück in seine Kabine zu gehen, wo sich sein Laptop befand, nahm er den Aufzug zu Deck 12. Er klopfte an der Tür der Poseidon-Suite, doch niemand öffnete. Wieder zückte er sein Telefon und rief Puellen an. Auf der anderen Seite der Tür erklang eine Melodie. Warum reagierte Puellen nicht? Schlief er, nachdem er die ganze Nacht wach gewesen war? Hackenholt sah sich um. Am Ende des Flurs stand ein Servicewagen. Er lief hinüber und entdeckte den Steward in einer Kabine.

»Wären Sie bitte so nett, mir die Poseidon-Suite aufzusperren?«

Der Mann sah ihn entsetzt an und schüttelte den Kopf.

»Ich muss dringend Dr. Puellen sprechen, aber er liegt im Bett und schläft«, insistierte Hackenholt.

»Nein, nein, er ist in der Wäschekammer«, antwortete der Mitarbeiter in gebrochenem Englisch und zeigte auf eine unscheinbare Tür neben dem Zugang zum Personaltreppenhaus. Hackenholt ging hin.

Puellen saß auf einem Schemel und schien mit zwei Duschtüchern zu kämpfen. Vor Anstrengung hatte er die Zungenspitze seitlich herausgestreckt. Um ihn herum lagen Handtuchtiere. Ohne aufzusehen, sagte er: »Schau mal, Bayani. Die sind richtig gut geworden, oder?«

»Das hast du prima gemacht, Maurice«, lobte Hackenholt erheitert. »Vielleicht solltest du im Institut nachfragen, ob sie dich ein paar Monate lang freistellen. Dann könntest du dich doch bei SunnyBoatCruises als Kabinensteward bewerben.«

Puellen sah hoch und warf ihm einen bösen Blick zu.

»Ich habe eine Aufgabe für dich.«

Puellen stöhnte auf. »Lass mich raten: Ich muss wieder Überwachungsvideos anschauen.«

»Nein, du sollst die Leiche noch einmal begutachten.«

»Darf ich sie doch obduzieren?«, fragte er erfreut.

»Nein, ich möchte, dass du herausfindest, ob Frau Fischer schwanger war.«

»Wenn sie es gewesen wäre, hätte ich es dir gesagt. Auf dem Röntgenbild war nichts zu sehen.«

»Bist du dir ganz sicher? Ich habe einen Hinweis erhalten, dass sie deshalb mit jemandem Streit hatte.«

Puellen schürzte die Lippen. »In einem sehr frühen Stadium sieht man es auf Röntgenbildern natürlich nicht. Wenn du willst, kann ich eine Ultraschalluntersuchung vornehmen. Das Hospital ist gut ausgestattet.«

»Großartig.« Hackenholt wandte sich zum Gehen. Puellen griff zu einem neuen Handtuch und begann es zu falten. Hackenholt hielt unwillkürlich inne. »Kannst du das bitte jetzt gleich machen? Es ist wichtig.«

Mit einem Seufzer legte Puellen sein halb fertiges Handtuchtier beiseite und sagte: »Beweg dich nicht vom Fleck! Ich komme bald zurück.«

Ungläubig starrte Hackenholt den Freund an.

Sophie ging mit Ronja in den Kinderklub, damit Hackenholt in Ruhe mit seinen Kollegen sprechen konnte. Er suchte Stift und Papier, dann schrieb er Stellfeldt eine Nachricht und startete das Programm. Auch heute versammelte sich das gesamte Kernteam vor dem Bildschirm.

»Was macht der Sturm?«, fragte Martin Groß.

»Der hat zum Glück nachgelassen. Kaffeetassen sollte man zwar nach wie vor nicht vollmachen, wenn man nicht will, dass sie überschwappen. Aber es ist schon erheblich besser geworden.«

»Mir wårn gscheid fleissich fier diech.«[4]

»Das ist richtig«, bestätigte Wünnenberg. »Saskia und ich haben den Vater befragt.«

»Die Mutter ist nicht vernehmungsfähig«, erklärte Manfred Stell-

4 »Wir waren ganz fleißig für dich.«

feldt. »Wenn du möchtest, können wir morgen zu ihr fahren und schauen, wie es ihr geht. Ich wollte sowieso ins Präsidium kommen.«

»Warum? Ist etwas passiert?«

»Nein, aber der Papierstapel im Posteingang wird immer größer.«

»Laud Herrn Fischer hodd däi Sindy kanne Feind ghadd.«[5] Wieder war es Saskia Baumann, die auf das eigentliche Thema zurückkam.

»Zumindest nicht auf der SunnySky«, konkretisierte Wünnenberg.

»Sie is midd alle goud auskummer.«[6]

Hackenholt runzelte die Stirn. »Sie hat ihren Eltern gegenüber nicht erwähnt, dass sie von ihren Kollegen gemobbt wurde?«

Baumann und Wünnenberg schüttelten erstaunt die Köpfe.

»Der Vadder hodd blous vonerer Fraa derzilld, däi der Sindy es Leem schwer gmachd hodd.«[7]

»Vor einigen Jahren hat sie in Schwaig im Anwesen einer älteren Dame gewohnt. Helga Palm lebte im Erdgeschoss, Cindy in der Mansarde. Die Seniorin hat ihr die Wohnung zu einem Spottpreis vermietet – unter der Bedingung, dass sie ihr ein bisschen zur Hand geht. Das hat sie auch getan. Innerhalb von vierundzwanzig Monaten wurde Frau Palm zunehmend gebrechlich. Geistig soll sie voll da gewesen sein, aber der Körper hat sie im Stich gelassen.

Herr Fischer erzählte, dass sie ohne Cindys Hilfe ins Heim gemusst hätte. Die junge Frau scheint sämtliche Arbeiten übernommen zu haben. Einkaufen, kochen, waschen, putzen, den Garten in Schuss halten. Einfach alles. Im letzten halben Jahr vor Frau Palms Tod hat sie sie richtiggehend gepflegt. Sogar Herr und Frau Fischer haben sich manchmal gekümmert.

Zu dem Zeitpunkt gab es längst die Übereinkunft, dass Cindy das Haus erbt, weil Frau Palm keine Verwandten hatte, die sie bei sich aufnehmen konnten. Damals haben alle geglaubt, es gebe überhaupt keine Angehörigen. Aber kaum war die alte Dame verstorben, hat sich eine Frau Müller aus dem hohen Norden gemeldet und Besitzansprüche beim Amtsgericht geltend gemacht. Sie war Frau Palms

5 »Laut Herrn Fischer hatte Cindy keine Feinde.«

6 »Sie ist mit allen gut ausgekommen.«

7 »Der Vater hat nur von einer Frau erzählt, die Cindy das Leben schwer gemacht hat.«

Patenkind und besaß ein Testament, in dem sie als Alleinerbin genannt wurde.

Es kam zum Rechtsstreit, in dessen Verlauf Frau Müller behauptet hat, Cindy wäre eine Erbschleicherin und Frau Palm nicht mehr im Vollbesitz ihrer geistigen Fähigkeiten gewesen, als sie das neue Nachlassdokument verfasst hatte. Schlussendlich unterlag Frau Müller vor Gericht. Das hat sie jedoch nicht akzeptiert, denn ab dem Moment soll sie Cindy regelrecht gestalkt haben. Sie ist ihr auf Schritt und Tritt gefolgt und wollte sie offenbar mürbe machen.«

»Un des hodds aa hiebrachd.«[8]

»Anlässlich des Geburtstags von ihrer besten Freundin hat Cindy mit ein paar Freunden eine Diskothek in Neumarkt besucht. Auf dem Rückweg saß sie am Steuer. Auf der Landstraße ist ihr aufgefallen, dass ihnen ein Fahrzeug folgte. Es war Frau Müllers Wagen. Cindy hat daraufhin Gas gegeben, ist zu schnell in eine Kurve gefahren und konnte die Spur nicht halten. Das Auto geriet auf die Gegenfahrbahn, wo es mit einem entgegenkommenden Transporter zusammenstieß und in einen Acker katapultiert wurde. Cindys Freundin hat den Unfall nicht überlebt, die anderen kamen mit zum Teil schweren Verletzungen ins Krankenhaus.«

»Ist sicher, dass diese Frau Müller Cindy Fischer in der Nacht verfolgt hat?«, hakte Hackenholt nach. »Gibt es dafür Beweise?«

»Der Vater hat angegeben, dass sie nur wegen dem Rechtsstreit so neben sich gestanden hatte. Sonst war sie immer eine vorsichtige, besonnene Fahrerin. Sie muss in Panik geraten sein. Das Stalking zog sich über viele Wochen hin und wurde zunehmend schlimmer«, erklärte Wünnenberg.

»Ich habe die Ermittlungsakte angefordert«, warf Stellfeldt ein. »Sie wird allerdings nicht vor Montag eintreffen.«

»Das ist zu spät. Versuch, mit dem damaligen Ermittlungsbeamten zu sprechen, vielleicht erinnert er sich«, bat Hackenholt.

»Jednfalls is die Sindy zonnerer Bewährungsschdråf verurdeild worrn.«[9]

»Sie hat unmittelbar danach auf dem Schiff angeheuert. Herr Fischer beschreibt es als Flucht, um weiteren Nachstellungen von der Dame zu entgehen.«

---

8 »Und das ist ihr auch gelungen.«

9 »Jedenfalls wurde Cindy zu einer Bewährungsstrafe verurteilt.«

»Was ist mit dem Haus?«, wollte Hackenholt wissen.

»Es ist vermietet«, antwortete Wünnenberg.

»Habt ihr den Vater gefragt, was nun daraus wird?«

»Cindy hat in ihrem Testament alles ihren Eltern vermacht. Das wusste er, weil die Reederei vor Fahrtantritt anregt, Vollmachten zu erteilen und Nachlässe zu regeln.«

»Habt ihr die Personalien von dieser Frau Müller?«

»Natürlich«, entgegnete Martin Groß und rasselte ihre persönlichen Daten herunter. Hackenholt schlug den Ausdruck der Crew- und Passagierliste auf, den er nach wie vor bei sich hatte, und verglich Geburtsdatum und Wohnadresse. Sie stimmten überein.

»Was denkt ihr, wenn ich euch verrate, dass sich ebendiese Erika Müller an Bord befindet?«

Die Kollegen im Büro rissen erstaunt die Augen auf.

Hackenholt nickte wie zur Bekräftigung. »Das ist aber nicht alles«, fuhr er fort. »Christopher Osmann, Luise Hell und Emma Kremer sind ebenfalls auf der SunnySky. Und sie waren nach wie vor nicht sonderlich gut auf Cindy Fischer zu sprechen.«

»Das darf doch nicht wahr sein!«, rief Stellfeldt.

»Wengsdns wassd edzerdler, wer als Däder infrâch kummd.«[10]

»Bedauerlicherweise ist es nicht so einfach.« Hackenholt nahm den Zettel, den Sophie entdeckt hatte, und hielt ihn in die Kamera. »Diese Nachricht wurde irgendwann in den letzten Stunden unter meiner Tür durchgeschoben.«

Martin Groß pfiff anerkennend durch die Zähne.

»Außerdem haben wir in Frau Fischers Safe eine Tüte gefunden, in der sich Dutzende Kokainbriefchen befinden. Zumindest gehen wir davon aus, dass es sich um Kokain handelt, denn Analysemöglichkeiten gibt es an Bord leider keine. Ich halte es für am wahrscheinlichsten, dass Frau Fischer einem Kollegen auf die Spur gekommen ist und die Drogen an sich genommen hat, um ihn bei der Reederei zu melden. Christine durchsucht nun das ganze Schiff, ob irgendwo noch mehr Rauschgift versteckt ist. Aber ohne Spürhund ist das ziemlich aussichtslos.«

»Wenn du willst, kann ich im zuständigen Fachkommissariat nachfragen, ob jemand einen Tipp hat, wo die beliebtesten Verstecke auf einem Kreuzfahrtschiff sind«, schlug Stellfeldt vor.

10 »Wenigstens weißt du jetzt, wer als Täter infrage kommt.«

»Schaden kann es nicht.«

»Gut. Dann bis später.«

Hackenholt starrte nach dem Gespräch einen Augenblick lang aus dem Fenster hinaus aufs Meer. Die Wellen waren immer noch hoch, aber nicht mehr so haushoch wie vorletzte Nacht. Was sollte er als Nächstes tun? Henning Meys Angaben zufolge hatte sich Barrington Viviani um dreiundzwanzig Uhr in seine Kabine zurückgezogen. Er konnte versuchen, mittels Videoaufzeichnungen zu überprüfen, ob das stimmte. Vielleicht ließ sich herausfinden, ob Cindy Fischer Viviani nach Dienstschluss dort aufgesucht hatte. Nur so war Hackenholt in der Lage, dem Kapitän Paroli zu bieten, falls er die Beziehung zu Frau Fischer oder den Krach mit ihr abstreiten sollte. Andererseits konnte er sich überall auf dem Schiff mit Frau Fischer getroffen haben.

Hackenholt griff zu den Ausdrucken und sah nach, wo Viviani untergebracht war. Zu seiner Überraschung stellte er fest, dass es sich um eine Junior-Suite auf Deck 12 handelte. Dabei hatte er gedacht, dass die Kabine des Kommandanten immer in der Nähe der Brücke lag. Sehr gut, dass das nicht der Fall war. Puellen und Mur hätten ihn sicher informiert, wenn sie einen Streit gehört hätten. Denn hellhörig war die SunnySky, das hatte er schon selbst feststellen müssen.

Einen Augenblick wog er alle Optionen ab, dann entschied er, Barrington Viviani erst mit den Anschuldigungen zu konfrontieren, wenn das Ergebnis von Maurice Puellens Untersuchung vorlag.

Hackenholt verließ seine Kabine und klopfte stattdessen an einer nur wenige Meter entfernt liegenden Tür. Als Erika Müller öffnete, bat er sie, ihn in sein Büro zu begleiten.

»Und wenn ich nicht will?«, fragte sie schnippisch.

»Nach deutschem Recht sind Sie als Zeugin verpflichtet, an den Ermittlungen mitzuwirken und meine Fragen zu beantworten. Aber das sollten Sie als eingefleischter Krimifan wissen.«

Mit einem finsteren Blick folgte sie ihm zu den Aufzügen. Während der Fahrt sprach sie kein einziges Wort. Hackenholt beobachtete sie jedoch und glaubte, ein gewisses Unbehagen zu erkennen.

»Erzählen Sie mir von Ihrer Beziehung zu Frau Fischer«, bat er, nachdem sie in dem kleinen Büro angekommen waren und er die Zeugenbelehrung abgeschlossen hatte.

»Die Erbschleicherin hat meine Patentante so lange manipuliert, bis sie ein neues Testament verfasst hat, in dem sie alles ihr hinterließ.« Die Seniorin spie den Satz aus.

»Haben Sie Frau Palm häufig besucht?«

Erika Müllers Augen wurden zu schmalen Schlitzen. »Ich habe über sechshundert Kilometer weit weg gelebt. Wie hätte ich mich da um sie kümmern können?«

»Die Angelegenheit ist vor dem Nachlassgericht gelandet«, fuhr Hackenholt ungerührt fort.

»In Hamburg hätte ich recht bekommen«, gab sich Frau Müller siegessicher.

»Was haben Sie gemacht, nachdem das Urteil gesprochen war?«

»Ich bin nach Hause zurückgekehrt und habe gehofft, dieser Person nie wieder zu begegnen.«

Hackenholt wies sie noch einmal darauf hin, dass sie sich nicht selbst belasten musste, und fragte anschließend, ob sie Cindy Fischer über Wochen hinweg gefolgt sei.

»Warum hätte ich sie stalken sollen? Ich war froh, sie nicht mehr sehen zu müssen«, behauptete Frau Müller. »Es war ein Schock, als sie im Check-in-Terminal plötzlich vor mir stand. Sie hat so getan, als wären wir uns nie begegnet. Aber ich habe sie sofort erkannt. Und prompt hat sie erst meinen Koffer in eine falsche Kabine bringen lassen, und dann hat sie meine Reservierung für das Kapitänsdinner gelöscht. So schlecht wurde ich bislang auf keiner Kreuzfahrt behandelt.«

»Deswegen haben Sie sich beim Hotelmanager beschwert.« Hackenholt war sich sicher, dass zumindest das erste Vergehen überhaupt nichts mit der jungen Frau zu tun hatte.

Erika Müller nickte. »Ich habe ihm gesagt, dass das Fräulein für diese Arbeit absolut ungeeignet ist.«

»Am Mittwochabend haben Sie das Krimidinner frühzeitig verlassen«, wechselte Hackenholt das Thema. »Was haben Sie danach gemacht?«

»Margarethe und ich sind in unsere Kabinen gegangen. Es war ja ein abgekartetes Spiel, das Sie abgezogen haben. Wir fanden das nicht lustig. Ich habe dann ein Buch gelesen. Deutsche Fernsehsender kann man hier ja nicht empfangen.«

»Das heißt, weder Sie noch Frau von Berg haben ein Alibi?«, hakte Hackenholt nach.

»Ich wüsste nicht, weshalb ich eines brauchen sollte.«

»In welcher Beziehung stehen Sie und Frau von Berg?«

»Wir sind befreundet. Ich kümmere mich ein bisschen um sie.«

»Ich hatte den Eindruck, dass Ihre Bekannte Sie manchmal ganz schön herumkommandiert und bevormundet«, stellte Hackenholt fest. »Warum lassen Sie sich das gefallen?«

»Da müssen Sie sich getäuscht haben.« Erika Müller sah ihn mit vorgerecktem Kinn direkt an.

»Ist sie vermögend?«

»Darüber spreche ich nicht mit Ihnen.«

»Sie betreuen sie, weil Sie hoffen, dass sie Sie in ihrem Testament bedenkt, wie Ihre Patentante Cindy Fischer für ihre Dienste entlohnt hat, nicht wahr?«

»Das geht Sie nichts an!« Frau Müllers empörte Stimme schnappte fast über. Sie erhob sich so abrupt, dass der Stuhl über den Boden schrammte, und rannte zur Tür hinaus. Hackenholt schaltete die Sprachaufzeichnungsapp ab und murmelte: »Da habe ich wohl ins Schwarze getroffen.«

»Böser Frank!«, erschallte es von der Tür. Hackenholt blickte auf. Christine Mur stand davor. »Was hast du mit der Armen gemacht? Die war ja völlig aufgelöst.«

»Ihr scheinen meine Fragen nicht gefallen zu haben.« Er zuckte mit den Schultern und berichtete, was er von den Nürnberger Kollegen über sie erfahren hatte. Mur machte ein beeindrucktes Gesicht. Dann erkundigte sich Hackenholt, was ihre Suche ergeben hatte.

»Bislang leider nichts. Auf der SunnySky gibt es gefühlt hunderttausend Verstecke.«

»Manfred hat angeboten, bei den Jungs vom Rauschgift nachzufragen, ob sie uns einen Tipp geben können, wo wir fündig werden.«

»Auf den Manni ist Verlass! Hoffen wir, dass die Experten ein paar Ideen haben. Die Aussicht, noch zwei Tage lang auf allen vieren durch den Bauch des Schiffs zu robben, ist wenig attraktiv.«

»Unter Umständen musst du das gar nicht mehr.«

»Warum? Was hast du mir verschwiegen?«

Hackenholt legte die Nachricht auf den Tisch, die Sophie gefunden hatte. Christine Mur riss die Augen auf.

»Weiß Maurice, dass er etwas übersehen hat?« Wie immer, wenn Puellen einen Fehler gemacht hatte, klang sie schadenfroh.

»Er wollte einen Ultraschalluntersuchung vornehmen«, sagte Hackenholt. »Das war allerdings schon vor einer Stunde. Als Sophie schwanger war, hat das keine fünf Minuten gedauert. Aber vielleicht arbeiten manche gründlicher als andere.«

»Ich glaube eher, es ist ein Fall von: Manche können keine Fehler zugeben«, konterte Mur und griff zum Handy. »Wo bleibst du? Wir sitzen uns im Büro den Hintern platt und warten auf deine Untersuchungsergebnisse.« Sie lauschte. »Gut. Beeil dich.« Mit einem Grinsen steckte sie das Telefon weg. »Er ist gleich da.«

Als Maurice Puellen schließlich eintraf, gab Christine Mur ihm keine Möglichkeit, sich häuslich niederzulassen, stattdessen forderte sie zu wissen, was er festgestellt hatte. Puellen druckste herum, ihr Gesichtsausdruck ließ ihn jedoch umgehend einknicken.

»Der Ultraschall hat ergeben, dass Frau Fischer vermutlich in der achten Woche schwanger war. Zu meiner Ehrenrettung muss man sagen ...«

Christine Mur hörte ihm nicht länger zu, sondern wandte sich an Hackenholt. »Wir sollten uns mit Herrn Viviani unterhalten. Mal sehen, warum er *vergessen* hat, uns das mitzuteilen.«

Ohne abzuwarten, ging sie hinüber zur Brücke und fragte nach dem Kapitän, doch der wurde erst um vierzehn Uhr zum Dienst erwartet.

»Und was machen wir jetzt?«, erkundigte sich Puellen neugierig, als sie unverrichteter Dinge ist Büro zurückgekehrt war.

»*Du* siehst dir Überwachungsvideos an«, antwortete Mur. »Und *wir* schauen, was Herr Viviani treibt.«

»Moment«, hielt Hackenholt sie zurück. »Ich habe noch ein, zwei Fragen an die Passagiere Mur und Puellen.« Er legte sein Handy auf den Tisch und schaltete die Sprachaufzeichnungsapp ein. »Frau Mur, wann sind Sie am Mittwochabend in Ihre Suite zurückgekehrt?«

»Das war gegen halb eins. Dr. Puellen und ich haben an jenem Abend an einem Krimidinner teilgenommen. Leider konnte der Herr Doktor seinen Mund mal wieder nicht halten und hat den Leuten stundenlang Vorträge über seine Arbeit gehalten. Deshalb sind wir als Letzte gegangen.«

»Ist Ihnen unterwegs jemand begegnet? Oder haben Sie anderweitig etwas auf Ihrem Flur bemerkt?«

Mur schüttelte den Kopf. »In der Nachbarkabine war alles ruhig. Ein Streit oder ein lautes Gespräch wäre mir trotz Sturm aufgefallen.«

Barrington Viviani verdrehte gequält die Augen, als er auf Christine Murs anhaltendes Klopfen hin die Tür seiner Junior-Suite öffnete und sah, wer ihn so dringend zu sprechen wünschte.

»Hat das nicht Zeit, bis ich im Dienst bin?«, fragte er mürrisch.

»Ich dachte, ein Kapitän ist immer im Dienst – genau wie Polizeibeamte«, entgegnete sie ungerührt. »Aber wir möchten sowieso zur Privatperson.« Sie sah ihn scharf an. »Kann es sein, dass Sie vergessen haben, uns etwas zu sagen?«

Viviani musterte sie, dann verneinte er.

»Lass es uns vorschriftsmäßig machen, Frank. Schalte das Diktiergerät ein, wir brauchen ein Protokoll.«

Es schien ihr Spaß zu machen, seit Langem mal wieder einen Zeugen zu vernehmen, denn sie belehrte Barrington Viviani in epischer Breite über seine Rechte und Pflichten. Auf einmal begann irgendwo ein Handy zu dudeln. Mur verzog das Gesicht und bat ihn, es auszuschalten. Er erhob sich, ging zum Schrank und öffnete den Safe. Hackenholt runzelte die Stirn. Wer bewahrte sein Mobiltelefon dort auf? Und wenn, dann schaltete man es vorher aus.

»Darf ich bitte mal sehen?« Mit drei Schritten war er beim Kapitän und nahm ihm das Gerät aus der Hand. Das Hintergrundbild zeigte Cindy Fischer mit einem strahlenden Lächeln und in Uniform vor dem Schiff. Auf dem Display stand *Mama* und eine Nürnberger Telefonnummer.

Barrington Viviani schlurfte zu seinem Platz in der Sitzecke zurück und verschränkte demonstrativ die Arme. Hackenholt legte das Handy auf den Tisch. Anschließend zog er den Zettel, den Sophie gefunden hatte, aus der Tasche und präsentierte ihn dem Kapitän.

»Ich glaube, jetzt ist der richtige Zeitpunkt, uns zu sagen, was am späten Mittwochabend wirklich passiert ist.«

»Was soll ich Ihnen denn noch groß erzählen? Sie wissen offensichtlich doch schon alles. Ich hatte eine kurze Affäre mit Cindy. Dann hat sie behauptet, sie wäre von mir schwanger. Vorgestern wollte sie unbedingt noch einmal mit mir reden. Das hat in einem kleinen Streit geendet.«

»Seit wann unterhielten Sie eine Beziehung zu Frau Fischer?«

»Wir haben uns nur drei, vier Mal getroffen. Mehr war das nicht. Und prompt erzählt sie mir, dass sie schwanger ist.« Seine Mimik zeigte deutlich, was er davon gehalten hatte. »Erst dachte ich, es wäre ein Trick. Aber sie hat sich da hineingesteigert und mich mit Plänen bombardiert, wie es weitergehen sollte. Ich habe ihr gesagt, dass sie das vergessen kann. Ich bin verheiratet, habe vier erwachsene Töchter und fünf Enkelkinder.«

»Haben Sie über die Möglichkeit einer Abtreibung gesprochen?«, fragte Mur.

»Das hat Cindy kategorisch abgelehnt. Sie sagte, ihr würde ein Haus gehören, in dem sie wohnen könnte. Und mit dem Unterhalt, den ich ihr zahlen müsste, käme sie über die Runden.«

»Aber Sie wollten nichts bezahlen.« Mur sprach nun sanft und scheinbar verständnisvoll.

»Natürlich nicht. Woher hätte ich denn wissen sollen, dass das Kind von mir war? Sie haben keine Ahnung, wie es auf einem Kreuzfahrtschiff zugeht. Die Leute sind monatelang von ihren Familien getrennt. Da sind Seitensprünge an der Tagesordnung. Gerade Cindy mit ihrer Einzelkabine war in der Hinsicht sehr begehrt.«

»Und was ist am Mittwochabend passiert?«

»Sie hat mir eine Nachricht geschrieben, weil sie noch einmal mit mir reden wollte. Ich habe ihr geantwortet, dass ich keine Lust dazu hatte. Sie hat jedoch darauf bestanden, nach ihrem Dienst zu mir zu kommen.« Er zuckte mit den Schultern, als sei es ihm gleichgültig gewesen. »Um Viertel vor zwölf erschien sie endlich. Ich habe ihr gesagt, dass das keine Zeit für eine Unterhaltung ist. Sie hat wieder davon angefangen, wie es weitergehen soll. Es gab das übliche Hin und Her. Doch dann hat mich zum Glück der Erste Offizier wegen dem Problem mit der Ölversorgung angerufen. Ich habe Cindy hinauskomplimentiert und bin hinuntergegangen, um nach dem Rechten zu sehen. Und den Rest wissen Sie.«

»Frau Fischer soll ihr Handy einfach so in Ihrer Kabine zurückgelassen haben?«, fragte Mur scharf.

»Entweder hat sie es vergessen oder sie hat es absichtlich liegen lassen, um einen Vorwand zu haben, noch einmal zurückzukommen.«

»Und warum lag es jetzt in Ihrem Safe?« Mur ließ nicht locker.

»Ich habe es dort deponiert. Es ist ein Wertgegenstand. Den lässt man nicht herumliegen. Kabinenstewards sind schließlich auch nur Menschen –«

»Ach, hören Sie doch auf«, fuhr Mur ihn an. »Ihnen würde kein Mitarbeiter etwas klauen. Sie haben das Telefon versteckt, damit wir es nicht finden. Hätte fast geklappt – wenn Sie daran gedacht hätten, es auszuschalten.«

»Das stimmt nicht. Ich habe es weggesperrt und vergessen. Haben Sie eine Ahnung, was für einen tierischen Stress ich in den letzten achtundvierzig Stunden hatte? Ich bin für fünftausend Personen verantwortlich. Wir befanden uns fernab jeglicher Rettungsmöglichkeiten in einem schweren Sturm, und die Maschine hat gestreikt. Die Situation war brandgefährlich.«

»Ich glaube Ihnen, dass Sie Stress hatten«, sagte Hackenholt ernst. »Ich bin mir nur nicht sicher, ob der allein von den Maschinenproblemen stammte oder davon, dass Sie einen unschuldigen Menschen getötet haben. Ich kann mir durchaus vorstellen, dass Sie die Chance genutzt haben, die Ihnen das Problem im Maschinenraum bot: Sie haben Frau Fischer in die Galley gelockt und getötet, damit der Verdacht auf jeden, nur nicht auf Sie fiel. Sie wussten ja, dass sie auf dem Schiff Feinde hatte. Und um ihr nochmaliges Treffen zu verbergen, haben Sie ihr Handy eingesteckt, weil wir sonst darin einen Hinweis auf Sie gefunden hätten.«

»Das ist doch an den Haaren herbeigezogen.« Barrington Viviani schüttelte entschieden den Kopf. »Ich habe Cindy nicht umgebracht. Und ich wusste auch nicht, dass ihr Mobiltelefon hier herumlag, bis ich es am Donnerstagvormittag gesehen habe, als ich zurückgekommen bin, um mich zu duschen und frische Kleidung anzuziehen.«

»Sie hätten mehr als genügend Zeit gehabt, mir von dem Fund zu berichten. Aber jedes Mal, wenn ich mit Ihnen gesprochen habe, wollten Sie mich möglichst schnell abwimmeln.«

»Ich gebe zu, das war dumm von mir«, lenkte Barrington Viviani ein. »Aber jetzt haben wir das ja geklärt.« Er erhob sich. »Ich müsste langsam mal zum Essen gehen, damit ich meinen Dienst pünktlich antreten kann.«

»Sie haben es immer noch nicht kapiert, nicht wahr?« Mur starrte ihn an, als sei er übergeschnappt. »Ich nehme Sie hiermit vorläufig fest. Sie sind dringend tatverdächtig, Cindy Fischer getötet zu haben. Sie gehen nirgendwohin. Wir brauchen jetzt erst einmal Ihre Fingerabdrücke und eine DNA-Probe. Anschließend werden wir Ihre Suite durchsuchen und die Passagiere in den Nachbarkabinen befragen, was sie uns über Ihren Streit sagen können. Und wenn wir all diese Ergebnisse ausgewertet haben, sehen wir weiter.« Mur ging zur Tür. »Ich hole den Spurensicherungskoffer.«

»Wir sollten unterdessen Ihren Stellvertreter informieren, dass Sie heute nicht wie vorgesehen zum Dienst erscheinen werden«, schlug Hackenholt vor.

»Sie können mich nicht festhalten.«

»Da ein dringender Tatverdacht besteht, darf ich Sie vierundzwanzig, in Notfällen sogar achtundvierzig Stunden in Gewahrsam nehmen, bevor Sie einem Haftrichter vorgeführt werden müssen.« Hackenholt sah Viviani eindringlich an. »Diverse Indizien sprechen gegen Sie. Wenn Sie unbeaufsichtigt durch das Schiff laufen, könnten Sie Beweise vernichten oder potenzielle Zeugen beeinflussen. Es besteht also Verdunklungsgefahr.«

Barrington Viviani starrte ihn immer noch ungläubig an. Hackenholt wechselte das Thema.

»Wann waren Sie das letzte Mal in der Küche?«

»Am Mittwochmorgen, gemeinsam mit Ihnen.«

»Und davor?«

»Seit Wochen nicht mehr.«

»Und wann haben Sie zuletzt Frau Fischers Kabine aufgesucht?«

»Wir haben uns stets bei mir getroffen. Ich muss auf meinen Ruf achten und wollte nicht bei den Crew-Kabinen gesehen werden.«

Würde jemand, der offenbar viel Wert auf seinen guten Ruf legt, so weit gehen, eine Mitarbeiterin zu ermorden, um zu verheimlichen, dass er sie geschwängert hat? Hackenholt musterte sein Gegenüber. Cindy Fischer war halb so alt wie der Kapitän gewesen. Was hatte sie an ihm gefunden? Hatte sie sich Vorteile erhofft? Oder hatte der Mann ihre isolierte Stellung im Team ausgenutzt? Hackenholt ließ sich Vivianis Mobiltelefon aushändigen und notierte den Entsperrungscode. Danach beendete er die Vernehmung und schaltete die Sprachaufzeichnung ab.

»Wohnen Kapitäne immer so luxuriös?«, fragte er schließlich, um die Konversation am Laufen zu halten.

»Nur, wenn nicht alle Suiten von Passagieren gebucht werden.«

Es klopfte an der Tür. Christine Mur war zurückgekehrt, sie hatte Henning Mey im Schlepptau.

»Herr Viviani, ich werde jetzt Ihre Fingerabdrücke nehmen. Der Sicherheitsoffizier begleitet Sie anschließend zu einer Innenkabine, die Sie bis auf Weiteres nicht verlassen dürfen.« Der Kapitän wollte aufbegehren, aber Mur ließ ihn nicht zu Wort kommen. »Sollten Sie das nicht akzeptieren, informiere ich umgehend die Staatsanwaltschaft Hamburg und Ihre Reederei. Dann werden Sie offiziell unter Arrest gestellt.«

Da Sophie und Ronja seine eigene Kabine beanspruchten, Mur es lieber war, wenn sie ungestört arbeiten konnte und Puellen das Büro belegte, zog sich Hackenholt an den Schreibtisch in der Poseidon-Suite zurück. Hoffnungsvoll tippte er dieselbe Zahlenkombination in Cindy Fischers Handy, die sie für den Safe verwendet hatte. Der Bildschirm entsperrte sich. Erleichtert atmete Hackenholt auf. Mit seinem Mobiltelefon fotografierte er alle Seiten des Homescreens. Danach erst öffnete er den Messenger und machte auch von der Übersicht Fotos. Keine Mitteilung war älter als vier Monate. Cindy Fischers Mutter stand ganz oben auf der Liste: fünfzehn neue Nachrichten. Hackenholt überflog alle. Sie waren herzzerreißend. Offenbar wollte die Frau nicht wahrhaben, dass ihre Tochter tot war.

Barrington Viviani kam an zweiter Stelle. Hackenholt knipste die letzte Konversation ab, dann las er die Tage davor. Von Liebesnachrichten konnte keine Rede sein. Nicht einmal von einem vertrauten Umgang.

Weitere Mitteilungen stammten von Kollegen. Es ging um Übungen und Dienste. Anschließend folgte ihre Schwester. Mit ihr hatte Cindy Fischer Bilder geteilt. Hackenholt runzelte die Stirn. Es waren Aufnahmen von Müllsäcken, Essensresten, Ölflecken. Alle wurden als *krass* und *ekelhaft* kommentiert.

Im Terminkalender gab es keinerlei Eintragungen für die vergangenen Tage. Rasch kontrollierte Hackenholt die Fotos und Videos. Fast alle zeigten Cindy Fischer oder das Schiff. Gelegentlich gab es welche von einem Landgang. Sehr selten fand er einen Schnappschuss, den ihre Eltern geschickt hatten.

Er legte ihr Handy weg und griff nach dem von Barrington Viviani. Das platzte schier vor Nachrichten. Schnell stellte Hackenholt fest, dass der Kapitän mit diversen Crew-Mitgliedern geflirtet hatte. Seine Frau schickte ihm regelmäßig Fotos von sich, dem Garten, der Familie, insbesondere den Enkelkindern. Ahnte sie, was ihr Mann trieb, während er auf See war? Hackenholt sah auf die Uhr. Die Zeit lief ihm davon. Eilig stand er auf.

An die Poseidon-Suite grenzte Vivianis Junior-Suite. Danach folgten spiegelverkehrte Versionen der zwei Kabinen. Der Flur führte u-förmig an ihnen vorbei und wieder zurück. Eingeschlossen im Innenteil befanden sich der Spa-Bereich und der Friseur. Beide hatten sturmbedingt noch nicht wieder geöffnet. Hackenholt ging zu der zweiten Junior-Suite und klopfte. Eine ältere Dame öffnete. Er erklärte, wer er war und dass er wegen eines Vorkommnisses auf dem Schiff ermittle. Die Rentnerin klatschte begeistert in die Hände.

»Im Moment kann man an Bord ja immer noch nicht so viel unternehmen. Da ist es eine tolle Idee, das Krimidinner weiterzuspinnen. Mir hat die Inszenierung sehr gefallen. Kommen Sie herein. Heinz, wir haben Besuch!«

»Was ist los?«, rief eine Männerstimme vom Balkon.

»Der Herr Kommissar ist hier. Er hat ein paar Fragen an uns.«

»Welcher Kommissar?«

»Der von neulich Abend. Nun mach schon!«

»Lassen Sie mich bitte eins klarstellen: Es handelt sich hier *nicht* um ein Spiel«, warnte Hackenholt eindringlich, sobald sich auch der Mann zu ihnen gesellt hatte. »In der Nacht von Mittwoch auf Donnerstag hat es *tatsächlich* ein Vorkommnis gegeben, das ich untersuche.«

»Ist jemand gestorben?«, fragte die Seniorin mit einem wohligen Schauder.

»Wann sind Sie vom Krimidinner zurückgekommen?«, stellte er eine Gegenfrage.

»Gegen dreiundzwanzig Uhr fünfundvierzig. Heinz wurde übel. Das Wetter ...«

»Ist Ihnen im Flur jemand begegnet?«

»Ein Ehepaar aus der Balkonkabine schräg gegenüber ist mit uns zurückgekehrt. Sonst habe ich niemanden gesehen.«

»War alles wie immer?«

»Na ja, der Sturm ... Die ganze Nacht lang hat es gepfiffen, geknackt, gekracht und geschaukelt. Richtig unheimlich war es. Und dann dieses Tuten wegen dem Stromausfall. Zum Fürchten!«

»Ich habe gemeint: Ist Ihnen in den anderen Kabinen etwas Ungewöhnliches aufgefallen?«

»In der Suite neben uns ging es heiß her«, grollte der Mann. »Ich wäre rübergegangen, wenn mir nicht so schlecht gewesen wäre.«

»War die Musik zu laut?«, erkundigte sich Hackenholt listig.

»Nein, da haben sich zwei gestritten. Es ging ganz schön zur Sache! Aber das war zum Glück schnell vorbei.«

»Konnten Sie hören, worum es bei der Auseinandersetzung ging?«

Beide schüttelten den Kopf.

»Und wie hat der Streit geendet?«

»Ich hörte eine Tür schlagen«, glaubte sich die Seniorin zu erinnern.

»Die Stimmen haben urplötzlich aufgehört«, erklärte ihr Ehemann und fügte hinzu: »Von einer Tür habe *ich* nichts mitbekommen.«

»Wann war das?«

»Gegen Mitternacht.«

Hackenholt dankte ihnen und verabschiedete sich.

Als Nächstes klopfte er an der Eckkabine, aber niemand öffnete. Danach klapperte er im linken und rechten Flur jeweils die ersten drei Balkonkabinen ab. Vier Bewohner hatten den Streit gehört. Doch niemand hatte verstanden, was gesagt worden war. Bei den meisten Gästen schien das Geschehen rund um den Stromausfall alles andere überblendet zu haben. Oder der Sturm hatte tatsächlich die Worte übertönt.

Schließlich entschied sich Hackenholt, in den Maschinenraum zu gehen, um mit den Technikern zu sprechen, die die Ölleitungen gesäubert hatten. Da er sich in dem Teil des Schiffs nicht auskannte, ließ er sich von Henning Meys Stellvertreter führen.

Im Maschinenkontrollraum angekommen wurde Hackenholt klar, welchem Irrtum er aufgesessen war. Hier gab es keine Mechaniker in dreckigen blauen Overalls, stattdessen saßen zwei Ingenieure in blütenweißen Uniformhemden vor unzähligen Monitoren mit unterschiedlich aussehenden Diagrammen. In einer großen Konsole wurden alle Daten gesammelt, die für die technische Überwachung nötig waren. Auf anderen Bildschirmen waren kameraübertragene Bilder der vier Motoren zu sehen, die die SunnySky antrieben.

Einer der Ingenieure bot Hackenholt an, ihm den eigentlichen Maschinenraum zu zeigen. Dafür mussten sie eine steile Metalltreppe hinabsteigen. Unten herrschte eher die Atmosphäre, die Hackenholt erwartet hatte: Es war warm und höllisch laut. Man musste schreien, um sich zu verständigen. Allerdings war es kein bisschen schmutzig und es roch auch kaum nach Treibstoff. Der Mitarbeiter zeigte ihm zwei der Hauptmaschinen. Dann reichte es Hackenholt, und sie gingen zurück nach oben.

Dort vernahm er den Ingenieur, der in der fraglichen Nacht Dienst gehabt und seine Kollegen hinzugerufen hatte, nachdem die Alarmleuchte angesprungen war. Als Diensthabender verließ er den Kontrollraum kein einziges Mal, während die anderen ein Stockwerk tiefer alles gaben, um die Maschine wieder flottzubekommen.

»Wann ist der Kapitän eingetroffen?«, erkundigte sich Hackenholt.

Der Ingenieur tippte etwas in einen Computer. Auf dem Monitor erschien ein Uhrzeitprotokoll. Hackenholt sah, dass der Alarm um dreiundzwanzig Uhr achtundfünfzig ausgelöst hatte. Dreiundfünfzig Sekunden später hatte der Ingenieur auf der Brücke angerufen. Um null Uhr acht war Viviani in den Kontrollraum gekommen.

»Wie lange ist er geblieben?«

»Er war eine Weile unten im Maschinenraum und ging um ein Uhr vierzig hinauf zur Brücke, um sich mit dem Ersten Offizier zu besprechen. Ungefähr eine halbe Stunde später kam er zurück – das war kurz nach der Durchsage – und hat erneut im Maschinenraum mitgeholfen. Gegen drei Uhr fünfzehn hat ihn jemand vom Sicherheitsdienst weggeholt. Zu dem Zeitpunkt hieß es nur, es gebe ein weiteres Problem. Er war circa dreißig Minuten lang weg. Danach blieb er, bis wir die Motoren wieder in Betrieb genommen haben.«

Hackenholt schnitt eine Grimasse. Das ließ kaum Spielraum für die Tat. Hatten sie etwas übersehen?

Auf dem Rückweg in Kapitän Vivianis Suite machte Hackenholt einen Abstecher zur Brücke, um den Ersten Offizier zu befragen. Je mehr Aussagen er hatte, desto leichter wurde es, Widersprüche in

Vivianis Angaben zu entdecken. Denn irgendwo musste es welche geben – wenn er tatsächlich der Täter war.

Hackenholt klopfte an der Tür und verlangte Einlass. Der stellvertretende Kommandant musterte ihn skeptisch, stand ihm jedoch ohne zu murren Rede und Antwort und bestätigte das, was er durch die Aussage des diensthabenden Ingenieurs bereits wusste. Nur ein Detail ließ Hackenholt aufhorchen: Viviani war lediglich fünf bis zehn Minuten auf der Brücke gewesen, bevor er die Durchsage gemacht hatte und anschließend mit einem Mitarbeiter hinunter in den Maschinenkontrollraum gegangen war. Das hieß: Er hatte zwanzig Minuten Zeit gehabt, den Mord zu verüben. Hackenholt fühlte, wie seine Zuversicht augenblicklich zurückkehrte.

Sie waren fast am Ende der Vernehmung angekommen, als sein Handy piepte und sich ausschaltete. Der Akku war leer. Schuld waren die vielen Sprachaufzeichnungen. Er steckte es weg und schrieb den Rest von Hand auf.

Danach begab er sich ein Stockwerk höher. Deck 12 lag nach wie vor verlassen da. Er pochte behutsam an der Tür von Vivianis Kabine. Einen Moment später öffnete Christine Mur.

»Hast du etwas gefunden, das uns weiterbringt?«, kam Hackenholt sofort zur Sache.

»Am Tisch habe ich Frau Fischers Fingerabdrücke gesichert. Damit lässt sich nachweisen, dass sie hier war. Aber das hat Viviani bereits eingeräumt. Im Schrank lag ein Halstuch, wie es die Rezeptionistinnen und weiblichen Stewards tragen«, triumphierte sie. »Wir haben ja von Anfang an spekuliert, dass das Opfer mit einem solchen Tuch stranguliert worden sein könnte.«

»Großartig!«, rief Hackenholt. Auf einmal fielen alle Puzzleteilchen an ihren Platz. »Ich glaube, es ist folgendermaßen abgelaufen: Sie haben sich gezofft, er wurde angerufen, weil es ein Problem mit der Maschine gab, und musste weg. Sie ist ausgeflippt. Um sie zu beruhigen, haben sie vereinbart, sich später noch einmal in der Schiffsküche zu treffen. Oder er hat im Maschinenraum realisiert, dass ihm das Unwetter die Chance seines Lebens bot, schlich sich vor der Durchsage zu ihrer Kabine und lockte sie in die Galley, da er wusste, dass sich um diese Zeit dort niemand aufhält.«

»Für Kapitän Viviani stand sehr viel auf dem Spiel«, stimmte Mur zu. »Familie, Job und Zukunft. Er musste Frau Fischer loswerden. Und wenn sein Sicherheitsoffizier uns nicht eingeschaltet hätte, wären sämtliche verwertbaren Spuren verschwunden gewesen, bis die eigentlichen Ermittler ihre Arbeit aufgenommen hätten.«

Hackenholt dachte nach. Viviani hatte tatsächlich alles andere als erfreut auf ihre Einmischung reagiert. Dann hatte er sie nicht nur über seine Beziehung zu Cindy Fischer angelogen, sondern auch noch verschwiegen, dass er im Besitz ihres Handys war. Und nun hatte Christine Mur ein Halstuch in seinem Schrank entdeckt, das als Mordwerkzeug infrage kam. Es sprach alles gegen ihn.

»Ich habe Vivianis Fingerabdrücke an meine Dienststelle geschickt. Sie sollen sie mit den Spuren abgleichen, die ich in Frau Fischers Kabine, am Kochtopf und in der Küche gesichert habe«, riss Mur Hackenholt aus seinen Gedanken.

»Sehr gut. Das Ergebnis liegt aber noch nicht vor, oder?«

Sie schüttelte den Kopf.

»Warten wir ab, was die Analyse ergibt. Danach nehmen wir ihn in die Mangel«, entschied Hackenholt.

Er kehrte in seine Kabine zurück, um das Handy aufzuladen. Sobald es sich wieder einschaltete, sicherte er Kopien der letzten Vernehmungen auf dem Laptop. Einen Augenblick später wurde ihm eine Nachricht angezeigt. Stellfeldt hatte bereits vor einer halben Stunde eine Videokonferenz vorgeschlagen. Hackenholt öffnete das Programm und wählte die Büroadresse an. Es klingelte ein paarmal, dann erschien Saskia Baumanns Gesicht auf dem Bildschirm.

»Momendler. Der Manni delefonnierd.«[11] Die Beamtin drehte sich um und rief etwas ins Nachbarbüro. Sogleich eilten Ralph Wünnenberg und Martin Groß herbei.

»Was gibt es Neues bei euch?«, fragte Letzterer. »Ist der Kapitän der Mörder?«

»Er ist zumindest dringend tatverdächtig«, entgegnete Hackenholt. »Wir haben Cindy Fischers Mobiltelefon in seiner Suite gefunden. Er hatte es im Safe versteckt. Außerdem haben wir ein Halstuch bei ihm sichergestellt, dessen Fasern mit denen am Hals des Opfers übereinstimmen könnten. Die Fingerabdrücke lässt Christine gerade abgleichen.«

11 »Einen Moment. Manfred telefoniert.«

»No hammer uns däi ledzdn Schdundn dodål ummersunsd in dein Fall neignäid.«[12] Baumann klang enttäuscht.

»Wir ermitteln nach wie vor in alle Richtungen«, beruhigte Hackenholt. »Es gibt noch viele offene Fragen.«

»Ich habe mit Herrn Fischer telefoniert«, berichtete Wünnenberg. »Er hat kategorisch abgestritten, dass Cindy jemals etwas mit Drogen zu tun hatte. Nicht einmal als Jugendliche hat sie sich dafür interessiert. Geraucht hat sie auch nie.«

Hackenholt machte sich eine Notiz und fragte sich, wie viel die Aussage wert war, wenn der Vater auch behauptet hatte, dass seine Tochter auf dem Schiff mit allen gut ausgekommen war.

»Ich habe in der Zwischenzeit die Personen aus Cindys früherem Umfeld überprüft«, sagte Martin Groß. »Aus ihrer ehemaligen Clique ist Christopher Osmann vorbestraft. Es ging um kleinere Drogendelikte. Er wurde nach dem Tod seiner Schwester mehrfach mit Gras erwischt. Immer nur geringe Mengen. Dummerweise ist er aber auch zugedröhnt Auto gefahren. Das hat ihn unter anderem den Schein gekostet. Was ihn allerdings nicht dran gehindert hat, weiterhin herumzudüsen, sodass noch eine Strafe wegen Fahren ohne Fahrerlaubnis dazugekommen ist.«

In die Gruppe vor dem Monitor kam Bewegung. Manfred Stellfeld gesellte sich zu ihnen und rückte die Kamera zurecht.

»Ich habe diese Erika Müller überprüft«, teilte er Hackenholt mit. »Sie ist im Rahmen der Ermittlungen zu dem Verkehrsunfall in den Fokus gerückt. Ich habe mit dem Sachbearbeiter gesprochen. Es ließ sich damals nicht nachweisen, dass sie Cindy verfolgt oder gar bedrängt hat. Es gab zwar Zeugenaussagen von unbeteiligten Autofahrern, dass ein anderer Wagen sehr dicht aufgefahren sein soll, aber niemand hat sich das Kennzeichen gemerkt. Es konnte also nichts nachgewiesen werden. Frau Müller wurde jedoch vor zwei Jahren wegen Veruntreuung verurteilt. Und später kam noch Leistungserschleichung hinzu.«

»Das passt zu dem Bild, das ich von ihr gewonnen habe«, stellte Hackenholt fest. »War das alles?«

»Nicht ganz: Ich habe gerade einen Rückruf vom zollseitigen Leiter der Gemeinsamen Ermittlungsgruppe Rauschgift Nordbayern

12 »Dann haben wir uns die letzten Stunden völlig umsonst in deinen Fall reingekniet.«

erhalten. Die Jungs vom Rauschgift haben mich an ihn verwiesen. Er musste sich ebenfalls erst mal schlaumachen. So viel hat man in Franken nun auch wieder nicht mit Kreuzfahrtschiffen zu tun. Jedenfalls hat er ein paar Tipps von der Zollfahndung Hamburg bekommen. Ich schicke sie dir gleich per Mail. Dann könnt ihr schauen, ob ihr noch mehr Koks findet.«

Hackenholts Handy piepte. Eine Nachricht von Christine Mur: *Wir haben ihn!!!*

»Danke, Manfred, das war gute Arbeit. Christine hat etwas herausgefunden. Ich melde mich nachher noch mal bei euch.« Mit einem raschen Winken verabschiedete er sich von seinen Kollegen und schaltete das Programm ab. Im nächsten Moment trommelte jemand mit den Fingerknöcheln gegen die Kabinentür. Christine Mur war völlig aus dem Häuschen.

»Viviani hat einen Fehler gemacht«, triumphierte sie. »Meine Kollegen haben mir gerade die Ergebnisse durchgegeben. Er hat Fingerspuren in Frau Fischers Kabine hinterlassen.«

»Wo genau?«

»Praktisch überall.«

»Er hat uns also wieder angelogen«, stellte Hackenholt fest. »Ich verstehe nicht, warum er behauptet, nie dort gewesen zu sein, wenn nachweislich das Gegenteil der Fall ist. Lass ihn uns noch einmal vernehmen und mit den neuen Fakten konfrontieren. Vielleicht hat auch die Zeit für uns gearbeitet und die Tatsache, dass wir ihn festgesetzt haben, zeigt ihre Wirkung.«

Barrington Viviani war äußerst schlecht gelaunt, als die Ermittler die Innenkabine betraten, die als Arrestzelle diente.

»Ich erwarte, dass Sie mich sofort hier rauslassen«, begrüßte er die Beamten.

»Wir haben Sie heute Mittag um dreizehn Uhr zwei vorläufig festgenommen«, entgegnete Christine Mur gelassen. »Das heißt, dass wir Sie bis morgen festhalten dürfen. Danach muss ein Richter über das weitere Vorgehen entscheiden. Im Augenblick deutet alles darauf hin, dass wir genug Indizien für einen Haftbefehl zusammenbekommen.«

Hackenholt schaltete wieder die Sprachaufzeichnungsapp seines Handys ein. »Herr Viviani, wir haben zwischenzeitlich die Ergebnisse unserer Maßnahmen ausgewertet und möchten Ihnen hiermit Gelegenheit geben, Stellung zu nehmen. Wie Sie wissen, haben Sie das Recht zu schweigen. Falls Sie einen Anwalt hinzuziehen möchten, können wir entweder auf dem Schiff mittels Durchsage herumfragen, ob sich einer an Bord befindet. Oder wir können versuchen, einen Strafverteidiger aufzutreiben, der via Videokonferenz an der Vernehmung teilnimmt.«

Der Kapitän winkte ab.

»Wir haben in Ihrer Kabine diverse Kleidungsstücke von Frauen sichergestellt.« Hackenholt legte mehrere Asservatenbeutel vor. »Wem gehören die?«

»Dazu möchte ich nichts sagen.«

»Aufgrund der Handyauswertung ist uns bekannt, dass Sie neben Frau Fischer noch weitere Bekanntschaften gepflegt haben. Da es auf der SunnySky unmöglich ist, eine DNA-Analyse durchzuführen und festzustellen, ob die Kleidung von Frau Fischer stammt, werden wir Ihre anderen Kontakte befragen, ob eine der Damen etwas wiedererkennt.«

Vivianis Gesicht lief rot an. Er ballte die Fäuste, sodass die Fingerknöchel weiß hervortraten.

»Wir haben außerdem ein Halstuch in Ihrem Schrank gefunden.« Hackenholt legte den letzten Asservatenbeutel auf den Tisch. »Am Hals des Opfers haben wir blaue Fasern gesichert. Sie stimmen farblich mit diesem Tuch überein.«

»Solche Halstücher tragen die meisten unserer Mitarbeiterinnen«, sagte der Kapitän.

»Das erklärt aber nicht, warum eins in Ihrem Schrank lag«, hielt Hackenholt dagegen. »Hat Frau Fischer es bei Ihnen zurückgelassen?«

»Das würde nämlich passen«, stellte Mur fest. »In ihrer Kabine hängt ihre Uniform ordentlich auf einem Kleiderbügel, ein Halstuch war jedoch nicht dabei.«

»Vielleicht hat sie es in die Wäsche gegeben. Dieses ist jedenfalls nicht von ihr.« Viviani blickte auf. »Hören Sie, ich war das nicht.«

»Wieso helfen Sie uns dann nicht?«, fragte Hackenholt. »Wo waren Sie, als Sie den Maschinenraum ungefähr eine halbe Stunde lang verlassen haben?«

»Auf der Brücke.«

»Fünf, maximal zehn Minuten«, entgegnete er scharf. »Was haben Sie davor gemacht?«

Die Kiefermuskeln des Kapitäns arbeiteten sichtbar. Er schien die Zähne rhythmisch aufeinanderzubeißen. »Ich war in meiner Suite und habe in einem Notfallkompendium nachgeschlagen, was zu tun ist. Ich wollte nichts falsch machen.«

Hackenholt machte sich eine Notiz.

»Lassen Sie uns über Cindy Fischers Kabine reden«, übernahm Christine Mur. »Wann haben Sie diese zuletzt betreten?«

»Überhaupt nicht.«

»Am Montagnachmittag hat Frau Fischer ihren Kabinensteward beschuldigt, einen Arztbrief mit Untersuchungsergebnissen gestohlen zu haben.«

Viviani schwieg.

»Warum sollte er das getan haben?«

»Vielleicht hat sie ihm ebenfalls versucht weiszumachen, er wäre der Vater ihres Kinds.«

»Herr Nguyen hat am Sonntag Frau Fischers Unterkunft gründlich gereinigt. Am Montag war er eigenen Angaben zufolge keine fünf Minuten lang da und nur in der Nasszelle. Danach hat er nicht mehr für sie geputzt«, erklärte Hackenholt.

»Und heute habe ich dort Ihre Fingerabdrücke gefunden«, sagte Mur. »Das heißt: Sie waren nach Sonntagnachmittag in der Kabine.«

Auf dem Gesicht des Kapitäns spiegelte sich Zorn. »Wissen Sie was? Sie haben recht! Ich habe Cindy am Sonntagabend aufgesucht und wollte einen Beweis für ihre angebliche Schwangerschaft sehen. Sie hat mich jedoch wie einen Schuljungen abgewimmelt.«

»Und wie sind Ihre Spuren dabei auf die Oberflächen gelangt?«

»Ich muss etwas angefasst haben. Tut mir leid. Ich hätte das sofort sagen sollen.«

Mur stieß ein Schnauben aus. »Ihre Fingerabdrücke waren schier überall. Da müssen Sie sich schon was Besseres einfallen lassen.«

Viviani verschränkte die Arme vor dem Körper und presste die Lippen aufeinander.

Hackenholt folgte Mur hinauf zu ihrem Büro. Es trieb ihn um, dass der Kapitän nach wie vor log, obwohl die Beweislast scheinbar erdrückend war. Oftmals kam in Vernehmungen ein Moment, in dem Verdächtige zusammenbrachen und die Tat gestanden. Hatten sie etwas übersehen? Oder hätte er mehr Druck aufbauen müssen? Aber wie sollte das gehen, wenn er nicht definitiv wusste, ob das in Vivianis Schrank gefundene Tuch das Mordwerkzeug war?

»Lass uns Manfred anrufen. Ich will die Situation noch einmal mit dem ganzen Team durchsprechen.«

»Dann musst du dich aber beeilen. Es ist fast fünf«, stellte Mur fest. »Meine Kollegen waren alle sehr begierig, Feierabend zu machen.«

»Tja, und meine haben angeboten, morgen extra wegen mir reinzukommen.« Hackenholt grinste Mur kurz an, bevor er wieder ernst wurde. »Die Sache steht und fällt mit dem Halstuch, mit dem das Opfer stranguliert wurde.«

»Einverstanden, holen wir schnell meinen Laptop.«

Sie machten einen Umweg über Deck 12. Als sie danach bei ihrem Büro ankamen, zückte Mur ihre Schlüsselkarte. Das Lämpchen sprang auf Grün, und die Tür ließ sich aufdrücken.

»Na, Maurice, was –« Sie hielt mitten im Satz inne, der Raum war verwaist. »Sapperlot! Wo steckt der denn?«

Ihr Laptop landete mit etwas zu viel Schwung auf dem Tisch, während sie zum Handy griff und Puellens Nummer wählte. Ganz in der Nähe erklang eine Melodie. Mur ging dem Geräusch nach. Puellen befand sich in einem Kartenraum bei der Brücke und unterhielt sich angeregt mit dem Ersten Offizier. Als er sie erblickte, verabschiedete er sich rasch.

»Was hast du da gerade gemacht?«, fragte sie ihn barsch. »Du solltest doch die Überwachungsvideos sichten.«

»Ach, nichts, nichts«, brummte Puellen. »Ich habe nur schnell ...«

Mur hörte jedoch nicht mehr zu. Sie wandte sich ab und lief zurück ins Büro, um den Laptop einzuschalten.

Puellen warf Hackenholt einen verstohlenen Blick zu und flüsterte: »Ich wollte abklären, was morgen aus dem Kapitänsdinner wird, wenn der Kapitän ... du weißt schon. Nicht, dass ich mir am Ende etwas anderes überlegen muss.«

»Findest du nicht, du solltest unter diesen Umständen den Antrag auf unbestimmte Zeit verschieben?«, wisperte Hackenholt.

Puellen schüttelte vehement den Kopf.

»Hast du Manfred geschrieben, dass er online gehen soll?«, rief Mur.

»Nein«, antwortete Hackenholt und nahm sein Handy heraus.

Es fühlte sich ein bisschen wie eine ihrer üblichen Lagebesprechungen an, als alle vereint vor ihrem jeweiligen Monitor saßen. Hackenholt fasste noch einmal kurz den aktuellen Sachstand zusammen.

»Die Fakten sind: Cindy Fischer hat sich mit Kapitän Viviani in dessen Suite verabredet. Sie haben sich gestritten. Er hatte ein Verhältnis mit ihr, und sie war höchstwahrscheinlich von ihm schwanger. Beides hat er uns verschwiegen. Sie wollte, dass er sich zu dem Kind bekennt – er hat angezweifelt, dass sie überhaupt schwanger war und dann, dass es von ihm stammte. Er ist verheiratet, hat Kinder und Enkelkinder und scheint sehr auf seinen guten Ruf bedacht zu sein. Als wir ihn vernehmen wollten, haben wir Frau Fischers Mobiltelefon in seinem Safe entdeckt, das sie angeblich bei ihm vergessen haben soll, was er ebenfalls nicht für erwähnenswert erachtet hat. Außerdem hat er angegeben, nie in ihrer Kabine gewesen zu sein. Als wir ihn mit seinen dort gefundenen Fingerspuren konfrontiert haben, hat er seine Aussage erneut geändert. Jetzt behauptet er, dass er Frau Fischer besucht hat, weil er einen Beleg für ihre Schwangerschaft sehen wollte.«

»Das erklärt allerdings nicht, warum sich seine Fingerabdrücke überall in ihrer Unterkunft befunden haben. Es wirkt eher, als hätte er in aller Eile selbst gesucht«, ergänzte Mur.

»Außerdem gibt es in seinem Alibi eine Lücke von zwanzig Minuten. Und wir haben bei ihm ein Tuch gefunden, das als Tatwerkzeug infrage kommt«, fuhr Hackenholt fort.

»Der Mann verhält sich tatsächlich merkwürdig. Die Frage ist jedoch, ob das genügt«, sagte Stellfeldt. Er fuhr sich mit der Hand mehrfach über seine Glatze. »Lücken im Alibi haben viele Personen. Das muss nichts heißen. Die Sache steht und fällt mit dem Halstuch. Wenn Cindy Fischer damit getötet wurde, war er es.«

»Herzlichen Dank, Manfred!«, grummelte Christine Mur. »Das hätte ich auch allein hinbekommen. Ich habe aber kein Labor, in dem ich es auf DNA-Spuren untersuchen lassen kann.«

»Un bis dåhin fehld eich der abschließnde Beweis, dassers wår. Wennsd miech froochsd derffder di andern Möchlichkeidn ned eimfach su ausglammern.«[13]

Stellfeldt nickte. »Vor allem, da euer Verdächtiger die Tat vehement abstreitet. Ich meine damit nicht, dass er es nicht war. Im Büro würden wir ihn festhalten, bis wir das Ergebnis der DNA-Analyse haben und Klarheit herrscht. Ihr verliert wertvolle Zeit, wenn ihr nicht weiterermittelt.«

»Was ist zum Beispiel mit dieser Frau Müller?«, fragte Martin Groß. »Seid ihr mit ihr weitergekommen?«

»Warum sollte sie Cindy Fischer töten? Sie würde doch nicht davon profitieren«, erwiderte Hackenholt. »Ja, sie ist nach wie vor sauer auf sie, weil sie ihr das Erbe weggeschnappt hatte. Das ist aber alles.«

»Rache konner enormer Åndrieb sei.«[14]

»Als Nächstes hätten wir die Leute von ihrer ehemaligen Clique«, warf Wünnenberg ein.

»Der Bruder der bei dem Verkehrsunfall getöteten jungen Frau scheint mit seinem Leben seither nicht mehr zurechtzukommen«, unterstrich Martin Groß.

»Und dann hast du gesagt, dass Cindy mit ein paar Crew-Mitgliedern im Clinch lag«, erinnerte Wünnenberg ihn.

»Du meinst Souad Atadika und Manuela Geismann.« Hackenholt verzog das Gesicht. »Das Problem ist: Es gibt keinerlei Hinweise darauf, dass sich Frau Fischer mit jemand anderem treffen wollte. Erst recht nicht nachts in der Schiffsküche.«

»Vielleicht war sie auf der Suche nach dem Versteck des Kokains«, sagte Wünnenberg. »Das Rauschgift birgt für mich nach wie vor das stärkste Motiv.«

»Ich habe in der Galley nichts gefunden. Und ich habe stundenlang gesucht«, entgegnete Christine Mur.

Im Hintergrund klingelte ein Telefon. Stellfeldt erhob sich und verließ das Zimmer.

»Fällt einem von euch etwas ein, wie wir den Kapitän in die Zange nehmen können?«

Die anderen schüttelten den Kopf.

---

13 »Und bis dahin fehlt euch der abschließende Beweis, dass er es war. Meiner Meinung nach dürft ihr die anderen Möglichkeiten nicht einfach so ausklammern.«

14 »Rache kann ein enormer Antrieb sein.«

»Iech maan allerweil, ihr sollerd –«[15]

»Saskia!«, rief Stellfeldt. Die Kollegin stand auf und eilte in das angrenzende Büro. Einen Moment später erschien Stellfeldt wieder vor dem Bildschirm. »Die Pforte hat angerufen. Unten sitzt Cindys Schwester, Simone Toman. Sie ist hergekommen, weil sie uns etwas Wichtiges sagen möchte. Am besten bleibst du online und sprichst selbst mit ihr.«

Hackenholt nickte.

Manfred Stellfeldt erklärte Frau Toman, dass der auf dem Kreuzfahrtschiff ermittelnde Beamte mittels Videoschalte an der Vernehmung teilnehmen werde. Dann setzte er sie vor den Laptop und stellte ihr Hackenholt vor.

»Ich bin Journalistin und war beruflich in Hamburg. Nach dem Anruf meiner Eltern habe ich versucht, alle Termine abzusagen. Ich bin aber leider erst heute Vormittag weggekommen.« Simone Toman hielt inne und sammelte sich. »Mein Vater hat zwar gesagt, dass er schon bei Ihnen war. Cindy hatte unsere Eltern jedoch noch nicht in ihre Pläne eingeweiht. Sie wussten zum Beispiel nicht, dass sie ein Kind erwartet hat.«

»Und woher wissen Sie es?«, fragte Hackenholt.

»Meiner Schwester ging es diesmal nicht gut auf dem Schiff. Sie hat mich bei jedem Landgang angerufen, weil sie nicht wusste, was sie tun sollte. Ich habe ihr geraten, ihren Job zu kündigen.« Tränen traten ihr in die Augen. »Ich wünschte, ich hätte sie vehementer gewarnt.«

»Wovor?« Hackenholt beugte sich ein bisschen näher an den Bildschirm heran, um kein Wort zu verpassen.

»Die Situation an Bord war für sie unerträglich. Sie hatte gehofft, dass es besser würde, wenn sie den Avancen des Kapitäns nachgab. Doch er hat sie nicht in Schutz genommen. Als sie dann festgestellt hat, dass sie von ihm schwanger war, war sie am Boden zerstört. Sie wusste einfach nicht weiter. Sie hatte keine Ersparnisse und keine Ahnung, was sie tun sollte. Ich habe versucht, sie zu beruhigen. Sie musste vor allem von diesem Scheißschiff runter. Aber sie wollte durchhalten, bis sie in Hamburg war. Sonst hätte die Reederei einen Teil ihres Gehalts einbehalten.«

15 »Ich finde, ihr solltet –«

»Und wie sollte es anschließend weitergehen? Wovon wollte sie leben?«

»Sie hatte eine Idee.« Simone Toman hielt inne. »Wahrscheinlich ist es meine Schuld.« Sie rieb sich mit den Händen über das Gesicht. »Ich betreibe investigativen Journalismus. Angesichts der von der Crew zu leistenden Sklavenarbeit und der Umweltverschmutzung sehe ich Kreuzfahrten als äußerst fragwürdiges Urlaubsvergnügen an. Cindy hatte es sich in den Kopf gesetzt, die Missstände auf der SunnySky aufzudecken und zu dokumentieren. Ich habe sie gewarnt, dass sie total vorsichtig sein muss und sich nicht erwischen lassen darf. Aber vielleicht ...« Sie begann laut zu schluchzen.

»Reden wir von den Aufnahmen, die sie Ihnen geschickt hat?«

Frau Toman nickte.

»Um welche Missstände geht es dabei? Ich kann die Bilder nur schwer deuten.«

»Manche zeigen das wahre Ausmaß der Lebensmittelverschwendung. Andere die Berge von Müll. Beides wird nachts einfach in den Ozean gekippt. Auch das Abwasser wird nicht annähernd so gut gereinigt, wie es eigentlich vorgeschrieben ist, bevor es ins Meer geleitet wird. Das können Sie sich wie beim Dieselskandal vorstellen: Wenn im Hafen Inspekteure an Bord kommen, läuft alles vorschriftsmäßig, weit draußen auf dem Atlantik interessiert sich jedoch niemand mehr dafür. Ich habe Cindy gesagt, worauf sie achten muss. Sie wollte die Fotos verkaufen, sobald sie zurück war.«

»Ging es Ihrer Schwester um die Enthüllungsgeschichte oder eher um die Verdienstmöglichkeit?«, hakte Hackenholt nach.

»Um Letzteres. Sie hätte irgendwie ihr Leben finanzieren müssen, bis sie etwas anderes gefunden hätte. Auf Arbeitslosengeld oder Sozialleistungen hatte sie keinen Anspruch. Und die Miete, die sie für das Haus bekommt, reicht nicht, zumal sie einiges in Renovierungsarbeiten hätte stecken müssen.«

»Halten Sie es für möglich, dass sich Cindy auf der Suche nach dem schnellen Geld dazu hat hinreißen lassen, Kokain zu schmuggeln?«, fragte Hackenholt.

Simone Toman starrte ihn entsetzt an, dann schüttelte sie den Kopf. »Dieses Dreckszeug hätte meine Schwester niemals angefasst.«

»Denkst du, Frau Fischer hat sich womöglich doch auf den Kokainschmuggel eingelassen?«, erkundigte sich Puellen, nachdem Hackenholt die Videokonferenz beendet hatte. »Sie scheint ziemlich verzweifelt versucht zu haben, an Kohle zu kommen.«

»Das wäre aber kein Grund, sie zu ermorden«, entgegnete Mur gereizt. »Getötet wird allenfalls der, der etwas davon abzweigt und auf eigene Rechnung verkauft. Und das hat sie gemäß der Spurenlage nicht getan.«

»Es beunruhigt mich ein bisschen, dass ich zwar die Fotos gesehen habe, die sie Frau Toman im Messenger geschickt hat, deren Potenzial jedoch völlig verkannt habe. Wie kann ich mir sicher sein, dass ich nicht noch mehr übersehen habe?«, sinnierte Hackenholt.

»Mir gefällt das nicht«, gab Mur unumwunden zu. »Wieder ein Motiv, warum Cindy Fischer ermordet worden sein könnte. Dabei haben wir den Täter schon geschnappt. Wir sollten uns darauf konzentrieren, Viviani die Tat nachzuweisen.«

»Auf wen würde denn ein Verstoß gegen Umweltvorschriften zurückfallen?«, fragte Hackenholt.

»Auf die Reederei natürlich.«

»Und wen macht die verantwortlich?«

»Den Kapitän.« Murs Augen leuchteten auf. »So weit habe ich nicht gedacht. Damit haben wir also einen weiteren Grund gefunden, wieso Viviani Cindy Fischer getötet haben könnte.« Sie erhob sich. »Ich sehe mir ihr Handy mal genauer an.«

»Und ich versuche herauszubekommen, wer auf der SunnySky für Umweltangelegenheiten zuständig ist.« Hackenholt stand ebenfalls auf. Maurice Puellen tat es ihm gleich.

»Du bleibst hier und guckst Videos«, wies Mur ihn an. »Hast du bislang überhaupt schon etwas Nützliches herausgefunden?«

»Aber *Schnurzelchen*«, protestierte Puellen, »ich habe mir eine Pause redlich verdient. Ich habe heute noch nicht annähernd genug getrunken. Du weißt doch, wie wichtig das ist. Seit Jahren halte ich dir Vorträge, damit du mehr trinkst. Mineralwasser – nicht Rotwein. Außerdem habe ich Hunger.« Rasch drückte er sich an ihr vorbei und eilte davon.

Hackenholt verabschiedete sich ebenfalls und ging zur Rezeption. Dort fand er heraus, dass es an Bord einen Umweltoffizier gab.

Bodo Pfister war ein hochgewachsener, eloquenter Mann. Hackenholt reagierte immer zurückhaltend, wenn sein Gegenüber ihn mit Informationen nur so zuschwallte.

»SunnyBoatCruises hat sich den Schutz von Umwelt und Klima auf die Fahne geschrieben. Für uns steht Energie-Effizienz an erster Stelle. Aber natürlich ist auch die Emissionsverminderung ein elementares Thema. So setzen wir auf eine freiwillige Abgasreinigung. Daneben werden alle Schiffe bis Mitte des Jahres mit einem Landstromanschluss ausgestattet. Dann müssen wir in Häfen nicht länger auf unsere Dieselaggregate zurückgreifen. Wir legen großen Wert auf den sorgfältigen Umgang mit Ressourcen. In puncto Müll heißt das für uns: Wo immer es möglich ist, vermeiden wir ihn. Falls das nicht geht, verringern wir ihn auf das absolute Minimum, das wir recyceln. Selbstverständlich enden unsere Bemühungen auch nicht beim Schmutzwasser. Ich darf Ihnen versichern, dass nur gereinigtes Abwasser die SunnySky verlässt.«

»Das klingt sehr …«, Hackenholt fehlte das passende Adjektiv. »Kann es nicht trotz aller Bestrebungen passieren, dass versehentlich dreckiges Wasser ins Meer gelangt?«

»Wie sollte das denn gehen?« Der Mann legte den Kopf schief, dann schüttelte er ihn. »Ausgeschlossen.«

»In Berichten liest man immer wieder, dass Schiffe ihren Abfall auf hoher See verklappen. Ich rede in diesem Fall nicht notwendigerweise von Schwerölrückständen. Es geht auch um Plastik und organische Stoffe.«

»Da kann ich Sie beruhigen. *Wir* tun so etwas nicht«, sagte der Umweltoffizier in treuherzigem Tonfall. »Papier, Glas, Essensreste und Verpackungsmaterial werden sorgfältig getrennt, zum Teil an Bord zerkleinert und im Hafen von örtlichen Firmen übernommen und recycelt. Auch während der Landausflüge packen wir anfallenden Müll ein und entsorgen ihn fachgerecht. Darüber hinaus hat sich SunnyBoatCruises äußerst ambitionierte Ziele gesetzt. So wollen wir bis zum Jahresende sämtliche Einwegartikel durch umweltfreundliche Alternativen ersetzen.«

»Wie gut kannten Sie Cindy Fischer?«, wechselte Hackenholt abrupt das Thema, da er die Selbstbeweihräucherung nicht länger ertrug.

»Cindy?«, fragte Bodo Pfister überrascht. »Wir hatten nichts miteinander zu tun.«

»Wirklich? Ich hatte es so verstanden, dass sie sich sehr für die Umweltaspekte an Bord interessiert hat.«

»Wer hat denn das behauptet?«

»Eine verlässliche Quelle«, erwiderte Hackenholt und bedachte den Umweltoffizier mit einem bohrenden Blick. Der Mann spielte auf Zeit.

»Das kann ich nicht bestätigen.«

»Frau Fischer hat sich also nie mit Ihnen darüber unterhalten?«

»Nein.«

»Und sie hat sich auch nicht in den relevanten Räumlichkeiten aufgehalten?« Hackenholts Handy piepte, aber er ignorierte es.

»Natürlich nicht. Sie war Rezeptionistin, was sollte sie da im Bauch des Schiffs zu suchen haben?«

»Wir konnten Beweismaterial sicherstellen, dem zu entnehmen ist, dass es mit der Einhaltung der Umweltvorschriften auf der SunnySky nicht immer so genau genommen wurde.«

»Das will ich sehen.« Bodo Pfister hatte nicht nur den Tonfall, sondern auch seine Haltung geändert.

»Wir werden das Material an die zuständigen Behörden übergeben«, entgegnete Hackenholt gelassen. »Ihre Reaktion war jedoch ziemlich aufschlussreich. Sind Sie ganz sicher, dass Sie Ihre Aussage nicht revidieren möchten? Wie eingangs erwähnt, sind Sie verpflichtet, die Wahrheit zu sagen. Nur wenn Sie sich selbst belasten würden, dürfen Sie die Angaben verweigern. Alles andere führt zu einem eigenen Ermittlungsverfahren.«

»Ich habe dem nichts hinzuzufügen.« Damit wandte sich der Umweltoffizier schroff ab und ließ Hackenholt stehen. Der schaltete die Sprachaufzeichnung ab, dann sah er nach, wer ihm eine Nachricht geschrieben hatte. Es war Sophie. Sie wollte sich in einer Viertelstunde mit Puellen in einem Restaurant treffen und lud ihn ein, sich zu ihnen zu gesellen.

Auch Christine Mur gönnte sich eine Auszeit. Hungrig schaufelte sie sich ihren Teller am Buffet voll und setzte sich zu den Freunden.

»Das köstliche Essen werde ich zu Hause vermissen«, tönte sie. »Diese Vielfalt ist einfach unglaublich! Fast rund um die Uhr bekocht zu werden und jemand, der das Zimmer putzt und die Wäsche macht.« Sie hielt inne. »Ich brauche eine Hauswirtschafterin.«

»Ich fürchte, dafür musst du ein paar Gehaltsklassen überspringen«, stellte Hackenholt fest.

»Oder einen vermögenden Mann heiraten«, sagte Sophie staubtrocken.

Maurice Puellen verschluckte sich an einem Schluck Rotwein und begann zu husten. Hilfsbereit klopfte Sophie ihm auf den Rücken. Hackenholt blickte Mur gespannt an. Etwas in ihm hoffte, sie werde eine Bemerkung zu dem Thema machen, aber sie ließ sich zu keiner Reaktion hinreißen. Eine vertane Chance. Er seufzte.

Auf einmal wurde es dunkel. Hektisch schaute er sich um. Gab es erneut einen Stromausfall? Doch dann sah er mehrere Servicekräfte in den Saal strömen. Einer trug einen mehrstöckigen Kuchen, auf dem Kerzen brannten. Die anderen hielten Töpfe, Schüsseln, Kochlöffel und Besteck in der Hand und machten damit einen Heidenkrach, der nicht sofort als Musik zu erkennen war. Die Anwesenden sahen sich um, viele klatschten.

Hackenholt rutschte das Herz in die Hose. Hatte Puellen seinen Plan vorverlegt, da er wusste, dass es mit dem Kapitänsdinner nichts wurde? Hackenholts Blick schweifte zu dem Freund, der von einem Ohr zum anderen strahlte. Hackenholt wünschte sich mit einem Mal ganz weit weg. Ronja fand die Sache dagegen hochgradig aufregend. Sie war auf ihren Stuhl geklettert, um besser sehen zu können, was vor sich ging und lachte begeistert.

Plötzlich blieb der Kellner mit der Torte stehen, und seine Kollegen verteilten sich um den Nachbartisch. Dann stimmten sie *Happy Birthday* an. Alle im Restaurant fielen ein. Das Geburtstagskind war eine ältere Dame, die sich sichtlich über die Überraschung freute.

»Entschuldigung!« Ein Security-Mitarbeiter war unbemerkt an Hackenholts Tisch getreten. »Mein Chef bittet Sie, zu ihm zu kommen.

»Hat er erwähnt, warum?«, erkundigte sich Mur.

Wie Hackenholt vermutet hatte, wollte nicht Henning Mey ihn sprechen, sondern der Kapitän.

»Worum geht es?«, fragte Hackenholt freundlich, nachdem er die

Sprachaufzeichnungsapp eingeschaltet hatte. Insgeheim erwartete er, dass Viviani ein Geständnis ablegen würde.

»Ich war am Montagmittag kurz in Cindys Kabine, weil ich diese verdammten Arztunterlagen gesucht habe«, begann dieser auch prompt. »Daher die Fingerabdrücke.«

»Ich gehe davon aus, Sie besitzen einen Generalschlüssel.«

Viviani nickte.

»Und wozu wollten Sie die Dokumente?«, hakte Mur nach.

»Das habe ich Ihnen bereits gesagt: Cindy hat das Blaue vom Himmel heruntergelogen. Wie sollte ich sonst herausfinden, ob sie nicht schwindelt? Ich konnte ja schlecht Dr. Brinkhaus bitten, sie zu untersuchen.«

»Aber dann hätten Sie immer noch nicht gewusst, ob das Kind von Ihnen ist.« Mur hielt inne, dann fügte sie listig hinzu: »Oder stand das außer Zweifel?«

»Nein, natürlich nicht.«

»Wir haben bisher keine andere Person auf dem Schiff ermittelt, die mit Frau Fischer sexuell verkehrte«, gab Mur zu bedenken.

»Die werden einen Teufel tun und es zugeben.«

»Wie hat Ihre Suche nach den ärztlichen Dokumenten geendet?«, ging Hackenholt noch mal einen Schritt zurück. »Haben Sie sie gefunden?«

Der Kapitän starrte auf den Boden und nickte.

»Was haben Sie mit ihnen gemacht?«

»Über die Reling geworfen.« Barrington Viviani blickte auf. »War es das? Kann ich gehen? Ich würde mich gerne bei den Passagieren sehen lassen. Nicht, dass Gerüchte aufkommen.«

»Sie haben gerade das Motiv für den Mord eingeräumt«, entgegnete Mur schroff. »Erzählen Sie uns nun bitte auch noch den Rest. Ich habe keine Lust, heute Nacht um drei aufzustehen, weil Sie ein weiteres Teilgeständnis ablegen wollen. Ihre Salamitaktik geht mir gewaltig auf den Senkel.«

»Das ist alles, was ich zu sagen habe«, beteuerte der Kapitän. »Cindy war gesund und munter, als sie kurz nach Mitternacht meine Kabine verlassen hat.«

»Das glaube ich Ihnen aufs Wort«, antwortete Mur. »Entscheidend ist nämlich allein das Zeitfenster, während dessen Sie später angeblich in Ihrer Suite das Notfallkompendium studiert haben.«

Viviani reagierte nicht.

»Das bringt nichts«, erklärte Hackenholt und griff zu seinem Handy.

»Wie ist das eigentlich mit Umweltvergehen?«, erkundigte sich Mur. »Fallen die auf Sie zurück oder muss einer Ihrer Untergebenen den Kopf dafür hinhalten?«

»Wie kommen Sie denn jetzt darauf?« Viviani wirkte verblüfft und genervt zugleich. »So etwas gibt es auf der SunnySky nicht. Wir sind kein Schweröltanker, der auf hoher See seine Lagerräume spült.«

»Ich kann Ihnen genügend andere Verstöße nennen, die den Ruf von SunnyBoatCruises nachhaltig beschädigen, wenn sie an die Öffentlichkeit gelangen. Frau Fischer ist einigen auf die Spur gekommen. In meinen Augen stellt das ein wesentlich stärkeres Motiv für den Mord dar als die ungewollte Schwangerschaft.«

»Sie wissen doch gar nicht, wovon Sie reden!«, protestierte Viviani. »Wir haben sogar einen Umweltoffizier an Bord. Der wird Ihre Fragen mit Freude beantworten.«

»Ja, wie ein Glanzpapier-Werbeprospekt. Aber ganz so glücklich, wie Sie denken, war Herr Pfister nicht über meinen Besuch«, erinnerte sich Hackenholt. »Genaugenommen wurde er geradezu unwirsch, als ich ihm gesagt habe, dass wir die von seiner Kollegin dokumentierten Verstöße an die zuständige Stelle weiterleiten werden.«

»Was sollen wir denn Schlimmes getan haben?« Der Kapitän sah zwischen den Beamten hin und her. Da keiner von beiden antwortete, rief er: »Sie bluffen! Sie wollen, dass ich etwas zugebe, das gar nicht stimmt!«

»Leider ist uns das als Polizeibeamten rechtlich nicht gestattet. Und deshalb tun wir es auch nicht«, entgegnete Mur spitz. »Frau Fischer hatte eine App auf ihrem Tablet und auf ihrem Handy, über die man sehen kann, was zwei sogenannte Spy-Kameras im Bauch des Schiffs aufzeichnen. Daneben hat sie eine Fülle von Fotos gespeichert, die dokumentieren, dass Abfälle nicht den Vorschriften entsprechend im Hafen entsorgt, sondern auf hoher See ins Meer gekippt wurden.«

Barrington Viviani starrte sie an.

»Gibt es etwas, das Sie uns diesbezüglich mitteilen möchten?«

Der Kapitän schüttelte den Kopf. Hackenholt erhob sich, während er die Sprachaufzeichnungsapp abschaltete, und ging hinaus.

»Was war das gerade mit den Mikrokameras?«, fragte er, nachdem Mur die Tür hinter sich geschlossen hatte.

»Warte, ich hab Frau Fischers Tablet-Computer einstecken, weil ich dir das nach dem Essen noch schnell zeigen wollte.« Sie zog das Gerät aus ihrer Umhängetasche und drückte auf das Symbol einer App, die Hackenholt nicht kannte. Auf dem Bildschirm erschien die Ansicht eines Schiffsflurs. Hackenholt beugte sich vor, um besser sehen zu können, aber nichts passierte. Es hätte ein Standbild sein können, wenn nicht ein monotones Brummen zu hören gewesen wäre. Auf einmal wurde seitlich eine Tür geöffnet, danach eilte ein Mann den Gang entlang.

»Wo ist das?«

»Keine Ahnung.« Mur klickte sich im Menü zurück und wählte die zweite Kamera. »Diese Aufnahme stammt aus der Nähe der Küche«, erklärte sie. »Hier geht es zu den Vorrats- und Abfallräumen.«

»Wow!«, staunte Hackenholt.

»Ich glaube, Frau Fischer war tatsächlich einem Verstoß gegen die Umweltauflagen auf der Spur. Sie hat die Spycams dafür immer wieder an anderen Stellen angebracht. Wenn man die gespeicherten Fotos vergleicht, stimmen sie nur an den letzten beiden Tagen vor ihrem Tod mit den jetzigen Positionen überein.«

»Soll das heißen, jemand könnte Frau Fischer getötet haben, als sie sie abbauen und an einen neuen Ort bringen wollte?«

»Das müssen wir wohl oder übel in Betracht ziehen«, bestätigte Mur. »Wir müssen aber genauso bedenken, was gegen die Theorie spricht: Wenn es wirklich so wäre, hätte der Täter doch sinnvollerweise gewartet, bis sie zumindest eine Kamera abgebaut hatte.«

»Könnte es drei Kameras gegeben haben?«

»In der App sind nur zwei angemeldet.«

»Die müssen wir finden.«

Mur wiegte den Kopf hin und her. »Das war auch meine erste Reaktion. Aber sollten wir nicht lieber eine Zeit lang überprüfen, was passiert? Wenn wir die Kameras abbauen, wird die Crew davon erfahren. Und dann wird mit Sicherheit kein weiterer Müll im Meer verklappt.«

»Das geschieht jetzt sowieso nicht mehr. Die wissen doch, dass wir ermitteln.«

Mur zuckte mit den Schultern. »Also gut, machen wir uns auf die Suche.«

Zielstrebig schlug sie den kürzesten Weg zur Schiffsküche ein und folgte dem Flur am Hintereingang ein Stück in Richtung der Vorratskammern. Dort entsperrte sie das Tablet und startete die App. Sie konnten sich selbst sehen. Langsam gingen sie weiter. Ihr Bild auf dem Monitor wurde immer größer. Plötzlich waren sie verschwunden. Mur lief ein paar Schritte zurück und blickte sich um. Die Wand bestand aus gestrichenem Metall. An einer Stelle, an der sie mit der Decke zusammenstieß, entdeckte Mur einen murmelgroßen Fleck. Hackenholt musste eine Räuberleiter machen, damit sie die Kamera samt Magnet, mit dem sie befestigt war, abnehmen konnte.

»Nummer eins haben wir«, freute sich Mur.

Die zweite zu finden, dauerte dreimal so lange. Zu guter Letzt zogen sie Henning Mey ins Vertrauen und zeigten ihm die Aufnahme. Doch auch der Sicherheitsoffizier war sich nicht sicher, in welchem Flur sich das Gerät befand und nannte ihnen mehrere Bereiche, die sie absuchen sollten. Mit dem Tablet in der Hand schritt Mur Gang um Gang ab. Hackenholt nahm sich einen anderen Teil des Schiffs vor. Schließlich erfasste ihn die Kamera. Der Rest war ein Kinderspiel.

»Wahnsinn, wie winzig die Dinger sind«, wunderte er sich, während er den gut zwei mal zwei Zentimeter kleinen Würfel betrachtete. »Wie funktionieren die eigentlich? Ohne Strom?«

»Ja, klar!« Mur tippte sich an die Stirn. »Die haben natürlich eine eingebaute Batterie. Und schau, da ist ein Mikro-SD-Karten-Schlitz.« Im nächsten Moment grinste sie breit. »Ob sich Maurice auch diese Videoaufnahmen ansehen möchte? Er hat doch jetzt Übung.«

Schlussendlich setzte sich Christine Mur jedoch selbst in das Büro auf Deck 11 und kontrollierte die auf den beiden Karten gespeicherten Videos. Es war nach halb zwölf, als sie sich gähnend streckte. Ihr fielen allmählich die Augen zu. Mit einem leisen Seufzen stand sie auf und klappte den Laptop zu. Dann straffte sie ihre Schultern und stieg ein Stockwerk höher zu ihrer Kabine. Sie hatte die Tür noch nicht ganz geöffnet, als ihr Puellens Schnarchen aus dem Schlafzimmer entgegenschallte.

»Das hält doch kein Mensch aus«, murmelte sie und ging ins Badezimmer, um sich die Zähne zu putzen. Bis sie fertig war, schien Puellen noch ein paar Dezibel zugelegt zu haben. Geräuschvoll lief sie in den Schlafraum, zerrte ihr Kopfkissen und die Bettdecke vom Bett und legte sich damit missmutig auf das Sofa. Eine Weile starrte sie aus dem Fenster in die Dunkelheit, aber jedes Atemgeräusch brachte sie mehr auf die Palme. Mit einem Ruck packte sie Kissen und Decke und marschierte im Pyjama durch das Schiff zurück ins Büro. Mangels Alternativen würde sie eben hier auf dem Boden schlafen. Als junge Beamtin hatte sie das im Polizeipräsidium auch manchmal gemacht, wenn Not am Mann war oder es sich nicht rentiert hatte, nach Hause zu fahren.

Sie schloss die Tür, setzte sich auf den Boden und lauschte der Ruhe, die sie umgab. Himmlisch! Sie fühlte, wie sie sich nach und nach entspannte. Schließlich holte sie ihren Laptop zu sich, stöpselte die externe Festplatte an, wickelte sich in die Bettdecke, stopfte sich das Kopfkissen in den Nacken und spielte als Einschlafhilfe ein Überwachungsvideo ab.

Samstag

Sophie setzte sich im Bett auf und horchte. Irgendetwas hatte sie geweckt. Ronja lag in der Mitte des Doppelbetts. Ihr Atem ging ruhig und gleichmäßig. Hatte sie im Schlaf gesprochen? Hackenholt drehte sich weg. Auch sein Atem ging ruhig und gleichmäßig. Es musste ein anderes Geräusch gewesen sein. Sophie ließ sich zurücksinken. Auf einmal ertönte ein Klopfen. Sie zuckte zusammen und sog scharf die Luft ein. Hackenholt wurde aus dem Schlaf gerissen.

»Was ist?«, brachte er gerade so heraus.

»Da ist wieder jemand an unserer Tür.«

Hackenholt tastete nach dem Lichtschalter. Die Szene erinnerte ihn an vorletzte Nacht. Doch heute sprang die Bettleuchte an. Ronja kniff die Augen zusammen und begann zu weinen.

»Licht aus!«, zischte Sophie und versuchte, ihre kleine Tochter vor der plötzlichen Helligkeit abzuschirmen, indem sie ihr die Decke über den Kopf zog. Hackenholt gehorchte.

»Frank?«, rief eine Stimme vor der Tür her verhalten. »Ich bin's. Es ist dringend.«

»Was will Christine denn mitten in der Nacht?«, murmelte er. »Wie spät ist es überhaupt?«

»Das ist doch völlig egal. Jetzt mach endlich auf. Nicht, dass sie die Leute in den umliegenden Kabinen auch noch aufweckt.«

Nichts sehend schlurfte Hackenholt mit ausgestreckten Armen zur Tür.

»Was gibt's?«, flüsterte er. Auf einmal runzelte er die Stirn: Warum lief Mur im Pyjama herum?

»Ich habe Cindy Fischer auf einem Überwachungsvideo auf Deck 3 entdeckt. In Privatkleidung, unmittelbar bevor der Strom ausgeschaltet wurde«, wisperte Mur. »Das heißt: Kapitän Viviani kann nicht der Täter sein, weil er zu dem Zeitpunkt bereits auf der Brücke war und danach nicht mehr allein durchs Schiff gelaufen ist.«

»Dann hat er also doch die Wahrheit gesagt.«

»Zumindest in dem Punkt. Kommst du mit?«

»Wohin?«

»Willst du dir das Video nicht ansehen?« Mur klang ungeduldig.

»Geht endlich und lasst uns schlafen!«, schimpfte Sophie.

»Wir treffen uns in fünf Minuten oben im Büro«, entschied Hackenholt. »Ich zieh mir schnell was an. Und das solltest du auch tun.«

Eine Viertelstunde später hatten sich die beiden Kriminalbeamten den Abschnitt des Überwachungsvideos zweimal angeschaut. Hackenholt beschloss, Viviani die geänderte Sachlage umgehend mitzuteilen und ihn aus dem Arrest zu entlassen.

Der Sicherheitschef reagierte erleichtert, als er seinen Posten vor der zur Arrestzelle umfunktionierten Innenkabine verlassen konnte. Viviani gab sich einsilbig. Hackenholt hätte ihm gerne gesagt, dass er sich das alles selbst zuzuschreiben hatte und sich glücklich schätzen konnte, dass sich Mur zu der nächtlichen Stunde noch Videos angesehen hatte. Stattdessen entschuldigte er sich wegen etwaig entstandener Unannehmlichkeiten.

»Vielleicht versuche ich es jetzt dann doch mal mit meinem Bett«, murmelte Mur nach dem Gespräch. Hackenholt nickte. Er selbst hatte seinen toten Punkt jedoch überwunden und war viel zu adrenalingeladen, um schlafen zu gehen. Nachdem sich die Kollegin gähnend entfernt hatte, stieg er auf kürzestem Weg hinauf zu Deck 11, um nun seinerseits Videoaufnahmen zu überprüfen.

Nach einer Weile konnte er Puellen nachfühlen, warum er sich ständig vor der Arbeit gedrückt hatte. Manche Kameras überwachten Flure, auf denen einfach nichts passierte. Wohingegen man bei anderen Aufnahmen höllisch aufpassen und häufig zurückspulen musste, um alles zu erfassen, was im Hintergrund geschah.

Wieder einmal schaute er sich das Überwachungsvideo eines Treppenhauses ein weiteres Mal an, weil er in der rechten oberen Ecke, die einen winzigen Ausschnitt des dahinterliegenden Flurs zeigte, eine Bewegung wahrgenommen hatte. Es war Cindy Fischer, die in Uniform den Gang auf Deck 11 entlangeilte. Hackenholt sah auf die Zeiteinblendung. Zwei Minuten nach Mitternacht. Sie musste sich also auf dem Rückweg von Barrington Vivianis Suite befunden haben. Hackenholt fotografierte die Szene ab und notierte, wann er die junge Frau wo gesichtet hatte. Anschließend versuchte er, auf seinem Decksplan den Weg nachzuvollziehen, den sie zu ihrer Kabine gegangen war. Gezielt sah er sich sodann Sequenzen der Videos anderer Überwachungskameras an, von denen er vermutete, dass sie sie erfasst haben konnten. Und tatsächlich entdeckt er die junge Frau auf Deck 5 und kurz darauf auf Deck 4. Erneut machte er Fotos und schrieb auf, wann sie wo vorübergekommen war.

»Und warum bist du dann später noch einmal losgezogen?«, fragte er in den Raum.

Er studierte den Plan von Neuem. Es gab drei Wege, die sie von ihrer Unterkunft aus zur Küche genommen haben konnte. Keiner führte an einer Kamera vorbei. Auf einmal nahm er aus den Augenwinkeln eine Bewegung wahr. Das Überwachungsvideo war unterdessen weitergelaufen. Nun stoppte er es und spulte ein Stück zurück. Zu seiner Verwunderung sah er, wie Cindy Fischer den Weg mit schnellen Schritten in die Richtung zurücklief, aus der sie gerade erst gekommen war. Diesmal jedoch in Privatkleidung. Laut Zeiteinblendung waren weniger als zehn Minuten vergangen.

»Was machst du denn jetzt?« Hackenholt runzelte die Stirn. »Hast du gemerkt, dass du dein Handy vergessen hast? Oder wohin willst du?«

Erneut dokumentierte er, was er sah. Seiner Intuition folgend suchte er sich durch die Aufnahmen, die auf dem Zickzackweg lagen, den sie ursprünglich gelaufen war. Er wurde bei den gleichen Kameras fündig wie zuvor. Cindy Fischer war offenbar noch einmal zur Suite des Kapitäns gegangen. Natürlich konnte er das nicht mit letzter Sicherheit sagen, weil es nur drei Kameras gab, die sie erfasst hatten. Es wirkte, als habe sie versucht, möglichst unbemerkt durch das Schiff zu laufen.

Wenn Hackenholt mit seiner Vermutung richtig lag und sie tatsächlich ihr Mobiltelefon aus Vivianis Kabine hatte holen wollen, musste sie zeitnah zurückgekommen sein. Denn der Kapitän war zu dem Zeitpunkt bereits im Maschinenkontrollraum gewesen. Deshalb ging Hackenholt ein weiteres Mal die entsprechenden Videoaufnahmen durch und hielt ihren dritten Weg fest.

Plötzlich ertönte nebenan ein hektisches Klopfen an der Tür zur Brücke. Erschrocken zuckte Hackenholt zusammen und lauschte unwillkürlich, was geschah.

»Meine Frau ist verschwunden«, rief eine aufgeregte Männerstimme, nachdem jemand geöffnet hatte. »Sie wollte sich die Beine vertreten, weil sie nicht schlafen konnte. Aber sie ist nicht zurückgekehrt.«

Hackenholts Blick glitt zur Uhr. Es war neunzehn Minuten nach drei.

»Ich bin mir sicher, dass sie –«, begann ein Mitglied von der Crew, dessen Stimme Hackenholt nicht erkannte.

»Ich habe sie überall gesucht«, unterbrach der verzweifelte Amerikaner den anderen schroff. »Es muss etwas passiert sein.«

»Wenden Sie sich bitte an die Rezeption. Dort wird man den Sicherheitsdienst rufen, der in solchen Fällen tätig wird.«

Hackenholt hörte, wie die Tür geschlossen wurde.

»He!«, brüllte der Unbekannte. »Das können Sie nicht machen!« Eine Faust krachte mehrmals gegen die Wand. Doch auf der Brücke reagierte niemand. Hackenholt wollte sich gerade erheben, um sich um den besorgten Ehemann zu kümmern, als dieser sich entfernte. Hackenholt fand es erstaunlich, wie wenig Interesse der Mitarbeiter an einer verschwundenen Person gezeigt hatte. Natürlich war es sehr wahrscheinlich, dass sich die Urlauberin irgendwo auf dem Schiff aufhielt. Dennoch empfand er das Vorgehen als äußerst harsch.

Kopfschüttelnd widmete er sich wieder Cindy Fischer. Er hatte immer mehr das Gefühl, den Überblick zu verlieren, wer was um wie viel Uhr getan hatte. Daher machte er eine Aufstellung, in die er sämtliche Sichtungen samt Uhrzeiten eintrug. Dem stellte er den jeweiligen Aufenthaltsort der anderen Verdächtigen gegenüber.

Plötzlich wurde die Stille vom Piepen seines Handys zerrissen. Erneut zuckte er unwillkürlich zusammen. Sophies Name erschien im Display.

»Ich bin gleich bei dir, Schatz«, meldete er sich.

»Der Sicherheitsoffizier hat mich geweckt. Er will dich dringend sprechen. Wo bist du?«

»Im Büro auf Deck 11. Geht es um die vermisste Passagierin?«

Im Hintergrund war Gemurmel zu hören, dann sagte Sophie: »Von einer verschwundenen Frau weiß Herr Mey nichts. Aber es muss etwas passiert sein.«

»Ich komme sofort runter.«

»Er wartet im mittleren Treppenhaus auf dich.«

»Von wem haben Sie gerade gesprochen?«, fragte Henning Mey zwei Minuten später zur Begrüßung.

Hackenholt musterte ihn. Er war unrasiert und hatte dunkle Augenringe. Ob er selbst genauso aussah? »Ich habe nur gehört, wie ein Mann panisch an der Tür zur Brücke geklopft hat, um zu melden, dass seine Ehefrau von einem nächtlichen Spaziergang nicht zurückgekehrt ist. Er wurde ziemlich barsch an die Rezeption verwiesen. Dort würde man den Sicherheitsdienst einschalten, weil der dafür zuständig wäre.«

»Mir wurde nichts dergleichen gemeldet.« Mey war noch bleicher geworden. »Ich werde mich gleich darum kümmern. Allerdings ... In der Küche wurde wieder eine Leiche gefunden. Ihre Kollegen sind schon informiert.«

Wortlos drehte sich Hackenholt um und rannte los. Inzwischen hatte er das Gefühl, den Weg zur Schiffsküche im Schlaf zu finden.

Es war, als habe jemand die Zeit achtundvierzig Stunden zurückgedreht. Die unbekannte junge Frau lag fast genau an derselben Stelle wie zuvor Cindy Fischer. Auch das neue Opfer war niedergeschlagen und erdrosselt worden. Nur das Messer im Rücken fehlte.

»Seit vorgestern sperrt der Chef jeden Abend alle gefährlichen Gegenstände weg«, erklärte die Küchenhilfe, die die Tote entdeckt hatte.

»Schade, dass er das nicht auch mit den Töpfen getan hat«, entfuhr es Christine Mur. Sie hatte sich sofort nach ihrem Eintreffen Schutzkleidung übergezogen und in der Küche auf die Suche nach dem Corpus Delicti gemacht, mit dem das Opfer niedergeschlagen worden war. Es hatte nicht lange gedauert, bis sie in einer Spüle am entgegengesetzten Ende der Galley fündig geworden war. »Wenn das so weitergeht, bekommen wir kein warmes Essen mehr, weil ich sämtliche Töpfe sicherstellen muss.«

Hackenholt bedachte sie mit einem schiefen Blick.

»Also alles zurück auf Anfang, wir beginnen wieder bei null. Als hätte es die letzten zwei Tage nicht gegeben.« Sie stieß einen tiefen Seufzer aus und flüsterte Hackenholt zu: »Wir hätten die Spy-Kameras hier anbringen sollen, dann wüssten wir jetzt, was passiert ist.«

»Wenn ihr mich fragt, haben wir es mit einem Serientäter zu tun«, stellte Maurice Puellen fest.

Hackenholt sah sich rasch um. Der Schiffsarzt, die Küchenhilfe und die Mitarbeiter vom Sicherheitsdienst standen weit genug entfernt und hatten Puellen nicht gehört.

»So etwas sagst du bitte nicht in Gegenwart Dritter«, schimpfte Hackenholt leise. »Ich will nicht, dass Panik ausbricht.«

»Aber beide Opfer –«

»Sogar wir haben Augen im Kopf«, wies Mur Puellen zurecht.

»Erkennst du die Frau?«, fragte der an Hackenholt gewandt.

»Nein. Sollte ich?«

»Sie war mit ihrem Mann beim Juwelier, als –« Puellen hielt abrupt inne und wurde puterrot.

»Als du mir die Uhr gezeigt hast, die dir so gut gefällt«, vervollständigte Hackenholt geistesgegenwärtig den Satz. Ganz vage regte sich etwas in seiner Erinnerung.

»Sie hat erzählt, dass ihr Mann ihr vor ein paar Wochen einen Antrag auf dem Schiff gemacht hatte«, half Puellen ihm auf die Sprünge.

Hackenholts Blick glitt zu ihren Fingern. Keine Ringe.

»Wirklich?« Mur klang schockiert. »Ihr Mann hat auf einem Kreuzfahrtschiff um ihre Hand angehalten?«

»Zu dem Zeitpunkt war er natürlich noch nicht ihr Ehemann«, korrigierte Puellen.

»Das ist mir klar.« Mur bedachte ihn mit einem genervten Kopfschütteln. »Also mal ehrlich: Wer tut denn so was? Manche Leute kommen auf die merkwürdigsten Ideen. Er kann von Glück sagen, dass sie eingewilligt hat. Bei mir hätte er sich eine Abfuhr geholt.«

Hackenholt sah rasch zu Puellen. Er starrte Mur mit offenem Mund an.

»Aber *Schnurzelchen*, das ist doch romantisch.«

»*Megapeinlich* ist in meinen Augen das passendere Wort.« Sie schüttelte noch einmal den Kopf. »Geh jetzt bitte in unsere Kabine und hol deine Kamera. Außerdem brauche ich wieder Thermo- und Hygrometer, Pinzette, Tupfer, Asservatenbeutel, Papier, Klebestreifen und den Spurensicherungskoffer aus Herrn Meys Büro.«

»Kann ich Ihnen helfen?« Dr. Brinkhaus trat zu ihnen.

»Sehr gerne«, antwortete Mur freundlich. »Sie kennen sich ja mit unserer Routine aus.«

»Dann werde ich alles Nötige besorgen.« Er drehte sich um und eilte davon.

»Wurde Kapitän Viviani benachrichtigt?«, erkundigte sich Hackenholt bei den beiden Security-Mitarbeitern.

Der Ältere nickte. »Sie sollen ihm berichten, sobald Sie sich ein Bild von der Situation gemacht haben. Er möchte nicht selbst herkommen.«

»Frank!«

Hackenholt wandte sich wieder Christine Mur zu. Sie hatte sich unterdessen neben die Leiche gekniet und deren Taschen durchsucht.

»Du wirst es nicht glauben, aber die Frau hat nichts bei sich. Kein Handy, kein Taschentuch, keinen Lippenbalsam. Nicht einmal ihre Bordkarte.«

»Wenn ich richtig informiert bin, wollte sie nur einen kurzen Spaziergang machen, weil sie nicht schlafen konnte.«

»Und wie kam sie dann in die Küche? Woher weißt du das überhaupt?« Mur sah ihn erstaunt an.

Er schilderte ihr knapp die Unterhaltung, die er mitgehört hatte.

»Trotzdem: Wie hätte sie ohne Bordkarte zurück in ihre Kabine kommen sollen? Wollte sie ihren Partner wecken?«

»Sie hätte sich am Empfang eine neue besorgen können«, schlug Hackenholt vor.

»Ich vermute, der Täter hat die Karte eingesteckt, um uns die Identifizierung zu erschweren«, mutmaßte Mur.

»Es würde tatsächlich einige Zeit in Anspruch nehmen, wenn wir die Fotos von allen Passagieren im Computer durchklicken müssten, um herauszufinden, wer sie war«, räumte Hackenholt ein.

»Ich hätte bei dir bleiben sollen. Denkst du, wir hätten den Mord verhindern können, wenn wir sofort mit der Suche begonnen hätten, als du das Gespräch belauscht hast?«

Hackenholt schüttelte den Kopf. Solche Gedankenspiele halfen nicht weiter.

»Sie ist noch nicht lange tot«, verdeutlichte Mur. »Es gibt bislang keinerlei Leichenflecken und sie fühlt sich ganz warm an.«

Die Frau musste also vor weniger als einer halben Stunde gestorben sein. Es war zwanzig vor vier. Der Ehemann hatte sich vor dreiundzwanzig Minuten auf der Brücke gemeldet.

»Haben Sie auf die Uhr gesehen, als Sie die Leiche gefunden haben?«, wandte sich Hackenholt an die Küchenhilfe.

»Das nicht, aber ich bin jeden Tag um drei Uhr zwanzig hier. Ich koche Tee und Kaffee, und um halb vier fange ich mit der Arbeit an. Ich habe die Tote entdeckt, als ich Teebeutel aus der Mitarbeiterküche holen wollte.«

»Ist Ihnen sonst noch etwas aufgefallen?«

»Nein, tut mir leid. Ich bin total erschrocken, als ich sie da liegen sah und habe auf der Stelle den Sicherheitsdienst gerufen.«

Henning Mey erschien in der Küche. Mit einer Kopfbewegung bat er Hackenholt, vor die Tür zu kommen.

»Ein Passagier namens Nathan Hooper hat sich an der Rezeption gemeldet, weil seine Ehefrau verschwunden ist«, erklärte Mey. »Die Mitarbeiterin hat ihn in seine Kabine zurückgeschickt, da sie meine Kollegen nicht sofort erreicht hat. Handelt es sich bei der Toten um Tamsin Hooper?«

»Ich weiß es nicht. Sie hatte nichts bei sich.«

Gemeinsam gingen sie zur Sicherheitszentrale, wo Mey das Profil der Passagierin am Computer aufrief.

»Ja, das ist sie«, sagte Hackenholt, als er ihr Foto sah. Rasch überflog er ihre Daten. Sie war achtundzwanzig Jahre alt, verheiratet und amerikanische Staatsbürgerin. Einen Beruf hatte sie nicht angegeben. Ihr Mann hieß Nathan Hooper, war vier Jahre älter als sie und ebenfalls Amerikaner. »Lassen Sie uns zu ihrem Ehemann gehen.«

»Wir müssen auf Deck 8. Das Paar hat eine Junior-Suite mit privater Sonnenterrasse. Genau wie Kapitän Viviani, nur vier Decks tiefer.«

»Eine Bitte habe ich noch: Können Sie wieder veranlassen, dass die IT-Abteilung die Überwachungsvideos der letzten vierundzwanzig Stunden auf einer Festplatte sichert?«

»Das habe ich bereits in die Wege geleitet.«

Anstatt den Aufzug zu nehmen, stiegen sie die Personaltreppe hinauf und kamen unmittelbar neben dem Wäscheraum heraus. Henning Mey klopfte an die Tür der Suite. Nur wenige Sekunden später wurde sie von einem jungen Mann aufgerissen.

»Endlich!« Er klang ungehalten. »Meine Frau ist verschwunden.

Sie wollte einen Spaziergang an der frischen Luft machen, weil sie nicht schlafen konnte. Aber ich kann sie nirgendwo finden.«

»Wann ist sie weggegangen?«, erkundigte sich Hackenholt.

»Keine Ahnung.« Der Mann zuckte mit den Schultern. »Ich habe nicht auf die Uhr gesehen. Als ich aufgewacht bin, hat sie sich hin und her gewälzt. Sie sagte, sie hätte Magenschmerzen. Irgendwas mit dem Essen hat nicht gestimmt. Sie wollte sich kurz die Beine vertreten.«

»Wie lange ist sie weg?«, versuchte Hackenholt es anders.

»Seit einer Stunde oder so.«

»Hat sie ihre Bordkarte mitgenommen?«

»Nein, sie liegt noch hier. Ihr Handy ebenfalls. Sie wollte wirklich nur einen Moment auf das Außendeck gehen. Ich habe ihr angeboten, sie zu begleiten. Aber sie hat gesagt, das wäre nicht nötig.«

Hackenholt kam es noch immer komisch vor, dass die Frau das wichtigste Utensil zurückließ, das es auf dem Schiff gab, obwohl ihr Ehemann geschlafen hatte und nur aufgewacht war, als sie aufgestanden war. Hatte sie die Bordkarte vergessen und diesen Umstand erst nach ihrem Spaziergang bemerkt? War sie zur Rezeption gegangen, um sich Ersatz zu besorgen? Oder hatte sie darauf vertraut, dass ihr Partner nicht wieder einschlafen würde? Oder hatte es entgegen den Angaben des Ehemanns Streit gegeben und sie war wutentbrannt davongestürmt, ohne einen Gedanken an die Karte zu verschwenden?

»Wie gut hat sich Ihre Frau auf dem Schiff ausgekannt?« Kaum hatte Hackenholt den Satz ausgesprochen, realisierte er, dass er die Vergangenheitsform benutzt hatte. Nathan Hooper schien das jedoch nicht zu bemerken, oder er schrieb es den mangelnden Kenntnissen eines Nichtmuttersprachlers zu.

»Es ist ihre zweite Schiffsreise. Sie ist sehr neugierig und will sich alles ansehen. Ich sage ihr ständig, sie soll aufpassen.« Der Amerikaner stand auf. »Können wir sie jetzt bitte suchen?«

»Einen Moment noch. Es ist unerlässlich, dass Sie meine –«

»Machen Sie wenigstens eine Durchsage«, forderte er. »Ich mache mir wirklich große Sorgen.«

»Wohin wollte Ihre Frau heute Nacht gehen?«

»An die frische Luft. Deshalb war ich auf allen Außendecks. Ich dachte, sie könnte auf einer Liege eingeschlafen sein.«

»Zu Ihrer Suite gehört ein privates Sonnendeck. Wieso hat sie sich nicht dort hingesetzt?«

»Ich weiß es nicht.« Der Mann raufte sich die Haare.

»Haben Sie gestritten?«, fragte Hackenholt ernst.

»Nein. Wie kommen Sie darauf? Tamsin hatte Magenschmerzen. Es ging ihr nicht gut.« Nathan Hooper schlug die Hände vors Gesicht. »Ich hätte sie nicht alleinlassen dürfen.« Als er wieder aufsah, liefen ihm Tränen über die Wangen. »Ihr ist etwas zugestoßen, nicht wahr? Deshalb sind Sie hier.«

»Herr Hooper, ich fürchte, ich habe tatsächlich sehr schlimme Nachrichten«, sagte Hackenholt. »Ihre Frau wurde tot aufgefunden.«

»Tot?« Hooper starrte ihn entsetzt an. »Wo ist sie? Ich will zu ihr.«

»Es tut mir leid, das geht nicht.«

»Aber ... was ist passiert? War es das Essen?«

»Sie war in der Küche«, sagte Hackenholt mit Bedacht. »Wir gehen im Moment davon aus, dass es sich um ein Gewaltverbrechen handelt.«

Hooper begann nun ernsthaft zu weinen. »Was hat sie denn dort gemacht?«

»Ich hatte gehofft, Sie könnten uns das sagen.«

Nathan Hooper schüttelte den Kopf.

»Kannte Ihre Frau andere Passagiere oder Mitarbeiter auf dem Schiff?«

»Nein.« Der junge Mann wischte sich mit dem Handrücken über die Nase. Hackenholt kramte nach einem Taschentuch und reichte es ihm.

»Wollte sie sich mit jemandem treffen?«

»Nein.« Wieder brach Hooper in Schluchzen aus.

»Ist sie öfter um diese Uhrzeit spazieren gegangen?«

»Tamsins Eltern leben in Phoenix. Sie ist wegen der Zeitverschiebung jede Nacht aufgestanden, um ihre Mutter anzurufen. Sie hat es geliebt, sich dabei auf das Außendeck zu setzen und die Sterne zu beobachten.«

»Ist das Telefonieren an Bord nicht extrem teuer?«, rutschte es Hackenholt heraus.

»Tamsins Familie ist sehr wohlhabend.«

»War sie auch in der Nacht des Stromausfalls auf dem Schiff unterwegs?«

»Nur kurz. Das Telefon hat nicht funktioniert. Sie hat es zweimal versucht.« Endlich schnäuzte sich Hooper die Nase.

»Waren Sie bei ihr?«

»Nein. Ich bin nie mitgegangen, wenn sie telefoniert hat. Das war Zeit, die sie mit ihrer Familie verbringen wollte.« Er knüllte das Taschentuch in seiner Hand zusammen.

»Hat Ihre Frau während ihrer nächtlichen Spaziergänge etwas Ungewöhnliches beobachtet?«

»Nein.« Der Amerikaner runzelte die Stirn. »Warum wollen Sie das wissen?«

»Wir werden als Nächstes Ihre Unterkunft durchsuchen«, überging Hackenholt die Frage. »Außerdem muss ich sämtliche elektronischen Geräte beschlagnahmen. Darüber hinaus benötige ich die Passwörter und PIN-Codes. Und natürlich muss ich Vergleichsabdrücke Ihrer Fingerspuren nehmen. Aber zuerst möchte ich, dass Sie mir den vergangenen Abend in so vielen Einzelheiten wie möglich beschreiben. Was haben Sie wann gemacht und wo waren Sie?«

Nachdem all das erledigt war, bat Hackenholt Nathan Hooper, etwas Wäsche zusammenzupacken, da er in eine freie Kabine umziehen musste. Alles andere sollte er zurücklassen. Sobald der Hotelmanager ihn höchstpersönlich abgeholt hatte, packte Hackenholt die übergebenen Handys und Laptops in einen Asservatenbeutel und verließ die Suite.

Auf dem Weg hinauf zu Deck 11 schrieb er Manfred Stellfeldt eine Textnachricht. Er wusste, dass der alte Kollege auch am Wochenende um diese Uhrzeit bereits wach war. Es war ein Hilferuf, in dem er ihm schilderte, dass ein neuerlicher Mord verübt worden war. In seinem Büro angekommen nahm er sich als Erstes das Handy der Toten vor. Aber es ließ sich mit dem von Nathan Hooper genannten Code nicht entsperren.

»Das ist interessant«, murmelte Hackenholt und stand gleich wieder auf. Während er hinunter ins Schiffshospital eilte, überlegte er, ob der Amerikaner ihm die falsche PIN gegeben oder ob dessen Frau sie heimlich geändert hatte.

Im Kühlraum öffnete Hackenholt den Leichensack und presste erst den einen, dann den anderen Zeigefinger der Toten auf den kleinen Sensor des Mobiltelefons. Nichts geschah. Als er ihren linken

Ringfinger probierte, hatte er Glück. Das Gerät entsperrte sich. Sofort deaktivierte er die Funktion und kehrte ins Büro zurück.

Auf Tamsin Hoopers Handy gab es mehrere Tausend Fotos und Dutzende Messenger-Kontakte. Keine Nachricht enthielt einen Hinweis auf einen Streit mit ihrem Mann oder eine nächtliche Verabredung. Hackenholt überprüfte die Bilder, die sie auf der SunnySky geknipst hatte. Es gab die üblichen Selfies, allein und zusammen mit Nathan, und ein paar von den Shows. Keines zeigte den Personalbereich. Sicherheitshalber kontrollierte Hackenholt auch die Listen in seinem Ordner, doch Tamsin Hooper hatte weder an einer Küchenführung noch an einem Schnitzkurs teilgenommen. Er rieb sich die Stirn, dann stand er auf und ging zur Brücke hinüber.

Barrington Vivianis Gesicht war versteinert, als er Hackenholts Rapport lauschte.

»Wir haben also einen Serientäter an Bord«, brummte er schließlich düster. »Und bisher haben Sie Ihre Zeit damit vergeudet, *mir* den Mord anzuhängen.«

»Hätten Sie uns von vornherein reinen Wein eingeschenkt –«

»Es ist ja schon mal ein Fortschritt, dass Sie mir nicht auch noch die zweite Tat in die Schuhe schieben wollen«, unterbrach Viviani ihn brüsk. »Haben Sie irgendwelche Erkenntnisse, wer es gewesen sein könnte?«

Hackenholt schüttelte den Kopf. »Wir müssen unbedingt zeitnah einen Hafen anlaufen und die Ermittlungen an die dortigen Behörden übergeben. An Land gibt es ganz andere technische Möglichkeiten. Während wir hier tagelang Miss Marple spielen, können sie den Täter mittels DNA-Analyse innerhalb weniger Stunden überführen. Sie müssen sich das so vorstellen: Wenn man jemanden niederschlägt, entsteht eine erhebliche körperliche Dynamik. Es gibt daktyloskopische und molekulargenetische Spuren, da der Angreifer wohl kaum Schutzkleidung und Mundschutz getragen hat. Gerade im Bereich rund um den Auffindeort des Opfers sind daher Spurenträger vorhanden. Meine Kollegin hat viele Proben erhoben. Jetzt müssen sie schnellstmöglich ausgewertet werden.«

»Wir erreichen Schottland morgen Mittag oder am frühen Nachmittag. Je nachdem wie das Wetter mitmacht.«

»Das dauert zu lang.« Hackenholt schüttelte den Kopf. »Gibt es keinen nähergelegenen Hafen, den wir anlaufen können? Was ist mit Irland? Vielleicht wäre es sowieso schlauer, dorthin zu fahren. Da Großbritannien aus der EU ausgetreten ist, könnte es mit der Auslieferung des Tatverdächtigen an Deutschland Probleme geben.«

»Ernsthaft?«

Hackenholt nickte.

»Ich muss das mit der Reederei besprechen. Wenn wir irgendwo ungeplant vor Anker gehen, ist das mit erheblichen Kosten verbunden.«

»Es geht um Menschenleben«, warnte Hackenholt. »Wir wissen nicht, was der Täter als Nächstes tut.«

»Dann haben wir es also doch mit einem Serientäter zu tun.«

»Nein, das ist eher unwahrscheinlich.« Hackenholt hielt inne. »Dennoch müssen wir die Passagiere informieren.«

»Kommt nicht infrage.«

»Sie dürfen die Leute nicht im Dunkeln lassen.«

»Wir sagen nichts. Es gilt unter allen Umständen, eine Panik an Bord zu vermeiden.«

»Die Entscheidung wird Ihnen noch gewaltig auf die Füße fallen«, prophezeite Hackenholt. »Ich bin mir sicher, dass die Gerüchteküche bereits brodelt. Was heute Nacht geschehen ist, lässt sich nicht verheimlichen.«

Schlecht gelaunt ging Hackenholt zurück in sein Büro. Es war zu früh, um sich mit Christine Mur zu besprechen. Bis sie etwas zu den Fingerabdrücken sagen konnte, würden noch Stunden vergehen. Henning Mey hatte jedoch Wort gehalten und eine weitere externe Festplatte mit den Videoaufnahmen der letzten vierundzwanzig Stunden besorgt.

Hackenholt begann mit der Kamera, die auf Deck 8 den backbordseitigen Flur zeigte. Tamsin Hooper musste die Suite gegen Viertel vor drei verlassen haben, wenn die Angaben ihres Ehemanns stimmten. Sicherheitshalber überprüfte er die Aufnahme zwischen halb drei und drei Uhr morgens. Von der Frau war nichts zu sehen. Daher wechselte er auf das Video der Überwachungskamera steuerbord. Um zwei Uhr vierunddreißig hatte er Glück. Tamsin Hooper trug dieselbe Kleidung, in der sie aufgefunden worden war. Hackenholt machte mehrere Fotos von Standbildern. Man konnte deutlich erkennen, dass sie kein Tuch, dafür aber eine Halskette, eine Uhr sowie Verlobungs- und Ehering getragen hatte. Hackenholt schnitt eine Grimasse. Alle vier Schmuckstücke waren verschwunden. Rasch diktierte er eine Aktennotiz.

Auf einmal ertönte eine fetzige Musik. Unwillkürlich zuckte er zusammen. Sein Blick glitt zu Tamsin Hoopers Handy. Auf dem Display wurde ein eingehender Anruf angezeigt. Die Nummer war ihrem Vater zugeordnet. Hackenholt sammelte sich einen Moment, dann meldete er sich.

»Mein Name ist Frank Hackenholt, ich bin ein deutscher Polizeibeamter und befinde mich derzeit als Passagier an Bord der SunnySky. Mit wem spreche ich bitte?«

»Ich bin Mitch Hooper«, antwortete eine aufgeregte Männerstimme. »Mein Schwiegersohn, Nathan, hat mich informiert, dass Tamsin ermordet wurde. Stimmt das? Ist sie tot? Oder ist das seine Vorstellung von einem dummen Witz?«

»Herr Hooper, es tut mir unendlich leid. Ihre Tochter wurde heute Nacht tatsächlich tot aufgefunden.«

»Guter Gott!« Die Stimme des Manns hatte sich schlagartig verändert. »Was ist passiert? War er es?«

»Wie meinen Sie das?«

»Hat Nathan Tamsin getötet? Er ist ein Nichtsnutz, der sie nur geheiratet hat, um an ihr Geld zu kommen.«

»War sie vermögend?«

»Sagt Ihnen Hooper Implements etwas?«

Hackenholt verneinte.

»Unsere Firma stellt Werkzeuge her. Sie haben bestimmt schon mal was von uns gekauft. Eine Schaufel oder eine Axt.« Der Vater hielt inne. »Tamsin hat an ihrem einundzwanzigsten Geburtstag die Firmenanteile ihrer Großmutter geerbt. Sie erhielt jedes Jahr drei Millionen Dollar aus dem Treuhandfonds. Damit konnte sie machen, was sie wollte. Ich habe sie stets dazu angehalten, das Geld sinnvoll zu investieren. Aber Nathan gibt es mit vollen Händen aus.« Wieder entstand eine kurze Pause. »Die Hochzeit hat vor einem Monat stattgefunden. Ich war strikt dagegen. Meine Tochter hat jedoch geglaubt, dass er sie liebt. Liebe macht ja bekanntlich blind. Sie hat nicht einmal den Ehevertrag unterschrieben, den ich für sie aufsetzen ließ.«

»Das heißt, Ihr Schwiegersohn profitiert von ihrem Tod?«

»Das lasse ich nicht zu! Ich werde sofort unsere Anwälte einschalten. Sie müssen ihn festnehmen.«

»Wir stehen ganz am Anfang der Ermittlungen«, erklärte Hackenholt und schob schnell hinterher, dass er sowieso nur den Tatort und die Spuren für die Beamten sichere, die schlussendlich in dem Fall ermitteln würden.

»Sie dürfen sich von Nathan nicht einlullen lassen!«, rief der Vater. »Ich bin überzeugt, dass er sie getötet hat. Er wollte von der ersten Sekunde an bloß ihr Geld.«

»Ich werde Ihre Angaben berücksichtigen und an die ermittelnden Behörden weiterleiten«, antwortete Hackenholt höflich. »Ich möchte Ihnen noch einmal mein tiefes Beileid aussprechen. Wir tun alles in unserer Macht Stehende, damit der Täter gefasst und vor Gericht gestellt wird.«

Nachdem er das Gespräch beendet hatte, diktierte er eine weitere Aktennotiz, in der er den Inhalt des Telefonats zusammenfasste. Dann widmete er sich wieder den Überwachungsvideos.

Tamsin Hooper war im Treppenhaus in den Fahrstuhl gestiegen. Hackenholt drückte sich schier die Nase am Bildschirm platt, als er versuchte, den kleinen Pfeil zu erkennen, der die Fahrtrichtung anzeigte. Er war verwundert, weil sie nach oben zu fahren schien. Andererseits hatte ihr Mann ausgesagt, sie habe gerne die Außenbereiche aufgesucht. Und ganz oben auf Deck 15 musste man nachts praktisch ungestört sein. In der Hoffnung, richtig gesehen zu haben, wählte Hackenholt als Nächstes eine Kamera, die das Sonnendeck zeigte. Und tatsächlich trat die junge Frau dort aus dem Aufzug.

Die Kälte störte sie offenbar nicht. Minutenlang spazierte sie über das Deck. Bei ihrer Rückkehr zum Lift hielt sie einen Zettel in der Hand. Hackenholt spulte die Aufnahme zurück zu dem Moment, als sie den Fahrstuhl verließ. Ihre Hände waren leer gewesen. Mit Argusaugen beobachtete er beim zweiten Durchlauf alle ihre Bewegungen. Dennoch konnte er nicht ausmachen, wo sie die Nachricht gefunden hatte. Hatte sie in ihrer Hosentasche gesteckt?

Um zwei Uhr einundvierzig nahm Tamsin Hooper wieder den Lift. Anhand der Uhrzeit kontrollierte Hackenholt auf jedem Stockwerk die Videoaufnahmen vor dem Aufzug. Auf Deck 6 stieg sie aus, schlenderte zur Rezeption und sprach mit einer Mitarbeiterin.

Diese holte daraufhin ein zusammengefaltetes Blatt Papier aus dem Regal, in dem die Post verwahrt wurde. Die Amerikanerin nahm es entgegen, warf einen kurzen Blick darauf und machte sich erneut auf den Weg.

Geduldig arbeitete sich Hackenholt Stockwerk für Stockwerk die Haupttreppe nach oben. Als Frau Hooper auf Deck 8 ankam, dachte er, sie würde zu ihrer Suite zurückkehren. Aber sie eilte unbeirrt höher. Auf Deck 9 wandte sie sich zum Theatrium. Sie durchquerte den Veranstaltungsbereich und marschierte an der Kunstgalerie vorüber. Dann verlor die Kamera sie.

Hackenholt suchte das Pendant am hinteren Treppenhaus. Tamsin Hooper schritt hocherhobenen Hauptes den Flur entlang in Richtung Hopfenschänke. Überraschenderweise war die Kombination aus Brauerei und Restaurant nicht wie die anderen Bereiche außerhalb der Öffnungszeiten mit Glastüren verschlossen. Vielmehr wurde der Eingang nur durch einen Samtvorhang verhüllt. Tamsin Hooper zog ihn zur Seite und ging um zwei Uhr zweiundfünfzig hinein. Die Aufnahme lief weiter, aber die junge Frau kam nicht wieder heraus.

Hackenholt schürzte die Lippen. Anders als von Nathan Hooper behauptet schien seine Ehefrau keineswegs unter Magenbeschwerden gelitten zu haben. Es war offenbar nur ein Vorwand gewesen, um sich aus der Kabine zu schleichen. Voller Tatendrang schnappte sich Hackenholt Einweghandschuhe und eine Taschenlampe aus dem Regal und stürmte zu Deck 9 hinunter. Er wusste, dass er etwas Wichtiges entdeckt hatte.

In dem Bewusstsein, Tamsin Hoopers letztem Weg durch das Schiff zu folgen, schweiften seine Augen auf der Suche nach einem Hinweis pausenlos hin und her, während er durch das schwach erleuchtete Theatrium tappte. Linkerhand schloss sich der SunnyBoat-Shop an. Gegenüber war die Kunstgalerie, danach folgten die Toiletten. Hier war Hackenholt nie zuvor gewesen.

Schließlich erreichte er den bordeauxfarbenen Vorhang. Er stand noch so weit offen, wie Tamsin Hooper ihn aufgezogen hatte. Hackenholt schlüpfte in Einweghandschuhe und betrat das Lokal. In dem großen Raum war es stockdunkel. Froh, die Taschenlampe mitgenommen zu haben, ließ er ihren Schein über den Boden gleiten. Doch es gab keinerlei Anhaltspunkte dafür, dass sich die Amerikanerin hier aufgehalten hatte. Hackenholt arbeitete sich zum Tresen vor und weiter durch eine Schwingtür in den dahinter befindlichen Küchenbereich. Er war makellos sauber. Hackenholt sah sich um. Es gab nur einen anderen Weg hinaus: die Fahrstühle, in denen die zubereiteten Speisen aus der Galley heraufgebracht wurden. Sofort presste er den Aufzugsknopf und wartete. Aber nichts passierte. Als er nach ein paar Minuten sicher war, dass kein Lift kommen würde, ging er den Weg zurück zum Treppenhaus und stieg hinunter zum Küchentrakt.

Viele Köche und Küchenhilfen hatten sich vor dem Eingang zur Galley versammelt. Die Security-Mitarbeiter gewährten Ihnen jedoch keinen Durchlass. Als Hackenholt sich vorbeidrängte, begannen einige der Asiaten zu schimpfen. Christine Mur puderte unterdessen auf der Suche nach Fingerspuren unbeirrt die Fahrstuhltüren ein. Sie sah kurz auf, als sie seine Schritte hörte.

»Ich fürchte, ich brauche Polizeischutz, wenn ich hier lebend herauskommen will«, sagte sie halb ernst, halb scherzend. »Meine Entscheidung, die Schiffsküche komplett zu sperren, bis ich fertig bin, ist leider nicht auf uneingeschränktes Verständnis gestoßen.«

»Tamsin Hooper muss mit einem der beiden Aufzüge in die Küche gekommen sein«, platzte es aus Hackenholt heraus. »Ich konnte ihren Weg auf Überwachungsvideos weitestgehend nachverfolgen. Ihr Mann behauptet, sie wollte frische Luft schnappen, weil es ihr nicht gut ging. Aber tatsächlich gab es eine Art Schnitzeljagd. Die letzte Aufnahme zeigt, wie sie die Hopfenschänke auf Deck 9 betritt und nicht wieder herauskommt. Sie kann nur den Fahrstuhl genommen haben.«

»Hast du den Zugang zum Restaurant abgesperrt?«

»Das werde ich sofort veranlassen. Gibt es bei dir etwas Neues?«

Mur schüttelte den Kopf.

Hackenholts Handy piepte. Es war eine Kurznachricht von Manfred Stellfeldt. Er fragte, wann er mit ihm reden wolle. Hackenholt sah auf seine Armbanduhr und stellte fest, dass es schon sieben Uhr war. Eilig schrieb er zurück, dass er sich schnellstmöglich melden werde, vorher jedoch noch etwas abklären müsse.

An der Rezeption war die Schichtablösung in vollem Gange. Die Mitarbeiterin, die Hackenholt suchte, machte gerade Feierabend.

»Es geht mir nur um eine einzige Sache: Sie haben heute gegen Viertel vor drei einer Passagierin eine Nachricht gegeben. Erinnern Sie sich?«

»Nein, tut mir leid. Ich hatte in den letzten zwölf Stunden mit so vielen Menschen zu tun, da schaut man nicht auf die Uhr. Ich weiß nicht, wen Sie meinen.«

»Wir sprechen von dieser Frau.« Er zeigte ihr ein Foto und nannte Tamsin Hoopers Namen.

»Stimmt. Die war am Schalter und hat gefragt, ob jemand etwas für sie abgegeben hat. Ich habe nachgesehen und ihr die Mitteilung ausgehändigt.«

»Was stand darin?«

»Woher soll ich das wissen? Ich habe sie nicht gelesen.« Die Angestellte dachte nach. »Es war ein zusammengefaltetes Blatt Papier.«

»Hat Frau Hooper irgendetwas dazu gesagt?«

»Nein, sie hat gelächelt und ist weggegangen.«

»Kommt es oft vor, dass Gäste mitten in der Nacht an die Rezeption kommen, um sich ihre Post abzuholen?«

»Ja, das passiert regelmäßig.«

»Wer hat den Zettel für Frau Hooper abgegeben?«

»Keine Ahnung. Ich habe ihn definitiv nicht entgegengenommen. Manchmal legen uns Passagiere die Nachrichten einfach auf den Tresen, während wir andere Kunden betreuen. Dann bekommt man gar nicht mit, wer das war.«

Hackenholt wandte sich an alle Mitarbeiterinnen: »Eine Amerikanerin namens Tamsin Hooper hat heute Nacht eine an sie gerichtete Nachricht abgeholt. Bei wem von Ihnen wurde sie abgegeben?«

Keine Reaktion.

»Es ist sehr wichtig, dass wir wissen, von wem sie stammt«, betonte er, erhielt jedoch nur bedauerndes Kopfschütteln.

»Das lässt sich beim besten Willen nicht nachvollziehen, da ständig Briefe ausgetauscht werden. Man kann sich unmöglich an jeden erinnern, der hier etwas abgibt«, erklärte schließlich eine der Damen. »Die Nachricht muss ja nicht einmal persönlich hergebracht worden sein. Der- oder diejenige kann auch angerufen haben.«

Wieder in seinem Büro auf Deck 11 angekommen schrieb Hackenholt Manfred Stellfeldt, dass er für eine Videokonferenz bereit sei.

»Wos issnern bassierd?«[16] Auf Saskia Baumanns Gesicht spiegelte sich Besorgnis.

Hackenholt berichtete ausführlich von dem neuerlichen Leichenfund in der Schiffsküche.

»Iech glaab, ern Nåchåmungsdäder konnsd ausschließn«, sagte Baumann.[17]

»Da gebe ich Saskia recht«, stimmte Stellfeldt zu. »Denn dafür müsste die Tat eine gewisse Bekanntheit erlangt haben. Wenn überhaupt, käme als zweiter Täter aufgrund der Auffindesituation nur eine Person infrage, die Cindys Leiche gesehen hat.«

Hackenholt nickte. »Was geht euch durch den Kopf, wenn wir von derselben Person ausgehen?«

»Warum gibt es eine weitere Tote?«, antwortete Ralph Wünnenberg. »Soll die Tat vom ersten Mord ablenken? Sollst du glauben, dass es sich um einen Wahnsinnigen handelt? Oder war das zweite Opfer das eigentliche Ziel? Lag womöglich eine Verwechslung vor?«

»Letzteres schließe ich aus. Die Frauen sind ganz unterschiedlichen Typs.«

»Ich denke genauso wenig, dass die Amerikanerin das eigentliche Ziel war«, erklärte Martin Groß. »Zumindest nicht in dem Sinn, dass das erste Opfer eine Trugspur sein sollte. Man tötet nicht einfach so mal jemanden, um eine falsche Fährte zu legen.«

»Realistisch betrachtet, ist das wahrscheinlichste Szenario, dass Tamsin Hooper etwas beobachtet hat, das sie nicht hätte sehen dürfen«, mutmaßte Stellfeldt.

»Das war auch mein erster Gedanke«, räumte Hackenholt ein. »Aber sie war erst zum zweiten Mal in ihrem Leben auf einem Kreuzfahrtschiff und kannte sich hier nicht aus. Wie sollte sie so tief in den Mitarbeiterbereich kommen, um den Mord an Cindy Fischer zu beobachten? Noch dazu ohne aufgehalten zu werden? Und im Dunkeln während eines Stromausfalls?«

»Sonst bleibt nur die Möglichkeit, dass es eine Verbindung zwischen den beiden Frauen gibt«, stellte Martin Groß fest. »Kannten sie sich? Sind sie in denselben Kreisen verkehrt? Hatten sie gemeinsame Freunde?«

»Das halte ich für ausgeschlossen. Auf der einen Seite haben wir

16 »Was ist denn passiert?«

17 »Ich glaube, einen Nachahmungstäter kannst du ausschließen«, (...).

eine millionenschwere Erbin und auf der anderen eine schwangere Rezeptionistin mit finanziellen Sorgen.« Hackenholt seufzte. »Und dann habe ich noch ein Problem: Auf den Videoaufzeichnungen sah es aus, als hätte Tamsin Hooper eine Schnitzeljagd gemacht. In ihrem Handy habe ich jedoch keinen Hinweis darauf gefunden, wer sie dazu eingeladen hat. Sie muss aber irgendwie erfahren haben, dass sie auf das Sonnendeck gehen und nach einem versteckten Blatt Papier suchen soll.«

»Des konn doch eingdlich blous ihr Moo gween sei. Wenns frisch verheiråd wår, finderd iechs scho arch mergwürdich, wenns eimfach su miderern Fremdn er Schniddsljågd gmachd hädd.«[18]

»Nathan Hooper behauptet steif und fest, dass sie nur kurz Luft schnappen gehen wollte.«

»Nåcherdler lüüchder hald.«[19]

»Ich habe mit dem Vater des Opfers gesprochen. Er hat an seinem Schwiegersohn kein gutes Haar gelassen und behauptet, dass er der Mörder sein muss.« Hackenholt umriss, wie es zu dem Telefonat gekommen war und was Mitch Hooper gesagt hatte.

»Siggsders, rechd hobbi.«[20]

»Ich bin überzeugt, dass es sich bei dem Täter um jemanden von der Crew handelt. Er verfügt über Insiderinformationen. Nehmen wir zum Beispiel die Überwachungskameras: Er kennt ihre Standorte und umgeht sie gezielt. Oder die Küche: Nur Mitarbeiter wissen, wo sie sich befindet und dass dort nachts zwischen eins und halb vier tote Hose herrscht. Wie sollte Nathan Hooper das erfahren haben?« Hackenholt schüttelte den Kopf. »Ich erachte die Aussage des Vaters eher für einen Ausdruck des Schmerzes über den Verlust der Tochter.«

»Hatte Tamsin einen heimlichen Geliebten?«, fragte Martin Groß.

»Die Frau hat vor einem Monat geheiratet«, protestierte Wünnenberg.

»Ja, und? Vielleicht hat der Vater recht, und sie hatte inzwischen auch festgestellt, dass sie sich eine ziemliche Niete ausgesucht hat.

---

18 »Das kann doch eigentlich nur ihr Ehemann gewesen sein. Wenn sie frisch verheiratet war, fände ich es ziemlich merkwürdig, wenn sie einfach so mit einem Fremden eine Schnitzeljagd gemacht hätte.«

19 »Dann lügt er eben.«

20 »Da siehst du's, ich habe recht.«

Oder einer von der Mannschaft hat ihr schöne Augen gemacht. Seemänner stehen in dem Ruf, nichts anbrennen zu lassen. Wir kennen die Frau nicht. Möglicherweise war sie für derlei Ansprache empfänglich.«

»Odder sie hodd di Einlådung zou derer Schniddsljågd anonym gräichd und hodd dengd, di wär vo ihrm Moo. Miech macherd des naigierich, wemmer aans ersuern Zeddl under der Dier durchschäiberd.«[21]

Alle Blicke richteten sich auf Baumann.

»Is doch er gscheider Schbass«, verteidigte sie sich.[22]

»Nicht, wenn du am Ende tot bist«, meinte Martin Groß trocken.

»Was sollen wir denn jetzt konkret für dich tun?«, fragte Stellfeldt.

»Wir könnten noch einmal mit Cindys Schwester sprechen und nach einer Querverbindung zum zweiten Opfer suchen«, schlug Groß vor.

»Ich brauche vor allem Informationen über Tamsin Hooper und ihren Ehemann. Schaut, was ihr in den sozialen Netzwerken findet. Darüber hinaus interessiert mich, ob Hooper Implements wirklich so bekannt ist. Einen offiziellen Kontakt in Amerika werden wir auf die Schnelle nicht bekommen.«

Hackenholt war den Kollegen dankbar für jede Recherche, die sie ihm abnahmen.

Nach der Besprechung suchte er auf der Festplatte die Videoaufzeichnung von Donnerstagmorgen, die den Eingang zur Hopfenschänke zeigte, und sah sie sich im Suchlauf an. Er stellte jedoch fest, dass Cindy Fischer in den zwei Stunden vor dem Stromausfall nicht dort gewesen war. Und danach hatten die Aufzüge nicht mehr funktioniert, weil sie nicht an den Notstromkreislauf angeschlossen waren.

Da ihm die Sache mit der Schnitzeljagd keine Ruhe ließ, ging Hackenholt zur Rezeption und fragte die Mitarbeiterin, die in der Nacht von Mittwoch auf Donnerstag Dienst gehabt hatte, ob Cindy Fischer eine Nachricht erhalten habe. Doch die Angestellte war sich

---

21 »Oder sie hat die Einladung zur Schnitzeljagd anonym erhalten und dachte, sie wäre von ihrem Mann. Mich würde das neugierig machen, wenn mir jemand so einen Zettel unter der Tür durchschiebt.«

22 »Ist doch ein ziemlicher Spaß«, (...).

sicher, dass ihre Kollegin keinen Zettel aus dem Regal genommen hatte, als sie sich aus dem Zeiterfassungsprogramm ausloggte, da sich die Ablage am anderen Ende des Tresens befand. Damit wurde es immer unwahrscheinlicher, dass sie ebenfalls einer Schnitzeljagd gefolgt war.

Hackenholt eilte weiter, hinunter in die Tiefen des Schiffs. Die Lage vor der Küche hatte sich entspannt, da Mur den Raum freigegeben hatte. Hackenholt stapfte hinein und sah sich suchend um.

»Frau Mur ist in der Hopfenschänke«, brummte der Küchenchef. »Ich habe zwar keine Ahnung, was sie dort zu finden hofft, aber da ist sie wenigstens aus dem Weg und kann keinen Schaden anrichten.«

»Den Schaden hat der Mörder angerichtet und nicht meine Kollegin«, entgegnete Hackenholt unwirsch. Dann ging er zum Küchenaufzug und fuhr zu Deck 9 hinauf.

Die feindselige Atmosphäre war an Mur nicht spurlos vorübergegangen. Sie nahm sich gerade den Boden vor dem Fahrstuhl vor und knurrte, dass, wer immer im Aufzug war, er diesen bloß nicht verlassen möge. Erst als sie Hackenholt bemerkte, wurde sie etwas freundlicher und ließ ihn aussteigen.

»Hast du bei Tamsin Hooper irgendwelche Nachrichten gefunden?«, fragte er und berichtete noch einmal ausführlich von der vermuteten Schnitzeljagd.

»Ich habe dir doch schon gesagt, dass sie nichts bei sich hatte. Das beinhaltet auch Papier.«

Hackenholt wusste, dass ihre grummeligen Antworten nicht persönlich zu nehmen waren. Dennoch wappnete er sich, bevor er seine nächste Frage stellte: »Wie sieht dein weiterer Plan für heute aus?«

»Ach, ich dachte, ich lege mich eine Runde ins Spa und genieße anschließend das tolle Wetter auf dem Sonnendeck.« Sie sah ihn an, als habe er eine dumme Frage gestellt und nicht sie eine unpassende Antwort gegeben. Als er eine Grimasse schnitt, sagte sie: »Sobald ich hier fertig bin, ist die Leiche dran. Danach nehme ich mir die Suite vor und dann schicke ich alle Fingerabdrücke ins Kommissariat. Vielleicht gibt es eine Übereinstimmung mit den zuvor gesicherten Spuren.«

»Was hältst du davon, wenn wir vorher zusammen frühstücken gehen? Kaffee und Croissants sollte es inzwischen geben.«

Bei dem Gedanken hellte sich Murs Gesicht auf. »Gegenvorschlag: Du übernimmst die Rolle des Kabinenbutlers, und ich bringe unterdessen das hier schnell zu Ende.«

Als Hackenholt zehn Minuten später mit einem Tablett direkt aus der Küche wieder heraufgefahren kam, saß sie an einem Tisch und wartete.

»Wo stehen wir jetzt eigentlich? Was ist mit unseren Verdächtigen?«, fragte sie, während sie ein Hörnchen in ihren Milchkaffee tunkte.

»Haben wir denn noch welche?«

»Genau das will ich von dir wissen.« Mur sah ihn düster an.

»Kapitän Viviani hatten wir ja schon ausgeschlossen. Damit bleiben aufseiten der Passagiere nur Cindy Fischers Freunde und Erika Müller. Bei der Crew gibt es nach wie vor Souad Atadika und Manuela Geismann, die Cindy Fischer die Pest an den Hals gewünscht haben. Und vielleicht der Umweltoffizier. Ganz bestimmt aber der Koksdealer.«

»Warum sollte einer von denen auch Tamsin Hooper etwas antun?«

»Das gilt es herauszufinden. Auf den ersten Blick halte ich es ebenfalls für eher unwahrscheinlich. Es kommt wohl nur infrage, dass sie etwas beobachtet hat, wovon der Täter dachte, dass sie es nicht hätte sehen dürfen.«

»Blöder Urlaub!«, murmelte Mur und schob sich das letzte Stück ihres Croissants in den Mund.

»Soll ich dir noch eins holen?«

»Nein, danke.« Sie musterte ihn mit gerunzelter Stirn. »Bin ich ohne Frühstück wirklich so unausstehlich?«

»Durchschaut.« Hackenholt grinste.

»Vielleicht hätte ich dann doch Maurice' Antrag annehmen sollen«, philosophierte sie. »Er scheint der Einzige zu sein, der klaglos meine Launen erträgt.«

»Du hast es also gewusst?«

»Ich bin schließlich Kriminalbeamtin. Aber er hat sich alle Mühe gegeben, es vor mir zu verheimlichen. Im Gegensatz zu dir.« Sie warf ihm einen tadelnden Blick zu.

»Ich wollte lediglich keinen Stress auf der Heimfahrt.«

»Dafür haben wir den jetzt.« Sie wischte sich die Brösel vom Kinn und erhob sich.

Maurice Puellen hatte bereits alles vorbereitet, als sie im Schiffshospital eintrafen. Hackenholt musste nur noch die Kamera einschalten. Fast im selben Moment begann Puellen zu dozieren. Er berichtete von der ersten Untersuchung in der Schiffsküche, nannte festgestellte Parameter wie Körperkerntemperatur, Umgebungstemperatur und Luftfeuchtigkeit und verwies auf die Fotos, die Christine Mur gemacht hatte. Diese tupfte unterdessen den toten Körper mit Dutzenden steriler Tupfer ab, um etwaige DNA-Spuren zu sichern, schnitt dem Opfer die Fingernägel und untersuchte den Hals auf Fasern und DNA. Hackenholt oblag es, alle Asservate einzutüten und zu beschriften. Puellen ging irgendwann dazu über, die Röntgenbilder zu erläutern.

»Die Verletzungen des Schädelknochens korrespondieren mit denjenigen der Epidermis an der Schläfe. In diesem Fall kann man sogar einzelne Bruchstücke erkennen.«

Er signalisierte Hackenholt mit der Kamera näher zu kommen, sodass spätere Betrachter eine Großaufnahme der Wunde erhielten. Mit einer Pinzette stocherte Puellen darin herum und erläuterte, was man sah. Danach widmete er sich der Drosselfurche am Hals und kam zu dem Ergebnis, dass sie aus verschiedenen Gründen wie beim ersten Opfer von einem tuchähnlichen Stück Stoff stammen musste und mit ähnlichem Krafteinsatz entstanden war. Wie bei Cindy Fischer gab es auch auf Tamsin Hoopers Rücken ein Hämatom.

»Damit haben wir also mehrere Gemeinsamkeiten bei der Tatausführung«, sagte Puellen. »Beide Frauen wurden mithilfe eines Topfs niedergeschlagen –«

»Und anschließend erdrosselt«, fiel Mur ihm ungeduldig ins Wort.

»Ich habe in der Zwischenzeit ein paar Versuche gemacht«, flötete Puellen in die Kamera und ging auf die andere Seite des Zimmers. Hackenholt beeilte sich, das Stativ neu auszurichten. »Hier habe ich einen Topf, wie wir ihn am Tatort gefunden haben. Und das ist unser Dummy.« Puellen zeigte auf ein Wandregal, auf dem eine kleine Wassermelone lag. »Die Frucht wurde so positioniert, dass sie sich auf Kopfhöhe der Opfer befindet. Beide wurden an der linken Schläfe getroffen.« Mit einem Permanentmarker malte er zwei Augen und einen Mund auf die Schale. »Wenn ich mich hinter das Opfer stelle«, er drehte das Melonengesicht von sich weg, »und versuche, den Topf mit der linken Hand zu schwingen, sodass er das Opfer an der Schläfe trifft, müsste ich sehr nah herantreten.« Anschaulich demonstrierte er jeden Schritt des Angriffs. »Außerdem stimmt der Winkel nicht.« Dann winkte er Hackenholt zu sich und drückte diesem den Topf in die Hand. »Jetzt bist du dran.«

Das Ergebnis war dasselbe.

»Wir sehen also, dass Frank genauso wenig der Täter sein kann, weil er zu groß ist. Auf den Röntgenbildern ist anhand des Bruchbilds zu erkennen, dass der Schlag parallel zum Kopf ausgeführt wurde. Das heißt, der Täter ist größer als ich, aber kleiner als Frank.« Puellen strahlte in die Kamera. »Zudem ist es fast ausgeschlossen, dass er hinter der Frau stand, als er sie attackiert hat. Wenn er sich jedoch vor ihr befand, muss es sich um einen Rechtshänder handeln.«

»Aber keines der beiden Opfer hatte Verletzungen an der linken Hand oder am linken Unterarm«, protestierte Christine Mur.

»Das Fehlen von passiven Abwehrverletzungen kann ein Hinweis auf einen überraschenden Angriff sein, mit dem das Opfer nicht gerechnet hat. Davon gehe ich in unserem Fall aus. Sowohl Cindy Fischer als auch Tamsin Hooper waren arglos.«

»Was wiederum bedeuten würde, dass sie den Angreifer kannten und sich sicher fühlten«, sagte Hackenholt. »Wir haben es also mit hoher Wahrscheinlichkeit mit demselben Täter zu tun.«

»Einen Nachahmungstäter schließe ich aus«, bestätigte Puellen.

»Der Täter ist höchstwahrscheinlich Rechtshänder und ungefähr einen Meter achtzig groß. Außerdem liegt es nahe, dass die Opfer ihm – zumindest vorübergehend – vertraut haben«, fasste Hackenholt zusammen.

»Oder nichts von seiner Anwesenheit wussten«, warf Mur ein. »Das würde zu unserer Erkenntnis passen, dass es ein Crew-Mitglied gewesen sein muss.«

»Wobei *der Täter* auch *die Täterin* sein kann«, erinnerte Puellen. »Beide Frauen waren nach dem Schlag mit dem Topf bewusstlos und konnten sich nicht wehren. Wenn man sich auf jemanden kniet und dann das Tatwerkzeug um die Kehle legt, ist keine extreme Kraft erforderlich, um das Opfer zu strangulieren. Es ist mehr eine Frage der Geduld. Man darf nicht zu früh loslassen. Zu inneren Verletzungen kann ich nichts sagen, ohne den Halsbereich zu eröffnen. Es könnte also sein, dass es aufgrund der Strangulation zu erheblichen Schäden gekommen ist, wodurch die Opfer erstickt sind, obwohl der Druck vorzeitig gelockert wurde. Die Tiefe der Drosselfurche weist auf einen mittleren Kraftaufwand hin. Da es nur eine einzelne Marke gibt, hat der Täter nicht nachgefasst.«

Hackenholts Handy begann zu piepen. Er zog sich zurück und nahm den Anruf entgegen. Es war Henning Mey, der ihn bat, umgehend zu Nathan Hoopers neuer Kabine zu kommen. Im Hintergrund waren Geräusche eines Gerangels zu hören.

Auf dem Weg hinauf kam Hackenholt an der Rezeption vorüber. Erstaunt stellte er fest, dass sich dort eine größere Menschenansammlung gebildet hatte. Er drängte sich so rücksichtsvoll wie möglich zwischen den Anwesenden hindurch. Als er Frau von Bergs dröhnende Stimme hörte, verlangsamte er jedoch seinen Schritt.

»Ich will jetzt klipp und klar von Ihnen wissen, ob sich ein Frauenmörder an Bord befindet!«, giftete sie die Rezeptionistin an.

»Ich kann Ihnen keine Auskünfte geben«, beharrte diese.

»Es ist unverantwortlich, was Sie hier treiben. So etwas habe ich noch nie erlebt!«

Die Augen der Mitarbeiterin hinter dem Tresen schweiften Hilfe suchend durch die Menge und hefteten sich auf Hackenholt. Er senkte sofort den Kopf und ging weiter. Margarethe von Berg war ihrem Blick jedoch gefolgt und entdeckte ihn ebenfalls.

»Herr Kommissar!«, brüllte sie durch die Halle. »Was ist hier los?«

Hackenholt tat, als habe er sie nicht gehört.

»Ich habe erfahren, dass schon wieder eine Frau in der Küche ermordet wurde.«

Er fragte sich, woher sie das wusste.

»Warum unternehmen Sie nichts? Wir werden hier eine nach der anderen abgeschlachtet und Sie sehen nur zu. Dabei hat Ihr feiner Kollege beim Krimidinner noch große Reden geschwungen.«

Die Provokationen prallten an ihm ab. Er beschleunigte lediglich seinen Schritt und stieg die Treppe zwei Stufen auf einmal nehmend hinauf. Wenn die Leute schlau waren, würden sie sich an den Kapitän wenden.

»Einer meiner Mitarbeiter und Dr. Brinkhaus sind bei Herrn Hooper.« Der Sicherheitsoffizier hatte Hackenholt im Flur abgepasst. »Er hat an der Rezeption eine Szene gemacht. Eine Passagierin scheint ihm erzählt zu haben, dass seine Frau nicht die erste Tote ist. Er will Sie unbedingt sprechen. Ist das in Ordnung?«

»Natürlich. Ich muss ihn sowieso noch einmal befragen.«

Gemeinsam betraten sie die Kabine. Nathan Hooper saß auf dem Stuhl, der Schiffsarzt hatte gegenüber auf dem Bett Platz genommen. Auf einen Wink seines Chefs verzog sich der Security vor die Tür. Auch Dr. Brinkhaus machte Anstalten, zu gehen.

»Wenn Sie etwas brauchen, können Sie mich jederzeit rufen lassen. Herr Mey kann sicher bis auf Weiteres jemanden abstellen, der sich um Sie kümmert.«

»Danke, Herr Doktor.« Der Amerikaner wirkte niedergeschlagen.

»Er sollte einstweilen nicht allein bleiben«, flüsterte der Mediziner Henning Mey zu. »Ich habe ihm ein Beruhigungsmittel angeboten, aber er hat abgelehnt.«

Der Sicherheitsoffizier nickte.

»Was war denn los, Herr Hooper?« Hackenholt setzte sich auf das verwaiste Bett.

»Was sind Sie nur für ein Heuchler!« Der junge Mann spie die Worte förmlich aus. »Sie sind schuld! Wenn Sie uns davor gewarnt hätten, dass an Bord ein Massenmörder sein Unwesen treibt, der es auf einsame Frauen abgesehen hat, wäre ich Tamsin nicht von der Seite gewichen.«

»Wie kommen Sie darauf?«

»Ich wollte mir an der Rezeption eine Tablette gegen meine Kopfschmerzen holen. Da stand diese alte Dame im Foyer und hat allen erzählt, dass es heute Nacht ein zweites Opfer gegeben hat. Ich habe mich bei ihr erkundigt, was sie meint, und erfahren, dass vor zwei Tagen bereits eine Frau getötet wurde.« Er rieb sich die Stirn. »Sie hätten uns informieren müssen. Ich werde Sie verklagen. Tamsin könnte noch leben.«

»Herr Hooper, ich verstehe Ihren Schmerz –«

»Sie haben doch keine Ahnung! Mein Leben lang habe ich ein

Wesen wie sie gesucht. Und kaum habe ich sie gefunden, wird sie mir wieder weggenommen. Warum haben Sie die Sicherheitsvorkehrungen nicht erhöht? Es hätte überall Patrouillen in den Gängen geben müssen.« Der junge Amerikaner redete sich erneut in Rage. Hackenholt gewährte ihm einen Augenblick, dann bat er ihn, sich zu beruhigen.

»Ich habe Sie das vorhin schon einmal gefragt, aber wir müssen ganz sicher sein«, kam er schließlich auf das zu sprechen, was er wissen wollte. »Hatte Ihre Frau Freunde auf der SunnySky? Kannte sie andere Passagiere oder jemanden von der Crew?«

»Nein.«

»Haben Sie jemals mit ihr eine Schnitzeljagd veranstaltet?«

»Eine Schnitzeljagd?«, wiederholte Nathan Hooper und schüttelte irritiert den Kopf.

»Sie haben sich auch nicht heute Nacht mit ihr aus Spaß in der Hopfenschänke getroffen?«

»Nein!« Der Mann wurde wieder zornig. »Hören Sie endlich auf, mir dumme Fragen zu stellen, und suchen Sie den Kerl, der sie getötet hat.«

»Dazu gehört, dass wir uns ein umfassendes Bild von dem Opfer machen«, erklärte Hackenholt ruhig. »Sie sagten, dass Ihre Frau vermögend war. Wer ist ihr Erbe?«

Hooper zuckte mit den Schultern. »Ich, nehme ich an.«

»Steht das in Ihrem Ehevertrag?«

»Tamsins Vater hat von seinen Anwälten einen aufsetzen lassen. Aber wir haben ihn nicht unterschrieben. Sie war dagegen. Sie wollte nicht mehr länger von ihm bevormundet werden.«

»Und trotzdem hat sie jeden Abend mit ihren Eltern telefoniert.«

Der Amerikaner schwieg und Hackenholt fragte sich, ob sich Tamsin Hooper tatsächlich von ihrer Familie hatte lossagen wollen oder ob das reines Wunschdenken ihres Ehemanns gewesen war. Dann fiel ihm noch etwas ein, was er unbedingt in Erfahrung bringen musste. »Wir haben heute Morgen ja schon darüber gesprochen, dass Ihre Frau weder Handy noch Bordkarte mitgenommen hatte. Aber wie sieht es mit anderen Wertgegenständen aus?«

»An Bord hatte sie nie einen Geldbeutel bei sich.«

»Und was ist mit Schmuck?«

»Sie trug natürlich ihre Uhr sowie Verlobungs- und Ehering.« Er hielt inne und dachte nach. »Gestern Abend hatte sie auch eine teure Halskette an, als wir essen waren. Warum fragen Sie? Wurden ihr die Sachen geraubt?« Er starrte Hackenholt an. »Ist sie deshalb getötet worden?«

Hackenholt schlug den Weg zu einem der Außendecks ein. Das Meer war völlig ruhig. Nichts erinnerte mehr an den Sturm vor drei Tagen. Weiße Schäfchenwolken zogen an einem strahlend blauen Himmel vorüber. Hackenholt reckte sein Gesicht in die Sonne und schloss die Augen. In tiefen Atemzügen sog er die Meeresluft ein. Ein Windstoß trug einen Schwall Dieselabgase zu ihm herüber. Er rümpfte die Nase. So richtig warm wurde er nicht mit der Kreuzfahrt. Das hatte nichts mit den Morden zu tun, wenngleich er sich schwor, nie wieder an einem Ort Urlaub zu machen, an dem es keine örtliche Polizeibehörde gab.

Schließlich ging er in sein Büro zurück und schaltete Murs Laptop ein. Er musste sich wohl oder übel den Überwachungsvideos widmen. Wer war vor Tamsin Hooper auf dem Sonnendeck gewesen und hatte den Hinweis versteckt, der sie zur Rezeption lockte?

Er suchte daher die Aufnahmen der obersten Etage heraus. Wann mochte der Zettel abgelegt worden sein? Der Täter hatte es sicher nicht riskieren wollen, gesehen zu werden. Aber wenn er ihn zu früh angebracht hätte, wäre er möglicherweise weggeweht oder von anderen Passagieren gefunden worden. Hackenholt wählte den Zeitraum ab Mitternacht und spielte das Video im Suchlauf ab. Schnell merkte er, dass er völlig falschen Vorstellungen erlegen war. Er hatte ein leeres Deck erwartet – das Gegenteil war jedoch der Fall. Bis ungefähr ein Uhr nachts tummelten sich dort mehrere Gruppen. Und auch danach kamen immer wieder Einzelpersonen oder Paare vorbei. Hackenholt gab es auf, denjenigen finden zu wollen, der den Hinweis platziert hatte.

Plötzlich fiel ihm ein, dass er Christine Mur nicht gesagt hatte, dass Tamsin Hoopers Schmuck verschwunden war. Eilig sandte er seiner Kollegin eine Nachricht und Fotos, auf denen man die Stücke erkennen konnte. Anschließend sichtete er das Video, das den Eingang zur Hopfenschänke zeigte. Aber er entdeckte niemanden, der vor der Amerikanerin das Restaurant betreten und auf sie gewartet hatte.

Frustriert widmete sich Hackenholt den Aufnahmen der einzigen Kamera, die es in der Nähe der Schiffsküche gab. Er beobachtete die Küchenhilfen, die unermüdlich hin und her eilten. Gegen halb eins flaute das Kommen und Gehen allmählich ab. Um eins wurden Putzwagen weggebracht. Eine Viertelstunde später erlosch das Licht in der Galley, und die letzten Männer kamen heraus.

»Nun wird's interessant«, murmelte Hackenholt erwartungsvoll. Doch es geschah gar nichts. Nach ein paar Minuten wählte er den Suchlauf und starrte konzentriert auf den Monitor. Auf einmal schob sich von rechts ein Putztrolley ins Bild. Eine Frau mit Kopftuch wischte mit großer Gründlichkeit den Boden. Dann wurde wieder alles ruhig. Um Viertel vor zwei kam die Reinigungskraft zurück. Zwanzig Minuten später folgten ihr zwei Kolleginnen.

Kurz darauf erschien ein Mann in Uniform. Hackenholt stoppte den Suchlauf und sah ihm zu, wie er den Gang entlangschritt, die Tür zur Küche öffnete, hineinblickte und weiterging. Gehörte der Unbekannte zu Henning Meys Team? Hackenholt fotografierte ihn und kehrte in den Suchlauf zurück. Um zwanzig nach zwei eilte der Umweltoffizier zielstrebig vorüber. Hackenholt fragte sich, welcher seiner Pflichten Bodo Pfister zu der nächtlichen Stunde nachgegangen sein mochte. Sicherheitshalber schoss er ein Foto und ließ die Aufnahme weiterlaufen. Wenige Minuten nach halb drei schlenderte eine weitere Person vorbei. Sie trug eine Jogginghose mit einem auffälligen weißen Streifen an der Seite und einen dunklen Hoodie. Außerdem hatte sie eine Sporttasche bei sich. Erstaunt stellte Hackenholt fest, dass es sich um den Schauspieler handelte, der den Kommissar beim Krimidinner gemimt hatte. Was tat der Typ da mitten in der Nacht im Flur vor der Galley? Wollte er ins Fitnessstudio? Hackenholt machte ein Foto und sah auf dem Decksplan nach. Das Crew-Gym lag am anderen Ende des Schiffs.

Allmählich begann die heiße Phase. Es ging immer näher auf drei Uhr zu. Hackenholt sah sich das Video nun in normaler Geschwindigkeit an, obwohl ihn das Zeit kostete. Doch so intensiv er auch auf den Bildschirm starrte, er konnte nicht einmal eine leichte Bewegung der Schwingtür feststellen, hinter der die Schiffsküche lag. Es kam auch niemand mehr vorüber. Hackenholt wurde zunehmend ungeduldiger.

Um drei Uhr zweiundzwanzig schlurfte jemand ins Bild. Es war die Küchenhilfe, die die Tote gefunden hatte. Der Kerl betrat die Galley, und das Licht sprang an. Drei Minuten später trafen zwei Mitarbeiter des Sicherheitsdiensts ein. Einer davon war der Mann, der weniger als eine Stunde zuvor vorbeigegangen war und die Tür geöffnet hatte. Als Nächstes erschienen Henning Mey und der Schiffsarzt. Der Sicherheitsoffizier und einer seiner Leute rannten kurz danach wieder weg. Schließlich liefen Christine Mur und Maurice Puellen den Gang entlang. Dann sah Hackenholt sich selbst.

Er wollte die Aufnahme schon abschalten, weil er nicht mehr damit rechnete, dass noch etwas Relevantes geschehen würde, als er den Schauspieler mit der Sporttasche bemerkte. Irgendetwas an seinem Verhalten ließ Hackenholt stutzig werden. Er schien zu horchen. Als der Flur leer war, sprintete er an der Tür zur Galley vorüber und verschwand in einem anderen Gang. Hackenholt fragte sich, was der Mann dort zu suchen gehabt hatte.

Aus heiterem Himmel ertönte auf einmal der charakteristische Dreifachgong, der eine Mitteilung des Kapitäns ankündigte. Hackenholt lehnte sich zurück und hob lauschend den Kopf. Barrington Vivianis Stimme hallte aus dem Lautsprecher. Er informierte mit knappen Worten darüber, dass es in der Nacht einen Vorfall gegeben habe, wegen dem die Polizei in Schottland an Bord kommen werde. Um die Verzögerung so kurz wie möglich zu halten, würden ab sofort Mitarbeiter des Sicherheitsdiensts Befragungen durchführen. Im selben Atemzug versicherte er, dass alles nur halb so schlimm sei. Niemand brauche Angst zu haben. Panik sei absolut fehl am Platz, da keinerlei Gefahr bestehe. Sodann ging es in epischer Breite weiter mit den für heute auf dem Schiff geplanten Aktivitäten und der Wettervorhersage. Kaum war die Durchsage verstummt, begann das Bordtelefon in Hackenholts Büro zu klingeln.

»Wegen gerade eben …« Es war Henning Mey anzuhören, dass er nicht wusste, wie er es formulieren sollte. »Der Chef hat das nur so dahingesagt. Ich werde ganz sicher keine Ermittlungen ohne Sie anstrengen. Dazu habe ich viel zu wenig Ahnung von der Materie. Wir machen genauso weiter wie gehabt.«

»Sehr schön, ich bin nämlich auf ein, zwei Dinge gestoßen, die mir merkwürdig erscheinen«, entgegnete Hackenholt. »Können Sie herausfinden, wann der Umweltoffizier gestern Feierabend gemacht hat?«

»Einen Moment, ich sehe das rasch im Zeiterfassungssystem für Sie nach.« Eine Tastatur klapperte. »Um siebzehn Uhr dreißig.«

»Kennen Sie einen Grund, warum er nachts um drei Uhr durch den Küchentrakt gelaufen sein könnte?«

Mey zögerte. »Sie haben ihn doch auf angebliche Umweltdelikte angesprochen. Ich könnte mir vorstellen, dass er dem nachgehen wollte.«

Hackenholt ließ das unkommentiert stehen und berichtete stattdessen von dem Schauspieler, der sich ebenfalls dort herumgetrieben hatte.

»Bei ihm fällt mir auf die Schnelle nichts ein, was er um diese Zeit da zu suchen hatte. Wollen Sie ihn befragen?«

»Ja. Aber als Erstes möchte ich Bodo Pfister sprechen. Können Sie ihn bitte zu mir schicken?«

Kurz darauf hörte Hackenholt eilige Schritte im Flur. In der Annahme, es wäre der Umweltoffizier, stand er auf und öffnete die Tür. Im nächsten Moment stellte er jedoch seinen Irrtum fest. Christine Mur war den Gang entlanggestürmt und hämmerte nun gegen die Tür zur Brücke.

»Was erlauben Sie sich eigentlich?«, fuhr sie Viviani an, als er öffnete. »Wenn Sie so weitermachen, verhafte ich Sie wegen Behinderung der Staatsgewalt. Und dabei ist es mir völlig egal, dass wir uns hier auf einem Schiff mitten im Nordatlantik befinden und deutsche Gesetze nicht notwendigerweise gelten müssen. Was Sie sich herausnehmen, ist eine absolute Frechheit. Haben Sie eine Vorstellung davon, wie lange ich mich auf diesen Urlaub gefreut habe? Und jetzt das! Wir arbeiten seit vorgestern praktisch rund um die Uhr. Und dann kommt so ein ... ein ... einer wie Sie daher, der erst mal extrem wichtige Fakten verschweigt und sich anschließend wundert, dass er verdächtigt wird. Wegen Ihnen habe ich mir den ersten Teil der Nacht um die Ohren geschlagen und Videos angeschaut. Und in der zweiten Hälfte habe ich einen Tatort akribisch auf Spuren untersucht, damit der Täter zur Rechenschaft gezogen werden kann.« Sie redete ohne Punkt und Komma. »Und nun wollen Sie uns von dem Fall abziehen? Uns, die Einzigen, die

Ahnung von Ermittlungen haben? Ohne unsere Intervention wüsste die Staatsanwaltschaft Hamburg wahrscheinlich immer noch nichts.«

»So war das doch nicht gemeint.« Viviani wirkte verlegen. »Ich dachte nur, es würde komisch klingen, wenn ich sage, dass drei Passagiere Nachforschungen anstellen.«

»Warum?« Mur reckte das Kinn vor. »Im Falle eines Piratenangriffs würden Sie mit Sicherheit einen Gast, der ausgebildeter Scharfschütze ist, einem Ihrer Securitys vorziehen, der bloß mal eine Übung mitgemacht hat, oder?«

Vivianis Augen weiteten sich, und er nickte eilig.

»Gut! Nachdem wir das nun ein für alle Mal geklärt haben, können wir uns wieder den wichtigen Dingen zuwenden.« Sie machte abrupt kehrt und stürmte in das danebenliegende Büro. Hackenholt folgte ihr schmunzelnd und schloss die Tür.

»Hast du Tamsin Hoopers Kabine schon durchsucht?«

»Ja. Es gibt keinerlei Anzeichen für einen Streit mit ihrem Mann. Außerdem habe ich weder die verschwundenen Schmuckstücke gefunden noch irgendwelche Zettel, die auf eine Schnitzeljagd hindeuten. Und bevor du fragst: Ich habe natürlich auch seine Kleidung untersucht, aber auf den ersten Blick konnte ich nirgends frische Blutflecken feststellen.«

»Dafür habe ich etwas entdeckt.« Er zeigte ihr das Video der Überwachungskamera im Küchentrakt.

»Ein ziemlich belebter Ort«, stellte Mur fest. »Wer hätte vermutet, dass dort nachts so viele Personen vorbeigehen? Was tut zum Beispiel der Umweltoffizier da? Und der Schauspieler?«

»Das werde ich die Herrschaften gleich fragen.«

Mur wiegte den Kopf hin und her. »Denkst du nicht, sie hätten sich längst mit dir in Verbindung gesetzt, wenn sie was beobachtet hätten?«

»Einer von beiden könnte etwas mit den Morden zu tun haben«, entgegnete Hackenholt.

»Das halte ich für unwahrscheinlich. Der Täter hat bislang konsequent darauf geachtet, Wege zu wählen, die nicht videoüberwacht werden. Und nun soll er in unmittelbarer Tatortnähe genau vor einer Kamera vorbeigelaufen sein?«

»Anfänglich habe ich das auch gedacht«, sagte Hackenholt. »Aber inzwischen ist mir klar geworden, dass es die ganze Zeit schon Situationen gab, in denen er sich den Kameras präsentiert hat. Beispielsweise als er die Zettel mit den Hinweisen auf dem Sonnendeck versteckt und an der Rezeption abgegeben hat.«

»Aber da hat er sich in einem Pulk anderer Personen versteckt, die sich ebenfalls dort aufgehalten haben. Das sind alles Orte, an denen man keinen Verdacht schöpft. Wohingegen jeder auffällt, der nachts um drei mutterseelenallein in der Nähe der Schiffsküche herumläuft«, widersprach Mur.

»Wir werden sehen«, lenkte Hackenholt ein. Es klopfte an der Tür. Er erhob sich und ließ Bodo Pfister eintreten.

»Wenn nichts weiter anliegt, mache ich jetzt mit meiner Arbeit weiter«, sagte Mur. Es klang, als habe Hackenholt sie von etwas Wichtigem abgehalten.

Wieder diente Hackenholts Handy als Diktiergerät. Und obwohl er den Umweltoffizier bereits bei ihrem früheren Gespräch auf seine Rechte und Pflichten als Zeuge hingewiesen hatte, tat er es noch einmal, bevor er seine Fragen stellte.

»Haben Sie geregelte Arbeitszeiten?«

»Im Grunde genommen schon. Es sei denn, es gibt einen Notfall.«

»Was muss ich mir darunter vorstellen?«

»Ich werde beispielsweise informiert, wenn etwas kaputt ist und das Wasser nicht optimal gefiltert werden kann.«

»Und was tun Sie dann?«

»Ich protokolliere die Ist-Situation, welche Maßnahmen ergriffen wurden, und warum nichts anderes möglich war.«

»Kommen solche Vorfälle häufig vor?«

Bodo Pfister schüttelte den Kopf. »Auf der gesamten Reise hatten wir bislang kein einziges Problem. Und das, obwohl das Wetter extrem schlecht war.«

»Laut Zeiterfassung haben Sie gestern um siebzehn Uhr dreißig Ihren Dienst beendet.«

Der Umweltoffizier runzelte die Stirn, nickte jedoch.

»Was haben Sie dann morgens um zwanzig nach zwei im Küchentrakt gemacht?«

Der Hals des Offiziers wurde flammend rot. Es war schon lange nicht mehr vorgekommen, dass Hackenholt jemandem so deutlich angesehen hatte, dass er sich ertappt fühlte. Hackenholt lehnte sich zurück und schlug die Beine übereinander.

»Sie haben mich ganz kirre gemacht«, stieß Pfister gepresst hervor. »Ich wollte mich vergewissern, dass Ihre Anschuldigungen haltlos sind. Deshalb habe ich mir den Wecker für einen Kontrollgang gestellt.« Seine Scham verflog genauso schnell, wie sie gekommen war. »Und wissen Sie was? Alles war in bester Ordnung. Es wurden keine Tanks heimlich gespült, kein dreckiges Wasser ausgeleitet und auch keine Lebensmittelreste verklappt.«

Hackenholt hätte am liebsten gelacht, wäre das Thema nicht so ernst gewesen. Offenbar fühlte sich Bodo Pfister in seiner Ehre gekränkt. Das hieß: Selbst wenn es Verstöße gegeben hatte, waren sie höchstwahrscheinlich ohne sein Zutun geschehen. Oder der Mann war ein verdammt guter Lügner.

»Ist Ihnen etwas aufgefallen, als Sie an der Galley vorbeiliefen?«

»Nein, warum?« Pfister zog misstrauisch die Augenbrauen zusammen. »Wollen Sie behaupten, ich hätte etwas übersehen?«

»Allenfalls die Vorbereitungen für einen Mord.«

Der Umweltoffizier erbleichte. »Ich wusste nicht, dass ... um diese Zeit?«

»Ist Ihnen jemand begegnet?«

»Nein, keine Menschenseele.«

»Zeigen Sie mir bitte den Weg, den Sie genommen haben.«

Hackenholt schob ihm den Decksplan zu, und Bodo Pfister fuhr mit dem Finger von seiner Kabine angefangen einmal quer durch den Bauch der SunnySky.

»Um wie viel Uhr sind Sie in Ihre Unterkunft zurückgekehrt?«

»Es war fast vier. Ich habe mich wieder hingelegt, aber ich konnte nicht mehr einschlafen.« Er guckte Hackenholt böse an. »Das war eine sehr kurze Nacht.«

»Fragen Sie mich mal«, entgegnete der ungerührt. Einem Impuls folgend griff er zum Laptop und spielte Pfister eines der letzten Videos vor, das Cindy Fischers Spy-Kamera aufgenommen hatte. »Können Sie mir sagen, was wir da sehen?«

Der Mann beugte sich vor und schaute sich die Aufnahme an. Dann bedachte er Hackenholt mit einem irritierten Blick. »Wollen Sie mich verarschen? Das ist der Flur hinter der Küche. Welche Umweltverstöße soll man da bitte beobachten können?«

Hackenholt wählte eine Aufzeichnung der zweiten Kamera. Wieder erkannte der Offizier sofort, welchen Bereich des Schiffs sie zeigte. Doch auch hier gab es nichts, was mit Umweltverschmutzung in Zusammenhang gebracht werden konnte. Hackenholt bedankte sich für die Auskünfte und entließ den Mann.

Als er allein war, sah er sich die beiden Stellen, an denen die Kameras angebracht worden waren, noch einmal auf dem Decksplan an. Pfister hatte recht. Auch ihm erschloss sich nicht, was Cindy Fischer gehofft hatte, dort zu filmen. Natürlich konnte er sich erst sicher sein, wenn ein Fachmann die Videos begutachtet hatte. Vielleicht kannte er sich nur nicht gut genug mit der Materie aus. Aber bis dahin musste er in Betracht ziehen, dass die Spycams anderen Zwecken gedient hatten.

Was konnte der jungen Frau so wichtig gewesen sein, dass sie es ständig überwachte? Das Kokain? Hatte sie doch damit zu tun? War eine große Menge hinter einer der Türen versteckt, die sie über die Kameras sehen konnte? Oder wollte sie eine Person im Auge behalten?

Hackenholts Handy piepte. Manfred Stellfeldt schrieb ihm, dass er mit Frau Fischers Vater telefoniert und ihn erfolglos zu Tamsin und Nathan Hooper befragt hatte. Martin Groß werde sich mittags mit der Schwester treffen, um sie ebenfalls zu dem Thema zu vernehmen. Während Hackenholt einen kurzen Dank tippte, klingelte das Bordtelefon. Es war Henning Mey. Nathan Hooper wollte ihn unbedingt sprechen, weil ihm etwas eingefallen war.

»Ich habe nachgedacht«, begann der Amerikaner zögerlich. »Es gibt einen Mann, der immer wieder versucht hat, mit Tamsin zu flirten. Er tritt in den Shows auf und hat ihr mehrere Male eine Kusshand zugeworfen.«

»Wissen Sie, wie er heißt?«

Hooper schüttelte den Kopf. Hackenholt sah sich um. Wie in allen Kabinen gab es auch hier einen Ordner mit Informationen zum Schiff, zur Kreuzfahrt und zum Unterhaltungsprogramm. Er blätterte darin zu den Fotos von den Abendshows, dann drehte er die Seiten um, sodass Hooper sie sehen konnte. Sofort zeigte er auf den Schauspieler, der beim Krimidinner die Rolle des Kommissars innegehabt hatte. Sein Name stand in der Broschüre: Thijs Vermeulen.

»Hat sich Ihre Frau mal mit ihm getroffen?«, erkundigte sich Hackenholt.

»Nein, natürlich nicht.« Hooper tat entrüstet. Einen Moment später sagte er kleinlaut: »Einmal ist sie ihm nachts beim Telefonieren begegnet. Ich habe sie gesehen, als ich sie gesucht habe. Da blieb sie auch schon so lange weg.«

»Wo finde ich Herrn Vermeulen um diese Uhrzeit?«, fragte Hackenholt Henning Mey, nachdem sie die Kabine verlassen hatten.

»Es ist schon nach zehn Uhr, die Künstler sind wahrscheinlich im Theatrium.«

Gemeinsam stiegen sie zu Deck 9 hinauf. Auf der Bühne wurde eine Show geprobt. Hackenholts Blick glitt über die Anwesenden, der Niederländer war nicht darunter. Henning Mey ging zur ersten Sitzreihe und sprach einen älteren Mann an. Nach einem kurzen Wortwechsel schüttelte der jedoch den Kopf.

»Der Theatermanager hat ihn heute noch nicht gesehen. Wir können es in seiner Kabine probieren oder in der Mannschaftsmesse oder im Fitnessstudio. Spätestens in anderthalb Stunden muss er hier sein, weil er die heutige Mittagslesung übernimmt.«

»Was ist das?«

»Jeden Mittag um zwölf liest einer der Schauspieler fünfundvierzig Minuten lang Auszüge aus seinem angeblichen Lieblingsbuch. Das ist es natürlich nicht, vielmehr stammt es von einer Liste, die die Reederei vorgibt. Da ist alles dabei: vom Krimi bis zum Liebesroman. Nur nichts zu Anspruchsvolles.«

»Mir wäre es lieber, wenn ich Herrn Vermeulen vor der Veranstaltung sprechen könnte.«

»Kein Problem.« Henning Mey rief an der Rezeption an und bat um die Kabinennummer.

Auf dem Weg hinunter zu Deck 2 machten sie einen Umweg zum Crew-Gym und der angeschlossenen Sauna. Der Fitnessraum war deutlich schlichter eingerichtet als das Pendant für die Passagiere. Hackenholt störte am meisten, dass es keine Fenster gab, obwohl riesige Flachbildschirme an den Wänden das Gegenteil vorgaukeln sollten, indem darauf der Himmel und die vorüberziehenden Wolken zu sehen waren. Die Anzahl der Geräte ließ vermuten, dass sich nicht übermäßig viele Mitarbeiter in ihrer spärlichen Freizeit hier aufhielten.

Mey nickte drei Personen zu, die auf Laufbändern joggten, während er und Hackenholt den L-förmigen Raum durchquerten. Am Ende gab es in einem von Regalen abgeschirmten Bereich eine Hantelbank. Hier trainierte Thijs Vermeulen. Er blickte auf, als die beiden Männer näherkamen. Hackenholt glaubte, für einen kurzen Moment so etwas wie Erschrecken in seinem Blick wahrzunehmen. Doch der Gesichtsausdruck verflog genauso schnell, wie er gekommen war. Hackenholt stellte sich mit Namen und Dienstgrad vor und bat um ein Gespräch.

»Das ist im Augenblick ganz ungünstig«, entschuldigte sich der Niederländer. »Ich bin gleich mit der Mittagslesung im Theatrium dran und muss vorher noch duschen.« Auf einmal hatte er eine Idee. »Haben Sie Lust, mich zu begleiten? Wir könnten anstatt der Lesung über Ihren Beruf sprechen. Das würde die Passagiere sicher brennend interessieren. Einen echten Kriminalhauptkommissar von der Mordkommission trifft man nicht oft im Leben.«

»Dafür habe ich absolut keine Zeit«, entgegnete Hackenholt kühl. »Ich ermittle in zwei Mordfällen. Kommen Sie jetzt bitte mit.«

»Warum, was habe ich denn angestellt?« Der Mann lachte gekünstelt auf. Es war nicht zu überhören, dass er nervös war.

»Es geht um Ihren Ausflug heute Morgen um halb drei.« Hackenholt beobachtete die Reaktion des Schauspielers sehr genau. Er zuckte zusammen und senkte schlagartig den Blick.

»Und, was soll damit sein?« Es sollte gelangweilt klingen, wirkte jedoch ängstlich.

»Das besprechen wir im Büro.« Henning Mey wurde es allmählich ebenfalls zu bunt.

»Aber ich kann jetzt nicht!«, platzte es aus Vermeulen heraus. »Der Theatermanager hat mich sowieso schon auf dem Kieker. Wenn ich nicht pünktlich zur Arbeit erscheine, bin ich geliefert.«

»Machen Sie sich keine Sorgen, wir werden ihn informieren und bitten, die Lesung abzusagen«, entgegnete Hackenholt ungerührt. Ihm ging die Verzögerungstaktik des Niederländers auf die Nerven. Von Minute zu Minute fragte er sich mehr, ob er etwas übersehen hatte. Wieso sträubte sich der Kerl derart? Konnte er der Täter sein?

»Okay, wenn Sie meinen.« Plötzlich fuhr Vermeulen herum und stürmte durch eine Tür in die Umkleide. Als Hackenholt ihm folgen wollte, war sie von innen blockiert.

»Es gibt einen zweiten Ausgang durch die Sauna«, rief Henning Mey.

Hackenholt drehte sich um und hastete ihm hinterher. Sie rannten den Flur entlang und bogen rechts ab. Durch eine Stahltür gelangten sie in das Mannschaftstreppenhaus, durchquerten es und erreichten durch eine weitere Tür den gegenüberliegenden Gang. Hackenholt erblickte Vermeulen in zwanzig Metern Entfernung. Der sah ihn ebenfalls und flüchtete in die entgegengesetzte Richtung. Hackenholt und Mey nahmen die Verfolgung auf.

Der Sicherheitsoffizier war gut trainiert, auch nach mehreren hundert Metern ging sein Atem noch gleichmäßig. Thijs Vermeulen bog in das mittlere Treppenhaus ab und rannte drei Stufen auf einmal nehmend in einem Affentempo hinauf. Es fiel Hackenholt schwer, dranzubleiben. Treppenlauf war nie seine Stärke gewesen. Aber schon nach drei Decks verließ der Schauspieler das Treppenhaus wieder. Offenbar spielte er mit seinen Häschern Katz und Maus. Hackenholt befürchtete, dass sich die Jagd noch über diverse Stockwerke erstrecken könnte. Dabei war es schwachsinnig, auf einem Schiff überhaupt wegzulaufen, weil es kein Entkommen gab. Früher oder später würden sie ihn kriegen.

Erneut ging es in einen anderen Flur. Der Abstand hatte sich mittlerweile fast verdoppelt. Hackenholt bekam nun doch Angst, dass sie Vermeulen aus den Augen verlieren könnten. Noch einmal bog der junge Mann ab. Wenn Hackenholt nicht alles täuschte, waren sie mehrfach ein großes U gelaufen.

»Was zum Teufel hat er vor?«, rief Henning Mey alarmiert.

»Ich fürchte, er will unsere Ausdauer testen«, presste Hackenholt heraus.

»Das meine ich nicht.« Auch Mey war inzwischen ins Keuchen geraten. »Da, sehen Sie!«

Der Niederländer war stehen geblieben und riss scheinbar wahllos orangefarbene Rettungswesten aus einem offenen Wandregal im Mannschaftsbereich. Dann rannte er weiter.

»Er hat eine Rettungsinsel genommen«, brüllte Mey.

»Befinden die sich nicht in den weißen Kapseln neben den Rettungsbooten?«

»Für den Fall der Fälle haben wir hier unten zusätzliche Sechs-Personen-Inseln.«

Hackenholt war froh, dass er das nicht schon zu Beginn der Kreuzfahrt erfahren hatte. Er wäre imstande gewesen, das Schiff augenblicklich wieder zu verlassen. Die im Vergleich zu den großen Rettungsinseln geradezu winzigen Verpackungen machten auf ihn keinen vertrauenserweckenden Eindruck. Thijs Vermeulen stieß unterdessen eine Tür auf und preschte über den Außenbereich zur Reling. Als es nicht mehr weiterging, sah er sich hektisch um. Sofort verlangsamte Hackenholt seinen Schritt.

»Tun Sie nichts Unüberlegtes!«, rief er.

»Bleiben Sie stehen!«, kreischte Vermeulen.

»Ich will nur reden«, beschwichtigte Hackenholt. »Nichts wird so heiß gegessen, wie es gekocht wird. Ein guter Strafverteidiger kann Sie bestimmt raushauen.«

Vermeulen lehnte sich über die Reling.

»Die Lage ist definitiv nicht so aussichtslos, dass Sie Ihr Leben einfach so wegwerfen sollten. Ich verspreche Ihnen, es wird eine Lösung geben, mit der Sie –«, abrupt brach er ab.

Thijs Vermeulen hatte sich umgedreht und die Rettungsinsel seitlich über die Brüstung geworfen. Für einen Augenblick hielt er die Reißleine in der Hand. Ein Ruck, dann entglitt sie ihm. In Sekundenschnelle öffnete sich die Rettungsinsel und blies sich wie von Geisterhand auf. Einen Wimpernschlag später klatschte sie auf dem Wasser auf und wurde sofort abgetrieben. Hackenholt hechtete vor und bekam Vermeulens Knöchel zu fassen. Erst als er sich wieder aufrappelte, wurde ihm klar, dass der Niederländer nie vorgehabt hatte, zu springen. Er hatte keine Schwimmweste mitgenommen, obwohl er Dutzende aus dem Regal gerissen hatte. Es war ihm nur um die Insel gegangen.

»Informieren Sie die Brücke, sie sollen die Maschinen stoppen. Wir müssen die Rettungsinsel bergen«, wies Hackenholt Henning Mey an.

»Das ist nicht nötig. Wir haben noch genügend andere an Bord.«

»Wir brauchen sie als Beweisstück. Das Rauschgift ist darin versteckt«, behauptete Hackenholt aufs Geratewohl.

Thijs Vermeulens verkniffenem Gesichtsausdruck war anzusehen, dass Hackenholt mit seiner Vermutung goldrichtig lag. Henning Mey war von einer Sekunde auf die andere ganz in seinem Element. Er schien auf einmal vier Hände und zwei Telefone zu haben.

Unterdessen versammelten sich zahlreiche Schaulustige auf den Außendecks. Viele hatten die Rettungsinsel im Meer entdeckt und rätselten, was es damit auf sich haben könnte. Schließlich drängte sich der Erste Offizier durch die Menge. Ihm folgten mehrere Seeleute. Als Letzte erschien Christine Mur. Während Hackenholt sie bat, Vermeulen mit einem Crew-Mitglied in das Büro auf Deck 11 zu bringen und zu bewachen, instruierte Mey seine Kollegen.

»Wir werden ein Tenderboot zu Wasser lassen, um die Rettungsinsel zu bergen. Wenn Sie mitkommen wollen, müssen Sie die anziehen.« Er drückte Hackenholt eine Schwimmweste in die Hand. Nachdem er sie angelegt hatte, stieg er mit Mey und drei weiteren Männern in das Boot, das daraufhin mit Hilfe von starken Winden ins Meer hinabgelassen wurde. Als Hackenholt aus den kleinen Fenstern blickte, sah er Sophie. Sie war mit Ronja auf dem Arm auf den Balkon getreten und starrte zu ihm hinüber. Er winkte, aber sie schien es nicht zu bemerken.

Das Tenderboot setzte ziemlich unsanft auf. Ein Matrose schaltete den Motor ein und steuerte in die Richtung, in die die Rettungsinsel abgetrieben worden war. Henning Mey und die beiden anderen von der Crew standen breitbeinig an der Reling und suchten das Meer mit ihren Ferngläsern ab.

»Dreißig Grad backbord«, rief er nach Kurzem und reichte Hackenholt sein Fernglas, während er einen Bootshaken holte.

Wenige Minuten später nahmen sie die Rettungsinsel ins Schlepptau und fuhren zurück zum Schiff.

Hackenholt gelangte wie beim Tendern zwischen SunnySky und Hafen über eine schmale, ausklappbare Außenplattform auf Deck 3 wieder an Bord. Er überließ es der Mannschaft, die Rettungsinsel in einen Lagerraum zu hieven und das Tenderboot an seinem Platz zu vertäuen. Stattdessen eilte er zum Büro. Mur und der Niederländer saßen sich schweigend gegenüber. Hackenholt bat seine Kollegin, Henning Mey bei der Bewachung der Rettungsinsel abzulösen und sie gründlich zu untersuchen. Als der Sicherheitsoffizier nach einer Weile zu ihm ins Büro kam, begann er mit der Vernehmung. Thijs Vermeulen entschied sich jedoch, die Aussage zu verweigern.

»Das ist Ihr gutes Recht. Sie sollten allerdings bedenken, dass Sie jetzt noch die Chance haben, bei der Aufklärung eines Verbrechens aktiv mitzuwirken. In einer Stunde wissen wir wahrscheinlich schon mehr.«

Dennoch zog es der Schauspieler vor, zu schweigen.

»Gut, dann brauche ich jetzt nur noch Ihr Handy und den Entsperrungscode.«

Widerwillig nahm der Mann das Gerät aus seiner Hosentasche, aber den Code wollte er nicht verraten.

»Herr Mey und seine Leute werden Sie in eine Arrestzelle bringen.« Hackenholt erhob sich und nickte dem Offizier zu.

Danach ging er auf kürzestem Weg hinunter zu Christine Mur in den Schiffsbauch. Sie wirkte grenzenlos enttäuscht.

»Da freut man sich, dass man es endlich mal mit einem innovativen Rauschgiftversteck zu tun hat, und dann?« Sie sah ihn vorwurfsvoll an. »Anstatt das Kokain in die Luftkammern zu füllen, haben sie ihre drei mickrigen Blöcke nur innen reingestopft. Es grenzt an ein Wunder, dass sie nicht rausgeflogen sind, als sich die Rettungsinsel geöffnet hat und auf dem Meer aufgeklatscht ist.«

»Sei froh, denn das erleichtert uns die Arbeit«, tadelte Hackenholt.

»Ich habe alles fotografiert und die Verpackung auf Fingerabdrücke untersucht.« Mur deutete auf ihren Ordner, in dem sie die Klebestreifen mit den jeweiligen Fingerspuren akribisch nach Fundort und Datum sortiert abgeheftet hatte. »Als Nächstes nehme ich Herrn Vermeulens Fingerabdrücke und übermittle anschließend alles an die Kollegen in Nürnberg.«

»Hast du schon überlegt, wo wir das Rauschgift lagern, bis wir in einem Hafen sind? Bei den Blöcken handelt es sich um die x-fache Menge der Portionsbriefchen. Es wäre grob fahrlässig, sie ebenfalls im Büro aufzubewahren.«

»Was hältst du von dem Safe in unserer Suite? Dort kann Maurice das Zeug bewachen. Er hat gerade sowieso nichts zu tun.«

Hackenholt nickte.

Bevor er in sein Büro zurückkehrte, stattete er Nathan Hooper noch einmal einen Besuch ab und sprach ihn ganz gezielt auf den Schauspieler an.

»Erinnern Sie sich an die erste Begegnung zwischen Ihrer Frau und Thijs Vermeulen?«

Der Amerikaner schüttelte den Kopf.

»Wann haben Sie die beiden zusammen gesehen?«, versuchte Hackenholt es anders.

»Vor drei Tagen.« Hooper rieb sich mit dem Daumennagel über die Stirn. »Wäre ich doch nur hingegangen und hätte sie von dem Typen weggeholt. Ich weiß wirklich nicht, warum ich das nicht getan habe.«

»Wie lange haben Sie sie beobachtet?«

»Nur kurz. Ich wollte nicht, dass sie mich sieht und denkt, ich würde ihr hinterherschnüffeln.«

»Wie haben die zwei auf Sie gewirkt?«

»Sie haben gelacht. Als Tamsin aufgestanden ist, hat er sie festgehalten und wollte sie nicht gehen lassen.« Hooper schien die Szene in Gedanken noch einmal zu durchleben. »Ich habe natürlich gewartet, falls sie Hilfe gebraucht hätte. Aber dann haben sie wieder gelacht.«

»Wie hat sich Herr Vermeulen verhalten, wenn Sie dabei waren?«

»Das habe ich Ihnen bereits gesagt: Er hat ihr immer eine Kusshand zugeworfen.«

»Auch beim ersten Mal?«

»Das weiß es nicht mehr.«

»Und wie hat Ihre Frau darauf reagiert?«

»Sie hat gelacht.«

»Denken Sie, sie hat Herrn Vermeulen schon gekannt?«

»Nein. Es war doch erst ihre zweite Kreuzfahrt.«

Hackenholt fragte sich, wann dieser freundliche Umgang ins Gegenteil umgeschlagen sein mochte. Und warum.

»Haben Sie die beiden jemals streiten sehen?«

»Nein. Denken Sie, er hat Tamsin ...?«

»Dazu kann ich im Moment nichts sagen«, entgegnete Hackenholt geduldig. »Wir ermitteln in alle Richtungen und versuchen, Zusammenhänge aufzudecken. Ich habe noch eine letzte Frage: Hat Ihre Frau gelegentlich berauschende Substanzen eingenommen?«

Hooper runzelte die Stirn. »Meinen Sie Alkohol?«

»Ich spreche von Rauschgift, zum Beispiel Kokain.«

»In Tamsins Kreisen gehört das auf Partys dazu.«

»Hat sie hier welches konsumiert?«

Hooper schüttelte den Kopf.

Im Anschluss an das Gespräch ging Hackenholt hinauf in das Büro. Thijs Vermeulens Handy lag noch auf dem Tisch. Es war jedoch – ganz wie von Hackenholt befürchtet – gesichert und ließ sich ohne PIN-Code nicht entsperren. Er legte es beiseite und dachte nach. Der Niederländer hatte Betäubungsmittel geschmuggelt. Zwar nicht im ganz großen Stil, aber doch in einer erheblichen Menge. Hackenholt war sicher, dass sich die Fingerabdrücke des Schauspielers an den Kokainbriefchen befanden, die in Cindy Fischers Safe gelegen hatten. Das bedeutete, dass Vermeulen nicht nur das Koks in Blocks schmuggelte, sondern auch gestreckt und portionsweise abgepackt hatte, um es auf dem Schiff zu verticken. An Passagiere? An die Crew? Oder an beide? War das die Verbindung zu Tamsin Hooper? War sie eine Kundin? Christine Mur hatte keine Drogen in der Junior-Suite gefunden. Und Nathan Hooper hatte abgestritten, dass seine Frau welches gekauft hatte. Oder schwieg er sich nur darüber aus, weil er fürchtete, selbst Probleme mit dem Gesetz zu bekommen?

Und wie passte Cindy Fischer dazu? Hatte der Niederländer ihr die Portionspäckchen zur Aufbewahrung übergeben? Extrem unwahrscheinlich. Wo konnte die junge Frau sie entdeckt haben? Und: Hatte sie vermutet, dass irgendwo noch mehr war? Hatte sie sich nachts, wenn die Urlauber schliefen, gezielt auf die Suche danach gemacht? War sie Vermeulen dabei in die Hände gelaufen, als dieser seinerseits nach seinen verschwundenen Päckchen gesucht hatte?

Hackenholt schaltete den Laptop ein. Gerade als er im Internet über Thijs Vermeulen recherchieren wollte, ging die Tür auf und Christine Mur trat ein.

»Treffer!« Selig ließ sie sich auf einen Stuhl sinken. »Vermeulens Fingerabdrücke befinden sich sowohl innen als auch außen auf den Rauschgiftpaketen. Außerdem kann ich nachweisen, dass er die Portionstütchen angefasst hat.« Auf einmal zog sie die Nase kraus. »Wofür ich allerdings keinen Beweis gefunden habe, ist, dass er in Cindy Fischers Kabine war. Es gibt weder dort noch in der Küche Fingerspuren von ihm.«

»Er könnte Handschuhe getragen haben.«

Mur nickte versonnen. »Ich bin mir ziemlich sicher, dass ich DNA-Spuren von ihm in der Umgebung der Opfer gesichert habe.

Mit etwas Glück vielleicht auch an den Leichen selbst. Aber das erfahren wir erst, wenn die Proben in einem Labor untersucht wurden.«

»Hast du zufällig Vermeulens Fingerabdrücke hier?«, fragte Hackenholt, weil ihm eine Idee gekommen war.

Mur öffnete ihren Ordner und legte ihm die Blätter vor. Er versuchte, das Handy zu entsperren, indem er den Abdruck des Zeigefingers behutsam auf den Sensor des Geräts drückte. Aber nichts geschah.

»Wäre auch zu schön gewesen«, murmelte er enttäuscht.

»Wir sollten uns jetzt Vermeulens Kabine vornehmen«, mahnte Mur. Voller Energie sprang sie von ihrem Stuhl auf und blickte Hackenholt auffordernd an.

Der Schauspieler war mit einem anderen Künstler zusammen untergebracht. Seit dem Vorfall mit der Rettungsinsel wurde die Kabine jedoch vom Sicherheitsdienst bewacht, der niemanden hineingelassen hatte. Hackenholt und Mur schlüpften in Einweghandschuhe, dann machten sie sich an die Arbeit. Systematisch suchten sie den kleinen Raum und die Nasszelle ab. Sie fanden mehrere elektronische Geräte, die sie konfiszierten, aber nichts, was in Zusammenhang mit dem Drogenbesitz oder den Morden stand. Nicht einmal im Safe befanden sich Spuren eines Pulvers oder sonstige typische Utensilien. Christine Mur klopfte jeden Zentimeter der Wände auf Hohlräume ab, bevor sie sich geschlagen gab.

»Irgendwo muss es ein Versteck geben«, sagte Hackenholt. »Auf der Videoaufnahme hatte Herr Vermeulen eine Sporttasche bei sich. Sie befindet sich jedoch nicht hier.«

»Hast du nicht erwähnt, dass du ihn im Fitnessraum angetroffen hast?«

Hackenholt nickte.

»Vielleicht liegt die Tasche noch dort.«

»Könntest du schnell nachsehen?«, bat er. »Ich befrage unterdessen Vermeulens Kabinengenossen.«

Joshua Eulitz war ebenfalls Schauspieler und nicht sonderlich gut auf seinen Kollegen zu sprechen. Er beschrieb ihn als arroganten Menschen, der viel Wert auf sein Aussehen und teure Accessoires legte. Durch die Blume erfuhr Hackenholt, dass Vermeulen sämtliche Mitarbeiterinnen auf dem Schiff anbaggerte und mehr Nächte in anderen Kabinen verbrachte als in seiner eigenen.

»Haben Sie bemerkt, dass er manchmal Drogen konsumiert hat?«

Joshua Eulitz starrte Hackenholt an und schüttelte vehement den Kopf. »Das ist an Bord verboten.«

Wenn es doch so einfach wäre!, dachte Hackenholt. »Oder haben Sie gesehen, dass er größere Mengen an Bargeld bei sich trug?«

»Nein. Auf der SunnySky bezahlen wir alles mit unserer Crew-Karte. Man trägt hier keinen Geldbeutel mit sich herum.«

»Was hat Herr Vermeulen heute Nacht gemacht?«

»Ich bin unmittelbar nach der Arbeit gegen halb eins ins Bett gefallen und sofort eingeschlafen. Ich war total erledigt. Ob und wann er zurückgekommen ist, weiß ich nicht. Ich schlafe hier immer mit Gehörschutz und Schlafmaske, denn die dünnen Vorhänge halten weder Licht noch Geräusche ab. Und Thijs ist nicht gerade für seine rücksichtsvolle Art bekannt.«

»Was ist mit der Nacht von Mittwoch auf Donnerstag?«

»Da hatte er wegen Ihnen megaschlechte Laune.« Eulitz blickte Hackenholt direkt an. »Er war stinksauer, dass Sie ihn beim Krimidinner als Täter dargestellt haben, wo er doch der Kommissar war. Deshalb hat er sich an der Bar zugeschüttet.«

»Ich dachte, die Besatzung darf nicht mehr als zwei Bier trinken, weil sie einen klaren Kopf behalten muss?«

»Schon, aber wir Schauspieler gehören streng genommen nicht zur eigentlichen Crew. Thijs hat jedenfalls ganz schön gebechert und sich bei jedem über Sie beklagt.«

»Und danach?«

»Keine Ahnung.« Joshua Eulitz zuckte mit den Schultern. »Ich bin bald in die Kabine gegangen. Er hat mich tierisch genervt. Als ich von der Durchsage geweckt wurde, war er noch nicht zurück. Erst am Morgen habe ich gesehen, dass seine Kleider mal wieder überall am Boden verstreut lagen.«

»Herr Vermeulen besitzt eine blaue Sporttasche. Wissen Sie, wo er die gelassen hat?«

»Wenn sie nicht unterm Bett steht, könnte sie in der Umkleide im Theatrium sein.«

Hackenholt schrieb Christine Mur, dass er einen Hinweis erhalten habe, und bat sie, sich mit ihm auf Deck 9 zu treffen. Da er für heute genug sportliche Betätigung gehabt hatte, fuhr er im Aufzug nach oben und schlug Mur damit um wenige Meter.

»Ich nehme an, du hast im Fitnessraum nichts gefunden?«, begrüßte er sie.

Keuchend schüttelte sie den Kopf. »Und auch nicht in der Sauna.« Sie schnaufte heftig. »Diese vielen Stufen bringen mich noch um.«

»Vermeulens Zimmergenosse vermutet, dass sich die Tasche im Theatrium befindet.«

»Wollen wir es hoffen«, hechelte sie. »Wenn wir das ganze Schiff danach absuchen müssen, haben wir verloren.«

Gemeinsam betraten sie den Veranstaltungsbereich. Die Mittagslesung war entweder abgesagt worden oder schon vorüber, denn keine Menschenseele war da. Sie gingen an den Sitzreihen vorbei zur Bühne und folgten einem Weg, der zum Mitarbeiterbereich führte. Dort gab es eine Sammelgarderobe für Männer und eine für Frauen. Letztere ließen sie links liegen. In der Herrenumkleide wurden sie jedoch fündig: Neben einem der Schminkspiegel stand eine Sporttasche.

»Entschuldigung!«, rief eine Stimme hinter ihnen.

Hackenholt fuhr herum. Er glaubte, den Theatermanager wiederzuerkennen.

»Was tun Sie hier? Der Künstlerbereich ist für die Öffentlichkeit leider –« Der Mann hielt inne. »Sie sind die beiden Polizisten, nicht wahr? Ich habe Sie in dem Video gesehen.«

Mur nickte. »Welcher Platz gehört Thijs Vermeulen?«

Der Theatermanager zeigte auf den Spiegel, vor dem die Tasche stand.

»Vielen Dank! Jetzt kommen wir allein zurecht.« Murs aufforderndes Nicken veranlasste ihn, die Garderobe nach kurzem Zögern zu verlassen. »Schauen wir mal, was wir Nettes finden.« Sie schlüpfte in ein frisches Paar Handschuhe und reichte Hackenholt ebenfalls welche. Danach zog sie den Reißverschluss der Sporttasche auf. Mit schnellen Tastbewegungen durchwühlte sie den Inhalt. »Nur Klamotten.« Sie nahm diverse Outfits heraus. Dann stieß sie auf eine Jogginghose mit einem auffälligen weißen Streifen an der Seite und einen dunklen Hoodie. Ganz unten lag ein Tuch. Es war blau und ähnelte denjenigen, die die Rezeptionistinnen trugen. Als Hackenholt sah, was seine Kollegin gefunden hatte, zog er einen Asservatenbeutel aus ihrer Umhängetasche und hielt ihn ihr hin.

»Glückwunsch!«, sagte er. »Du hast gerade das Mordwerkzeug entdeckt. Und die Kleidung hat er heute Nacht getragen. Wir sollten sie ebenfalls eintüten, damit sie im Labor untersucht werden kann.«

»Das Problem ist, dass wir nur mittels DNA-Analyse zweifelsfrei feststellen können, ob die Opfer mit diesem Halstuch stranguliert wurden«, dachte Mur laut nach, während sie alles einzeln verpackte. »Selbst wenn ich Blutspuren auf den Kleidungsstücken finde, könnten wir allenfalls herausbekommen, ob es sich dabei um dieselbe Blutgruppe wie die der Opfer handelt. Das genügt nicht, um Vermeulen zu überführen.«

»Ich weiß.« Hackenholt seufzte. »Ich hege jedoch nach wie vor die Hoffnung, dass er ein Geständnis ablegt, wenn ich ihn mit den Beweisen konfrontiere.«

»Worauf wartest du dann noch? Los, schnapp dir den Kerl! Nimm ihn ordentlich in die Mangel.« Sie grinste ihn breit an.

Hackenholt machte einen Umweg über das Außendeck. Er genoss ein paar Minuten die Ruhe und ging in Gedanken noch einmal alles durch, bevor er Henning Mey bat, Thijs Vermeulens Vernehmung beizuwohnen. Gerade als sie die Kabine betreten wollten, erhielt Hackenholt eine Nachricht.

Sein Kollege Martin Groß schrieb ihm, dass er mit Cindy Fischers Schwester, Simone Toman, in Schwaig war. Frau Fischer hatte die Mansardenwohnung in dem geerbten Haus behalten und dort gewohnt, wenn sie nicht an Bord eines Kreuzfahrtschiffs war.

Danach folgte ein Video. Hackenholt sah Frau Fischers Schwester. Aus dem Off fragte die Stimme von Martin Groß, ob sie eine Tamsin oder einen Nathan Hooper kenne. Die junge Frau dachte angestrengt nach, dann schüttelte sie den Kopf.

»Ich weiß allerdings von kaum einem ihrer Arbeitskollegen den Namen«, relativierte sie ihre Aussage.

»Tamsin und Nathan Hooper sind also keine Freunde oder Bekannte?«

»Ich habe noch nie von ihnen gehört.«

Damit war die Aufnahme zu Ende.

Thijs Vermeulen lag auf dem Bett und starrte auf den Bildschirm an der Wand, der die Aussicht auf den Horizont zeigte. Hackenholt schaltete die Sprachaufzeichnungsapp ein und setzte sich auf den einzigen Stuhl in der Kabine. Demonstrativ warf er einen Blick auf seine Armbanduhr.

»Ich habe Ihnen gesagt, dass wir in einer Stunde mehr wissen werden. Und genau das ist der Fall. Deswegen möchte ich Ihnen noch einmal Gelegenheit geben, Angaben zur Sache zu machen.«

Der Schauspieler reagierte nicht.

»Wie Sie meinen. Den Rauschgiftschmuggel werden Sie hoffentlich nicht abstreiten, denn das wäre sinnlos. Ihre Fingerspuren befinden sich nicht nur außen, sondern auch an der Innenseite der Verpackungen. Und die Tatsache, dass Sie versucht haben, alles im Meer zu versenken, spricht Bände. Das haben wir selbstverständlich ebenfalls dokumentiert.«

Der Niederländer sah ihn ausdruckslos an.

»Darüber hinaus haben wir die gut drei Dutzend Portionsbeutel beschlagnahmt, die Sie verpackt haben und auf der SunnySky vertreiben wollten.« Mit großer Befriedigung sah Hackenholt, dass sich Vermeulens Augen weiteten. Damit hatte er offenbar nicht gerechnet. »Auch daran haben wir Ihre Fingerabdrücke gesichert. Die verbleibende Zeit bis zur Ankunft in Schottland werden wir nutzen, um Zeugen zu ermitteln, die bestätigen, dass Sie an Bord gedealt haben.« Er machte eine kurze Pause, dann fuhr er fort: »Das war der erste Tatkomplex. Der zweite umfasst die Morde an Cindy Fischer und Tamsin Hooper.«

»Was?« Thijs Vermeulen fuhr hoch. Auf seinem Gesicht spiegelte sich Entsetzen wider.

»Ihre Schauspielerei können Sie sich getrost sparen. In Ihrer Tasche im Theatrium haben wir das mutmaßliche Mordwerkzeug sichergestellt.« Er zeigte ihm den Asservatenbeutel mit dem Halstuch.

»Das gehört zu einem meiner Showoutfits«, protestierte Vermeulen.

»Eine Untersuchung im Labor wird zweifelsfrei nachweisen, dass sich an dem Tuch nicht nur Ihre DNA, sondern auch die der getöteten Frauen befindet. Mittels Faseranalyse werden wir des Weiteren beweisen, dass das Halstuch und die an den Opfern gefundenen Spuren übereinstimmen.«

»Sie spinnen!«

»Es gibt eine Zeugenaussage, die bestätigt, dass Sie sich zu den Tatzeitpunkten nicht in Ihrer Kabine aufgehalten haben. Ferner befinden wir uns im Besitz von Videomaterial, das Sie heute Nacht im Küchentrakt zeigt. Deutlich zu erkennen sind darauf Sie, Ihre Kleidung und die Sporttasche, in der das Mordwerkzeug lag.«

»Ich habe niemanden umgebracht.«

»Warum musste Tamsin Hooper sterben? Haben Sie sich über den Preis für das Koks gestritten? Sie hat doch welches von Ihnen gekauft, oder?«

Vermeulen presste die Lippen aufeinander.

»Aber nachdem Sie schon Frau Fischer getötet hatten und vermeintlich damit davongekommen sind, dachten Sie, einen zweiten Mord würden wir auch nicht aufklären können.«

»Ich habe Cindy nichts getan«, rief Vermeulen aufgebracht.

»Und ob Sie das haben. Sie wusste, was Sie auf der SunnySky treiben und wollte Sie der Reederei melden. Im besten Fall hätten Sie Ihren Job verloren. Realistisch betrachte hätte Ihnen sogar eine Gefängnisstrafe gedroht. Deshalb mussten Sie sie loswerden.«

»Ich war das nicht!« Thijs Vermeulen schrie den Satz hinaus. Sein Gesicht war rot angelaufen. »Vielleicht war es Rutger.«

»Wer?«

»Rutger de Groot.«

»Wer ist das?«

»Sie haben uns zusammen im Treppenhaus gesehen. Vor dem Kridinner.«

Hackenholt erinnerte sich an den bulligen Mann, den er festgehalten hatte, um die Prügelei zu beenden. »Worum ging es bei der Auseinandersetzung?«

»Wenn ich Ihnen das sage ...«, druckste Vermeulen herum. Seine Beine wackelten im Sitzen nervös auf und ab. Ohne es zu merken, sog er die Unterlippe ein. Auf einmal beugte er sich vor und verbarg das Gesicht in beiden Händen. »Rutger wird mich umbringen!« Die Worte drangen gedämpft durch seine Finger.

»Dazu bekommt er keine Gelegenheit«, entgegnete Hackenholt. »Außerdem haben Sie ihn jetzt im Grunde genommen schon belastet. Ich muss allem nachgehen, was Sie sagen. In der Hinsicht macht es keinerlei Unterschied, ob Sie komplett auspacken oder nicht. Für Sie persönlich kann es sich jedoch strafmildernd auswirken.«

Thijs Vermeulen ließ die Hände sinken. »Also gut.« Er wischte sich über die Augen. »Kann ich einen Kaffee haben?«

Henning Mey stand auf und gab seinem Kollegen vor der Kabinentür den Auftrag, eine Kanne und drei Tassen zu besorgen.

»Rutger kennt jemanden in Kolumbien«, begann der Niederländer. »Immer, wenn wir auf der Route unterwegs sind, schauen wir, dass zumindest einer von uns an Land gehen kann. Meistens ist es kein Problem, dass wir beide freibekommen. Wir treffen uns dann in einer Kneipe mit seinem Kontaktmann. Am Anfang hat er uns nur ein halbes Kilo mitgegeben – inzwischen bekommt jeder zwei. Der Typ bezahlt uns für den Transport. Rutger wollte aber mehr Geld machen. Deshalb vertickt er ein bisschen was auf eigene Rechnung an die Gäste. Sie haben ja keine Ahnung, wie viele von den Schickimickis auf das Zeug stehen.«

Hackenholt war sich ziemlich sicher, dass er durchaus eine realistische Vorstellung hatte.

»Rutger hat etwas von dem Koks mit Milchpulver gestreckt und portionsweise abgepackt. Ich kann recht gut mit den Passagieren und habe das Zeug ein paar von ihnen angeboten. Die Tütchen gingen weg wie warme Semmeln. Am Mittwochvormittag haben wir noch mal was gemischt und in Portionen verpackt. Ich habe die Tüte mitgenommen, um sie in meinem Safe zu deponieren. Aber auf dem Rückweg in die Kabine bin ich geradewegs dem Theaterdirektor in die Hände gelaufen. Einer von den anderen hatte ihm gesteckt, dass ich mich manchmal mit Urlauberinnen treffe, und er hat mich zurechtgestutzt. Danach ließ er mich aus purer Bosheit noch mal meine Rolle im Krimidinner vorsprechen. Ich musste die Tasche in die Garderobe stellen. Als ich zurückkam, war das Kokain weg. Ich dachte, Rutger hätte es eingesteckt und bin zu ihm. Aber dann hat sich herausgestellt, dass er es nicht war. Es gab einen Riesenkrach. Anschließend habe ich stundenlang gesucht und herumgefragt, wer in der Umkleide war und in meinen Sachen herumgeschnüffelt hat. Als ich Rutger am Nachmittag im Treppenhaus begegnet bin, ist er ausgerastet, weil ich ihm gestehen musste, dass niemand etwas gesehen hat. Und dann sind Sie gekommen und haben sich eingemischt.«

Es klopfte an der Tür. Meys Kollege brachte ein Tablett mit dem Kaffee.

»Rutger hat gesagt, er würde am Abend weitersuchen, weil er als Mordopfer im Krimidinner nur eine kleine Rolle hatte«, fuhr Vermeulen fort, während er sich eine Tasse nahm. »Als ich am nächsten Morgen erfahren habe, dass jemand in der Küche tot aufgefunden wurde, hatte ich gleich ein komisches Gefühl.«

»Sie behaupten also, Ihnen war nicht bekannt, dass Cindy Fischer im Besitz der Portionsbeutel war?«

»Woher hätte ich das denn wissen sollen?«

»Was haben Sie in der Nacht von Mittwoch auf Donnerstag gemacht?«

»Ich habe mich aus Frust über den Tag an der Bar betrunken und anschließend von Rosie abschleppen lassen. Sie arbeitet als Bedienung im SunnyCuisine.«

Hackenholt notierte sich den vollständigen Namen.

»Ich bin die ganze Nacht bei ihr geblieben. Sie können sie fragen.«

»Das werde ich selbstverständlich nachprüfen«, entgegnete Hackenholt ernst. Er wollte Thijs Vermeulen zu verstehen geben, dass er ihm allenfalls das glaubte, was Dritte bestätigten.

»Ich habe immer nur Rutgers Anweisungen befolgt. Er hat das Sagen und organisiert alles.«

»Warum waren Sie heute am frühen Morgen im Küchentrakt?«, überging Hackenholt die Beteuerungen.

»Wir hatten das Koks ursprünglich in einem unbenutzten Lagerraum auf Deck 3 versteckt. Rutger mochte es nicht in seiner Nähe haben, damit man ihm nichts nachweisen kann, falls es gefunden würde. Aber dann wurde Cindy umgebracht. Er bekam Angst, dass es jemand entdecken könnte, und hat mich unter Druck gesetzt. Ich sollte es in meinen Safe legen. Doch plötzlich wurde überall danach gesucht, und ich habe mich nicht getraut, es zu holen. Es war zu gefährlich. Rutger wäre fast durchgedreht. Er hat gedroht, mir nichts von der Kohle abzugeben, wenn ich nicht tue, was er sagt. Also bin ich heute Nacht hinunter und habe das Kokain aus dem Versteck geholt. Ich wollte es aber auch nicht bei mir haben. Aus dem Grund habe ich es in die Rettungsinsel gestopft und sie ganz hinten ins Regal gelegt. Mit den Morden habe ich nichts zu tun. Ehrlich nicht.«

»Soso.« Hackenholt musterte ihn eindringlich. »Wo befindet sich eigentlich das Geld, das Sie durch den Verkauf des Kokains eingenommen haben?«

»Ich musste alles bei Rutger abliefern.«

Nachdem Hackenholt die Vernehmung beendet hatte, lief er auf kürzestem Weg zu seiner Kabine. Er wollte unbedingt eine Kopie der Sprachaufzeichnung auf seinem Laptop abspeichern. Außerdem hatte er bemerkt, dass ihm jemand in der Zwischenzeit mehrere Nachrichten geschickt hatte. Rasch steckte er das Handy an den Computer und kopierte die Aussage hinüber. Danach öffnete er den Messenger. Martin Groß hatte versucht, ihn über die Videofunktion anzurufen. Da Hackenholt das Gespräch nicht annahm, hatte er ihm geschrieben.

Liegen dir Informationen darüber vor, dass Cindy Fischer verheiratet war?

»Wie kommst du denn darauf, Martin?«, murmelte Hackenholt. Die nächste Nachricht enthielt Fotos eines mehrseitigen Dokuments. Es war ein Rechtsanwaltsbrief, in dem Frau Fischer aufgefordert wurde, den beiliegenden Antrag auf eine einvernehmliche Scheidung zu unterzeichnen. Er trug das Datum vom 2. Dezember des vergangenen Jahres und war an ihre Wohnanschrift in Schwaig adressiert.

In einer sodann folgenden Sprachnachricht erklärte Martin Groß, das Kuvert habe ungeöffnet in einem Stapel Post auf einem Tischchen vor der Wohnungstür gelegen, wo die Bewohner der vermieteten Erdgeschosswohnung sie sammelten. Laut Simone Toman hatte sich ihre Schwester nur alle paar Monate darum gekümmert. Wichtiges ließ sich Cindy Fischer an die Adresse ihrer Eltern schicken. Das Schreiben war während ihrer Abwesenheit eingegangen und nie gelesen worden.

Danach folgte ein kurzes Video. Frau Toman blickte verstört in die Kamera. »Meine Schwester hat mal erwähnt, dass sie in Las Vegas mit einem Freund in einer *wedding chapel* war. Aber das war nur so zum Spaß. Sie hat nicht in echt geheiratet.«

»Wann war das?«, fragte die Stimme von Martin Groß.

Simone Toman schien nachzudenken. »Irgendwann im Spätsommer vorletzten Jahres.«

Hackenholt nahm eine Sprachnachricht auf, in der er Martin

Groß mitteilte, dass er nichts von einer Ehe wusste, dass das wahrscheinlich jedoch nicht von Belang war, da er einen florierenden Drogenschmuggel aufgedeckt hatte. Er wollte noch eine Vernehmung und eine Durchsuchung vornehmen und versprach, sich im Anschluss daran in Nürnberg zu melden. Eilig steckte er das Handy weg. Einen Augenblick später schrieb ihm Henning Mey: Er hatte Rutger de Groot auf dem Schiff aufgestöbert und in eine weitere, zur Arrestzelle umfunktionierte Innenkabine gebracht. Hackenholt rief Christine Mur an und informierte sie, dass Arbeit auf sie wartete.

Während sie gemeinsam hinunter auf Deck 2 zu de Groots Kabine gingen, berichtete er ihr, was Thijs Vermeulen ausgesagt hatte.

»Das heißt also, er gibt die Sache mit den Drogen zu und streitet die Tötungsdelikte ab«, fasste Mur zusammen.

»Genau«, sagte Hackenholt. »Ob das stimmt oder lediglich eine Schutzbehauptung ist, kann ich im Moment nicht sagen. Im Grunde genommen steht und fällt alles damit, welche Spuren an dem Halstuch festgestellt werden, das du in seiner Tasche gefunden hast.«

»Es besteht aber zumindest die Möglichkeit, dass nicht er, sondern Rutger de Groot der Mörder ist?«

»Richtig. Vermeulen könnte allerdings auch nur versuchen, sich als vermeintlich kleinen Fisch und den anderen als Drahtzieher darzustellen, um das Strafmaß zu drücken.«

Mur griff in ihre Hosentasche und überprüfte, ob sie genügend Einweghandschuhe bei sich hatte. Dann nickte sie der Frau vom Sicherheitsdienst zu und bedeutete ihr, die Kabine zu öffnen.

»Allmählich hasse ich diese engen Pferche«, murmelte Mur, während sie einmal mehr begann, den Raum systematisch zu filzen.

Diesmal wurde sie fast sofort fündig: In de Groots Seesack im Schrank lag eine volle Tüte Milchpulver. Sie war von derselben Marke wie die angebrochene, die sich bei den Portionspäckchen befunden hatte. Außerdem gab es eine Taschenfeinwaage und Portionsbeutel. Das Geld befand sich zu ordentlichen Bündeln gestapelt im Safe. Insgesamt waren es über dreitausend Euro. Trotz des schnellen Erfolgs ließ sich Christine Mur nicht dazu verleiten, die Durchsuchung abzukürzen.

Hackenholt wollte unterdessen Thijs Vermeulens Alibi überprüfen und ging auf direktem Weg zu dem Restaurant, in dem Rosie Awuah bediente. Um diese Uhrzeit war es geschlossen, die Kellner deckten jedoch die Tische für das Abendessen ein. Hackenholt setzte sich mit der Afrikanerin an einen Platz fernab der anderen und erklärte ihr, dass er sie offiziell vernehmen müsse.

»Was haben Sie in der Nacht von Mittwoch auf Donnerstag gemacht?«, erkundigte er sich nach der Zeugenbelehrung.

»Ich habe wie immer bis halb eins hier gearbeitet. Dann bin ich an die Crew-Bar. Aber die meisten Kollegen hatten sich wegen dem Sturm schon in ihre Kabinen zurückgezogen. Thijs war noch da. Er hatte furchtbar schlechte Laune. Ich habe ihn mit zu mir genommen.«

»Hat das ihre Zimmergenossin nicht gestört?«

»Es ist nicht sonderlich toll, aber was soll man machen?« Sie zuckte mit den Schultern. »Et blieb, bis Kapitän Viviani die Durchsage wegen dem Stromausfall gemacht hat. Wir sind alle aufgewacht.«

»Und kurz danach ist er gegangen?«, hakte Hackenholt nach. »Nicht erst am Morgen?«

»Er ist immer nur ein paar Stunden geblieben, wenn er mit mir mitgegangen ist.«

»Haben Sie jemals bemerkt, dass er jemandem Kokain gegeben hat? Haben Sie vielleicht selbst welches von ihm bekommen?«

Die Frau schüttelte erschrocken den Kopf. »Ich nehme keine Drogen. Das ist allen Mitarbeitern verboten.«

»Aber Passagieren hat er es verkauft?«

Sie nickte verschämt. »Das weiß jeder auf dem Schiff.«

Hackenholt hoffte inständig, dass das nicht stimmte. Andersherum: Nur wenn viele im Bilde gewesen waren, ließ sich erklären, warum Cindy Fischer in Thijs Vermeulens Tasche gewühlt hatte. Und vielleicht hatte sie die Spy-Kameras nicht zur Aufdeckung von Umweltskandalen eingesetzt, sondern um weitere Verstecke aufzuspüren.

Zurück im Büro auf Deck 11 nahm sich Hackenholt Thijs Vermeulens Mobiltelefon erneut vor. Nachdem ihm der Mann am Ende des Verhörs den Code genannt hatte, war es ein Leichtes, das Telefon zu entsperren und seinen Inhalt auf der externen Festplatte zu sichern. Anschließend ging Hackenholt die Anrufliste durch und las die Messengernachrichten.

Vermeulen war unvorsichtig gewesen: Er hatte die Chats mit seinen Abnehmern nicht gelöscht. Zwar hatte er den Telefonnummern keine Namen zugeordnet, Hackenholt stach jedoch trotzdem die von Tamsin Hooper sofort ins Auge. Die Amerikanerin hatte Vermeulen dreimal geschrieben und Treffen vereinbart. Allerdings nicht für die vergangene Nacht. Genauso wenig fand Hackenholt einen Hinweis auf eine Schnitzeljagd.

Gewissenhaft las er auch alle anderen Mitteilungen durch und notierte die Nummern, unter denen Bestellungen aufgegeben worden waren. Über die bei der Reederei hinterlegten Daten ließen sich die dazugehörigen Inhaber schnell ermitteln.

Schließlich sah Hackenholt auf die Uhr. Es war halb fünf. Was machte Christine Mur so lange? Ursprünglich hatte er Rutger de Groot vernehmen wollen, bevor er mit Stellfeldt sprach. Nun entschied er sich, nicht weiter mit dem Videoanruf in Nürnberg zu warten. Bestimmt würden die Kollegen bald Feierabend machen.

Und tatsächlich versammelten sich nur Martin Groß, Saskia Baumann und Manfred Stellfeldt vor dem Computer. Ralph Wünnenberg hatte eine Verabredung, die er nicht sausen lassen mochte.

»Er Herznsångleengheid, wenn iech nern richdi verschdandn hobb.«[23] Baumann zwinkerte Hackenholt verschmitzt zu.

»Ich habe mich inzwischen auf den Internetseiten des deutschen Generalkonsulats in Los Angeles eingelesen. Das ist für Vermählungen in Nevada zuständig«, kam Martin Groß sofort auf Cindy Fischers Hochzeit zu sprechen. »Dort steht, dass praktisch jeder heiraten kann, der über achtzehn Jahre alt und im Besitz eines gültigen Reisepasses ist. Personenstandsurkunden oder Aufgebot sind nicht erforderlich. Die Verlobten müssen gemeinsam im Büro für Heiratsgenehmigungen vorsprechen und die Erteilung der Heiratserlaubnis beantragen. Danach kann die Eheschließung entweder vom Standesbeamten oder einer befugten Person in einer *wedding chapel* vorgenommen werden. Vorgeschrieben ist lediglich die Anwesenheit von mindestens einem Zeugen.«

»*The American Way of Life*«, kommentierte Hackenholt.

»Eine in Amerika geschlossene Ehe ist bei uns gültig, wenn beide

23 »Eine Herzensangelegenheit, wenn ich ihn richtig verstanden habe.«

Partner die Eheschließungsvoraussetzungen gemäß ihrem jeweiligen Heimatrecht erfüllen. Ich habe das noch mal überprüft: Cindy Fischer hat die Ehe in Deutschland nicht eintragen lassen. Dafür hätte sie mit den amerikanischen Dokumenten einen Antrag auf Nachbeurkundung stellen müssen. Sie scheint das alles selbst nicht ernst genommen zu haben.«

Hackenholt seufzte. Er verstand nicht, auf welchen Blödsinn sich manche Menschen einließen.

»Frau Tomans Angaben zufolge hat ihre Schwester auf dem Schiff einen Gastkünstler kennengelernt, mit dem sie spontan ihren Urlaub in den USA verbracht hat. Dabei haben sie einen Stopp in Las Vegas eingelegt. Angeblich hat Jason zum Spaß um Cindys Hand angehalten. Sie hat mitgemacht, weil sie glaubte, dass das, was in *wedding chapels* passiert, nicht rechtlich bindend ist.«

Hackenholt konnte nur mit dem Kopf schütteln.

»Wissder, wos mer aufgfalln is?« Baumann blickte in die Runde. »Däi Ehemänner vo derer Sindy Fischer un derer Damsin Huber homm esselbe Geburdsdaddum.«[24]

»Wirklich?« Stellfeldt runzelte die Stirn.

»Ja, und?« Martin Groß sah die beiden irritiert an. »Ich hatte beim SEK auch einen Kollegen, der am gleichen Tag Geburtstag hatte.«

»Iech maan nerblous«, verteidigte sich Baumann. »Is doch auffällich.«[25]

»Finde ich nicht«, betonte Martin Groß noch einmal.

Hackenholt pflichtete ihm bei, dann kam er auf das Rauschgift zu sprechen und erzählte mit einer gewissen Freude, was sich zugetragen hatte.

»Der Kerl hat die Rettungsinsel mit dem Koks über Bord geworfen?«, fragte Martin Groß ungläubig. »Und du bist wie James Bond in einem Boot hinterhergejagt und hast sie aus dem Atlantik gefischt? Wow! Vielleicht sollte ich auch mal eine Kreuzfahrt machen. Ich dachte bisher immer, das wäre eher was für gesetztere Herrschaften.«

»Unter diesen Umständen dürfte es dich nicht mehr interessieren, was ich über das Imperium der Familie Hooper herausgefunden habe.« Stellfeldt klang enttäuscht.

---

24 »Wisst ihr, was mir aufgefallen ist?« (...) »Cindy Fischers und Tamsin Hoopers Ehemänner haben dasselbe Geburtsdatum.«

25 »Ich meine ja nur«, (...). »Ist doch auffällig.«

»Doch, lass hören!«

»Hooper Implements ist ein riesiger Konzern. Sie stellen nicht nur Werkzeug für den ambitionierten Hobbygärtner und -handwerker her, sondern besitzen eigene Baumärkte, in denen sie das Zeug vertreiben. Eine andere Sparte ist auf große Baumaschinen ausgerichtet. Daneben gibt es noch eine Immobilien-Holding. Ich habe heute den ganzen Tag lang versucht, das Firmengeflecht zu durchschauen. Es geht um Milliarden.«

»Und so jemand bucht nur die Junior-Suite, obwohl es bedeutend größere gegeben hätte«, wunderte sich Hackenholt. Hatte Tamsin Hoopers Vater gleich nach der Hochzeit am Geldhahn geschraubt? Oder war die Tochter sparsamer, als er glaubte?

»Über Nathan Hooper habe ich überhaupt nichts im Netz entdeckt«, fuhr Stellfeldt fort. »Es ist, als hätte es den Mann nicht gegeben. Dann ist mir aber eingefallen, dass er offenbar den Namen seiner Frau angenommen hat. Du hättest mir sinnvollerweise seinen Geburtsnamen schicken sollen, damit wäre ich bestimmt erfolgreicher gewesen.«

»Mist!«, stimmte Hackenholt zu. »Daran habe ich in all dem Chaos nicht gedacht. Na ja …«

Im Flur erklangen auf einmal rasche, laute Schritte. Einen Moment später flog die Tür auf und Christine Mur stürmte herein.

»Das ist ja wie bei uns im Besprechungsraum«, grinste Martin Groß. »Immer, wenn wir fast fertig sind, kommt auch endlich mal die Frau Mur. Magst du einen Keks?« Er hielt eine Blechdose vor die Kamera des Laptops. »Kaffee haben wir leider keinen mehr, weil der Chefkaffeekocher schon nach Hause gegangen ist.«

Mur tat, als greife sie zu. »Ich weiß, ich weiß, es hat etwas gedauert«, entschuldigte sie sich, nachdem sie sich die virtuellen Krümel abgewischt hatte. »Aber dafür habe ich erfreuliche Neuigkeiten: Sowohl auf den Portionsbeuteln als auch auf den großen Drogenpaketen befinden sich neben Thijs Vermeulens Fingerabdrücken die von Rutger de Groot. Gleiches gilt für das Geld und die Utensilien, die sie verwendet haben, um das Rauschgift zu strecken.«

Die Kollegen vor dem Bildschirm im Büro applaudierten.

»Nur den Schmuck, der Tamsin Hooper gestohlen wurde, haben wir bislang nicht gefunden«, fuhr sie fort. »Keine Ahnung, wo Vermeulen den versteckt hat. Er ist in dem Punkt ja ziemlich kreativ.«

»Du denkst also, dass er der Täter ist?«, fragte Manfred Stellfeldt.

»Er oder Rutger de Groot«, antwortete Mur. »Im Moment kommen beide infrage.«

Rutger de Groot saß auf dem einzigen Stuhl in der Kabine und starrte auf den Monitor, der das Meer und den Horizont zeigte. Hackenholt bemerkte, dass seine Fingerkuppen von der Stempelfarbe noch ganz schwarz waren und bat Henning Mey, etwas Parfum zu organisieren, damit de Groot sie reinigen konnte. Dann nahm Hackenholt auf dem Bett Platz. Er hielt sein Handy mit der eingeschalteten Sprachaufzeichnungsapp vor sich und belehrte den Niederländer über seine Rechte und Pflichten als Beschuldigter in einem Ermittlungsverfahren wegen eines Verstoßes gegen das Betäubungsmittelgesetz.

»Haben Sie das verstanden?«

Rutger de Groot reagierte nicht. Hackenholt fragte noch einmal nach.

»Ohne Anwalt sage ich kein Wort.«

»Okay. Wie steht es mit den Tötungsdelikten an Cindy Fischer und Tamsin Hooper? Machen Sie dazu Angaben?«

»Damit habe ich nichts zu tun.«

»Wer war es dann?«

De Groot zuckte mit den Schultern.

»Ihr Landsmann, Herr Vermeulen, hat eine umfassende Aussage gemacht. Möchten Sie wirklich –«

»Dann wissen Sie doch schon, dass er es war«, unterbrach Rutger de Groot ihn.

»Er hat es eher so dargestellt, dass Sie die beiden Frauen getötet haben und ihm die Schuld in die Schuhe schieben wollen.«

»Mit den Morden habe ich nichts zu tun. Das war er. Und mehr sage ich nicht.« De Groot drehte sich demonstrativ weg. Hackenholt schaltete die App aus und erhob sich.

»Ohne seine Mithilfe können wir sein Handy auf dem Schiff nicht knacken«, seufzte Christine Mur, nachdem sie die Kabine verlassen hatten.

»Er weiß, wie tief er in der Tinte sitzt. Vermeulen scheint sich dessen noch nicht so ganz bewusst zu sein.«

»Mit der Einschätzung könntest du recht haben.« Christine Mur gähnte. »Lass uns Schluss machen. Es war ein langer Tag.«

»Ich sehe mir noch ein paar Überwachungsvideos an. Wenn wir die zwei Männer morgen an die schottischen Kollegen übergeben, will ich sicher sein, dass wir ihnen die Taten nachweisen können.«

Mur warf ihm einen schiefen Blick zu.

»Das hat nichts mit persönlicher Eitelkeit zu tun, sondern damit, dass wir in dem Fall die deutschen Ermittlungsbehörden repräsentieren.«

»Aber die Aufnahmen können wir uns doch morgen Vormittag angucken«, protestierte sie sanft. »Wir legen erst gegen Mittag in Edinburgh an. Maurice wäre bestimmt sauer, wenn ich ihm sage, dass aus dem Kapitänsdinner nichts wird. Er hat sich so darauf gefreut.«

»Darf ich mich kurz einmischen?« Henning Mey hatte ihre Unterhaltung mitangehört. »Kapitän Viviani hat das Dinner abgesagt.«

»Was?« Mur zog die Augenbrauen hoch. »Davon habe ich gar nichts mitbekommen.«

»Das ging auch völlig geräuschlos.«

Christine Mur stieß einen theatralischen Seufzer aus und wandte sich wieder an Hackenholt. »Also gut, du hast gewonnen. Die Küche hat bereits geöffnet. Wir gönnen uns eine Pause und essen was. Danach setzen wir uns noch mal hin und schauen Videos an. Einverstanden?«

»Einverstanden.«

»Treffen wir uns in einer halben Stunde bei uns in der Suite?«

Zu Hackenholts Überraschung war seine Kabine verwaist. Wo steckten Sophie und Ronja? Waren sie im Kinderklub oder besuchten sie eine Show? Er nahm das Handy und schrieb ihnen, dass sie alle zusammen in dreißig Minuten zum Abendessen in der Poseidon-Suite erwartet wurden. Dann stöpselte er das Telefon an das Ladekabel. Einen Augenblick liebäugelte er mit seinem Bett. Aber er wusste, dass er sofort einschlafen und so schnell nicht wieder aufwachen würde. Stattdessen stellte er sich unter die Dusche.

Es war ein belebendes Gefühl, das Wasser auf seinen Körper prasseln zu fühlen. Er seifte sich ein und wusch die Haare. Als er nach dem Badetuch angelte, musste er lachen, weil das von ihrem Kabinensteward hinterlassene Handtuchtier denjenigen glich, die Maurice Puellen voller Eifer gefaltet hatte. Ob er Christine Mur auch zu Hause damit verwöhnen würde?

Als Hackenholt aus der Nasszelle trat, waren Sophie und Ronja immer noch nicht zurückgekehrt. Er griff erneut zum Handy, um zu überprüfen, ob seine Frau die Nachricht überhaupt schon gelesen hatte, und entdeckte ihre Antwort: Sie und Ronja hatten den ganzen Nachmittag bei Maurice verbracht und warteten dort auf ihn.

Rasch schlüpfte Hackenholt in frische Kleidung. Dann steckte er die Bordkarte ein und verließ die Kabine. Nur einen Sekundenbruchteil später wünschte er, er hätte es nicht so eilig gehabt. Keine zehn Meter entfernt standen Margarethe von Berg und Erika Müller – und stritten sich. Wie hatte er das Gezeter nur überhören können? Hastig wandte er sich in die entgegengesetzte Richtung, doch Frau von Berg hatte ihn bereits gesehen und kommandierte ihn mit einem lauten »Herr Kommissar!« zu sich.

»Was gibt es denn?«, fragte er wenig erbaut. »Ich werde erwartet.«

»Stimmt es, dass man Sachen, die man gefunden hat, einfach einstecken darf?«

»Nein, natürlich nicht. Fundsachen müssen im Fundbüro oder bei der nächstgelegenen Polizeidienststelle abgegeben werden. Sollte sich kein Besitzer ermitteln lassen oder werden sie nicht abgeholt, gehen sie nach Ablauf von sechs Monaten nach der Fundanzeige in das Eigentum des Finders über.«

»Siehst du! Was habe ich dir gesagt?« Triumphierend sah Frau von Berg Erika Müller an. »Und was passiert, wenn man etwas behält, das einem nicht gehört?«, rief sie Hackenholt zu, bevor er sich davonstehlen konnte.

»Dann macht man sich eines Vergehens strafbar: der Fundunterschlagung. Falls Ihnen etwas abhandengekommen ist, fragen Sie am besten an der Rezeption nach. Die Chancen stehen –«

»Meine Bekannte hat in der Bibliothek ein paar teure Schmuckstücke gefunden und will sie nicht abgeben«, platzte es aus Margarethe von Berg heraus.

»Sei endlich still! Die Sachen gehören mir«, zischte Erika Müller.

»Dass ich nicht lache. Du weißt doch nicht mal, was die Uhr wert ist. Schauen Sie!« Frau von Berg zeigte auf Frau Müllers Handgelenk. »Die kostet über sechstausend Dollar. Ich habe in New York selbst mit dem Gedanken gespielt, mir eine zu kaufen.« Wieder blickte sie ihre Begleiterin an. »Und das heißt: *Du* könntest sie dir gar nicht leisten.«

Irgendetwas ließ Hackenholt aufmerken. Widerwillig ging er zu Frau Müller, um sich die Armbanduhr anzusehen. Bevor er sie jedoch in Augenschein nehmen konnte, drehte sie ihren Arm auf den Rücken und presste sich an die Wand.

»Gönnst du mir eigentlich gar nichts?«, entrüstete sie sich. »Seit wie vielen Jahren begleite ich dich auf deine Kreuzfahrten? Und nie hast du mir auch nur einen Cent dafür gegeben, obwohl ich mich rund um die Uhr um dich kümmere.«

Frau von Berg wich vor den feindseligen Worten unwillkürlich ein Stück zurück.

»Auf Schritt und Tritt habe ich dich angehimmelt und so getan, als wärst du die Tollste, Schönste, Klügste«, legte Erika Müller wutentbrannt nach. »Und dein Dank besteht darin, mir die Polizei auf den Hals zu hetzen?«

»Mein Dank?«, empörte sich Frau von Berg mit sich fast überschlagender Stimme. »Ich habe dir die Reisen doch erst ermöglicht, indem ich alles bezahlt habe. Was willst du denn noch? Fremdes Eigentum stiehlt man nicht. Auch nicht, wenn es irgendwo herumliegt.«

Hackenholt fischte unterdessen sein Handy aus der Hosentasche und bat Henning Mey mit einer Kollegin zu sich.

Angesichts der Übermacht gab Erika Müller schließlich klein bei. Sie riss sich die Uhr vom Handgelenk und warf sie Hackenholt vor die Füße. Er bückte sich und hob sie auf. Sofort war ihm klar, dass es sich um Tamsin Hoopers Armbanduhr handelte.

»Wo haben Sie die her?«, fragte er.

»Ich habe sie gefunden.«

»Wo?«

»In der Bibliothek.«

»Und wo sind die anderen Schmuckstücke?«

»Ich weiß nicht, wovon Sie reden.« Frau Müller wollte sich abwenden, doch Henning Mey versperrte ihr den Weg.

»Wenn Sie mir nicht augenblicklich alles erzählen, werde ich Sie wegen Mordverdachts festnehmen«, sagte Hackenholt scharf. »Die Uhr hat dem zweiten Opfer gehört und war seit dem Mord verschwunden.«

Erika Müller starrte ihn schockiert an.

»Was?«, rief Frau von Berg theatralisch. »Die Luxusuhr ist von diesem hübschen, jungen Ding, das mit dem Magier verheiratet war?« Sie sah ihre Freundin an. »Ja, schämst du dich nicht, ihm die Uhr vorzuenthalten? Sie ist jetzt ein Andenken an seine verstorbene Frau.«

»Sie scheinen jemand anders zu meinen«, erklärte Hackenholt schroff. »Herr Hooper ist kein Zauberkünstler.«

»Doch«, entgegnete Frau von Berg sehr bestimmt. »Zu dem Zeitpunkt hieß er allerdings Jason N. Brown. Ich müsste sogar noch irgendwo eine Visitenkarte haben.« Sie wühlte in ihrer Handtasche. »Ich habe ihn sofort wiedererkannt. Wir haben uns damals alle seine Zaubershows angesehen, nicht wahr, Erika? Er war einfach grandios.«

»Jason Brown?« Hackenholt glaubte, sich verhört zu haben.

Frau von Berg nickte. »Es war auf einem Schiff von SunnyBoat-Cruises, aber nicht auf der SunnySky. Ich kann in meinen Unterlagen nachsehen.«

»Tun Sie das bitte«, murmelte Hackenholt, während er in seinem Handy die Fotos suchte, die Martin Groß ihm am frühen Nachmittag geschickt hatte. Als er sie fand, vergrößerte er die erste Seite des anwaltlichen Schreibens mit einer Fingerbewegung. Er hatte sich nicht getäuscht. Cindy Fischers Ehemann, der sich von ihr scheiden lassen wollte, hieß Jason N. Brown. Hackenholt blickte auf. »Sie gehen in Ihre Kabine und suchen diese Visitenkarte«, sagte er sehr bestimmt zu Frau von Berg. »Und Sie händigen mir auf der Stelle die anderen Schmuckstücke aus, wenn Sie aus dem Ganzen ohne Strafanzeige rauskommen wollen. Und danach zeigen Sie mir, wo Sie die Sachen gefunden haben.« Er sah Frau Müller durchdringend an.

Diesmal verfehlten seine Worte nicht ihre Wirkung. Sie drehte sich abrupt um, schlurfte zu ihrer nur wenige Meter entfernten Kabine und nahm die Halskette sowie die zwei Ringe aus dem Safe. Mit einem Gesichtsausdruck, als müsse sie bittere Galle schlucken, überreichte sie sie Hackenholt.

»Wann haben Sie das alles gefunden?«

»Heute Vormittag. Margarethe hatte ihre Bücher ausgelesen, und ich musste sie zurückbringen und neue ausleihen. Der Schmuck lag in dem Regal.«

»Das sehen wir uns jetzt zusammen an.« Mit einer Handbewegung bedeutete er ihr, dass er es ernst meinte. Missmutig lief sie zu den Fahrstühlen. Auf Deck 10 stieg sie aus und marschierte zum Bug. In einer Ecke der dortigen Lounge waren mehrere Bretter in die Wände eingelassen, die die Regale der Bibliothek bildeten. Vor dem letzten Bücherbord blieb Frau Müller stehen und deutete auf eine Lücke.

»Hier waren die beiden Krimis, die ich Margarethe holen sollte. Ich habe sie herausgenommen, und da lagen die Sachen.«

»Soso.« Hackenholt konnte es kaum glauben. »Sie gehen auf direktem Weg in Ihre Kabine und bleiben dort. Morgen früh werde ich Sie vom Sicherheitsdienst für eine Vernehmung abholen lassen.« Damit drehte er sich um. Einen Augenblick starrte er das Regal an, dann schrieb er Mur eine Nachricht:

Auch auf die Gefahr hin, dass du mich frisst: Komm bitte in die Bibliothek und bring alles mit, was du zur Spurensicherung brauchst.

Anschließend wandte er sich an Henning Mey: »Wir müssen die Lounge räumen. Einstweilen darf niemand diesen Bereich betreten. Schicken Sie außerdem zwei Ihrer Mitarbeiter zu Nathan Hooper. Er muss bis auf Weiteres in seiner Kabine bleiben.«

Mey instruierte seine Leute über sein mobiles Bordtelefon, danach trieb er die Passagiere freundlich aber bestimmt aus der Lounge. Als alle gegangen waren, schloss er die Glastüren und sperrte ab. Von Christine Mur war noch nichts zu sehen. Hackenholt fragte sich, ob er sich Handschuhe und die Suprensicherungsausrüstung besorgen und selbst Hand anlegen sollte, falls Mur ihn bewusst ignorierte. Er war hin- und hergerissen, verzichtete schließlich jedoch darauf, denn nun ging es um die Wurst. Jetzt durfte kein Fehler passieren, sonst würde es ihm nicht gelingen, den Täter zu überführen.

»Wird hier nachts abgesperrt?«, wollte er von Mey wissen.

»Ja, natürlich. Die Lounge hat nur von sieben bis dreiundzwanzig Uhr geöffnet.«

»Wie kann dann der Schmuck hierhergelangt sein?«, wunderte sich Hackenholt. »Zu dem Zeitpunkt, als er Tamsin Hooper gestohlen wurde, war der Bereich geschlossen.«

»Sollen wir uns das Überwachungsvideo anschauen?«, schlug Henning Mey vor.

»Gibt es hier eine Kamera?«

»Auf den Videoaufzeichnungen der Bar kann man auch sehen, was in diesem Bereich passiert.«

»Sehr gut! Gucken wir sie uns an.«

Mey schrieb auf einen Zettel, dass die Lounge vorübergehend geschlossen war und klebte ihn von innen an die Scheibe. Als Nächstes informierte er die Mitarbeiter, dass sie den Raum erst betreten durften, nachdem die Spurensicherung beendet war.

Danach gingen die beiden Männer in das ein Deck höher gelegene Büro. Es dauerte nur einen Augenblick, bis Mey die gesuchten Aufnahmen auf dem Bildschirm hatte. Hackenholt sah derweil in seinen Notizen nach, wann Tamsin Hooper die Hopfenschänke betreten hatte.

»Lassen Sie uns um zwei Uhr zweiundfünfzig beginnen«, bat er den Offizier.

Der Film lief zunächst im Suchlauf. Hackenholt saß vornübergebeugt und starrte auf den Monitor. Eine gefühlte Ewigkeit lang geschah überhaupt nichts. Um halb fünf Uhr morgens kam zum ersten Mal Bewegung in das Bild: Eine Frau rollte ihren Putztrolley in Richtung Bar und wischte den Boden. Hackenholt beobachtete, wie sie die Tür zur Lounge aufsperrte und gemeinsam mit einer Kollegin auch dort putzte. Dann wurde es wieder ruhig. Zwei Stunden später betraten drei Angestellte die Lounge, werkelten hinter dem Tresen herum und holten in der Bar Platten mit belegten Brötchen ab. Allmählich trafen die ersten Passagiere ein. Von Minute zu Minute versammelten sich immer mehr Gäste vor der geschlossenen Glasfront.

Das Video lief nun in normaler Geschwindigkeit. Trotzdem war sich Hackenholt nicht sicher, ob sich nicht doch jemand unbemerkt dazugesellen konnte. Fünf Minuten vor sieben Uhr öffnete ein Mitarbeiter die Glastüren und schob sie wie eine Ziehharmonika zusammen. Die Menschen drängten sich in die Lounge und wollten alle gleichzeitig bedient werden. Hackenholt bemühte sich, nicht auf das Getümmel zu achten und sich voll auf die Regale zu konzentrieren.

Auf einmal flog die Bürotür auf. Er erschrak und fuhr halb vom Stuhl hoch.

»Wenn du mich schon dringend brauchst, solltest du mir wenigstens sagen, wo ich dich finde«, meckerte Mur.

Hackenholt sah betont auf seine Armbanduhr. Seit er seiner Kollegin geschrieben hatte, waren über zwanzig Minuten vergangen.

»Im Gegensatz zu dir stoße ich deine Tochter nicht einfach vom Schoß, wenn die Arbeit ruft«, rechtfertigte sich Mur. »Wir haben nur ihr Buch zu Ende gelesen.«

»So lange Bücher hat Ronja zum Glück noch nicht.«

»Da ist er!« Henning Meys Ruf unterbrach ihr Geplänkel. Beide beugten sich zum Monitor.

Mur, die nicht wusste, um was es ging, fragte: »Wer ist da?«

»Derjenige, der Tamsin Hoopers Schmuck in dem letzten Wandregal der Bibliothek versteckt hat«, erklärte Hackenholt.

»Woher weißt du das?«

»Erika Müller hat ihn dort gefunden.« Hackenholt konzentrierte sich auf den Bildschirm. Mey hatte die Aufnahme ein paar Sekunden zurückgespult.

»Gleich kommt er von rechts ins Bild. Er trägt ein helles T-Shirt und eine graue Sweatjacke«, sagte Mey.

Mit angehaltenem Atem beobachteten sie, wie die Person die Lounge betrat und scheinbar neugierig zu den Bücherregalen an der Wand spazierte. Er nahm zwei Exemplare heraus. Ein knapper Blick über die Schulter, dann fuhr die Hand in die Hosentasche und legte etwas auf das Brett, mit der anderen Hand stellte er die Bücher zurück und schlenderte davon.

»Das ist Nathan Hooper«, stellte Christine Mur erstaunt fest.

»Kannst du bitte das Regal auf Fingerabdrücke und DNA untersuchen? Da er keine Handschuhe getragen hat, stehen die Chancen gut, dass du Spuren von ihm findest.«

»Was hat das alles zu bedeuten?«, fragte Mur. »Bislang sind wir doch davon ausgegangen, dass der Täter den Schmuck an sich genommen hat. Warum sollte Nathan Hooper Cindy Fischer töten?«

»Das verrate ich dir, wenn ich mir ganz sicher bin.«

»Ich habe kein Halstuch in Hoopers Suite gefunden.«

»Wenn er die Wertsachen versteckt hat, wird er das Mordwerkzeug bestimmt nicht behalten haben«, entgegnete Hackenholt.

»Wieso hat er die Sachen nicht bei seiner Frau gelassen?«

»Er könnte Angst gehabt haben, dass jemand sie stiehlt. Unbestätigten Gerüchten zufolge ist allein die Armbanduhr mehrere tausend Dollar wert.«

»Wow!«, entfuhr es Mur.

Hackenholt klopfte an Margarethe von Bergs Kabine. Sie öffnete umgehend die Tür und bat ihn herein.

»Ich habe alles für Sie zusammengestellt«, erklärte sie diensteifrig. »Nehmen Sie Platz.« Sie wies auf den Stuhl neben dem Schreibtisch und setzte sich ebenfalls. »Wie schon gesagt, Herr Brown war –«

»Einen Moment«, unterbrach Hackenholt sie. »Wir müssen uns an die Vorschriften halten.«

»Selbstverständlich.« Die alte Dame setzte sich noch ein bisschen aufrechter hin.

Er schaltete die Sprachaufzeichnungsapp seines Handys ein und belehrte Margarethe von Berg eingehend. Danach kam er zunächst auf den Streit zwischen ihr und Erika Müller im Flur zu sprechen und leitete anschließend zu Tamsin Hoopers Ehemann über.

»Ich habe Ihnen die Visitenkarte herausgesucht. Damals hieß er noch Jason N. Brown und war Gastkünstler an Bord der SunnyRelax.« Sie deutete auf ein buntes Stück Papier. Genaugenommen war es der Ausschnitt einer Programmankündigung. Außer dem Namen und dem Zusatz *Magier* stand nichts darauf. »Er war vierzehn Tage lang auf dem Schiff und hat uns alle verzaubert. Das war auf einer Reise von New York nach Florida und in die Karibik vor vier Jahren«, fuhr die Seniorin fort. »So ein talentierter, junger Mann. Ich habe jede Show besucht. Normalerweise bin ich nicht so leicht zu begeistern, aber er ...« Sie schien an dem Amerikaner einen Narren gefressen zu haben. »Er hatte so gute Manieren. War immer höflich und zuvorkommend.« Sie klappte die Hülle ihres Tablet-Computers auf. »Sehen Sie, hier habe ich sogar ein Foto von uns beiden.«

Hackenholt blickte auf eine unscharfe Aufnahme, die Frau von Berg und Nathan Hooper zeigte. Zu dem Zeitpunkt hatte er etwas längere Haare gehabt. Aber es bestand kein Zweifel, dass es sich bei Hooper und Brown um ein und dieselbe Person handelte. Rasch knipste Hackenholt das Bild ab.

Im Anschluss an die Vernehmung setzte er sich in dem Büro auf Deck 11 an Christine Murs Laptop und durchstöberte das Internet nach einem Zauberkünstler namens Jason Brown. Die meisten Treffer wurden ihm auf englischsprachigen Seiten angezeigt. Er klickte einige davon an und fotografierte sie ab, da er keinen Zugriff auf einen Drucker hatte.

Jason Brown stammte aus einer Zirkusfamilie, die durch sämtliche Bundesstaaten der USA getourt war, und hatte schon als Kind in der Manege gestanden. Bei einem schweren Unfall während des Abbaus ihres Zirkuszelts war der Vater vor fast zwei Jahrzehnten von einer Zeltstange erschlagen worden. Der Zirkus hatte ein paar Jahre mehr schlecht als recht weitergemacht, doch dann hatte die Familie aufgegeben. Die Spur des Jungen verlor sich, bis geraume Zeit später ein junger Mann auftauchte, der als Magier in verschiedenen Hotels gastierte und schließlich auf Kreuzfahrtschiffen Engagements fand.

Hackenholt klopfte nebenan an der Tür zur Brücke und holte Kapitän Viviani in sein Büro herüber.

»Was gibt's denn?«

Hackenholt zeigte zum Laptop, auf dem noch ein Foto von Jason Brown zu sehen war und erklärte Viviani, dass der ehemalige Gastkünstler höchstwahrscheinlich mit Cindy Fischer verheiratet gewesen war und sich nun unter dem Namen Nathan Hooper als Passagier und Ehemann von Tamsin Hooper an Bord befand.

»Sie behaupten also, dass unter meinem Kommando zwei Personen unseres Ensembles Drogen schmuggeln und ein früherer Mitarbeiter seine *zwei* Ehefrauen auf der SunnySky erwürgt hat?« Der Kapitän klang empört.

»Im Großen und Ganzen.« Hackenholt verzichtete darauf, ihm darzulegen, dass die Opfer nicht erwürgt, sondern erdrosselt worden waren. »Deshalb möchte ich Sie bitten, umgehend Kontakt mit der Reederei in Hamburg aufzunehmen und sämtliche Unterlagen über den Mann anzufordern. Ich benötige sie dringend.«

»Wie stellen Sie sich das vor?« Viviani schüttelte ablehnend den Kopf.

»Wenn ich es richtig verstanden habe, muss in der Zentrale ständig jemand erreichbar sein. Rufen Sie dort an und veranlassen Sie, dass uns alles über Jason N. Brown gefaxt wird.«

Barrington Viviani brummte etwas Unverständliches und ging.

Einer spontanen Eingebung folgend holte Hackenholt Tamsin Hoopers Mobiltelefon aus dem Schrank, in dem er die Asservate lagerte. Er notierte sich die Telefonnummer, unter der ihr Vater gestern angerufen hatte, und wählte sie von seinem eigenen Handy aus. Niemand meldete sich. Also wechselte Hackenholt in den Messenger und schrieb Mitch Hooper eine Nachricht, in der er sich noch einmal vorstellte und auf ihr gestriges Telefonat verwies. Dann bat er ihn, ihm ein Foto eines amtlichen Dokuments von der Eheschließung seiner Tochter zu schicken, aus der die Geburtsnamen der Eheleute hervorgingen.

Fünf Minuten später antwortete ihm der Vater, dass er beruflich in einem anderen Bundesstaat sei. Er werde jedoch seinen Anwalt anrufen, damit dieser Hackenholt die gewünschten Unterlagen zukommen ließ.

Kurz darauf kehrte Christine Mur ins Büro zurück.

»Ich habe die beiden Bücher, die Nathan Hooper angefasst hat, beschlagnahmt und untersucht.« Sie legte die in Beutel verpackten Krimis auf den Tisch. Es gibt einen Abdruck von Daumen, Mittel- und Ringfinger seiner linken Hand. Davon abgesehen, habe ich Abstriche für eine DNA-Untersuchung genommen.«

»Sehr gut!«, freute sich Hackenholt. »Dann lass uns jetzt mit ihm sprechen.«

»Mir ist eine Idee gekommen, während ich mir das Regal vorgenommen habe. Warum legen wir den Schmuck nicht wieder an seinen Platz und schnappen Hooper, wenn er versucht, ihn wegzuschaffen? Wir haben bislang nichts gegen ihn in der Hand. Wir haben kein Mordwerkzeug gefunden, wir haben keine Fingerspuren von ihm am Tatort entdeckt und dass er früher als Jason N. Brown auf dem Schiff gearbeitet hat, können wir auch nicht beweisen.«

»Aber wenn wir ihm mit den Schmuckstücken eine Falle stellen, bringt uns das genauso wenig«, entgegnete Hackenholt. »Denn dass er die Sachen dort versteckt hat, können wir ihm ja nun definitiv nachweisen.«

Nathan Hooper lag auf dem Bett und sah fern, als Hackenholt und Mur kurz anklopften und seine Kabine betraten. Sofort sprang der junge Mann auf.

»Was soll das? Warum werde ich hier festgehalten?«, rief er wütend.

»Wir haben Grund zu der Annahme, dass Sie in den Tod Ihrer Frau verwickelt sind«, eröffnete Hackenholt das Gespräch.

»Das ist absurd! Ich habe Tamsin geliebt. Wie hätte ich ihr ein

Haar krümmen können?« Seine Augen verengten sich zu schmalen Schlitzen. »Mein Schwiegervater hat Sie gekauft, nicht wahr? Er hasst mich, weil ich seine Tochter geheiratet habe. Wie viel Geld hat er Ihnen bezahlt? Wissen Sie, wie reich er ist?«

»Beruhigen Sie sich, Herr Hooper«, unterbrach Hackenholt ihn schroff. »Wir sind nicht korrupt. In Deutschland ist es eine schwere Straftat, wenn ein Polizeibeamter Bestechungsgelder annimmt.«

Hooper schwieg, und Hackenholt konnte fortfahren und ihn über seine Rechte als Beschuldigter belehren.

»Ich möchte einen Anwalt sprechen«, sagte der junge Mann prompt.

»Das werden wir Ihnen ermöglichen, sobald wir Sie an die schottischen Kollegen übergeben haben. Wenn Sie einstweilen schweigen möchten, ist das Ihr Recht. Allerdings sind Sie verpflichtet, Angaben zur Person zu machen. Bitte übergeben Sie mir Ihren Ausweis.«

Hooper reichte ihm einen amerikanischen Reisepass. Hackenholt schlug ihn auf und sah die Seiten in aller Ruhe durch. Es kam nicht oft vor, dass er mit ausländischen Dokumenten zu tun hatte. Völlig fremd waren sie ihm dennoch nicht. Trotzdem fand er nicht, was er suchte.

»Ihr Nachname ist Hooper?«, fragte er, um seine wachsende Irritation zu verbergen.

Der Mann nickte.

»Sie haben bei der Hochzeit den Namen Ihrer Frau angenommen, nicht wahr?«

Hooper legte den Kopf schief und sah Hackenholt mit gerunzelter Stirn an. »Ich heiße Hooper.«

»Und wie lautet Ihr Geburtsname?«

»Nathan.«

»Das ist ihr Vorname. Wie haben Sie bei Ihrer Geburt mit Nachnamen geheißen?« Hackenholt merkte, dass er zunehmend gereizter wurde. Noch einmal blätterte er den Pass durch, aber es gab nirgendwo ein Feld für den Geburtsnamen.

Wieder tat der Amerikaner, als verstünde er ihn nicht. »Ich heiße Nathan Hooper.«

»Haben Sie einen Mittelnamen?«

»Nein.«

»Ich glaube, Sie heißen eigentlich Jason Nathan Brown.« Hackenholt musterte sein Gegenüber genau, während er das sagte. Doch der junge Mann schüttelte nur den Kopf.

»Kennen Sie diesen Herrn?« Hackenholt zeigte ihm ein Foto von Jason Brown.

»Wer ist das?«

»Ich denke, das sind Sie.«

»Nein, der Kerl sieht mir lediglich ähnlich.«

»Der Herr auf dem Bild hat unter dem Namen Jason N. Brown für mehrere Reedereien gearbeitet. Als Gastkünstler hat er Zaubershows auf Kreuzfahrtschiffen aufgeführt.«

»Dann kann ich es nicht sein.«

»Eine Zeugin hat sie wiedererkannt.«

»Sie muss sich irren.«

»Aber Sie stammen aus einer Zirkusfamilie.«

»Nein.«

»Was macht Ihr Vater beruflich?«

»Er ist Fabrikarbeiter.«

»Und wie heißt er?«

»Das geht Sie nichts an.«

»Und Ihre Mutter?«

»Kein Kommentar.«

»Wir haben den Schmuck Ihrer Frau gefunden.« Wieder legte Hackenholt Nathan Hooper ein Foto vor. »Diese Person hat ihn in einem Regal in der Bibliothek versteckt. Sind Sie das?«

»Kein Kommentar.«

»Wir konnten Fingerabdrücke an den Büchern sichern, die der Mann in der Hand hielt. Sie stammen von Ihnen.«

»Kein Kommentar.« Hooper sagte das in einem gelangweilten Ton. So, als habe er schon viele Polizeiverhöre über sich ergehen lassen müssen.

Hackenholt sah ihn eindringlich an. »Im Unterschied zu amerikanischen Vernehmungen dürfen Sie nach deutschem Recht die Aussage verweigern. Dann höre ich sofort auf. Bei uns ist es nicht üblich, dass ich etwas frage und Sie dreihundert Mal mit *Kein Kommentar* antworten.«

»Ich möchte nichts mehr sagen«, erklärte Nathan Hooper knapp.

Hackenholt nickte und steckte sein Handy weg. »Wir kommen morgen früh noch einmal zu Ihnen. Am Nachmittag werden wir Sie den schottischen Behörden übergeben. Ich an Ihrer Stelle würde die Zeit nutzen, um darüber nachzudenken, ob Sie mit einem strafmildernden Geständnis nicht besser dastehen.«

»Damit sind wir null Komma null weitergekommen«, stellte Hackenholt fest, während sie zur Poseidon-Suite hinaufgingen.

»Jetzt bestellen wir uns erst mal ein schönes Abendessen. Und anschließend ...« Mur zuckte mit den Schultern. Ihr fiel nichts ein, was sie danach tun konnten, um den Fall voranzubringen.

Hackenholt sah auf seine Armbanduhr. Es war schon nach einundzwanzig Uhr. Sophie und Maurice saßen am Esstisch und spielten ein Kartenspiel. Ronja schlief nebenan im Doppelbett.

»Habt ihr uns etwas aufgehoben?«, fragte Hackenholt hungrig. Aber Mur griff bereits zum Bordtelefon und wählte die Nummer des Kabinenbutlers. Enthusiastisch bestellte sie ein Platte voller Leckereien für zwei Personen. Hackenholt ließ sich unterdessen auf einen Stuhl sinken.

»Du siehst nicht gerade glücklich aus«, stellte Sophie fest. »Was ist los?«

»Wir können dem Täter nicht nachweisen, dass er nicht derjenige ist, der er vorgibt zu sein«, antwortete er ominös.

»Muss man das verstehen?« Sophie legte den Kopf schief.

Christine Mur erklärte ihr und Maurice daraufhin in epischer Breite das Problem mit den beiden Namen.

»Amerikanische Reisepässe sind eine Sache für sich«, merkte Sophie an. »Oder vielleicht trifft das eher auf die deutschen zu.«

»Wie meinst du das?«, erkundigte sich Christine Mur.

»Wenn wir unseren Pass beantragen, müssen wir Zeigefingerabdrücke abgeben, um eindeutig identifizierbar zu sein. Die Amerikaner brauchen das nicht tun. Als Geburtsort wird bei ihnen auch nur der Bundesstaat und nicht die Stadt eingetragen. Ein eigenes Feld für den Mädchennamen gibt es sowieso nur bei uns in Deutschland. Amerikanische Passformulare kennen nichts dergleichen – das wisst ihr ja nun. Aber das ist noch lange nicht alles. Es ist beispielsweise erlaubt, den Mittelnamen als Initiale einzutragen. Und dann gibt es Personen, die Ihren ursprünglichen Mittelnamen durch ihren Geburtsnamen ersetzen. So wird aus Mary A. Price ganz schnell Mary P. Hartley. Andere wählen ihn als zusätzlichen Mittelnamen und werden so zu Mary A. P. Hartley. Am Ende blickt niemand mehr durch.«

»Darf man das einfach so machen?«, fragte Hackenholt überrascht.

»Nein, natürlich nicht.« Sophie tat schockiert. »Formal gesehen muss man eine Namensänderung von einem Gericht beglaubigen lassen. Wenn man einen Reisepass beantragt, muss man in den USA meistens eine Geburtsurkunde und den Führerschein vorweisen. Anhand derer wird festgestellt, dass das neue Dokument auf den richtigen Namen ausgestellt wurde. Aber wenn man die nicht hat, kann man auch zwei andere offizielle Ausweise vorlegen. Ändert man zuerst den Namen auf seinem Sozialversicherungsausweis – das kostet nur einen Anruf – und lässt daraufhin den Führerschein umschreiben, ist es kein Problem, einen Pass auf den neuen Namen zu erhalten.«

»Ein Hoch auf unser Passwesen!«, sagte Christine Mur.

»Zum Glück habe ich Tamsins Vater angerufen und um die Kopie eines Hochzeitszertifikats gebeten. In der Hoffnung, dass darauf Hoopers Geburtsname angegeben ist.«

Auf einmal erklang der Dreifachgong, mit dem die Durchsagen des Kapitäns angekündigt wurden, und einen Augenblick später dröhnte Barrington Vivianis Stimme durch den Lautsprecher.

»Meine verehrten Damen und Herren, leider muss ich mich zum Ende des Tages mit einer schlechten Nachricht bei Ihnen melden.«

»Nicht noch ein Mord!«, stöhnte Christine Mur. Auch Hackenholt hielt den Atem an.

»Wie wir soeben erfahren haben, hat der Wetterdienst eine Sturmwarnung für Irland und Schottland herausgegeben. Es werden orkanartige Böen und lokaler Starkregen erwartet. Wir können daher bedauerlicherweise nicht in Edinburgh anlegen und nehmen stattdessen direkten Kurs auf Hamburg. Ihre Anschlussverbindungen müssen Sie nach aktuellem Stand nicht ändern. Genauere Details werden wir Ihnen mitteilen, sobald uns die dortigen Behörden diese genannt haben. Etwaige Unannehmlichkeiten bitten wir zu entschuldigen.«

»Von wegen Sturmtief«, rief Hackenholt entrüstet. »Da steckt etwas anderes dahinter.« Er sprang auf und lief zu Tür. Als er sie öffnete, stand der Kabinenbutler davor und wollte gerade anklopfen. Schlussendlich bewirkte der köstliche Duft, der Hackenholt in die Nase stieg, dass er zurück an seinen Platz ging und sich wieder hinsetzte.

Eine knappe Stunde später suchte er jedoch die Brücke auf und verlangte, den Kapitän zu sprechen.

»Was wollen Sie denn jetzt wieder?«, brummte Viviani.

»Warum legen wir nicht wie vereinbart in Edinburgh an?«

»Haben Sie auf Ihren Ohren gesessen? Der Wetterdienst hat eine Sturmwarnung für Irland und Schottland herausgegeben. Bei orkanartigen Böen können wir nicht anlegen. Davon abgesehen würde der angekündigte Starkregen die Ausflüge unmöglich machen.«

»Ich glaube Ihnen kein Wort«, sagte Hackenholt. »Die Leichen müssen endlich in ein rechtsmedizinisches Institut gebracht und untersucht werden.«

»Die liegen in unserer Kühlung gut. Wenn der Salat dort fünf Tage lang frisch bleibt, werden die es auch überleben.« Erst nachdem er den Satz ausgesprochen hatte, schien ihm bewusst zu werden, was er gesagt hatte. Auf einmal fing er an zu lachen.

»Ich werte Ihr Verhalten als vorsätzliche Behinderung von amtlichen Ermittlungen und werde das auch so in meinen Bericht an die Staatsanwaltschaft schreiben.«

»Okay, Mr Nervensäge, wenn es Ihnen lieber ist: Der Befehl, ohne weiteren Zwischenstopp auf direktem Weg nach Hamburg zu fahren, kommt von ganz oben. Und ich werde einen Teufel tun und mich den Anweisungen widersetzen. Das ist ja mehr Ihre Spezialität.« Er warf ihm einen abschätzigen Blick zu. »Die Reederei hat entschieden, dass es besser ist, alles in Deutschland zu klären, und ich sehe das genauso. Außerdem sind die Passagiere zutiefst verängstigt und trauen sich kaum noch aus ihren Kabinen. Was glauben Sie, wie viele Beschwerden schon bei SunnyBoatCruises eingegangen sind? Es könnte darauf hinauslaufen, dass wir Entschädigungen bezahlen müssen. Da ist es nicht hilfreich, wenn das Schiff auch noch längere Zeit in einem fremden Land festgehalten wird.«

»Sie haben also mit Ihrem Verbindungsmann gesprochen«, stellte Hackenholt fest. »Was ist mit den angeforderten Unterlagen?«

»Die bekommen Sie nicht vor morgen. Falls überhaupt.«

Sonntag

Obwohl Hackenholt zum Umfallen müde war, schlief er in dieser Nacht nicht sonderlich gut. Ihm ging viel zu viel durch den Kopf. Um halb fünf beschloss er endgültig, dass es nichts brachte, sich noch länger im Bett herumzuwälzen. Da er Sophie und Ronja aufwecken würde, wenn er ins Bad ging und duschte, griff er nach seiner Kleidung vom vergangenen Abend und packte sie sich unter den Arm. Es war ihm in dem Moment egal, was die Leute von ihm denken mochten, denen er unterwegs möglicherweise begegnete. Kaum stand er im Flur, fiel ihm ein, dass es gleich neben den Fahrstühlen Toiletten gab. Eilig lief er hin und zog sich an. Den Schlafanzug zu einem Bündel gerollt, trat er sodann den Weg zum Büro an.

Die Situation war vertrackt. Den Drogenschmuggel konnte er Thijs Vermeulen und Rutger de Groot zweifelsfrei nachweisen. Die Akten hierzu waren ordentlich geführt und die Indizien schlüssig. Aber Nathan Hoopers zwei Identitäten und die Tatsache, dass es außer dem Fund der Schmuckstücke bislang keinerlei Sachbeweise gab, bereitete ihm Bauchschmerzen. Was sollte er tun, wenn ihm die Reederei die angeforderten Unterlagen nicht zur Verfügung stellte? Und Tamsin Hoopers Vater – oder besser: dessen Anwalt – hatte ihm ebenfalls keine Dokumente geschickt.

Frustriert beschloss Hackenholt, sich den Videoaufzeichnungen zu widmen, die er ursprünglich am vorherigen Abend hatte ansehen wollen. Zuerst wählte er noch einmal die Aufnahmen aus, die die Überwachungskameras in der Tatnacht auf dem Flur aufgenommen hatten, auf dem Tamsin und Nathan Hoopers Suite lag. Er spulte so weit zurück, bis er das Paar gegen Mitternacht Hand in Hand zur Kabine gehen sah. Keine der beiden Körperhaltungen ließ erahnen, dass es einen Streit gegeben hatte. Im Gegenteil. Sie wirkten unbeschwert. In den nachfolgenden Stunden hatte Nathan Hooper den Gang nicht mehr betreten. Erst eine Weile, nachdem seine Ehefrau ihre Unterkunft verlassen hatte, rannte er zum Treppenhaus, wobei er suchend den Kopf hin und her drehte.

Hackenholt griff zum Bordtelefon und bat den diensthabenden Sicherheitsmann, in den kommenden Minuten die Kameras auf

Deck 8 zu beobachten. Er wollte testen, ob er ungesehen in die Junior-Suite gelangen konnte. Im Aufzug fuhr er hinab zur Rezeption und lief den Flur entlang zum Mannschaftstreppenhaus. Dort stieg er zwei Etagen hinauf. Auf Deck 8 angekommen schob er sich sodann vorsichtig durch den Türspalt und ging zu der genau gegenüberliegenden Suite. Sie war nach wie vor versiegelt. Hackenholt schaute sich um. Er konnte keine Überwachungskamera sehen. Daher prägte er sich die Uhrzeit ein und schlich denselben Weg zurück, den er gekommen war. Im Anschluss machte er einen Abstecher in das Büro des Security-Mitarbeiters. Der Mann blickte überrascht auf.

»Waren Sie schon auf Deck 8?«

Hackenholt nickte.

»Ich habe Sie nicht bemerkt.«

Zur Sicherheit ließ sich Hackenholt die Aufnahmen der beiden Überwachungskameras vorspielen. Auch er entdeckte nicht einmal einen Schatten, als er aus dem Treppenhaus getreten war. Die Türen lagen im toten Winkel der Kameras. Hackenholt bedankte sich und begab sich wieder in sein Büro.

Damit war klar, wie Nathan Hooper ungesehen in die Schiffsküche und zurückgekommen war. Blieb der Zeitfaktor. Tamsin Hooper hatte die Suite um zwei Uhr vierunddreißig verlassen. Achtzehn Minuten später filmte die Überwachungskamera sie beim Betreten der Hopfenschänke. Mit dem Aufzug brauchte man keine sechzig Sekunden in die Galley. Dann war es zwei Uhr dreiundfünfzig. Nathan Hooper verließ die gemeinsame Kabine gut sichtbar um drei Uhr elf. Vorgeblich, um seine Ehefrau zu suchen. Er hatte also neunzehn Minuten Zeit gehabt, um sie in der Küche abzupassen, niederzuschlagen und zu strangulieren.

Anders als beim Tod durch Erwürgen, bei dem das Opfer durch allmählichen Sauerstoffentzug und nicht durch das abrupte Unterbinden der cerebralen Blutzufuhr starb, trat der Tod durch Erdrosseln innerhalb weniger Minuten ein. Hackenholt rechnete mit acht Minuten, gab noch eine dazu, um der Frau die Wertgegenstände und die papierenen Hinweise der Schnitzeljagd abzunehmen, und eine weitere, um sie vorher bewusstlos zu schlagen. Selbst bei dieser großzügigen Rechnung waren Nathan Hooper sieben Minuten für die Rückkehr in die Suite geblieben. Das genügte sogar, um sich

Gesicht und Hände zu waschen und in zuvor bereitgelegte frische Kleidung zu schlüpfen.

Die Tatsache, dass er den Schmuck seiner soeben getöteten Frau in der Hosentasche versteckt bei sich getragen hatte, als Hackenholt ihn aufsuchte und in die Ersatzkabine bringen ließ, deutete darauf hin, dass er einem wohlkalkulierten Plan folgte. Hackenholt machte sich eine Notiz, dass er bei Christine Mur nachhaken musste, ob sie wirklich sämtliche Kleidungsstücke von Nathan Hooper untersucht hatte.

Blieb noch die Frage, wie er an das Halstuch gekommen war, mit dem er Cindy Fischer und seine Frau erdrosselt hatte. Wie fast alles andere konnte man die Uniformtücher im SunnyBoatShop hinter dem Theatrium kaufen – genau wie die Schnitzmesser. Aber Hackenholt traute es Hooper zu, dass er es irgendwo geklaut hatte. Man durfte nicht außer Acht lassen, dass der Mann Zauberkünstler war. Er verstand sich darauf, Menschen zu manipulieren und ihre Aufmerksamkeit für seine Zwecke zu lenken.

Wo konnte das Tuch jetzt sein? Hackenholt lehnte sich zurück und schloss die Augen. Hätte er es an Nathan Hoopers Stelle am Tatort verborgen? Oder auf dem Rückweg entsorgt? Er hätte es eher nicht in die Suite mitgenommen. Oder doch? Um es vom Balkon aus ins Meer zu werfen? Hatte die Zeit dafür genügt? Oder hatte der Amerikaner es ebenfalls noch bei sich, als er ihn aufsuchte und es erst weggeworfen, als er den Schmuck in der Bibliothek versteckte?

»Durch Herumsitzen und Luftschlösser bauen wirst du es jedenfalls nicht finden«, murmelte Hackenholt zu sich selbst. Er nahm Tamsin Hoopers Bordkarte aus dem Asservatenschrank und stieg hinunter in die Schiffsküche. Der Küchenchef warf ihm einen düsteren Blick zu, als er die Galley betrat. Dessen ungeachtet eilte Hackenholt zu dem Arbeitsbereich, in dem die Toten gelegen hatten und sah sich in aller Ruhe um. Christine Mur hatte jeden Zentimeter hier untersucht. Sie konnte das Mordwerkzeug nicht übersehen haben. Daher ging er weiter in Richtung der Aufzüge und des Hinterausgangs, der nicht kameraüberwacht wurde. Er verließ die Küche und gelangte in einen langen, kargen Gang. Wenige Meter entfernt lag der Zugang zum Mannschaftstreppenhaus. Mülleimer gab es hier nicht.

Hackenholt lief den Flur ein Stück hinab und öffnete sämtliche Türen zu seiner Linken und Rechten. Viele waren verschlossen. Hinter anderen verbargen sich Vorratskammern. Er war sich sicher, dass Hooper das Halstuch nicht hier versteckt hatte. Es ergab einfach keinen Sinn, da die Gefahr bestand, dass es zufällig oder aufgrund einer konzertierten Suche nach Entdeckung des Mords gefunden wurde.

Hackenholt kehrte zurück zum Treppenhaus und erklomm die Stufen. Auf jeder Etage stieß er die Tür auf und sah sich um. Stets war er von Kabinen umgeben; weit und breit gab es keinen Außenbereich in der Nähe. Allerdings konnte Hooper das Drosselwerkzeug auf dem Weg nach oben auf einem beliebigen Deck in den Wäschesack eines Kabinenstewards gestopft haben.

»Daran hätten wir gleich denken sollen!«, schimpfte Hackenholt, blendete dabei jedoch aus, dass er gar nicht gewusst hatte, dass der Täter den Treppenaufgang genommen hatte.

Schließlich erreichte Hackenholt Deck 8. Er überlegte einen Moment, verzichtete dann aber darauf, die höhergelegenen Bereiche zu inspizieren. Bestimmt hatte der Amerikaner nach der Tat den kürzesten Weg gewählt und war nicht ein, zwei Stockwerke hinaufgelaufen, um das Tuch loszuwerden. Insbesondere, da sich auch dort keine Außendecks befanden. Hackenholt nahm Tamsin Hoopers Bordkarte aus der Tasche, entfernte die Siegel an der Tür der Junior-Suite und trat ein.

Sie war größer als eine einfache Balkonkabine, aber kleiner als die Poseidon-Suite. Nichtsdestotrotz gab es unzählige Verstecke. Hatte Christine Mur wirklich alle durchsucht? Am liebsten hätte er sie angerufen und gefragt, doch zu dieser frühen Stunde wagte er das nicht. Erneut sah er sich um.

»Ich würde das Halstuch über die Reling werfen«, sagte er in den Raum hinein und schritt zur Schiebetür. Sie ließ sich schwer öffnen. Er quetschte sich durch den Spalt und fühlte sofort, wie Nässe seine Turnschuhe durchdrang und seine Socken feucht wurden. Der gesamte Balkon stand zentimeterhoch unter Wasser. Er verzog das Gesicht. Die Suite wurde ihm immer unsympathischer. Dennoch watete er zur Brüstung und beugte sich vor. Die Balkone waren terrassenförmig angelegt. Je tiefer man wohnte, desto weiter ragte der Vorbau hinaus. Unter Hackenholt erstreckte sich nur noch ein Deck, dann kam der stählerne Bug. Ob man von hier aus ein Tuch ins Meer katapultieren konnte?

Er kehrte in die Suite zurück, um ein Handtuch aus dem Bad

zu holen, entschied sich im letzten Augenblick jedoch spontan dagegen. Stattdessen eilte er zu dem fensterlosen Kabuff, in dem die Kabinenstewards die frische Wäsche aufbewahrten und stibitzte den kleinsten Kopfkissenbezug, den es im Sortiment gab. Damit trat er wieder auf den Balkon. Er knüllte ihn in seiner rechten Hand zusammen, holte aus und tat, als werfe er. Aus dem Stand klappte das sicher nicht. Er nahm Anlauf, rutschte auf dem nassen Boden aus und knallte an die Reling. Im nächsten Moment schleuderte er den Bezug in Richtung Ozean. Umgehend wurde er vom Wind erfasst und an den Rumpf des Schiffs gedrückt. Als sich Hackenholt vorbeugte, sah er ihn zwischen dicken Tauen im Bug liegen.

Vorsichtig schlurfte er ins Wohnzimmer und zog Schuhe und Socken aus. An Hoopers Stelle hätte er sich über die Kabine beschwert. Es konnte doch nicht sein, dass man eine Unsumme bezahlte und der Balkon ständig geflutet war. Hatte Tamsin Hooper deshalb immer die Außendecks aufgesucht? In der Poseidon-Suite hatte er sich keine feuchten Füße geholt. Wenngleich der Regen auch dort in rauen Mengen gegen die Fensterfront geklatscht war, lief er trotzdem sofort ab.

Hackenholt schnellte hoch. Der Abfluss! Warum hatte er nicht gleich daran gedacht? Barfuß watete er hinaus. Eine Art Regenrinne führte zu einem Abflussrohr, welches das Wasser seitlich an der Nachbarkabine vorbei ableiten sollte. Das grobe Sieb auf dem Rohr ließ sich mit zwei Fingern herausschrauben. Darunter ertastete er ein Stück Stoff. Obwohl inzwischen sowohl seine Hosenbeine als auch die Ärmel seines Hemds durchnässt waren, stieß er ein Freudengeheul aus. Rasch griff er zum Telefon und rief Christine Mur an. Zwei Minuten später stürmte sie im Bademantel und mit dem Spurensicherungskoffer herein.

»Da hat jemand seine Arbeit nicht ordentlich gemacht«, frohlockte Hackenholt. »Was täten wir nur ohne mich?«

Mur fand das nicht im Mindesten lustig und lief mit verkniffenem Gesicht auf den Balkon. »Hast du das Sieb angefasst?«, fragte sie ihn grollend.

»Natürlich. Wie hätte ich es anders wegschrauben sollen?«

»Dann brauche ich es gar nicht erst auf Spuren zu untersuchen.«

»Da waren sowieso keine mehr dran. Wie du siehst, steht alles zentimetertief unter Wasser.«

»Hol mir mal ein frisches, großes Badetuch aus dem Vorratsraum«, wies sie ihn an und stocherte mit einer Pinzette in dem Abfluss herum. Schließlich zog sie den Stoff behutsam heraus.

»Das ist kein Halstuch«, stellte sie befriedigt fest, als er zurückkehrte. »Das sieht eher nach einem T-Shirt aus. Wer weiß, wie lange sich das schon da drin befindet.«

»Garantiert nicht sonderlich lang – sonst wäre das Wasser während des Sturms in die Kabine gelaufen.«

Mur widersprach nicht, was in dem Moment bedeutete, dass sie ihm recht gab. Vorsichtig breitete sie das nasse Etwas auf dem Handtuch aus. Die Blutspuren an Brust und Ärmel waren nicht zu übersehen.

»Treffer!«, murmelte sie. »Ich bin gespannt, ob es Hooper gelingt, uns eine plausible Erklärung dafür zu präsentieren, warum ein T-Shirt voller Blutflecken im Abflussrohr seiner Suite gesteckt hat.«

Hackenholt war enttäuscht. Er hatte gehofft, auf das Halstuch gestoßen zu sein, mit dem die Frauen getötet worden waren.

»Vielleicht ist es noch im Rohr«, meinte Mur versöhnlich. »Ich werde es mir gleich mal zusammen mit jemandem von der Haustechnik ansehen.«

Hackenholt nickte. »Wenn nicht, könntest du es unten im Bug versuchen. Ich habe testhalber einen kleinen Kopfkissenbezug über die Reling geworfen, der nun herrenlos zwischen den Tauen herumliegt.«

Da er mit den nassen Schuhen nicht weiterarbeiten konnte, ging er sich umziehen. Sophie machte große Augen, als sie ihn barfuß eintreten sah, verkniff sich jedoch die Frage, ob er Wassertreten gewesen sei. Nach dem kurzen Zwischenstopp eilte er in sein Büro. Er war losgezogen, um das Mordwerkzeug zu finden, und hatte stattdessen etwas entdeckt, wonach er gar nicht gesucht hatte. Das war zwar erfreulich, löste seine Probleme aber nicht. Dennoch war er einen Schritt weitergekommen: Nathan Hooper hatte versucht, das blutverschmierte T-Shirt in seiner Kabine loszuwerden. Das legte nahe, dass er das Halstuch auch nicht auf dem Rückweg entsorgt hatte. Hackenholts Meinung nach war es am wahrscheinlichsten, dass Hooper es entweder ebenfalls in das Ablaufrohr gestopft hatte und Mur es hoffentlich bergen würde. Oder er hatte es erst später weggeworfen, als er auch den Schmuck versteckte.

»Also zurück zu den Überwachungsvideos«, seufzte Hackenholt.

Er musste den Weg nachvollziehen können, den der Amerikaner genommen hatte, als er von seiner Ersatzkabine in die Bibliothek und von dort weiter an die Rezeption gegangen war. Der Jackpot wäre natürlich, wenn eine Kamera aufgezeichnet hätte, wie er das Corpus Delicti unterwegs in einen Mülleimer geworfen hatte. Doch darauf wagte Hackenholt nicht zu hoffen.

Mit der größtmöglichen Geduld, die er aufbringen konnte, nahm er sich wieder eine Kameraaufnahme nach der anderen vor. Er begann mit derjenigen, die den Gang vor der Innenkabine zeigte, notierte sich, wann der junge Mann sie verließ, suchte die nächste Kamera und tastete sich Meter für Meter voran in Richtung Lounge. Es dauerte eine gefühlte Ewigkeit.

Auf einmal hallten eilige Schritte durch den Flur. Jede Faser in Hackenholts Körper spannte sich an. Als das Klopfen ertönte, schnellte er hoch und riss ungewollt schwungvoll die Tür auf. Henning Mey wich instinktiv zurück. Sofort war Hackenholt klar, dass Mur ihn nicht geschickt hatte. Die Enttäuschung darüber stand ihm ins Gesicht geschrieben.

»Für Sie ist ein Telefax gekommen.« Der Sicherheitsoffizier reichte ihm mehrere Blätter Papier. Hackenholt bedankte sich und wandte sich ab.

»Wäre ja auch zu schön gewesen, um wahr zu sein«, sagte er zu sich selbst. Dann überflog er die soeben erhaltenen Ausdrucke. Es waren drei Vereinbarungen für Gastkünstler, ausgestellt auf den Namen Jason N. Brown. Der älteste Vertrag war vor vier Jahren abgeschlossen worden, der jüngste vor gut anderthalb. Hackenholt studierte Letzteren. Jason Brown war im Spätsommer vierzehn Tage auf der SunnySky gewesen. Also nur einen Monat vor Cindy Fischers Hochzeit.

»Jetzt müsste ich noch wissen, ob sie damals auch an Bord war.« Hackenholt griff zum Telefon und rief Anna Krüger von der Personalabteilung auf Deck 3 an. Als sie sich meldete, bat er sie, ihm die Zeiträume zu nennen, wann Cindy Fischer für SunnyBoatCruises gearbeitet hatte. Nach einer schnellen Recherche bestätigte die Personalmanagerin, was er vermutet hatte: Die junge Deutsche hatte sich ebenfalls auf dem Schiff befunden. Am Ende ihres Vertrags verbrachte sie sechs Wochen Urlaub in den USA und heuerte mit einem neuen in New York an.

Hackenholt bat um eine schriftliche Bestätigung für die Akte und widmete sich wieder dem Fax. Die letzte Seite war eine Kopie von Jason N. Browns Reisepass. Hackenholt stand auf und holte den von Nathan Hooper aus dem Asservatenschrank. Nebeneinandergelegt glichen sich die Fotos so sehr, dass sich Hackenholt absolut sicher war, dieselbe Person vor sich zu haben.

»Wieder ein kleines Puzzlesteinchen im großen Gesamtbild«, freute er sich und schloss die Unterlagen im Schrank ein.

Dann rutschte seine Laune jedoch in den Keller, weil er sich erneut an den Laptop setzen und Videos gucken musste. Was Christine Mur nur so lange tat. Warum meldete sie sich nicht? Er war versucht, sie anzurufen. Aber wenn sie etwas gefunden hätte, hätte sie ihn bestimmt benachrichtigt.

Also kontrollierte er einmal mehr, wie Nathan Hooper in der Bibliothek die Bücher aus dem Regal zog, mit der anderen Hand etwas aus seiner Hosentasche nahm und dahinter legte. Danach stellte er die Krimis zurück, schlenderte hinüber an den Tresen und ließ sich einen Kaffee geben. Nach einer kurzen Pause ging es vier Decks hinunter. Hackenholt wechselte routiniert von Aufnahme zu Aufnahme. Der Amerikaner machte es ihm leicht, indem er den direkten Weg wählte. Es war fast so, als wolle er ihm demonstrieren, dass er sich auf dem Holzweg befand.

An der Rezeption beobachtete Hackenholt, wie Nathan Hooper von Frau von Berg angesprochen wurde und daraufhin eine der Mitarbeiterinnen anging. Immer mehr Passagiere mischten sich ein, und ein Tumult brach aus. Ganz weit vorne mit dabei: Erika Müller. Bei ihrem Anblick erinnerte sich Hackenholt, dass er sie unbedingt noch vernehmen musste. Wenige Augenblicke später erschien Henning Mey mit zwei Securitys und separierte den Amerikaner elegant von den Umstehenden. Da dieser das Halstuch wohl kaum vor den Augen seiner Eskorte auf dem Rückweg in die Ersatzkabine entsorgt hatte, klappte Hackenholt den Laptop zu. Nun blieb ihm nur eins: Er musste die Strecke selbst in Augenschein nehmen. Manches sah aus der hohen Perspektive der Kameras anders aus als für einen Fußgänger vor Ort.

Er wollte gerade aufstehen, als sein Handy einmal piepte. Sofort rief er den Messenger auf. Jede Faser seines Körpers hoffte, es sei eine Nachricht von Christine Mur. Doch ihm wurde eine unbekannte Nummer angezeigt. Der Absender schrieb, er sei Rechtsanwalt und übersende ihm im Auftrag von Mitch Hooper die gewünschten Unterlagen. Neugierig öffnete Hackenholt die Fotos.

Einen Augenblick später führte er gedanklich einen Freudentanz auf. Der Jurist hatte ihm die Kopie des Führerscheins eines Nathan Brown geschickt. Der Name wurde auch in der vom *marriage bureau* erteilten Heiratserlaubnis genannt. Damit ließ sich die Wandlung von Jason N. Brown zu Nathan Hooper belegen. Vor allem, da die Fahrerlaubnis ein Foto enthielt.

Beschwingten Schritts lief Hackenholt zu Hoopers Arrestkabine hinunter. Der Mitarbeiter vom Sicherheitsdienst, der die Tür bewachte, wollte aufschließen, aber Hackenholt schüttelte den Kopf. Ohne sich darum zu scheren, was der Securitymann denken mochte, suchte er den gesamten Weg zur Bibliothek Meter für Meter gründlich ab. Stets in der Hoffnung, das Versteck des Tuchs zu entdecken. Er hatte jedoch keinen Erfolg. In der Lounge gönnte er sich einen Kaffee, bevor er sich die Strecke zur Rezeption vornahm. Wieder nichts.

Da er nun schon auf Deck 6 war, stattete er Erika Müller einen Besuch ab. Er benötigte ein offizielles Protokoll über den Fund von Tamsin Hoopers Schmuck.

»Frau von Berg hatte ihre Bücher ausgelesen und hat mich wie immer damit beauftragt, diese zurückzugeben und neue auszuleihen.« Die Seniorin saß leicht vornübergebeugt auf dem Stuhl und sprach etwas lauter, da sie der Sprachaufzeichnungsapp offenbar nicht traute. »Ich bin gleich nach dem Frühstück in die Bibliothek gegangen, weil da am wenigsten los ist. Das war gegen acht Uhr dreißig. Ich habe die alten Bücher vorschriftsmäßig am Tresen zurückgegeben und bin zu den Regalen mit den Krimis hinüber. Die von Margarethe gewünschten befanden sich im hintersten. Ich nahm sie und habe dabei einen kleinen Zipfel von dem Tuch gesehen.«

Hackenholt erstarrte. Er glaubte, nicht richtig gehört zu haben.

»Vielleicht ist mir auch ein Hauch des exklusiven Parfums in die Nase gestiegen, mit dem es besprüht war. Ich habe es jedenfalls genommen und in die Tasche meiner Strickjacke gesteckt, um es zur Rezeption zu bringen. Es war ja offensichtlich, dass es jemand vergessen hatte. Und natürlich habe ich sofort bemerkt, dass es sich um einen hochwertigen Schal gehandelt hat. So fühlen sich nur Stoffe von Hermès an. Aber dann habe ich selbst nicht mehr daran gedacht, da mal wieder eins zum anderen kam, denn als ich Margarethe die Lektüre brachte, hat sie mich mit einer Fülle weiterer Aufträge überschüttet. Ihre Hüfte macht nicht mehr mit. Also habe ich alles für sie erledigt, obwohl es fast den ganzen Vormittag gedauert hat. Als ich fertig war, wollte sie prompt zum Mittagessen. Mir blieb nur wenig Zeit zum Umziehen. Deshalb konnte ich meine Kleidung nicht wie üblich ordentlich über einen Kleiderbügel hängen, sondern warf sie bloß aufs Bett.« Frau Müller war nun richtig im Erzählen. »Nach dem Essen sind wir ins Spa gegangen. Mittags sind dort meistens Liegen frei. Ich muss gestehen, dass ich kurz eingeschlafen bin. Als ich gegen halb fünf in die Kabine zurückgekehrt bin, lagen die Kleider immer noch herum. Ich habe sie schnell aufgehängt, aber es war schon zu spät. Die Knitter bekommt man nur raus, wenn man sie aufbügelt. Beim Aufhängen habe ich jedoch gemerkt, dass da was in der Tasche der Strickjacke war. Ich habe das Tuch herausgeholt und bin furchtbar erschrocken, weil darin eine wertvolle Uhr, eine Halskette und zwei Ringe eingewickelt waren. Ich wollte sofort zu Margarethe gehen und fragen, was ich tun sollte. So teure Dinge kann man doch nicht einfach an der Rezeption abgegeben. Man will ja nicht, dass sie in falsche Hände geraten. Und dann ist es prompt zu dem Missverständnis gekommen. Meine Freundin hört manchmal schlecht. Sie hat mich aus heiterem Himmel beschuldigt, die Uhr stehlen zu wollen. Mittendrin kamen Sie dazu und haben ebenfalls so getan, als wäre ich eine Kriminelle. Ich konnte überhaupt nicht mehr klar denken.«

»Wo ist das Halstuch?« Hackenholt musste sich zusammenreißen, um die Worte nicht hinauszubrüllen.

Erika Müller warf ihm dennoch einen pikierten Blick zu. Sie schürzte die Lippen, verschränkte die Finger im Schoß und räusperte sich. »Das Tuch?« Ihre Stimme klang nervös. »Warum? Was ist denn damit?«

»Wo ist es?«, fragte Hackenholt gefährlich ruhig.

»Ich ... ähm ... ich weiß es nicht.«

»Frau Müller, wir sprechen hier von einem Tatwerkzeug, mit dem wahrscheinlich zwei Frauen getötet wurden. Wenn Sie mir nicht auf der Stelle sagen, wo es sich befindet, muss ich davon ausgehen, dass Sie mit dem Täter unter einer Decke stecken.«

Mit einem lauten Schluchzen ging sie zum Bett und hob die Matratze an. Darunter kam ein tiefblaues, wunderschön gemustertes Halstuch zum Vorschein. »Es ist das Einzige, was mir von dieser Reise geblieben ist. Wegen Ihnen spricht Margarethe kein Wort mehr mit mir.«

Anstatt sie darauf hinzuweisen, dass sie eine Unterschlagung begangen und die Ermittlungen erheblich behindert hatte, nahm Hackenholt ihr das Tuch mit spitzen Fingern ab, schnappte sich sein Handy und verließ die Kabine. Sobald die Tür hinter ihm zugefallen war, rief er Christine Mur an und bat sie, umgehend mit einem Asservatenbeutel zu ihm zu kommen. Bis dahin stand er bewegungslos im Flur, den Arm weit von sich gestreckt.

Eine Stunde später konfrontierte Hackenholt Jason N. Brown alias Nathan Hooper mit den Dokumenten, die dessen Namensänderung belegten und zeigte ihm die von der Reederei übersandten Arbeitsverträge.

»Sie waren als Gastkünstler auf der SunnySky, als Cindy Fischer ebenfalls dort gearbeitet hat. Ihr Engagement hat in New York geendet. Sie hatte seit Langem geplant, ihren Urlaub zwischen zwei Einsätzen in den Staaten zu verbringen. Ich nehme an, Sie beide waren zu dem Zeitpunkt bereits ein Paar. Jedenfalls sind Sie zusammen durch das Land gezogen. Und in Las Vegas hatten Sie die Schnapsidee, sich in einer *wedding chapel* trauen zu lassen. Frau Fischer nahm das nicht ernst. Sie hingegen schon. Am Ende des Urlaubs ist sie jedoch wieder an Bord gegangen und Sie blieben allein zurück.

Irgendwann haben Sie kapiert, dass Sie Mist gebaut hatten und rechtsgültig verheiratet waren. Wahrscheinlich hatten Sie da gerade Tamsin Hooper kennengelernt. Deshalb haben Sie einen Anwalt beauftragt, die Scheidung einzureichen. Leider hat der Brief Frau Fischer nie erreicht. Er lag ungeöffnet in ihrem Haus, wo sie nur ein-, zweimal im Jahr hinkommt.

Gleichzeitig wurde Ihre Beziehung zu Tamsin Hooper inniger. Sie wollten sie unbedingt heiraten. Eine Millionenerbin. Das muss für jemanden wie Sie, der aus einfachen Verhältnissen stammt, ein Traum gewesen sein. Also haben Sie begonnen, Ihren Namen zu ändern. Denn Polygamie ist auch in Amerika verboten. Während Ihrer ersten gemeinsamen Kreuzfahrt haben Sie ihr einen Antrag gemacht. Überglücklich willigte sie ein. Sie traten vor den Traualtar und nahmen ihren Familiennamen an. Und damit war Ihre Namensänderung abgeschlossen. Anschließend gingen Sie wieder auf Reisen – und standen unvermittelt Ihrer ersten Ehefrau gegenüber. Vermutlich sind Sie sich schon beim Check-in begegnet. Sie hat sich sicher gewundert, warum Sie plötzlich anders hießen. Und weil sie nicht auf den Kopf gefallen war, wurde ihr schnell klar, dass Sie eine weitere Ehe eingegangen waren.«

»Sie hat Geld verlangt«, stieß Nathan Hooper hervor.

Hackenholt hielt inne und wartete, ob der Mann weiterreden würde.

»Ich habe Cindy auf der SunnySky kennengelernt, und wir haben uns sofort verliebt. Ich war völlig aus dem Häuschen, als sie sagte, sie würde sechs Wochen lang durch mein Land reisen. Wir haben die tollsten Pläne geschmiedet. Für mich war der Urlaub mehr als ein bisschen Spaß. Darum habe ich in Las Vegas um ihre Hand angehalten. Ich dachte, sie würde dasselbe empfinden. Aber am Ende hat sie mich weggeworfen wie eine leere Dose Cola.« Der Amerikaner sah auf seine im Schoß gefalteten Hände. »Ich war zutiefst verletzt und habe mir geschworen, nie wieder auf einem Kreuzfahrtschiff zu arbeiten. Also habe ich mir etwas Neues gesucht. Und schließlich bin ich Tamsin begegnet. Es war, als würde nach monatelanger Regenzeit die Sonne aufgehen. Ich wusste von der ersten Sekunde an, dass sie die Frau meines Lebens war. Ich habe den Anwalt mit der Scheidung beauftragt, doch Cindy hat nicht reagiert. Ich konnte sie nicht mal auf dem Handy erreichen, da sie die Nummer gewechselt hatte.«

»Und darum haben Sie Ihren Namen geändert?«

»Was sollte ich sonst tun?« Hooper sah Hackenholt unverwandt an. »Ich wollte nicht, dass Tamsin denkt, ich wäre ein Gigolo. Ihr Vater hatte mich sowieso auf dem Kieker. Er sollte keinen Grund erhalten, ihr die Hochzeit auszureden. Eine Woche nach der Trauung hat sie mich mit der Reise überrascht. Sie wollte wegen ihrer Familie eine Weile von der Bildfläche verschwinden. Ich war völlig fertig, als ich erfahren habe, dass sie bei SunnyBoatCruises gebucht hat. Aber was hätte ich denn tun sollen? Ich habe versucht, sie zu überzeugen, auf eine andere Gesellschaft umzubuchen. Aber das wollte sie nicht. Sie wollte alle meine Wirkungsstätten besuchen, hat sie gesagt.

Nicht einmal die Ausrede, dass ich wegen der Eheschließung keinen gültigen Pass mehr hatte, hat mich gerettet. Ich musste nur ins Bürgermeisteramt gehen, und schon wurde mein Antrag mit höchster Priorität bearbeitet. Wenn man Hooper heißt, läuft das immer so. Deshalb hatte Tamsin auch vorgeschlagen, dass ich ihren Nachnamen annehmen sollte.« Er schien sich in Gedanken zu verlieren.

»Und dann, auf dem Schiff?«, fragte Hackenholt behutsam nach.

»Cindy hat mich beim Check-in sofort entdeckt. Tamsin dachte zum Glück, sie wäre eine Kollegin von früher. Aber als Cindy wegen meinem neuen Namen gestutzt hat, hat sie ihr unglücklicherweise ihren Ring unter die Nase gehalten. Und damit begannen die Probleme: Cindy hat mich abgepasst und erpresst. Sie hat gedroht, Tamsin von uns zu erzählen, wenn ich ihr kein Geld geben würde. Sie wollte zwanzigtausend Dollar. So viel hatte ich natürlich nicht. Sie wurde ziemlich aufdringlich und hat sich häufig in unserer Nähe aufgehalten. Tamsin ist das leider aufgefallen.

Von meiner Zeit an Bord wusste ich, dass die Galley nachts der einzige Ort ist, an dem man ungestört ist. Cindy und ich hatten uns damals ein paarmal dort getroffen. Es hat sie total angemacht. Also habe ich ihr vorgeschlagen, uns da noch einmal heimlich zu treffen. Ich wollte sie nicht töten. Wirklich. Aber plötzlich ging das Licht aus und das Alarmsignal hallte durch den Raum. Wir waren beide sowieso schon nervös. Cindy begann zu schreien. Auf einmal hielt ich einen Topf in der Hand, und dann hatte ich einen Blackout. Ich weiß nur, dass sie am Ende auf dem Boden lag und sich nicht mehr gerührt hat.«

»Warum hatten Sie das Tuch Ihrer Frau bei sich, wenn Sie sich mit Cindy nur aussprechen wollten?«

»Ich wollte es ihr schenken. Quasi als ein Zeichen meines guten Willens. Es war sehr teuer. Wenn Cindy es verkauft hätte, hätte sie ein paar hundert Dollar dafür bekommen.«

»Und das Messer? Sollte es uns auf eine falsche Fährte führen?«

Hooper nickte. »Ich habe das Video vom Krimidinner gesehen.«

»Sie sprechen Deutsch?«

»Ein bisschen. Meine Großmutter ist aus Deutschland ausgewandert.«

»Wurde Ihre Frau nicht misstrauisch, als sie erfuhr, dass es in der Nacht eine Tote gegeben hatte und Sie zu der Zeit nicht in der Kabine waren?«

»Tamsin ging es während des Sturms nicht sonderlich gut. Sie war seekrank und hat die Suite zwei Tage lang nicht verlassen. Vorgestern ist sie dann an die Rezeption gegangen, um sich Tabletten zu holen, während ich beim Essen war. Erst da hat ihr jemand von dem Mord an Cindy erzählt. Sie war total komisch, als ich zurückkam und hat meine Sachen durchsucht. Ich habe ihr sofort gesagt, dass ich nichts damit zu tun habe und konnte sie schließlich auch davon überzeugen, weil Sie bereits einen anderen Verdächtigen festgenommen hatten.«

Hackenholt vermochte da keinen Zusammenhang zu erkennen. Eine ehemalige Kollegin war ermordet worden, ein anderer als Tatverdächtiger unter Arrest gestellt. Das machte Hooper eigentlich nicht verdächtig. Wahrscheinlich hatte er einen Verfolgungswahn entwickelt, der so viel Kriminelle plagte und sie dazu brachte, überall Gespenster zu sehen.

»Tamsin hat sich jedenfalls beruhigt, und alles war wieder prima«, fuhr Hooper fort.

»Aber das hat nicht lange vorgehalten. Oder hatten Sie zu dem Zeitpunkt bereits beschlossen, sie auf jeden Fall zu töten?«

»Ich habe gehört, wie sie ihrer Mutter am Telefon von den Vorfällen an Bord erzählt hat.« Hooper rang mit seinen Händen. »Es war klar, dass ich bald auffliegen würde.«

»Und deshalb haben Sie in der Nacht die Schnitzeljagd veranstaltet.« Hackenholt seufzte innerlich auf.

»Tamsin dachte, der Zettel wäre von diesem Kerl, bei dem sie das Koks gekauft hat.«

»Und als sie in die Küche kam, haben Sie schon mit dem Topf auf sie gewartet.«

Epilog

»Wir haben es geschafft!« Christine Mur strahlte Hackenholt an. »Wir haben tatsächlich innerhalb von vier Tagen zwei Morde aufgeklärt – und zwar ganz ohne modernen Schnickschnack. Fast wie Miss Marple.«

»Denk an die Überwachungskameras«, relativierte Hackenholt. »Und was ist mit den Computern und unseren Kollegen, die uns fleißig unterstützt haben?«

»Okay, dann eben *fast* ohne«, stimmte Christine Mur großmütig zu. Sie standen auf dem Balkon der Poseidon-Suite und guckten hinunter zum Hamburger Hafen.

»Tut mir leid, aber eure Begeisterung kann ich nicht teilen«, stellte Sophie klar. »Ich für meinen Teil werde nie wieder an einem Preisausschreiben teilnehmen.«

»Oder zumindest nur, wenn man keine Reise gewinnen kann«, schlug Hackenholt vor. »Ich habe die Kreuzfahrt nämlich auch nicht als Höhepunkt meines Lebens empfunden. So was überlassen wir in Zukunft lieber euch.« Er grinste Mur an.

»Och, öfters muss ich das auch nicht haben. Im Fernsehen sah das irgendwie immer glamouröser aus.«

»Die hatten zumindest nie fünf Stunden lang die Hamburger Zollfahndung und gefühlt sämtliche Drogenspürhunde Deutschlands an Bord, die jeden Winkel des Schiffs nach Rauschgift durchsucht haben«, warf Sophie ein.

»Und trotzdem haben sie nicht mehr gefunden als wir.« Mur klang äußerst zufrieden. »Das nächste Mal können wir ja in die Berge fahren.«

Sophie warf Hackenholt einen raschen Blick zu. Offenbar stand ein gemeinsamer Urlaub auf ihrer Wunschliste nicht an oberster Stelle. Er legte beruhigend den Arm um sie.

Einige Decks unter ihnen erschien in dem Moment das kleine Grüppchen Hamburger Kollegen am Ende der Gangway, das Nathan Hooper abführte. Unmittelbar darauf folgten die Tragen mit den beiden Opfern.

Als der Wagen des Bestatters weggefahren war, mahnte Sophie:

»Wir sollten langsam mal. Der Zug nach Nürnberg wird nicht auf uns warten.« Sie drehte sich um und stutzte. »Hast du deine Koffer gar nicht alle aufgegeben, Christine?«

»Der gehört Maurice. *Monsieur* hat es natürlich mal wieder nicht geschafft, seine sieben Sachen rechtzeitig zusammenzupacken. Außerdem scheint sich sein Gepäck auf wundersame Weise verdoppelt zu haben, sodass wir nicht genügend Versandaufkleber hatten. Jetzt muss er ihn wohl oder übel selbst den ganzen Weg nach Hause schleppen, anstatt ihn bequem geliefert zu bekommen.«

An der Rezeption herrschte Hochbetrieb. Sie brauchten über eine Stunde, um auszuchecken.

»So viel zum Thema VIP«, nörgelte Christine Mur. »Eigentlich müssten wir schon allein aufgrund der Tatsache, dass wir selbstlos unseren Urlaub geopfert haben, wie die Könige behandelt werden.«

Zu guter Letzt schaffte es dann aber auch Maurice Puellen als Schlusslicht der Gruppe.

Beladen mit Handtaschen, Rucksäcken und Puellens Koffer steuerten sie auf den Ausgang zu.

»Ab nach Hause!« Mur nahm Ronja an der Hand und rannte mit ihr die Gangway hinunter. Sophie folgte ihnen auf den Fersen.

»Entschuldigung, der Herr!«, rief unversehens eine laute Stimme. »Könnten Sie bitte noch einmal zurückkommen?«

Es dauerte einen Augenblick, bis Hackenholt realisierte, dass der Mann vom Sicherheitsdienst Puellen zu sich winkte, der jedoch stoisch weiterlief.

»Maurice, du bist gemeint.« Er zupfte den Freund am Ärmel.

Als Puellen sich ihm zuwandte, stand ihm der Schweiß auf der Stirn. Er wirkte wie ein kleines Kind, das beim Kirschen klauen erwischt worden war.

»Was hast du gemacht?«, fragte Hackenholt, obwohl er bereits einen Verdacht hegte. Sein Blick glitt zu dem prall gefüllten Koffer.

»Es sind nur ein paar Handtuchtiere«, wisperte Puellen.

»Wohl eher eine ganze Armada«, entgegnete Hackenholt. »Warum hast du die Handtücher nicht einfach im SunnyBoatShop gekauft, anstatt sie zu stehlen?«

Puellen zuckte bei dem Wort gehörig zusammen. Doch dann reckte er trotzig das Kinn in die Luft. »Die Handtücher sind quasi im Reisepreis inklusive. Weißt du, wie viel SunnyBoatCruises mir für die Suite in Rechnung gestellt hat?«

»Wofür brauchst du die Handtücher denn noch? Zu Hause hast du doch deine eigenen.«

»Man kann nie wissen. Ich habe schließlich einen Verlobungsring zu vergeben.«

Inzwischen hatte der Security sie erreicht. »Entschuldigen Sie bitte, ich bräuchte noch mal Ihre Bordkarte. Das System spinnt mal wieder und hat Sie nicht endgültig ausgecheckt.«

Sichtlich erleichtert ging Puellen zurück und hielt die kleine Plastikkarte erneut vor den Scanner. Nachdem das Gerät zweimal gepiept hatte, konnten er und Hackenholt das Schiff unbehelligt verlassen.

»Was war denn los?«, fragte Sophie, die die Szene vom anderen Ende der Gangway aus beobachtet hatte.

»Ach, nichts«, winkte Hackenholt ab. »Maurice hat nur einen Koffer voller Handtuchtiere geklaut und dachte, er würde im letzten Moment auffliegen. Doch das habe ich zu verhindern gewusst.«

Sophie warf ihm einen Blick zu, der deutlich zeigte, dass sie ihm kein Wort glaubte.

Danksagung

SunnyBoatCruises ähnelt nicht dem Kreuzfahrtschiff, auf dem Sie Ihren letzten Urlaub verbracht haben? Das mag daran liegen, dass es sich hierbei um eine wirklich einzigartige Reederei handelt. Da wird schon mal das eine oder andere anders gemacht – im Positiven wie im Negativen. Mit anderen Worten: Ein Roman entspringt stets der Fantasie des Autors und ist eine fiktionale Erzählung, die weder Anspruch auf Authentizität erhebt noch eine wahre Begebenheit schildert.

Dennoch ist jeder Autor auf eine ganze Menge von Menschen angewiesen, die seine Fantasie beflügeln, Fachwissen vermitteln oder Anekdoten erzählen. Daher gebührt wieder einmal mein ausdrücklicher Dank all den Personen, die zum Gelingen dieses Krimis beigetragen haben. Egal, ob bewusst oder unbewusst.

Explizit danken möchte ich an dieser Stelle Herrn Gunter Hackel, der auch diesmal freundlicherweise als Dolmetscher Deutsch – Fränkisch fungiert hat. Vielen lieben Dank! Kleine Anpassungen gehen – wie stets – auf meine Kappe, denn Fränkisch ist ja bekanntlich gscheid villfäldich.

Frau Monika Mika hat mir nicht nur in puncto Kreuzfahrt unter die Arme gegriffen, sondern war mir ein ständiger Motivator. Ganz herzlichen Dank! Alles, was Ihnen spanisch vorkommt, hat auch sie angemerkt. Aber wie bereits geschrieben: SunnyBoatCruises ist einzigartig!

Den Mitarbeitern des PP Mittelfranken und der GER Nordbayern gilt erneut mein herzlicher Dank für tausend Kleinigkeiten.

Und die fleißigen Bienchen im Umfeld meines Verlags haben sich wie immer absolut großartig um Lektorat und Korrektorat gekümmert.

Ich danke euch allen recht herzlich!

STEFANIE MOHR

AUF EIGENES RISIKO

THRILLER

424 Seiten Spannung

Taschenbuch
ISBN 978-3-946035-14-5

E-Book (EPUB)
ISBN 978-3-946035-15-2

Der junge Taxiunternehmer Ali Gördüm wähnt sich am Ziel seiner Träume: Endlich hat sich seine draufgängerische Spielweise ausgezahlt und er erhält Zutritt zu einem illegalen Spielcasino, in dem um ernstzunehmende Einsätze gepokert wird. Doch nicht alles läuft nach Plan. Als es gefährlich wird, macht ihm ein Landsmann ein äußerst verlockendes Angebot.

Maxwell Charles Schmidbauer nimmt unterdessen nach seinem Ausscheiden aus dem SEK Nordbayern einen Schreibtischjob in einem Kommissariat für Sexualstraftaten an. Schon bald jedoch wird er mit derart abscheulichen Machenschaften konfrontiert, dass er beschließt, auf eigene Faust zu ermitteln. Ziel ist Istanbul, wo er die Hintermänner eines Pädophilenrings vermutet.

NÜRNBERG - HAMBURG - ISTANBUL